河出文庫

べにはこべ

B・オルツィ
村岡花子 訳

河出書房新社

目次

べにはこべ

わたしの心の最も親しい人に
この訳業をささげる。

村岡花子

1　パリ――一七九二年九月

怒濤《どとう》のように押しよせ、沸きかえり、わめいている群衆。人間とは名のみで、卑しい欲望と復讐と憎しみの思いに燃えあがっている彼らは、その姿から見ても叫び声から聞いても野獣そのものであった。時刻は日暮れ少し前、ところは西門、ここは十年後に、あの勝ち誇った暴君が、国民の栄光と彼自身の虚栄の象徴として、不朽の記念碑をたてたあの場所である。

その一日じゅう、ギロチンは恐ろしい仕事で、絶え間なく忙しかった。過去数世紀にわたって、フランスが誇りとしてきたところの門閥《もんばつ》、名門などは、フランスみずからの望みによって、自由と博愛への通行税として払い渡してしまった。こんなおそい時刻まで、首切りはつづいていたのだった。ちょうど城門のとざされる寸前がいちばんおもしろい光景の見られる時なので、群衆は死刑執行場からなだれを打って、この興味ある光景を見ようとして、四方の城門に押しよせてきた。

これは毎日めずらしくもないことだった。あの貴族たちは実際、ばかなやつらなのだ。

むろん、やつらは人民にとっては謀反人《むほんにん》である。男であろうと、女であろうと、子供であろうと、あの十字軍以来フランスの誇りとなってきたお偉がた、すなわち、フランスの古い貴族の子孫に生まれあわせた者は誰でもみんな謀反人である。彼らの祖先は人民を苦しめ、優美な締金のついた赤い靴の下に人々をふみにじってきた。だが、今や人民がフランスの支配者となったのだ。そして今までの支配者たちをふみつぶした。ただし靴の踵《かかと》の下にではない。彼らはたいてい裸足で歩き廻っていたから、そのかわりには、もっと効果的なギロチンの刃の下におしつぶした。

毎日毎日、ひっきりなしに、このすさまじい責め道具は生《い》け贄《にえ》を求めて叫んだ——老人、若い女、いたいけな子供たちから、ついには国王とその美しい若い王妃の首まで要求することになったのだ。

しかし、これは当然のことだった。今やフランスを支配するものは人民ではないか。どの貴族だってみんなその祖先たちと同じく謀反人なのだ。二百年このかた人民は、貪欲な宮廷に法外な贅沢をさせるため、ひたいに汗して働き、こき使われ、飢えてきたのだ。幾代もの宮廷を飾ってきたこれら貴族の後裔《こうえい》は、身をかくさなければならない。ようやくにしてめぐってきた人民の復讐をさけるためには、逃亡しなければならなかった。

彼らは、かくれようとし、逃れようとした。それが何よりおもしろいことなのだ。毎日午後の閉門時刻前に、市場の荷馬車がゾロゾロ列をなしてあちこちの城門から出て行くころになると、きまって安全保障委員会の爪の下から逃れようとする貴族のばか者が、一人二人あったからだった。さまざまな姿に身をやつし、いろいろな口実のもとに彼らは、共和政府の市民兵が一分のすきもなく固めている城門を通りぬけようとした。男は女の衣服をまとい、女は男装し、子供たちは乞食のボロをひっかけた。その中にはあらゆる身分の貴族がいた。前伯爵、前侯爵、前公爵さえいた。フランスから逃れて、英国やその他のいまいましい国におちのびた上で、外国人たちの間に、このフランスの輝かしい革命への反感をつのらせ、現在城内に幽閉されており、かつてはフランスの君主と自ら名のった哀れな囚人の解放運動に、兵をあげさせたいと思っているのであった。

　だが、彼らはたいてい城門のところで捕まった。ことに西門のビボー軍曹ときたら、どんなに巧みに変装している貴族をもかぎつけてしまうすばらしい鼻を持っていた。もちろん、それから先がおもしろいのだ。ビボーは猫が鼠を見すえるように彼の餌食《えじき》を眺め、ときには十五分間もそれをからかうつもりで、やんごとない侯爵閣下や伯爵閣下が正体をかくすためにつけたかつらや、いろいろの芝居じみた扮装《ふんそう》道具にまんまとひっかかったふりをするのだった。

ああ！　ビボーのユーモアときたら、まったくこたえられない。だからこそ、西門のあたりをうろついていて、まさに人民の復讐の手から逃れようとする貴族を、その瞬間に彼がつかまえるところは、なんとしても見物しなければならなかったのだ。

時には、ビボーは餌食を実際に城門の外まで出してしまうのだった。この分ならほんとうにパリを逃れ英国の岸へ無事に着けるだろうと、少なくとも二分間は希望を持たせてやった。しかし、ビボーはこの不運なやつが市外へ十メーターばかりも行ったころを見はからって、二人の兵をやり、変装をはぎとって連れ戻させるのだった。

逃亡者は、しばしば女の場合がある。さる高慢ちきな侯爵夫人がついにビボーの爪にかかり、翌日即決裁判、その後には、ギロチン夫人の愛情こめた抱擁が待ちかまえていることを知ったときの、ひどくこっけいなようす、おお！　それはなんというおかしさだろう。

よく晴れた気持のよいこの午後、ビボーの門にむらがった群衆は、たしかに熱狂し興奮していた。血を求める欲望は、みたされればみたされるほどますます深まっていった。それは飽くことを知らなかった。人々は今日、百人もの貴族の首がギロチンの下に落ちるのを見ていた。そして、彼らは翌日もさらに百個の首が落ちるのを見たがっているのである。

ビボーは城門のそばに空樽を逆さに伏せて坐《すわ》っていた。市民兵の小隊が彼の配下に置かれてあった。仕事は最近めっきり烈しくなってきた。これら呪うべき貴族たちは恐怖をつのらせ、必死になってパリからぬけ出ようとしていた。遠い昔の時代に、あの悪逆なブルボン王家に仕えた人々を祖先としている男たち女たち子供たちは、彼ら自身みな謀反人であり、当然ギロチンの餌食となる運命の下にいた。毎日ビボーは王党派の逃亡者たちの仮面をひんめくり、愛国の志士フキエール・タンビールを委員長とする安全保障委員会に、彼らを送りつけては手柄を立てていた。

ロベスピエールもダントンも、二人ともビボーの熱心さをほめたたえ、ビボーも自分の力で少なくとも五十人にのぼる貴族たちをギロチンに送ったことを誇りとしていた。

しかし、今日は四方の城門をまもる指揮官全部に特別の命令が下っていた。近ごろ非常な数の貴族たちがフランスからのがれ、無事英国に到着することに成功しているのだった。これらの脱出については、奇怪な噂《うわさ》がひろがっていた。脱出は非常に頻繁となり、また異常に大胆になってきた。人々の関心は不思議に高まっていった。グロスピエール軍曹は、ある貴族の一家全部を北門の彼の鼻の下からみすみす逃がしてしまったかどで、ギロチンに送られた。

これらの脱出は、大胆不敵なある英国人の一団によって組織的に行なわれていることはたしかだった。この英国人たちは、なんのかかわりもないことに、まったくのおせっかいから首を突っ込み、ひまな時間を使っては、ギロチン夫人の正当なる生け贄を引っさらっていくことにしていた。この噂はじきに尾ひれがついてひろまっていった。たしかにこのおせっかいな英国人の一団が存在していることにまちがいはない。さらに彼らが途方もなく勇敢で大胆な男を首領に戴いていることも事実らしかった。彼は自分の助け出した貴族たちをつれて城門にさしかかるのだが、このとき突然彼らの姿がかき消え、まったく超自然的な力によって門から逃れ出てしまうことについては、いろいろと不可解な取沙汰がなされた。

だれもこの不思議な英国人たちを見た者はなく、ましてや彼らの首領についてはは迷信的な寒けを覚えずには語りえなかった。いつもフキエール・タンビールは事件の起こる日に、出所不明の紙片を受け取るのだった。ときにはそれを自分のポケットに発見することもあり、またときには彼が安全保障委員会に出かける途中、人混みの中で何者かに手渡されることもあった。紙片にはあのおせっかいの英国人の一団が仕事にかかったという簡単な警告がしたためてあり、かならず赤インクでかいた模様――小さな星形の花、わが英国では〝べにはこべ〟と呼ぶ花の模様がしるしてあった。この不敵な警告を受け取ってから二、三時間のうちに、安全保障委員会の顔ぶれたちは非常に大人数の王党派や貴族たちが海岸に落ちのび、無事英国に向かっているという知らせを聞くのだった。

それぞれの城門の警備は倍に増され、指揮にあたる軍曹たちは死刑をもっておびやかされる一方、大胆不敵な英国人たちの捕縛には多額の賞金がかけられた。またこの不可思議な出没自在の〝べにはこべ〟に手をかけた男には、五千フランの金額が約束された。

だれもみなビボーこそ、その栄誉をになう男に違いないと思い、彼もまた人々がそう信じるままにしておいた。それで、人々は毎日西門へ押しかけて、ビボーがこの亡命貴族をつかまえるときに、例の不思議な英国人がいっしょかもしれないのを、見落とすまいとした。

「フン」ビボー軍曹は、信頼する部下の伍長に言った。

「グロスピエールはばかなやつだったよ、先週、北門にいたのがおれだったら――」

彼は地面にペッと唾《つば》をはいて、同僚のまぬけさ加減を軽蔑して見せた。

「いったいあれはどうしたんでしたか」と、伍長はたずねた。

「グロスピエールは門のところで一所懸命見張っていたんだ」とビボーは、群衆が彼の話を聞こうと熱心に取り巻いてきたので、もったいぶって始めた。「われわれは、このおせっかいな英国人〝べにはこべ〟の野郎のことは前から聞いていたんだ。畜生！　やつが悪魔なら知らぬこと、そうでないかぎり、おれの門は絶対に通れんぞっ！　グロスピエールはばかなやつだったよ。市場がよいの荷馬車がゾロゾロ門を通っていたんだ。その中に樽を積み込んだのがあって、男の子をわきへ坐らせた爺さんがそれを走らせていたんだ。グロスピエールは一杯きこしめしてたんだが、自分じゃ、まったくぬけ目がないとうぬぼれていたのさ。樽を調べたんだが、あらかた調べて、からっぽだったもんで、その荷馬車を通しちまったってわけさ」

ビボーを取り巻いているボロをまとった群衆のなかから、怒りと軽蔑の騒めきがおこった。「三十分ばかりして」と、軍曹はつづけた。「十二人ほどの守備兵を引きつれた隊長がやってきて、『あの荷馬車は通りぬけたか』とグロスピエールに息をきらしてきいたんだ。『ハイ、まだ三十分もたちません』とグロスピエールが答えた。『このほうびにきみはやつらを逃がしたんだなっ』と隊長は、すごい剣幕でどなりつけた。『このほうびにきみをギロチンに送ってやるぞっ、軍曹、あの荷馬車にゃ前公爵シャリーと家族全部がかくれてたんだ』『しまった』とびっくり仰天したグロスピエールに『そうだ、そしてその馭者《ぎょしゃ》こそは、ほかならぬあのいまいましい英国人の〝べにはこべ〟だったんだ』と隊長はつづけたのさ」

言い終わらぬうちにわっという呪いの怒号がまきおこった。グロスピエールは自分の大失策の代価をギロチンで支払った。だがなんというばか者だったろう。おお、なんというばか者だったろう。

ビボーは自分の話に笑いころげて、しばらくはあとをつづけられないほどだった。

ちょっと間をおいてから、ビボーはまた、「『やつらを追え、きみたち』と隊長は叫んだんだ。『賞金を忘れるな、やつらを追え。まだ遠くは行くまい』こう言いながら隊長は十二人の部下をひきつれて門から走り出したんだよ」

「だがおそすぎた」群衆は熱狂して叫んだ。

「やつらに追いつくものか」

「グロスピエールのとんちきやろうめ」

「あんな目にあったって、あたりまえだ」

「樽をちゃんと調べないとは、あきれたもんだ」

しかしこれらの野次は、ビボーにはひどくおかしいらしかった。彼は笑って笑って横腹が痛くなり、涙が頬を伝わって流れおちるほど笑いぬいた。

「いやいや」彼は、ついに言った。「貴族どもは、荷馬車にゃいなかったんだよ。馭者も〝べにはこべ〟ではなかったんだ」

「なんだって?」

「そうじゃなかったんだよ。守備兵の隊長こそ、変装したあの英国人なんだ。そのうえ、部下の兵隊どもが全部貴族だったのさ」

今度、群衆は一言も言わなかった。この話には、たしかに魔法じみたところがある。共和政府は神を追放したが、人民の心の中にある超自然への恐怖までも、しりぞけることには成功していなかった。まったくあの英国人は悪魔そのものにちがいない。

太陽は西のほうに沈もうとしていた。ビボーは城門を閉める用意にとりかかった。

「荷馬車は前へ」彼は言った。

十二台ばかりの幌馬車《ほろばしゃ》が一列に並んだ。近郊からの野菜その他を翌日の市場へ運ぶため、町をはなれようとしていた。ビボーはそれらの幌馬車をよく知っていた。それは毎日二回町への往き帰りに、この門を通るのであったから。彼は荷馬車の馭者たち――大部分は女だった――の一人二人に話しかけながら車の中を大骨折《おおぼね》って調べた。

「おれはグロスピエールのばかみたいに、だらしなくひっかかりゃしないからな」と彼は言い言いした。

荷馬車を走らせる女たちは、いつも一日中刑場の断頭台の下で編物をしたり、噂話をしたりしながら、毎日のように恐怖時代の人身御供《ひとみごくう》をのせた囚人護送馬車が列をなしてやって来るのを眺めてくらすのだった。貴族たちがギロチン夫人の歓迎の宴にはべるのを眺めるのはひどくおもしろい見ものだったので、断頭台に近い場所がうばい合いだった。ビボーは、日中刑場に勤務していたので、「編物ばばあ」と呼ばれているこのばあさんたちの大方を見知っていた。彼女たちが坐って編物をしている間に、次から次へと刃の下から頭がころがり落ちて、女たちは呪われた貴族らの血しぶきを身に浴びるのであった。

「おい、おばさん、そこに何があるんだね」と、ビボーは恐ろしいばばあたちの一人に呼びかけた。

昼間、彼は、このばあさんが編物と荷馬車の鞭《むち》をそばにおいて坐っているのを見かけた。今見ると、彼女の鞭の柄には巻毛の束が一列に結びつけてあった。金髪から銀髪、赤いのから栗色、あらゆる色のがならべてあった。彼女はビボーに笑いかけながら、大きな筋ばった手でそれをなでた。

「わたしゃギロチン夫人のいい人と懇意《こんい》な仲でね」と彼女は下卑《げひ》た笑いとともに言った。「首がころがり落ちるたんびにわたしにこれを切ってくれるんだよ。あの人は明日も切ってくれると言ったっけが、いつもの場所に行けるかどうかわかりませんわい」

「ほう、どうしてだね、おばさん」ビボーはきいた。いいかげんのことでは動じない剛の者も、この血なまぐさい獲物《えもの》を鞭の柄にしばりつけてきた気味わるさには、さすがに身ぶるいを禁じ得なかった。

「わしの孫がね、天然痘《てんねんとう》にかかったんでさ」と、老婆は荷馬車の中のほうに親指をぐいと突き出して言った。「ペストじゃないかとも言われてるんだよ。そうとすりゃ、わたしゃ明日はパリにゃこられませんやね」

天然痘という言葉を聞くやビボーは急いであとずさりしたが、今またペストと聞いた時には、あわてて彼女から引き下がった。

「畜生っ」彼はつぶやいた。群衆も大急ぎで遠ざかったので、荷馬車はまんなかにぽつんと残った。

老婆はカラカラと笑った。

「なんてばかな、臆病者だね、おまえさんは」と言った。「ヘン、男のくせに病気が怖いたあね」

「畜生、ペストだ」

だれも彼もこのいまわしい病気の恐ろしさにうたれ、しんと静まり返ってしまった。この病気のみが、まだこれらの野蛮きわまる残忍な者たちに、恐怖と嫌悪の念をおこさせる力を持っていたのだ。

「おまえも、ペストにとっつかれた餓鬼めも、さっさといっちまえ」ビボーは、しわがれた声でどなった。

そこでさらに荒々しく笑い、下卑た冗談をとばしながら老婆はやせ馬に鞭をくれ、門の外に馬車を駆り去った。

この出来事のため午後は台無しだった。人々は恐ろしい呪い――すなわち、治療の方法が絶無で、孤独な死の前ぶれでしかないこの二つの悪病の前にすくみあがってしまった。しばらくの間彼らは陰気な顔をして黙りこくり、疫病がすでに自分たちの中に入りこんでいるのではないかと、本能的に相手を探り合う眼付きになり、たがいに用心し合いながら門のあたりをうろうろしていた。まもなく、グロスピエールの時のように守備兵の隊長が突然あらわれた。しかし、ビボーはその隊長を知っていたので、それが変装した狡猾《こうかつ》な英国人に変わる心配はなかった。

「荷馬車が――」と、彼はまだ城門に着かないうちから息せき切って叫んだ。

「どの荷馬車ですか」ビボーは荒々しくたずねた。

「ばばあが馭者していた……幌馬車の……」

「そんなのはいくらも通った……」

「息子がペストだって言ったばばあがあったろう」

「ありましたが――」

「まさかやつらを通しゃしなかったろうな」

「畜生っ」ビボーの赤ら顔からさっと血が引いて、恐怖でまっ青になった。

「あの荷馬車にゃ、前トルネイ伯爵夫人と二人の子供がかくれていたんだ。三人とも謀反人で死刑の宣告を受けていたんだ」

「で、やつらの馭者は？」ビボーは、背筋にぞくぞく得体の知れぬ寒けが流れるのをおぼえながらささやいた。

「畜生っ」隊長は答えた。「あれがいまいましい英国人――〝べにはこべ〟じゃないかと思うんだ」

2　ドーヴァー港の〝漁師の宿〟

台所では、サリイがひどく忙しかった。――シチュー鍋やフライパンは巨大な炉の上に、ずらりとならび、大きなスープ鍋は隅っこに置いてあった。あぶり串は注意深くゆっくりと返され、すてきなロース肉がまんべんなく火にあぶられていた。二人の若い女中はバタバタ駆け廻って一所懸命に手伝っていた。二人とも汗だくになり、息をはずませ、木綿の袖をえくぼのある肘の上までたくし上げている。サリイ嬢が背を向けるすきをねらっては、なにやらないしょ話をしてくすくすしのび笑いをしていた。感じのにぶいがんじょうなからだつきのジェミマばあさんは、長ったらしい不平をブツブツ口の中でつぶやきながら、火にかがんでスープ鍋をぐりんぐりんとかき廻していた。

「おおい、サリイ」と、快活ではあるがあまり音楽的でない声が、すぐ隣の食堂からきこえてきた。

「あらまあ、何をみなさん欲しいってのかしら」サリイは上機嫌で笑いながら叫んだ。

「ビールでさあね、むろん。あんたはジミイ・ピッキンがコップ一杯でやめると思いなさんのかね」ジェミマばあさんはブウブウ言った。

「ハリイさんも、ひどくのどがかわいてるらしいですよ」と女中のマーサが作り笑いをしながら言った。そして彼女の黒玉のような眼が朋輩の眼と合うと、ぱちぱちっとまばたきをして、二人は同時にぷっとしのび笑いをかみ殺した。

サリイはちょっと不機嫌な顔をして、かっこうのいい腰に両手をこすりつけた。マーサのばら色の頬にぴしゃっと一撃食らわせたくてむずむずしていたらしいのだが、持ち前の気の好さが勝ち、口を尖らせ、肩をすぼめただけで揚げ馬鈴薯のほうへ注意を向けてしまった。

「おおい、サリイ、おおい！」

待ち遠しそうに白鑞《しろめ》の杯《さかずき》で、いっせいに食堂の樫のテーブルをコツコツ叩く音がきこえ、この家の亭主の愛くるしい娘を呼ぶ声がそれに唱和した。

「サリイ、そこでビールと夜明かしかい？」

一段とせっつく声がした。

「お父っさんがビールのお給仕をしてくれりゃいいのにさ」サリイは、ジェミマが知らん顔で何も言わずに棚から泡の盛り上がっている二つの酒入れをとりおろし、いくつかの白鑞のコップに、チャールス王の御代以来〝漁師の宿〟の呼びものになっている自家製のビールを注ぎはじめたのを見て言った。「お父っさんは、あたしたちが眼を廻しているのを知っているくせに」

「あんたのお父っさんはヘムプシードさんと政治の話に夢中で、あんたや台所のことなんかにかまっていられないんですよ」とジェミマばあさんは小声で言った。

サリイは台所の隅にかかっている小さな鏡の前に行って急いで髪をなでつけ、縁飾りのついた帽子を黒いふさふさした巻毛の上に一番かっこうよく見えるようにかぶり直した。それから強い褐色の手にコップの柄を三つずつつかんで、顔を赤らめて笑いながらもブツブツ小言を言って、食堂に運んで行った。

かっかと熱した向こうの台所で、四人の女たちが汗だくになって立ち働いている気配は、食堂のほうにはみじんもうかがわれなかった。

〝漁師の宿〟の食堂は現在二十世紀の初頭ではすでに名所の一つとなっているが、十八世紀の終り、主の一七九二年には、その後の百年間の時代的狂乱のゆえにこうむった悪評や重要性は、まだ附いていなかった。しかし、当時でさえすでに古いものであった、樫材の桷《たるき》や梁《はり》は黒くくすみ、格子板のついた高いよりかかり椅子や、椅子と椅子の間に置かれた、みがきのかかった長テーブル——その上には無数の白鑞のコップの跡が大小さまざまの輪になって奇妙な模様を作っていた——にも同じく時代色がついていた。鉛板をはった高い窓には、真紅のジェラニュウムと青いひえん草の鉢がずらっと並び、それが陰気な樫材の背景に明るい色彩を点じていた。

ドーヴァー港の〝漁師の宿〟の亭主ジェリバンド氏の景気がいいことは、だれでも一目見ればわかるところだった。立派な戸棚の上にある白鑞と、どっしりした炉の上の真鍮《しんちゅう》は、金と銀のように光り、赤れんがを敷きつめた床は窓敷居においてある赤いジェラニュウムと同じぐらい輝いていた。これは奉公人たちのしつけが行き届いており、かつ人数も多いことや、客がとだえることのない繁昌ぶりや、またこの食堂に上品さと落ちつきをただよわせている秩序や、そういうものを思わせるのであった。

サリイが、しかめ顔のままに白い歯なみを見せて笑いながらはいって行くと、笑いのどよめきと拍手が彼女を迎えた。

「やあ、サリイがきた。おおい、かわいいサリイ、ばんざあい……」

「おれゃあんたが台所で、つんぼになったのかと思ったよ」と、乾き切った唇を手の甲でこすりこすり、ジミイ・ピッキンはくどいた。

「ハイ、ハイ」笑いながらサリイは、つぎたてのコップをテーブルの上においた。

「まあ、なんてせいてなさるの！　あんたのおばあちゃんが死にかかってなさるんで、その前に会いにでも行こうってんでしょう。あたしゃこんなにせっついてる人を見たことないわ」

このしゃれにどっとにぎやかな笑いがあがり、しばらくの間、居合わせた者たちの中に次から次へと冗談をまきおこしていった。サリイはもう鍋や皿のある台所へあわてて戻ろうともしなかった。金髪でちぢれ毛の、そして熱情的な明るい青い眼の青年に、サリイの注意は吸いつけられたようになって、彼のそばをはなれなかった。その間にも、ジミイ・ピッキンのおばあちゃんへの無遠慮なしゃれは、口から口に羽が生えて飛んで行き、強いタバコの煙の中にとけ込んで行った。

炉に向かって両足をぐっとふんばって、長い粘土《ねんど》のキセルをくわえたわが亭主、尊敬すべきジェリバンド氏、〝漁師の宿〟の主人が、立っていた。彼の父親、彼の祖父、そのまた曾祖父も代々ここの主人だったのである。堂々たる体格、陽気な顔付き、いくらか頭のはげたジェリバンド氏は、実際、当時の地方英国人の典型と言ってよかった。そのころはわが島国根性がその頂点に達し、貴族でも、郷士でも、農夫でも、英国人という英国人が信じ込んでいたことは、ヨーロッパ大陸は全部不道徳の巣窟であり、ヨーロッパ以外の世界は野蛮人と人喰人種ばかりの未開地だということであった。

ここにわが尊敬すべきご亭主は、しっかと足をふみしめて長柄のキセルをくゆらし、国中に一人として恐れる者なく、外国人はすべて軽蔑すべきものとしてかまえていた。彼は当時流行のピカピカ光る真鍮のボタンのついたチョッキを着、コールテンのズボンをつけ、鼠《ねずみ》色の毛糸の靴下にかっこうのいい尾錠金《びじようがね》つきの靴といったいでたちだった。これがそのころ大英帝国においていやしくも宿屋の亭主たる者の装束であった。

そして、母親のない、美しいサリイ一人のきゃしゃな肩には、四人分のがんじょうな手が欲しいほどの仕事がかかって来ているというのに、わが尊敬すべきジェリバンド氏は、特別扱いの定連たちと天下国家を論じているのだった。

桷《たるき》作りの天井からさがっている磨きぬいた二つのランプで照らされた食堂は、陽気で居心地がよかった。部屋の隅々まで漂う濃いタバコの煙の中に、ジェリバンド氏のお客たちの顔は見るも気持よくつやつやと光っていた。みんなことのほか親密だった。亭主は天下泰平、部屋のあちこちから哄笑がまきおこり、あまり知的でないがしかし愉快な談話が交わされていた。サリイのくすくす笑いが頻繁に聞こえるのは、ちょっとしたひまができるたびに、彼女がハリイ・ウェイト氏のそばに行っている証拠だった。

ジェリバンド氏の食堂を賑わすのはおもに漁師仲間であった。だが漁師というものは非常に酒に渇いた人々である。海で吸いこんだ潮風のききめで、陸に上がる時は喉はカラカラに渇いているという結果になる。しかし〝漁師の宿〟はこんな質素な人々の集まり場所だけのものではなかった。ロンドンとドーヴァーの間を通う馬車がこの宿から毎日出ていた。またイギリス海峡を渡ってきた船客たちも、これから大陸旅行に出かけようという人々も、みんなジェリバンド氏と彼のフランス酒、それに彼の自家製のビールのなじみになるのだった。

一七九二年の九月も末のこと、その月中快晴で暑い日が続いた天気が、突然くずれ、この二日間というもの滝のような雨が南部英国をおそった。そして、リンゴや梨や、おそなりのすももがすばらしく見事な物になろうとする寸前に、最大馬力でめちゃめちゃにしてしまおうとしていた。今も雨は鉛をはめ込んだ窓に打ちつけ、煙突に落ち込んできて、パチパチ盛んに燃えている薪をジュウジュウと言わせた。「九月だって言うのに、こんなどしゃ降りを、あんた、見たことがありますかね、ジェリバンドさん?」ヘムプシード氏はきいた。

このヘムプシード氏は炉の中側の席のひとつに坐っていた。いつもジェリバンド氏が政論を戦わす時の相手役は彼だから、この〝漁師の宿〟の重要人物であるのはむろんだが、それを別にしても近在一円において、ヘムプシード氏はひとかどの権威であり重要な人物であった。学問の中でもとりわけ、聖書の知識に明るいことでは、この近辺での畏敬の的になっていた。つぎはぎのしてある、かなりに着古した上着の下のコールテンズボンのたっぷりしたポケットに片手を突っ込み、もう一方の手には、粘土の長柄パイプを握ったヘムプシード氏は、窓ガラスをつたわり落ちる雨の小川を憂うつそうに眺めながら坐っていた。

「いや、こんなおぼえはありませんな。わたしゃこの土地には、もう六十年近くになりますがね」とジェリバンド氏は、きっぱり言った。

「そうでしょうとも、だが、あんたは六十年の最初の三年間のおぼえはないでしょうがね」ヘムプシード氏はおもむろに口をはさんだ。「赤ん坊が天気を気にするなんて、聞いたことがありませんわい。少なくともこの地方ではね。このわしは、七十五年近くもここに住んでいますがな、ジェリバンドさん」

このうがった言葉にはまったくかなわず、さすがのジェリバンド氏の例の雄弁も、しばらくは、ぐうの音も出なかった。

「こりゃ九月と言うより四月と言ったほうがええわな。ええ？」とヘムプシード氏はざっと降りつけた雨が火の中にシュウシュウ落ちるのを見て情けなさそうに言った。「まったくですな、だが、あんた、今のこの政府から何が期待できるかって言いたいところでさ、ねえ？　ヘムプシードさんや」尊敬すべき亭主は言った。

ヘムプシード氏は、英国の気候と英国の政府に対して深い不信任をこめ、いとも賢げに首を振った。

「わしは何も期待せなんだ。ジェリバンドさんや」彼は言った。「われわれ哀れな者たちのことなんか、ロンドンあたりじゃ問題になってませんわい。わしはよく承知してますだよ。今さらこぼしたって始まりませんわい。だが九月にこんなおしめりと来ちゃあね。おまけにわしの果物が腐って死んじまってさ。ユダヤ人や、行商人のたぐいが、やれオレンジだ、かんだと、得体の知れない外国の果物で大もうけして喜ぶだけじゃたまらないね。英国のリンゴや梨さえうまく実れば、そんなもの買うもんなんかありゃしませんだ。聖書にも……」

「あんたのおっしゃるとおりでさ。ヘムプシードさん」とジェリバンドはさえぎった。「だから、いま言ったとおりさ。あんたはなにを期待しますかねってんですよ。海峡の向こうじゃフランスのやつらが、やつらの王様や貴族たちを殺してるじゃありませんかい。英国の政界では、ピット氏とフォックス氏とバーク氏とがたがいに争いもみ合っているし、もしわれわれ英国人が、あんな神の道にはずれたことをいつまでもやらせておいたら、どうなることやら。『勝手に殺させとけ』ピット氏が言えば、『止めさせろ』とバーク氏は言う」

「『勝手に殺させとけ』とわしは言うね。あんなやつらはくたばっちまったがいいんだ」と、ヘムプシード氏は力をこめて言った。彼は友人ジェリバンドの政治論をあまり好まなかった。この方面では、とてもたちうちができないからだった。彼の智慧の真珠はこの近在では有名で、そのためにはビールの大杯を幾度かこの〝漁師の宿〟で人々から振舞ってもらったこともあったが、ジェリバンドと向き合った時には、それをひけらかすことができなかった。

「やつらに殺させときなされ」彼は繰り返した。

「だが九月になって、こんな雨はぜひともやめてもらわにゃならん。なぜならば、これは法律と聖書にそむくものであって、聖書にも……」

「まあ、ハリイさんたら、あたし、びっくりするじゃないの？」

ふざけるのにもわるい時だったし、それを騒ぎ立てるのにもわるい時だった。というのは、ヘムプシード氏が彼を有名にしている聖書の暗記をすらすらと始めようとして、まさに息を吸いこんだ瞬間に、彼女のきれいな頭の上に、父親の雷がすごい剣幕で落ちてきた。

「おいおいサリイ、おい」彼は上機嫌な顔を無理にしかめて言った。「青二才のしゃれ者たちとふざけるなあ、よして、さっさと仕事をつづけろ」

「仕事はもういいのよ、お父っさん」

だがジェリバンド氏の態度は断乎《だんこ》たるものであった。彼にはこの丸ぽちゃな娘、やがて適当な時期にはこの〝漁師の宿〟の持主になる彼のたった一人の秘蔵娘を、網ひとつをたよりの不安定な生計をたてているこれらの若者たちの一人と結婚させるより、もっと別の考えがあった。

「わたしの言うことがわかったかい、おまえ？」彼は家中の者が従わざるを得ない、あのうす気味悪い静かな調子で言った。「トニイ侯のお食事にかかれよ。もし、とびきりの上出来でなくて、お気に召さないことでもあろうものなら、ただじゃおかないよ、いいかい」

サリイは不承不承に従った。

「じゃ、今夜だれか特別のお客を待ってなさるんだね、ジェリバンドさん」ジミイ・ピッキンは、サリイへのやさしい心遣いから尋ねた。

「そうなんだ。トニイさまのお友だちのお歴々なんだよ。公爵や公爵夫人がたが、海峡の向こうから来なさるんだ。トニイの若だんなさまやお友だちのアンドリュウ・フークス卿、そのほか若い貴族のお歴々が、そのおかたがたを人殺しの悪魔の爪から助け出して来なすったんさ」とジェリバンドは答えた。

しかし、これは不満にみちた人生観を抱くヘムプシード氏には我慢のできないところだった。彼は言った。

「おやおや、そのかたがたは、なんのためにそんなことをしなさるんだか、わしにゃわからんね。他人のことに首を突っ込むこたあないと思うがね。聖書にもあるとおり……」

「そうだろうとも、ヘムプシードさん」と、ジェリバンドは辛らつな調子でさえぎった。

「あんたは、ピット氏とは個人的なつき合いがあんなさるし、おまけに、フォックス氏の言うとおり『やつらを殺させとけ』と言いなさるんだものね」

「失礼だがジェリバンドさんや、わしにゃそんなおぼえはありゃしませなんだが」へムプシード氏は、弱々しく異議を申し立てた。

しかし、ジェリバンド氏はついに彼の得意の壇上を占めることに成功したので、そう簡単に退却するつもりはなかった。

「さもなきゃあんたは、やつらの人殺しにわれわれ英国人を賛成させようてえんで、海峡を渡ってきたフランスの連中のだれかと近づきにでもなんなすったんだろう」

「あんたの言いなさるのは、なんのことかわかりませんわい、ジェリバンドさん」へムプシード氏は、やり出した。「わしの知ってるこたあ……」

「わたしの知ってるこたあ」と大声でわがご亭主はおしかぶせた。「わたしの友だちにペパコーンという男があったがね、国中で誠実で忠義な英国人はわれ一人と言わんばかりの顔してるんでさ。それでいながら、どうです。彼はあの蛙《かえる》を食うフランスのやつらと懇意になって、やつらが神を捨てた不道徳のかたまりのスパイであることを忘れ、英国人同士みたいにつき合ってるんでさあ。さあ、それからどんなことになったと思いますかね。ペパコーンは、やれ革命だ、やれ自由だ、やれ貴族を倒せのってしゃべりまくってますよ。ちょうど、ここにおいでのへムプシードさんみたいにね」

「失礼だがジェリバンドさんや」と、またもやへムプシード氏は弱々しく口をはさんだ。「わしはいっこうに覚えが……」

ジェリバンド氏は、なみいる部屋中の者に演説口調でよびかけ、人々は恐れをなした表情で、口をあんぐりあけて、ペパコーン氏の裏切りの暴露を聞いていたのだった。一つのテーブルに二人のお客——服装からみても明らかに紳士——が、やりかけのドミノゲームをわきにおしやって、ジェリバンド氏の国際論をしばらくじっとおもしろそうに聞いていた。やがて、その一人は、変化に富んだ口許に静かな皮肉な微笑をただよわせながら、部屋の中央に立っているジェリバンド氏のほうへ向いた。

「わが誠実なる友よ」彼はおだやかに言った。「きみはこのフランス人たちが——スパイときみは呼んだように思うが——きみの友人ペパコーン氏の意見を丸めこんでしまったのをすばらしく機敏だと思ってるようだが、いったい、どんな工合にやつらはそれをやったと考えるかね、ええ？」

「そりゃあなた、やつらは彼を説き伏せたんだと私は考えますな。このフランス人らは、前から聞いてましたが、生まれつきおしゃべりがうまいそうですからね。ここにいなさるヘムプシードさんなら、やつらが何んであんなふうに、ある種の人々を、うまうまと籠絡《ろうらく》できるのか話してくれますでしょうよ」

「ああ、そう。そうですか。ヘムプシードさん？」見知らぬ客はていねいにたずねた。

「いいえ、あなた」と、ヘムプシード氏はひどく怒って答えた。「おたずねの事柄については、なんにもお答えできないと存じますわい」

「わが尊敬すべきご亭主、この利口なスパイ連中が、今度はあんたの極度に国粋主義のご意見をくつがえさないように願うよ」とお客は言った。

しかし、この言葉ではジェリバンド氏も落ち着きはらっていられなくなった。彼は烈しく笑い出した。その笑いはたちまちのうちにほかの連中の間にも移って行ったが、それはとりもなおさず、ジェリバンドに借金している人々の追従《ついしょう》笑いにほかならなかった。

「ハハハ、ホホホ、ヒヒヒ」彼はあらゆる調子で笑った。わが尊敬すべきご亭主は笑って笑って、しまいには横腹が痛くなり、涙が流れ出るほど笑った。「わたしをですって？　お聞きなされ、やつらがわたしの意見をひっくり返すと、このおかたがおっしゃるのを聞いたかね？　えっ？　――まあまあ、とんでもないことをおっしゃいますわい」

「ジェリバンドさんや」とヘムプシード氏は、きっぱりと言った。「聖書にもあるじゃありませんか？　『自ら立てりと思う者倒れぬように心せよ』とな」

「だが、聞きなさいよ、ヘムプシードさん」

ジェリバンドは、まだ笑いがおさまらぬらしく、横腹をおさえてやり返した。「聖書はわたしを知ってるわけじゃないだろうがな。ええ、わたしは人殺しのフランス人なんかと、ビール一杯飲み交わしたこともないんだからね。それが、どうしてわたしの意見をかえることができますかい。わたしが以前聞いたことだが、蛙を食ってるやつらフランス人は標準英語さえ話せないそうじゃないか。だから、やつらのだれかが、あの神にも見放されたような言葉で話しかけてくりゃあ、わたしがたちまちやつらをかぎつけるのはもちろんじゃないか——見てなさい——あらかじめ注意することはすなわち、あらかじめ武装することだ——と諺《ことわざ》にもあるじゃないかね」

「そのとおり、わが誠実なる友よ」見知らぬ客は快活に賛成した。「きみがすごく炯《けい》眼《がん》で、きみ一人でフランス人の二十人ぐらいはやすやすと相手に取れるってことがわかったよ。さあ、ご亭主、このビンの酒をわたしといっしょに乾してくれないか。きみの健康を祝そうよ」

「こりゃ恐縮でございますな」と、ジェリバンド氏は、彼の大笑いのおかげで、まだ流れ出ている涙をぬぐいながら言った。

「ぜひいただきます」

見知らぬ客は、二つの大杯になみなみと酒を注いで、一つを亭主に差し出し、他を自分でとった。

「忠誠なるわれら英国人すべてによ」と彼は、そのうすい唇の隅に前と同じおかしそうな微笑を浮かべながら言った。

「われわれは忠誠ではあるが、この酒だけは、まあ、フランスからわれわれのところに来たありがたい贈り物と、言わなければならないね」

「まったく、まったく、だれもそれは否定しませんな」わがご亭主も賛成した。「そして、英国中でもっともすぐれたご亭主、わがジェリバンド氏の健康を祝します」と、客は一段声をはり上げて言った。

「ヒップ、ヒップ、フレー！」居ならぶ人々はいっせいに和した。それにつづいて高い拍手喝采がおこり、これといって意味もない哄笑につれて、杯やコップがテーブルの上でカチカチ陽気な音楽をかなでた。その中からジェリバンド氏が切れぎれに口ごもりながら叫ぶのがきこえた。

「いや、このわたしが、神から見放された外国人に説き伏せられるなんて――どうだろう――まったくあなたは変わったことをおっしゃる」

このもっともな事実に、客は心から賛成の意を表した。ヨーロッパ全大陸の住人がすべて、ろくでなしだというジェリバンド氏の根強い考えを、だれかがひっくり返そうなんて、たしかに途方もないことだった。

3　亡命者

このころ、フランス人とその行為に対する英国各地の感情は、たしかに悪化の一路をたどっていた。フランスと英国の間を往復するもぐりの商人や正当な商人たちが、海峡の向こうから、さまざまのニュースをかき集めてきたが、いやしくも英国人たる者は皆それを聞いて、血が煮えくり返るような思いを味わい、あの人殺しのやつらをひどい目にあわせてやりたいと願うのだった。フランス人は王家の人々を監禁し、女王とその子供たちにありとあらゆる侮辱を加えたのみならず、今や、全ブルボン王家とその関係者すべての血をよこせと大声で要求しているのである。

マリー・アントワネットの若くして美しき友、デランバーユの死刑執行は、全英国人をえも言われぬ恐怖でつつみ、日ごと行なわれる何十人という良家の王党員の死刑は、全文明ヨーロッパに復讐を求めているかのようであった。

しかし、それにもかかわらずどこも干渉しようとしなかった。バーク氏は熱弁をかたむけて英国政府に、フランス革命と戦うよう勧告しぬいたが、ピット氏は持ち前の慎重さを振りかざし、わが国が骨の折れる、費用のかかる戦いにのり出すには、時まだ早しとして承知しなかった。オーストリアこそ率先して行動を開始すべきである。オーストリア、そのもっとも美しい皇女は猛り狂う群衆に女王の位から引きおろされて、今なお幽閉され、屈辱の下にある。だからして——とフォックス氏は論じた——一組のフランス人が、他の一組を殺しているからと言って、英国民全体が武器をとって立ち上がる必要はないとフォックス氏は論じ立てた。

ジェリバンド氏とその仲間のジョン・ブルたちは、すべて外国人をひどく軽蔑の眼で眺めていたが、彼らは一人のこらず王党派であり反革命主義者であった。それで現在のピット氏の慎重さと控え目な態度にすっかり憤慨していた。もちろん彼らは、この偉大な政治家のとっている外交政策の真意など知るよしもなかったのであるが。

しかし、今やサリイは非常に興奮し、かつ夢中になって駆け込んできた。食堂の陽気な人々には外の物音は少しも聞こえなかったのであるが、サリイは、〝漁師の宿〟の戸口にずぶぬれになった馬と乗手がとまった音を聞きつけたのだった。そして馬丁の少年が、馬の世話にかけ出したのと同時に、彼女はこのだいじな客の歓迎に表口へ出ていった。

「お父っさん、中庭で見たのはアントニイ侯のお馬らしいわ」彼女は食堂を通り抜けながら言った。

しかし、すでに戸はさっと外側から広く開かれ、次の瞬間、褐色の布につつまれた腕から、どしゃ降りの雨の滴をポタポタたらしているままで、きれいなサリイの腰にまきつき、晴れやかな声が食堂の磨きぬいた桷《たるき》にひびき渡った。

「おまえの鳶色《とびいろ》の眼は、なんてはしっこいんだろうね、ぼくのかわいいサリイ」と、たった今、はいってきた人は言った。一方、わがジェリバンド氏は、彼の宿の最上の顧客の到着にふさわしくあわてふためき、熱心に、機敏に、せかせかと進み出て行った。

「ああ、まったく、サリイ」アントニイ侯は、サリイ嬢のバラ色の頬に接吻《せっぷん》した。「おまえは、見るたびにますますきれいになってくるね。わが誠実なる友ジェリバンド、きみの娘のこのほっそりした腰から男たちを遠ざけるのは容易なことじゃなかろうな。どうです、ウェイト君？」

ウェイトは、アントニイ侯を尊敬するが、この種の冗談はありがたくないらしく、ただあいまいにうめいただけだった。

アントニイ・デュハースト侯は、エクセター公の息子の一人で、当時の典型的な英国青年紳士であった。丈高く均整のとれた体軀、広い肩と陽気な顔附きを持ち、その高らかな笑いは彼の行く先々到るところにひびき渡った。立派な運動家であり、愉快な話相手、礼儀正しい、洗練された、よい意味で世事にもたけ、しかも気むずかしくなるほどの頭脳の鋭さもなく、人のよいところのある彼は、ロンドン社交界でも、また村の旅籠《はたご》の食堂においても、いつも寵児《ちょうじ》であった。〝漁師の宿〟ではだれもみな、彼と知り合っていた。というのは、彼はフランスへの旅行を大変好み、往き帰りにはいつも、このジェリバンド氏の宿に一晩泊まるからであった。

彼はやっとサリイの腰から手をゆるめて、ウェイトやピッキンその他の者たちにうなずいて見せ、からだを暖め乾かすため部屋を横切って炉のほうへ行った。横切るとき、彼は静かに、ドミノをつづけているあの二人の客に、すばやく、やや疑わしげな視線を投げた。そしてちょっとの間、深い、まじめな、気づかわしげなとも言える表情が、彼の若々しい楽しげな顔をくもらせた。

　だがそれも一瞬のことだった。次の瞬間には、彼は、うやうやしく額に手をやって敬意を表しているヘムプシード氏のほうを向いていた。

「これはこれは、ヘムプシードさん、果物のできばえはどうです？」

「わるうございます、若だんなさま、わるうございます」ヘムプシード氏は、悲観した調子で答えた。「でございますが、あの自分たちの王様や貴族たち全部を殺そうとしている、フランスの悪者どもにひいきしているわが国の政府を考えてみれば、無理もないことでございましょう」

「やれやれ」アントニイ侯は答えた。

「みんなやられちまうだろうな、ヘムプシードさん。少なくとも捕まった連中は運のつきさ。だが今夜ここへ着く友だちは、どうやらやつらの爪を逃れたしあわせ者なんだよ」

　こう言ったとき、青年は片隅にいる物静かな客たちに挑戦するらしい眼差しをなげたように見えた。

「あなたとあなたのお友だちのおかげで、と聞いておりますがね」と、ジェリバンド氏が言った。

が、たちまちアントニイ侯は手を伸ばして亭主の腕をおさえて、何か用心させるのだった。

「しっ！」と彼は命令するように言い、思わずもう一度、あの客たちのほうに眼をやった。

「あっ、若だんなさま、あのかたたちは大丈夫でございますよ、若だんなさま」ジェリバンドは答えた。「ご心配にはおよびません、ただ気のゆるせる人ばかりでなかったら、申しはしませんです。あそこにおいでのかたは、若だんなさまの前ではございますが、あなたと同様、ジョージ国王陛下の信頼すべき忠義な臣でございます。あのかたは、つい最近ドーヴァーへ移っておいでになったばかりで、このへんで仕事をお始めになろうとしてなさるんでございます」

「仕事だって？　じゃあ、葬儀屋でもするだろう。ぼくはあんな陰気くさい顔を見たことがないよ」

「いいえ、あなたさま、あのかたはきっとやもめでございますよ。それで、あんなに憂うつなようすをなさっているにちがいございません。あのかたが安心なお人ってことは、このわたしが保証致しますでございますよ、あなたさま。人を一目見て、ぴたりとその人となりを判じるには、繁昌している宿屋の亭主が誰よりもうまいってことは、あなたさまだって……」

「ああ、それならいいんだよ。安心な人ばかりならけっこう」アントニイ侯は言った。彼は明らかに亭主と、このことについて論じ合いたくないようすだった。「だがなんだろうね。ほかには、ここに泊まってる者はないんだろうね」

「誰もございませんし、またそういう予定のおかたもございません、少なくとも……」

「少なくとも？」

「あなたがご反対なさいますような人ではございません」

「誰か来るのかい？」

「パーシイ・ブレークニイ卿と奥方さまが、ほどなくご到着のはずでございますが、お泊まりにはなりませんはずで……」

「ブレークニイ令夫人だって？」驚きの色を見せてアントニイ侯は問い返した。

「さようでございます。パーシイ卿の船長がちょっと前にこちらへまいりまして、令夫人のお兄さまが、パーシイ卿のヨット〝真昼の夢号〟でフランスにお発ちになるので、パーシイ卿と奥方さまが、わざわざここまでお見送りにいらっしゃるからと申しました。お気におさわりでございましょうかしら？」

「なんで気になんかさわるものか、ぼくの機嫌をわるくするようなことはありゃしないよ。ただし、もしだね、夕食の料理にサリイ嬢が飛切りの腕前を出さないで、〝漁

っていた。客はピカピカ光る白鑞の大杯と青い陶器がおかれ、見るも華やかで、楽しい食卓であった。

師の宿〟最上のものができなかったら、その時は別だよ」

「それはご心配におよびませんわ」二人が話している間、せっせと食卓を飾りたてていたサリイは言った。それは眼もさめるようなダリヤの花束をまんなかに、まわりにはピカピカ光る白鑞の大杯と青い陶器がおかれ、見るも華やかで、楽しい食卓であった。

「何人さままでございましょうか」

「五人分の席を頼む、サリイ。だが食事はたっぷり十人前にはしておいてくれ給え――われわれの友人たちは、疲れきってて、かなり空腹のことと思うからね。ぼくだって今夜は、ロース肉を丸のみにしたいくらいだよ」

「あらっ、いらしたらしゅうございますよ」かすかに聞こえていた馬や車輪のガラガラいう音が、今やはっきり聞こえ、どんどん近づいて来るのを耳にしたサリイは興奮して言った。

食堂の人々も騒めき立った。だれも彼も、この海峡を渡ってきたアントニイ侯の身分ある友人たちを早く見たいと思った。サリイ嬢は、壁にかかっている小鏡にちらっと一、二度すばやく眼をやり、尊敬すべきジェリバンド氏は、この高貴なお客さまがたにまず一番にご挨拶しなければと、あわてふためいて出て行った。片隅の二人の客だけが、一同の興奮からぽつんと離れていた。彼らは落ちついてドミノをつづけ、一度も戸口のほうに眼をやろうとはしなかった。

「まっすぐにどうぞ、伯爵夫人、右手のドアでございます」と、外で快活な声がした。

「さあきた。これで安心だ」アントニイ侯はうれしそうに言った。「ぼくのかわいいサリイや、あっちに行って早いとこスープを頼むよ」

扉はさっと開かれ、やたらにおじぎと歓迎の言葉を振りまいているジェリバンド氏を先頭に四人の人々——二人の婦人と二人の紳士——が食堂にはいってきた。

「ようこそ、わが英国にいらしってくださいました」と、アントニイ侯は朗らかに言いながら、新来者へ両手をひろげ、いそいで出迎えた。

「おお、あなたさまが、アントニイ・デュハースト侯でいらっしゃいますか」と、婦人の一人は強い外国なまりで言った。

「あなたさまのしもべでございます、奥さま」と答えて、彼は二人の婦人の手にいんぎんに接吻し、それから紳士たちのほうに向き、二人の手をかたく握った。

サリイはすでに婦人たちの旅行外套《がいとう》をぬぐ手伝いをしてやり、二人の婦人は寒さにふるえながら、あかあかと燃えさかる炉ばたに向いた。

食堂の人々はいっせいに席を立った。サリイは急いで台所に駆け去り、ジェリバンドは、まだペコペコ挨拶をさかんに述べながら、炉ばたに一つ二つ椅子をならべた。ヘムプシード氏は額に手をやりながら、静かに炉ばたの席から退いた。人々はみな珍しそうに、しかし、かしこまって外国人たちを眺めていた。

「ああ、あなたさまがた、まあなんと申し上げたらよろしゅうございましょう」と、年上のほうの婦人は、美しい貴族的な両手を炎にかざしながら、溢れるばかりの感謝の表情を、まずアントニイ侯に向け、ついで彼女の一行とともにきた青年の一人に向けた。彼は今、重いマントを脱ぐのに夢中になっていた。

「あなたさまが英国にお着きになりましたのをおよろこびくださり、困難な航海にもさしたるお疲れがないと仰せくだされば、この上の喜びはございません、伯爵夫人」

アントニイ侯は答えた。

「ほんに、ほんに、わたしどもは英国に参れまして、うれしゅうございます。おかげさまにて、これまでこうむりました苦労は、もうすっかり忘れ去りました」彼女の声は音楽的で低かった。そして気高い気品と、雄々しくも耐えてきた多くの苦労の跡が、その美しい貴族的な顔にきざまれ、ゆたかな雪白の髪は、当時の流行で額の上高く束ねられていた。

「アンドリュウ・フークス卿は、愉快な旅の道連れでございましたことと存じますが、奥さま？」

「ああ、ほんとうに、アンドリュウ卿はご親切そのものでございました。子供たちもみなさまになんと申し上げたらよろしいか、お礼の言葉もござりませぬ」

たおやかな、少女の域をぬけない、そして疲れと悲しみのため、あどけない痛々しい表情をした彼女の連れはこれまで一言も言わなかったが、このとき涙をいっぱいためた大きな鳶色の眼を火から上げて、アンドリュウ・フークス卿の眼を求めた。アンドリュウ卿は炉ばたの、彼女の近くへ寄ってくるところであった。そして彼の前の愛らしい顔を、ありありと感嘆の色をこめてじっと見つめている彼の眼と、彼女の眼が合うと、青ざめた彼女の頰にさっと紅がのぼった。

「ほんとにこれが英国ですのね」と彼女は子供らしい物珍しそうなようすで、大きな開いた炉や樫材の椨《たるき》、丹精した仕事着を着ている陽気な赤い顔の英国の田舎者たちを見まわした。

「その一部ですよ、お嬢さん、しかし全英国があなたのご用を待っております」と微笑みながらアンドリュウ卿は答えた。

若い令嬢はふたたび頰をそめた。だが今度は、明るい微笑がさっと、その優雅な顔にうかんだ。彼女は何も言わなかった。アンドリュウ卿も黙っていた。が、しかしこの若い二人はおたがいにはっきり理解し合っていた。それは世界中の若い人々のみの知っている沈黙の中に通じ合う方法であって、開闢《かいびやく》以来ずっとつづいて来たのである。

「食事はどうした?」アントニイ侯の陽気な声がとんできた。「食事だ、ジェリバンド、おまえのきれいな娘とスープはいったいどこへ行っちまったんだ?　おい、亭主、おまえがポカンと口を開けてご婦人がたにみとれている間に、このかたがたはお腹がへって倒れてしまいなさるよ」

「もうちょっと、ちょっとでございます」と、ジェリバンドは台所の戸を勢いよく開けて大声でどなった。「サリイ、おい、サリイや、できたかい、おまえ?」

サリイは、すっかり用意ができていた。次の瞬間、彼女は、湯気がもうもうとたちのぼり、良い香をはなっている大きなスープ入れをささげ持って戸口にあらわれた。

「やれやれ、やっと夕飯だ」アントニイ侯は楽しげに叫んで、伯爵夫人にいんぎんに腕をさし伸べた。

「失礼でございますが」と、うやうやしくつけ加えて、夫人を食卓にみちびいて行った。

食堂では人々はざわざわと立ち上がった。ヘムプシード氏や農夫や漁師のあらかたは「上流のかたがた」に遠慮し、どこかほかで一服つづけようと、すでにいなかった。ただ、例の二人の客だけが静かにあたりにかまわずドミノをたたかわし、酒をすすりながら坐《すわ》っていた。また別のテーブルでは、大分癇癪《かんしゃく》を起こしているハリイ・ウェイトが、きれいなサリイが食卓のまわりを忙しく飛びまわるのをじっと見守っていた。

彼女は英国田園生活のみやびやかな絵そのものであって、多感なフランス青年が彼女の美しい顔から眼をはなせないのは無理もないことだった。トルネイ子爵は、ようやく十九になったかならずの、ひげのない小僧っ子であって、彼の祖国で演じられている恐ろしい悲劇には大した感銘をうけていなかった。彼は洗練された、むしろ伊達《だて》ものと言っていいくらいの服装をしていた。そしていったん、無事に英国に上陸するや、英国での生活の喜びに夢中になって、明らかに革命の恐怖など忘れ去ろうとしていた。

「ああこれが英国なら、それに満足した」と言って、彼はありありと満足の色を見せて、しきりにサリイに秋波を送った。

このとき、ハリイ・ウェイト氏の喰いしばった歯の間からもれた叫びを、そのまま録音することはとうてい不可能である。ただ、「上流社会」、とりわけアントニイ侯への尊敬の念だけが、いまにも爆発しそうな、この若い外国人への反感を辛うじて抑えさせたのだ。

「いかにも、これが英国なんですよ。このやくざの遊び人さん」アントニイ侯は笑いながら口をはさんだ。「このどこよりも一番道徳堅固の国に、きみたち、だらしない外国風を持ち込まないように頼みますよ」

アントニイ侯は伯爵夫人を右手にして、すでに食卓に坐っていた。ジェリバンドは酒を注いだり椅子を直したり、くるくる廻っていた。サリイはスープを配ろうと待ちかまえていた。ハリイ・ウェイト氏の友人は、やっと彼を食堂からつれ出すことができた。というのは、子爵のサリイ崇拝を眼のあたりに見せつけられたハリイ・ウェイトの憤怒は、ますますつのるばかりで物騒だからであった。

「スザンヌ」と、いかめしい伯爵夫人のきびしい命令的な声がやってきた。

スザンヌは、また頰をそめた。炉ばたに立ち、その愛らしい顔を、立派な英国青年のじっと見つめるがままにまかせ、そして彼の手がわれ知らずというふうに彼女の手に重ねられるがままにしていた彼女は、時も所も忘れていたのであった。母の声で現実の世界にひき戻された彼女は、素直に、「はい、お母さま」と答えて、食卓の自分の席についた。

4 〝べにはこべ〟

彼らが食卓を囲んだところを見ると、まことに美しい、幸福な、とさえ言えるひとむれに見えた。アンドリュウ・フークス卿とアントニイ・デュハースト侯、美貌で、名門の生まれで気品があり、西暦一七九二年における代表的英国紳士である二人、それと恐ろしい虎口を脱し、ようやくのことで保護者なる英国の岸に安全な避難場を見つけたばかりの、フランスの高雅な伯爵夫人とその二人の子供たち。

隅のほうでは例の見知らぬ二人の客がドミノを終えたらしかった。一人は立ち上がり、食卓の陽気な人々に背中を向けて、彼の大きな二重まわしのマントをゆっくりと手間どりながらまといはじめた。そうしながら彼はすばやく周囲を一べつした。誰も彼も笑ったり話したりに夢中になっていた。彼は「大丈夫」とつぶやいた。すると彼の連れは、長い修練からきた敏捷《びんしょう》さでさっと膝を折り、次の瞬間、音もなく樫の長椅子の下に這《は》い込んでしまった。それから客は高らかに、「お休みなさい」と言って食堂から出て行った。

食卓の人々は誰一人としてこの不思議な黙劇に気がついた者はなかった。それどころか、やがて客が食堂の戸を閉めてしまうと、なんとはなしにほっと安堵《あんど》の息をついた。「やっとわれわれだけになりましたね」アントニイ侯は楽しそうに言った。

若いトルネイ子爵は杯《さかずき》を手に立ち上がり、その時代特有の優雅な身のこなしで杯を高く捧げ、片言の英語で言った。

「英国のジョージ三世陛下に奉ります。われらすべて哀れなフランスの亡命者たちへのご助力に対し、神の祝福を祈り上げます」

「国王陛下へ」と、アントニイ侯とアンドリュウ卿は唱和し、うやうやしく乾杯した。「ルイ、フランス国王陛下へ」とアンドリュウ卿はおごそかにつづけた。「神よ、陛下を守りたまわんことを。しこうして彼をしてその敵の上に勝利を得せしめたまえ」

一同は、立ち上がって沈黙の中に乾杯した。今はみずからの人民たちのとりことなっている不幸なフランス王の運命は、ジェリバンド氏の陽気な顔にさえ一抹の影を落としたようだった。

「それからパッスリーブのトルネイ伯爵へ」アントニイ侯は朗らかに言った。「われわれが彼を日ならずして英国に迎えんことを」

「ああ、あなたさま、とてもそのようなことは望めもいたしません」と伯爵夫人は、ややふるえる手で杯を口許にはこびながら言った。

しかし、すでにアントニイ侯はスープを配り終え、それにつづいてしばらくいっさいの会話はとだえた。ジェリバンドとサリイは料理の皿を廻し、食事は始められた。

ややしばらくして、アントニイ侯は「伯爵夫人、わたしの乾杯は本気です。あなたさまも、スザンヌ嬢も、それにわたしの友人なるこの子爵がこうして無事に英国に到着していられるのをご覧くださいませ。伯爵のご運命についてもあなたはご安心なさってよろしいのです」

「ああ、あなたさま」伯爵夫人は深い溜息とともに答えた。「神さまにおまかせ申し上げます――わたしはただ祈り――そして希望を持ち……」

「そうですとも、奥さま」アンドリュウ・フークス卿は横合から口を出した。「ぜひとも神をお信じください。しかし同時に少しはあなたさまの英国の友人たちをも、お信じいただきとうございます。あなたさまがたを今日ここへお連れ申してきたように、伯爵もまた無事海峡の向こうからお連れ申すと誓ったわたしどもをご信用いただきたい」

「ほんとうに、ほんとうに、さようでございます。わたしはあなたさまやあなたさまのお友だちに、すべてをおまかせ申しているのでございます。まったく、あなたさまがたのご名声はフランス中にひろまっているのでございますよ。わたし自身の友のある人々が、あの恐ろしい革命裁判の爪から逃れた方法などはまず奇蹟と申すよりほかございません。しかもこれはみんなあなたさまやお友だちのかたがたのおかげさまで……」

「われわれはただ手先に過ぎないのでございます、伯爵夫人」

「ですがわたしの夫は」と涙をおさえた伯爵夫人は声をつまらせながら、「恐ろしい危険の中にいるのでございます――ただ、子供たちが……わたしは夫への義務と子供たちへの義務との板ばさみになりました……子供たちはわたしといっしょでなければ行かないと申しますし……それにあなたさまや友人のかたがたも夫のことは安心するよう、かたくおっしゃってくださいましたし……でもああ、今わたしはこうしてここであなたさまがたにかこまれ――この美しい、自由な、英国におりますと――あんな危険の中を獣のように追われ、命がけで逃げ廻っている夫のことを思いますと……ああ！　わたしは夫を残してくるのではありませんでした！　……夫を残してくるのではございませんでした」

哀れな夫人はすっかりくずおれてしまった。疲れと悲しみと激情が、日ごろのいかめしい貴族的な態度を打ち負かしてしまって、彼女はひそやかにすすり泣いていた。スザンヌは母にかけよりその涙を接吻《せっぷん》で拭おうとした。

アントニイ侯とアンドリュウ卿は伯爵夫人が話している間は黙って耳を傾けていた。彼らが夫人に深く同情したことに疑いはない。二人の沈黙がそれを証明した——しかしいつの時代にも、英国始まって以来、常に英国人は自分の感情や同情を表わすことはなんとなく恥ずかしく感じる癖がある。それで、この二人の青年もなにも言わずひたすら彼らの感情をかくそうと努めたので、ひどく内気なきまり悪そうなようすでひかえていたのであった。

「わたしはね」と、スザンヌは突然、その豊かな栗色の巻毛の間からアンドリュウ卿を見やって言った。「わたしはあなたさまを絶対にお信じ申し上げております。そして今日わたしどもをお連れくださいましたように、父をも無事英国にお連れくださいますことをちゃんと存じております」

この言葉には無限の信頼、溢れるばかりの希望と信仰がこもっていたので、まるで魔法にかかったように母親の涙を乾かしてしまい、人々の口許に微笑をもたらした。

「いや、これはいたみ入ります、お嬢さま。わたしの全生命はあなたさまにお捧げ申しております。しかし、わたしはわれわれの偉大な首領の手の中の、とるに足らぬ道具にすぎないのでございます。彼こそあなたさまがたの脱出を企て、これをなしとげた者でございます」アンドリュウ卿は答えた。

彼が異常な熱烈さをもって語ったので、スザンヌは眼に驚きの色を浮かべて彼をじっと見つめた。

「あなたさまの首領でございますって?」伯爵夫人は熱心に言った。「ああ、もちろん、首領をお持ちでいらっしゃいましょうとも。ですのに、わたしは、まあ、今まで考えも致さなかったのでございますよ。で、そのおかたはどこにいらっしゃいますか。すぐにもお伺いして、わたしも子供たちも、そのおかたの足許に身を投げ出し、お礼を申し上げねばなりません」

「ああ、奥さま、それは不可能です」アンドリュウ卿は言った。

「不可能?　どうしてでございましょうか」

「なぜかと申しますと、〝べにはこべ〟は陰で働いているのでして、絶対秘密のかたい誓いの下に、彼の直接の部下たちだけにしか知らせてないのでございます」

「〝べにはこべ〟ですって?」スザンヌはおかしそうに笑った。「まあ、なんておもしろい名前でしょう。〝べにはこべ〟ってなんでございますの?」彼女は好奇心に燃えてアンドリュウ卿を見た。青年の顔は別人のようになった。彼の眼は熱に輝き、首領への英雄的崇拝、愛、尊敬の交錯したものが、文字どおり彼の顔に輝き溢れるかに見えた。

「〝べにはこべ〟は、お嬢さま」彼はようやく言った。「英国の路傍に咲く可憐な花の名前でございます。しかし、同時にまた、それは世界中でもっともすぐれた勇者の身許をかくすために選ばれた名前であり、それにかくれることが、すでに始められた彼の高貴なる仕事をなしとげるのには都合がいいのです」

「ああ、そうですとも」と若い子爵は口をはさんだ。「わたし、この〝べにはこべ〟のこと、聞いたことあります。小さな花――赤でしたか？　――そうですね。パリではみな話していますが、王党員の者が英国に逃亡するたびに、あの検事のフキエール・タンビールのやつが、赤で描いたその小さい花のついた紙を受け取るそうですね。そうでしょう？」

「そうです。そうなんです」アントニイ侯はうなずいた。

「では彼は今日もそのような紙、一枚受け取ってありますか」

「受け取ってましょうとも」

「まあタンビールは、なんと申しましょうね。あの小さな赤い花の模様だけを彼は恐れていること、わたしきいておりましたわ」スザンヌはうれしげに言った。

「そうですよ。で、これからも、何度となく、いやというほど、彼はあの小さな模様を拝ませられることでしょう」アンドリュウ卿は言った。「ああ、あなたさま」伯爵夫人は吐息をついた。「お話を伺っておりますと、まるで小説のような気が致しまして、わたしなどには、なんのことやらさっぱりわからなくなってまいります」

「わかろうとなさることは、ないではありませんか、奥さま」

「でございますが、どうしてあなたさまがたは――ご自分のお金をつかい生命をかけて――ほんとうに、あなたさまがたがフランスに一歩、おみ足をおかけになりましたが最後、お命は危いのでございますもの――しかもみなさまにはなんのかかわりもないわたしどもフランスの男や女のためにおつくしくださるのでございますか？」

「スポーツですよ、伯爵夫人、スポーツですよ」アントニイ侯は楽しげな、陽気な大声で言った。「われわれは、ご存じのようにスポーツ好きの国民でございます。そして猟犬の歯の間から野兎《のうさぎ》を引ったくって来るのが今の流行なのでございます」

「どうして、どうして、スポーツばかりではございますまい。あなたさまがたのなさる立派なお仕事にもっと気高い動機がおありのことと存じますわ」

「では奥さま、その動機をお探しくださいませ。わたし自身について申し上げれば、このゲームを愛するがゆえに、ということをお誓い致します。まずもって、こんなにすばらしいスポーツには未だかつて出会ったことはございませんな――間一髪の脱出……身に迫る危険を乗り越えて——ほーほーと声をあげて——われわれは飛んで行きます」

しかし、伯爵夫人にはこの心境は理解できぬらしく頭を振っていた。この青年たちや、彼らの偉大な首領は揃いも揃って金持であり、たいていは名門の生まれにちがいない若い人々が、単にスポーツのみが動機で、絶えず恐ろしい危険をおかしているとは、途方もないことに思われた。彼らが英国民であることだって、いったんフランスの土をふめば、なんの安全保障にもならないのだ。たとえ、どこの国籍の者であろうと、嫌疑のかかっている王党員を、かくまったり助けたりしているのが見つかれば、情ようしゃもなく罪を宣告され、たちどころに処刑されるのであった。そしてこの若い英国人の一隊は、彼女の知っているところでは、パリの市内においてさえ、あの執念深い、血に飢えた革命裁判を向こうにまわし、有罪の判決を受けた生け贄《いにえ》をギロチンの刃の下から、ひっさらって来るのであった。身震いして彼女は、この二、三日来の事件をふりかえってみた。二人の子供たちとのパリ脱出、ガタガタの倒れそうな荷馬車の幌の下に三人がかたまって忍んでいたこと、蕪《かぶら》やキャベツの山の中にもぐりこんで、あの恐ろしい西門で群衆が「貴族どもを縛り首にしろっ」と怒号していた時に息を殺していたことなど……。

すべてが奇蹟のように、運ばれたのであった。彼女と夫は「容疑者」の表《リスト》に名がのっていること、すなわち、彼らの裁判と死は数日どころか、たぶんもう時間の問題であることがわかったのであった。

その時に救いの希望があらわれた。謎の紅の模様で署名した不思議な手紙、いやおうなしの命令的指令、トルネイ伯爵との別離で夫人は心臓を二つに断ち割られる思いだった。再会の希望、二人の子供との逃亡、荷馬車の旅、鞭《むち》の柄に気味のわるい戦利品をつけた悪鬼のような老婆！　伯爵夫人は野趣に富んだ、古風な英国のはたごやと、公民権と信仰の自由が確立しているこの国の平和さを見廻した。そして眼を閉じてあの西門での光景や、老婆がペストだと言った一言で、恐怖にうたれて後退した群衆のいまわしい幻影を払いのけようとした。

あの荷馬車の中では今にも見破られ、捕えられて、子供たちもろとも、裁判に附され、判決を下されることを予期していたのだった。ところがこの英国の青年たちは、彼らの勇敢かつ不可解なる首領の下に、今までにも数十の無実の人々を助けてきたように、この人々をも救い出すためには、彼らの生命を賭して奮闘したのである。

これがただスポーツのためだけであろうか？　ありえない！　スザンヌの眼がアンドリュウ卿の眼を求めた時、それは、すくなくとも、彼だけはアントニイ侯が言っているようなことよりも、遥かに崇高な動機によって同胞を、恐るべき不当の死から救い出そうとしているのだ、との彼女の確信をはっきり語っていた。

「あなたがたの勇ましい団員は何人いらっしゃるのでございますか」彼女はおずおずきいた。

「全部で二十人であります、お嬢さま。一人が命令を下し、あとの十九人がそれに従うのでございます。一人残らず英国人で、みんな一つの主義——すなわちわれわれの首領への服従と罪のない人々の救出、とを誓い合っているのであります」

「神の守護がみなさまの上にありますように！」と、伯爵夫人は熱情をこめて言った。

「これまで神はずっと守ってきてくださいました、奥さま」

「まったく、わたしはびっくりしてしまいました。みなさまがこんなに勇敢で、同胞のために一身を捧げていらっしゃることに驚き入りました——しかもみなさま英国人でいらっしゃいますのにねえ。ところが、フランスでは裏切り行為ばっかりです。みんな自由と博愛の美名にかくれて」

「婦人連中のほうが、フランスでは、男子よりもいっそうぼくたち貴族にひどいですよ」と子爵は吐息とともに言った。

「そのとおりです」と伯爵夫人もうなずいたけれども、彼女の悲しみに充ちた眼には、傲慢な軽蔑と烈しい憎しみの表情が、さっとあらわれた。

「たとえば、ここにマーガリート・サンジュストと申す女がございました。この女はサンシール侯爵とその家族全部を、あの恐ろしい革命裁判に告発したのでございます」

「マーガリート・サンジュストですって?」アントニイ侯はちらっと気づかわしげな視線をアンドリュウ卿に投げた。

「マーガリート・サンジュストですか? ――確かに……」

「さようでございます。確かにあなたさまはあの女をご存じでいらっしゃいましょう? あの女はフランス座の花形女優でございました。そして最近英国人と結婚しました。あなたさまはきっとあの女をご存じのはずです――」

「知ってるかですって? レディ・ブレークニイを知らないでどうしましょう――ロンドン社交界の花形――英国一番の財産家の令夫人です。むろん、われわれはみんな、ブレークニイ令夫人を知っております」アントニイ侯は言った。

「わたし、あの人とパリの修道院で学校友だちでございましたの」スザンヌは口をはさんだ。「で、わたしたちはいっしょに英国へお国の言葉を勉強しにまいったことがございました。わたしはとてもマーガリートが好きでございましたから、あの人がそんな悪いことをするなんて信じられませんわ」

「まったく信じられませんなあ」アンドリュウ卿は言った。「あの婦人が実際にサンシール侯爵を告発したとおっしゃるのですか。どうしてそのようなことをされたのでしょう。きっと何かのまちがいにちがいありません――」

「まちがいのあろうはずがございません」伯爵夫人は冷やかに答えた。「マーガリート・サンジュストの兄は有名な共和党員で、その兄とわたしの従兄サンシール侯爵の間に、私的な争いがあったらしゅうございます。サンジュスト家は、まったくの平民でございまして、共和政府は大勢のスパイをやとっているのでございます。ほんとうにまちがいなどはございません。あなたさまはこのことをお聞きになったことはございませんか？」

「はい、奥さま、何かぼんやりそのような噂《うわさ》が耳にはいったことはございますが、しかし英国では誰も信じる人はありますまい。夫人の夫パーシイ・ブレークニイ卿は非常な金持で、社会的にも高い地位におられ、皇太子殿下の親友でございますし……ブレークニイ令夫人はまた、ロンドンの流行と社交界を同時にひきいていられますから」

「さようでございましょうとも、あなたさま。むろん、わたしどもは英国では非常に静かな生活を送ることでございましょうが、この美しい国にとどまっております間に、マーガリート・サンジュストに会わないですみますようにと、お祈りしておりますわ」

食卓を囲んだ楽しい、小さなひとむれは、白々とした空気につつまれてしまった。スザンヌは、悲しげに黙ってしまった。アンドリュウ卿は不安そうにフォークをやたらに動かしていた。一方、伯爵夫人は貴族的偏見という板金鎧《よろい》の中に納まって、固い表情をしてまっすぐな背の椅子に坐《すわ》っていた。アントニイ侯はと見れば、この上もなく居心地悪そうだったが、これも彼同様、不愉快そうなジェリバンドのほうを一、二度気づかわしそうに見やった。

「何時ごろパーシイ卿とブレークニイ令夫人はお着きになるのかい？」と彼は、はたにはわからないよう、そっと亭主に小声できいた。

「さあ……今か今かとお待ち申し上げているのでございます」ジェリバンドはささやき返した。

彼が言いも終わらぬうちに、すでにかすかな馬車の轍《わだち》の音がきこえてきた。だんだん音は高くなり、かけ声まで一声二声きこえてきた。やがて馬の蹄《ひづめ》がでこぼこの石ころの道にカチカチあたる音がし、次の瞬間、馬丁の少年が食堂の戸をさっと開けて、夢中でかけ込んできた。

「パーシイ・ブレークニイ卿と令夫人がお見えになりました。たった今お着きになったばかりでございます」彼は金切声でどなった。

さらに多くの掛け声、ガチャガチャいう馬具、石にあたる鉄の蹄の音などとともに、四頭のすばらしい馬に引かせた立派な馬車が〝漁師の宿〟の戸口にとまった。

5　マーガリート

気持のいい宿屋の樫の桷《たるき》作りの食堂は、一瞬にして救いようのない狼狽と困惑のるつぼに変わってしまった。馬丁の知らせを聞くや、アントニイ侯は当時流行の悪態《あくたい》を飛ばしながら椅子からとび上がり、ただうろたえているジェリバンドに、やつぎ早にめちゃくちゃな指図を下した。

「頼むよ、亭主」と彼は手を合わさんばかりだった。「レディ・ブレークニイをちょっとほかの話でもしてお引きとめしといてくれ。その間にご婦人がたがあちらへ移るから。ちぇっくそっ、こんな間のわるいことはない」と彼はさらに猛烈な毒口をとばした。

「早く、サリイや、灯りを」と、どなったジェリバンドは、かわるがわる、一本足で跳ねながら、あちらこちらかけ廻り、それがまたいやが上にも人々の不快を増すのであった。

伯爵夫人もまた立ち上がった。まっすぐにからだを伸ばして、厳然として心の動揺を押しかくし、もっと似つかわしい冷静な態度に見せたいものと骨折りながら、彼女は機械的に繰り返した。

「わたし、あの女には逢いません、あの女には逢いません」

外ではこの特別大切なお客の到着に、騒ぎはますます烈しくなった。

「いらっしゃいます、パーシイさま、いらっしゃいまし、奥方さま、あなたさまの僕《しもべ》でございます、パーシイさま」という声がガヤガヤいつまでもつづき、それにまじって、もっと弱々しい声で「哀れな盲人でございます。どうぞ、おめぐみを、奥さま、だんなさま」

すると、それらの喧騒の中から、突然、きわ立って美しい声がした。

「かわいそうな男をそのままにしといてやってくださいな。そしてわたしが代金を払うから何か食事をさせてやってください」

それは低い、やや単調な声であって、子音の発音にかすかな外国訛《なま》りがあった。

食堂の人々はその声を聞くと、一瞬、われ知らず立ち止まって耳を傾けた。サリイは反対側の、二階の寝室につづく戸口に灯りを持って立ち、伯爵夫人はあのように美しい、音楽的な声の持主である敵があらわれる前に退却しようとしているところであった。スザンヌは非常に愛している昔の学校友だちに会いたいので、しきりに戸口のほうを残念そうに見やりながら、しぶしぶ母の後に続こうとしていた。

ジェリバンドは戸を開け放ち、なんとかして剣呑《けんのん》な衝突をさけたいものと愚かしく夢中になっていた。そこへ前と同じ低い音楽的な声が、陽気な笑いと、仰山な驚きをまじえて聞こえて来た。

「ブルル……わたし、鯡《にしん》のようにぐしょぬれなのよ。まあ、こんないやなお天気ってありませんわね」

「スザンヌ、さっさといらっしゃい。わたしの命令です」伯爵夫人はきびしく言った。

「お母さま」スザンヌは懇願《こんがん》するように言った。

「奥方さま……あの……エヘン……奥方さま」とジェリバンドの弱々しい声がした。

彼は道をふさごうとして不恰好な姿で立っているのだった。

「おやおや、おまえはわたしの道をふさいでどうしようって言うの？　足をいためた七面鳥みたいな恰好で踊りまわってさ」と、ややいらいらしてブレークニイ夫人は言った。

「さあ、火のそばへやってちょうだい。それこそ寒くて死にそうなのよ」

そして次の瞬間、亭主をやさしく押しやって、ブレークニイ夫人は食堂にさっとはいってきた。

マーガリート・サンジュスト――そのときはレディ・ブレークニイとなっていたが――当時の肖像画や縮小画像は数多いが、その中のどれだけが彼女の図抜けた美しさをそのままあらわしているかは疑問である。なみ以上に丈高く、威厳ある態度で気品に満ちた姿に、伯爵夫人も背を向ける前一瞬間、思わず立ち止まって見とれたほどであった。

マーガリート・ブレークニイはその時ようやく二十五歳になったかならずであって、その美しさはまさに絶頂で、実にまばゆいばかりであった。今日は髪粉をふりかけてない栗色の髪が、光の輪を作っている高い頭の上から、つば広の帽子の羽根飾りが、波打って柔らかい影を投げていた。子供っぽい口許、まっすぐな、くっきりした鼻、丸い顎、柔らかな喉の線などが、時代色ゆたかな絵のような服装のためにいっそう美しく見えた。豪奢な青ビロードの長衣に包まれたしなやかな姿体の輪郭がくっきりと浮き出していた。そして、大きなリボンの束で飾った散歩杖を持った小さな片手には、おのずからなる気品がそなわっていた。この長い散歩杖は、当時上流社会の婦人たちの間で、はやり出してきたものである。

さっと部屋をひとわたり見廻しただけでマーガリート・ブレークニイは、そこにいる人々をすっかり頭に入れてしまった。彼女はアンドリュウ・フークス卿に向かってよろこばしげにうなずき、一方アントニイ侯に手を差しのべていた。

「これはこれはトニイさま、まあ、こんなドーヴァーかいわいになんのご用が、おありでございますの？」彼女は陽気に言った。

その返事も待たずに、くるっと身をひるがえして、伯爵夫人とスザンヌとに向き合った。彼女の顔全体はぱっと輝きを増し、双手を若い令嬢のほうに差しのべた。

「まあ、わたしの小さなスザンヌじゃないの？　まあ、あなた、どうして英国にいらしたの？　そして伯爵夫人も？」

　彼女の態度にも微笑にもみじんも当惑の色がなく、心からうれしそうに二人のほうに歩みよった。トニイ侯とアンドリュウ卿は、この小さな場面をはらはらしながら見守っていた。彼らは英国人であったが、たびたびフランスにわたり、フランス人たちとも交わっているので、フランスの古い貴族たちが自分らを滅亡にみちびく手助けをした者すべてを、いかに軽蔑し、強い憎しみをもって眺めているかをよく知っていた。美しいブレークニイ夫人の兄アルマン・サンジュストは――過激に走らぬ穏健な見解の持主として知られていたが――熱心な共和主義者であった。彼と古い家柄のサンシールとの間の争いの正否がいずれにあるかは、当事者以外にはだれも知る者はないが、結局、それは後者、サンシールの敗北どころか全滅に終わったのである。フランスではサンジュストと彼の一派が勝利をしめた。そしてここ英国では、彼の妹が、祖国を追われ昔からの富をも捨てていのちがけで落ちのびてきた三人の亡命者と向き合って立っていた。彼女は、国王を玉座から突き落とし、先祖は何世紀前かわからないほど大昔からつづいている貴族社会を根絶させた、あの共和主義一家の美しい後裔《こうえい》であった。

彼女の美は、無意識のうちにあたりを威圧するほどであった。過去十年間の争いや流血をふみ越えようとするかの如く、きゃしゃな片手を差しのべて立っていた。

「スザンヌ、その女と話すことを禁じます」と、伯爵夫人は娘の腕を手でおさえ厳然と言った。二人の英国青年をはじめ、宿の亭主や娘のような下々に至るまで、居合わせた者全部にわかるようにと、彼女は英語で話した。亭主はこの外国人の侮辱に文字どおり息が止まりそうに驚いた――現在パーシイ卿の奥方である以上、英国人で、その上に皇太子妃の友人であらせられる令夫人の面前でこの無礼とは……。

アントニイ侯とアンドリュウ・フークス卿はと言えば、このいわれなき侮辱を前にして、恐怖心で心臓の鼓動が止まってしまうかと思われた。一人は警戒するような叫びを発して、本能的に二人ともあわてて戸口のほうに眼をやった。すでにそこからは間の抜けた、ものうげな、しかし愉快そうな声がきこえてきた。

居ならぶ者たちの中で、マーガリート・ブレークニイとトルネイ伯爵夫人だけが表面平然としているように見えた。トルネイ伯爵夫人がしゃちこばり、からだをまっすぐにおこし、傲然たる態度で片手を娘の腕にかけているところは、屈することを知らぬ誇りそのものの姿に見えた。瞬間マーガリートの美しい顔は首にまとっている柔らかなスカーフのようにまっ白になり、注意深い人なら気がついたであろうが、リボンで飾った丈高い杖を持った手を、ぐっと握りしめた。その手はかすかにふるえていた。

しかし、それはほんのわずかの間だった。次の瞬間、優美な眉は、ややつりあがり、唇は皮肉に上方に曲げられ、澄んだ青い眼はこわばった伯爵夫人をまっすぐに見つめた。ちょっと肩をすくめて「おやおや奥さま、何がお気に召さないのでございますか」と快活に言った。

「わたしどもは、ただ今英国にいるのでございます、奥さま。でございますから、娘がお友だちとしてあなたのお手にふれることを禁じますのも、わたしの自由だと存じます。いらっしゃい、スザンヌ」

彼女は娘を手まねき、マーガリート・ブレークニイのほうには眼もくれず、ただ二人の青年に、深々と古風なお辞儀をして威風堂々と部屋から歩み去った。

伯爵夫人のもすその衣ずれが廊下の果てに消えてしまっても、古い宿屋の客間にはしばし沈黙がつづいた。マーガリートは彫像のごとく身じろぎもせず、けわしくすわった眼で、そり返った姿が戸口から消えるのを見送っていた。しかし、つつましく柔順なスザンヌが、まさに母の後につづこうとした時、けわしい、こわばった表情は突然消えて、人恋しげな、うら悲しい、子供のような表情が、ブレークニイ夫人の眼にあらわれてきた。

小さなスザンヌはそれを見てとった。少女のやさしい同情は自分よりほんのちょっと年上の美しい女性にそそがれた。子としての服従は少女らしい純情の前に消えた。

戸口のところで振り返ったと思う間に、マーガリートのところにかけ戻り、両腕に彼女を抱きしめて夢中で接吻《せっぷん》の雨を降らした。それから母のうしろに、彼女はつづいたのであった。サリイはえくぼのよった顔に愉快な微笑をうかべ、令夫人に一礼してそのあとに従った。

スザンヌのやさしい美しい衝動は、不愉快な緊張をほぐした。アンドリュウ卿の眼は愛らしい姿がすっかり見えなくなるまでそれを見送り、心から楽しげな表情をうかべて、ブレークニイ夫人と眼を見合わした。

マーガリートは戸口から消え去って行く貴婦人たちの背後に、優雅なしぐさで接吻を投げた。いたずらっぽい微笑が彼女の口許にのぼった。

「これでおしまい。そうでしょう?」彼女は朗らかに言った。「まあ、アンドリュウ卿、あんな不愉快な人間をごらんになったことありまして?　わたしは年をとっても、あんな姿にはなりたくございませんわ」

彼女はもすそをかいよせ、威厳をつくって炉ばたのほうに歩みよった。

「スザンヌ、あの女と話すことを禁じます」彼女は伯爵夫人の声をまねた。

この戯《たわむ》れにつづいた笑いには、どこか無理に押し出したような、ぎごちなさがあったのだが、アンドリュウ卿もトニイ侯もそれには気がつかなかった。彼女のまねはまったく真に迫り、声の調子もそのままなので、青年たちは二人とも、心から愉快なブラボーを叫んだ。

「ああ、ブレークニイ夫人、フランス座では、あなたがいらっしゃらなくてどんなに淋しいことでしょうなあ。そしてパリジャンたちは、あなたを連れてきてしまったパーシイ卿を、さぞ恨んでいることでございましょう」とトニイ侯はつけ加えた。

「まああああなた、パーシイ卿を恨むなんてとてもできませんわ。だってあの気のきいた冗談を聞けば、さすがの伯爵夫人でもご機嫌が直ってしまいましょうよ」マーガリートは、たおやかな肩をすぼめながら、答えた。

母の堂々たる退場の時ついいて来るように言われなかった若い子爵は今や一歩進み出て、ブレークニイ夫人がさらに伯爵夫人に皮肉を浴びせるようなら、母のため一戦を交えようと身がまえた。だが彼が抗議を申し立てようとするより早く、きわだってうつろな、しかし、はしゃいだ笑い声が部屋の外からきこえ、次の瞬間、異常に背の高い豪奢な服装をした姿が戸口にあらわれた。

6　一七九二年の伊達者

当時の記録によればパーシイ・ブレークニイ卿は、西暦一七九二年には三十歳にまだ一、二年、間のある年ごろであった。英国人にしても、なみはずれて背が高く、広い肩、がっしりした体格、その青い深い眼にたたえたものうげな表情と、せっかくのりりしい、くっきりした口許に絶えずただよっている、間の抜けた笑いさえなかったら、世にも珍しい偉丈夫といってもよかったであろう。

英国有数の財産家、すべての流行のさきがけ、皇太子の親友である、従男爵パーシイ・ブレークニイ卿が、外国旅行から美しい、あでやかな、利発なフランス人の妻をつれ帰って、ロンドンとパリの社交界をあっと言わせたのは、今から一年近くも前のことだった。美しい女を退屈させてあくびさせるものときまっている英国人の中でも、もっとも英国人ふうの遅鈍で不活発な彼が、家庭の伴侶として、まばゆいばかりの美女を獲得してきたのである。しかも史家の、筆をそろえて断言するところによれば、数多い競争があったと言うのである。

マーガリート・サンジュストが、パリの芸術界に踏み出したのは、かの古今未曾有の社会動乱がこのパリ市内にちょうど始まったばかりの時だった。やっと十八歳になったかならずの、豊かな美貌とありあまる才能に恵まれ、若い献身的な兄ただ一人を保護者とした彼女は、ほどなくリシュリュー街の美しいアパートメントで、いわゆるお仲間たちにとり囲まれるようになった。その連中はすぐれた者ばかりであったが、同時に排他的でもあった――すなわちたったひとつの見方からだけ排他的である。マーガリート・サンジュストは心底からの共和主義者であった――家柄の無差別、これが彼女の標語であった。富の不平等、これが彼女から見れば、しかたのないまわり合わせにすぎなかった。だが彼女の認めた唯一の不差別は才能であった。「金と称号は代々うけつがれるかもしれない。だが智力はそうでない」と彼女はいつも言うのであった。そういうわけで彼女のすばらしいサロンは、独創と智性と絢爛《けんらん》と機智、賢い男性と才能ある女性たちのためのみに限られた。ここに出入りすることは、やがて、知識社会――それは当時すでに、あの動乱の中にあってもその中枢はパリにあった――から、芸術家としての将来を保証されるとみなされるまでになった。

賢人、有名人、それから高位の人々まで、フランス座のこの若い女優をかこんで、絶えず華やかな群をなしていた。そして彼女はヨーロッパ知識社会でもっとも秀でた、もっとも興味の中心である者すべてを引きつれた彗星《すいせい》のごとく、共和党革命の血に飢えたパリを輝かしくすべり歩いた。

それからクライマックスがきた。ある人々は寛大な微笑をもって芸術家の気まぐれだと言い、またある者は、暗雲みなぎる当時のパリの諸情勢にかんがみ、賢明な策であるとみなした。しかし、このクライマックスの真の動機は謎であり、不可思議であり、誰にもわからなかった。とにかくある晴れた日、マーガリート・サンジュストは、友だちになんの前ぶれもせず、婚約披露夜会や結納祝賀会などと、フランス流行社会につきものの催しごともせずに、パーシイ・ブレークニイ卿と結婚してしまった。

　彼女の友人たちが口を揃えて「ヨーロッパ一の才女」と呼んでいる彼女を取り巻く知識階級の中へ、いかにしてあの間の抜けた鈍感な英国人が入りこんできたかは、誰一人想像もつかなかった——黄金の鍵はあらゆる戸口をひらくのだと、悪意ある宣伝をする向きもあった。

　とにかく、彼女は彼と結婚した。そして「ヨーロッパ一の才女」は、「おそろしいおばかさん」のブレークニイと運命をともにすることになった。彼女ともっとも近しくしている親友でさえ、この不思議な行動を途方もない物好きと評するより他なかった。事情を知っている者たちは、マーガリート・サンジュストが世間的な地位や財産に眼がくれて、ばか者と結婚したという説をあざ笑った。実際、彼らは、マーガリート・サンジュストが富を欲せず、まして地位にはなおさら無関心であることをよく知っていた。それに、財産の点ではブレークニイほどではなくとも、同様に生まれがよくて、マーガリート・サンジュストの望むがままに、どんな地位でも与えうる男性がすくなくとも六人ぐらいはどこにでもいたのである。

　パーシイ卿自身のほうはといえば、身のほどをわきまえぬ重要な場所にみずからを置いたというのが圧倒的な世論であった。この妻の夫としての彼の資格は、彼女への盲目的崇拝と莫大な富、それに彼が英国皇室から並々ならぬ信任を受けているぐらいであった。しかしロンドン社交界では、彼の知的能力から考えても、これらの世俗的特権を、マーガリートほどにめざましくもなく才気煥発でもない女性に与えたほうが、彼としては賢明なやりくちではなかったかと、もっぱら評判した。

最近彼は英国社交界の花形になってはいるが、彼の青少年期の大部分は外国で送ってしまった。彼の父、故アルジェノン・ブレークニイ卿は、熱愛する若妻がわずか二年の幸福な結婚生活の後、恢復《かいふく》の見込みのない精神病にかかるという悲惨な目を見たのであった。当時精神病と言えば、絶対になおすことのできない、一家全体に降りかかった神の呪いと考えられていたが、パーシイが生まれたばかりの時に、夫人はこの恐ろしい病気の餌食《えじき》となったのであった。アルジェノン卿は、病気の妻を外国へ連れて行った。それでパーシイもたぶんそこで教育を受けたらしく、丁年に達するまで、狂気の母と悲嘆にくれた父との間で育ったのであった。相次ぐ父母の死は彼を自由の身とし、アルジェノン卿が余儀なく質素な隠遁生活を送っていたおかげで、莫大なブレークニイ家の財産はさらに十倍にも増していたのであった。

パーシイ・ブレークニイ卿は、美しい若いフランス生まれの妻を連れて帰る前に、すでに外国旅行に多くの時をすごしていた。時の社交界は双手をあげて彼ら二人を迎えた。

パーシイ卿は富裕であり、彼の妻は才媛であり、皇太子殿下は彼ら二人を非常にお好きであった。半年たたないうちに彼らは、流行とスタイルのさきがけと折紙をつけられるようになった。パーシイ卿の上衣はロンドンの語り草であった。彼のたわけ言は引用され、オルマックやポールモール街の金持の若紳士連は、彼のばかげた笑いを手本とした。彼がひどく間抜けなのをだれも彼も知ってはいたが、もともとブレークニイ家は代々愚鈍の聞こえ高い家柄であるし、そのうえ彼の母親が精神病で亡くなったのを考えてみれば、それは怪しむに足りないことだった。

かくして社会は彼を受け入れ、甘やかし、尊重した。彼の持ち馬は国内一番のものであり、彼の宴会と酒は大したものであるというわけで。彼の「ヨーロッパ一の才媛」との結婚はどうかと言うと、むろん必然の結果は、まちがいない、急速な足どりでやってきた。運命は自ら招いたものであったから、彼に同情する者はなかった。英国には、彼のたわけや悪気のない愚かな行動を、寛大な微笑で眺める一方、彼といっしょになって喜んでブレークニイ家の財産の消費に当たろうという、生まれも良く容姿も美しい貴婦人が、ありあまるほどあった。おまけに彼は同情をうけられるはずはなかった、というのは同情など少しも必要としないらしかったから。彼は自分の賢い妻を、少なからず自慢にしているらしかった。彼女が彼に対して明らかに感じている悪気のない軽蔑をかくそうともせず、さらに彼をだしにして、自分の機智を縦横にひらめかせているのさえ、少しも苦にならないらしかった。

しかし、それなら実際ブレークニイは、妻が彼にあびせている嘲弄《ちょうろう》に気づかないほど、愚鈍であるのか、またこのあでやかなパリ女との結婚生活は、彼の希望とひたむきな恋愛が描いていた夢を破りはしなかったのか。それについては、社会はただおぼろげに推察するよりほかはなかった。

リッチモンドの彼の華麗な邸宅では、徹底したお人好しぶりで、美しい妻の下敷きとなった。彼が惜し気もなく与える宝石類やあらゆる贅沢品を、しごくあたり前のように受け取る彼女は、夫の宏壮な邸宅においても、パリの知識階級の仲間を歓迎したのと同じく、自由勝手にお客をもてなすのであった。

姿の点で、パーシイ・ブレークニイ卿は、例のものうい、間の抜けた表情さえなければ、たしかに美男子であった。いつも非の打ちどころのない服装をし、当時パリから英国にはいってきたばかりの仰々しい突飛な流行を、英国紳士特有の上品さで着こなしていた。この特記すべき九月の午後、馬車の長旅にもまた、雨やぬかるみの中を走ってきたにもかかわらず、彼の上衣は恰好のよい肩に、これまた申し分なく美しくかかっており、最上のメクリンレースの飾りひだのついた袖口からあらわれている手は、女の手のように白かった。法外にウエストの短いしゅすの上衣、広い折襟のチョッキ、ピッタリ合った縞のズボンは、どっしりした彼の体格を非常に見事に引き立たせていた。だから彼のじっとしているところを見れば、かくも立派な、典型的な英国紳士に感嘆の声を惜しまぬであろうが、一度彼のニヤケた態度や、きざな動作、ひっきりなしのうつろな笑いに接するや、たちまち興ざめてしまうのであった。

彼は古風な宿の客間にぶらっとはいってきて、すばらしい外套《がいとう》から雫《しずく》を振り落としてから、金縁の片眼鏡を、青いだるそうな眼にかけ、突然気まずい沈黙におちいった一座をぐるっと見まわした。

「どうだい、トニイ、やあ、フークス」彼は二人の青年に眼をとめるとそれぞれに手を振って言った。「ちぇっ、きみ、こんなやっかいな日はないじゃないか。まったくどえらい天気だ」と軽いあくびをかみ殺した。

ちょっとぎごちない皮肉な妙な笑いを見せて、マーガリートは夫のほうに向き、陽気な青い眼をおかしそうにまたたきながら、彼の頭のてっぺんから爪先まで眺めた。

「おやおや、きみらはばかに、はにかみやさんだね。何かあったのかね」と、しばらくしてもだれもなんとも言ってくれないので、パーシイ卿はたずねた。

「いいえ、なんにも。別にあなたのお心をかき乱すほどのことではございませんわ。ただ、あなたの妻が侮辱されただけでございます」マーガリートは快活な調子で答えたが、しかし、それはいくらか不自然にひびいた。

こういって彼女は笑ったが、それは、パーシイ卿に事の重大さを知らせるためであることは明らかだった。その目的はたしかに成功した。というのは自分も笑いを合わせながら、彼はおだやかに言った。

「まあまあ、そんなことはないだろう？　ちぇっ、きみをひねくりまわそうなんて……そんな不敵なやつは、いったい、だれなんだ？　ええ？」

トニイ侯は口をはさもうとしたが、時すでにおそく、若い子爵がすばやく一歩ふみ出していた。

「ムッシュー」と彼は、小さな演説を始める前に優雅なお辞儀をしてから、片言の英語で始めた。

「わたしの母パッスリーブのトルネイ伯爵夫人は、この奥さま、それはあなたの妻と、今わかりました――そのおかたの気をわるくしました。わたしは母にかわっておわびすることができません。彼女のしたこと、わたしの眼には正しいです。しかし男同士の名誉にかけて、定例の償いをあなたに申し出たいと存じます」

青年はそのほっそりした身丈をせいいっぱいのばし、ひどく熱狂し、誇らかに興奮したようすで、パーシイ・ブレークニイ従男爵の六尺ゆたかな華麗な体軀をにらんだ。

「まあ、アンドリュウ卿、あのきれいな絵をごらんなさいな、英国の七面鳥とフランスのちゃぼを」マーガリートは相手を釣り込まずにはおかない、例の陽気な笑いをひびかせた。

この比喩はぴったりそのとおりあてはまり、英国の七面鳥はすっかり当惑した面持で、フランスのちゃぼを見下ろし、ちゃぼは威嚇するように彼のまわりを歩きまわった。

「これはこれはあなた、かっこう鳥の名にかけて、どこで英語をおぼえですか」とパーシイ卿は片眼鏡をかけ、いぶかしそうにフランス人を眺めた。

子爵は、この尊大な英国人が、事もなげに自分の挑戦的な態度を受けとめたので、ややたじたじとなりながらも、「ムッシュー」と呼び返した。

「こいつは驚き入った」パーシイ卿は動ずる気色もなくつづけた。「こっぴどく驚き入った。ねえ、そう思わないかい、トニイ？　ええ？　ぼくにはフランスのペラチャラ語をあんなふうには話せないね、ええ？」

「そうですとも。わたしが保証いたしますわ。パーシイ卿はナイフでなければ切れないような、英語のアクセントを持っていらっしゃるんですもの」マーガリートは言った。

「あなた、わたし、あなたがおわかりにならないことを恐れます。わたし、あなたに紳士同士として唯一の可能である、つぐないを申し出ます」と子爵は熱狂したままに、なおさらにひどい片言でいきり立った。

「いったいそいつはなんですか」パーシイ卿はおだやかにたずねた。

「わたしの剣でございます、ムッシュー」子爵は答えた。彼はまごつきながらも、だんだんにかんしゃくを起こして来たのであった。

「あなたはスポーツマンですわね、トニイ侯」とマーガリートは愉快そうに言った。

「まず九分どおりはちゃぼの勝ちねえ」

しかしパーシイ卿は、眼を半眼にして眠そうにしばらく子爵を眺めた後、また出てくるあくびをかみ殺しながら、長い手足をぐっとひろげてのびをし、ゆるゆる顔をそむけた。

「いやはや、お若いの、あなたの剣がわたしにどんな役にたちますかな?」彼はいい機嫌でつぶやいた。

この長い手足の英国人から、このように露骨に侮辱を加えられた子爵の心中は、どんなであったか、書きつくそうとすれば、数冊の書物をもみたしたであろう。……が、言葉にはっきり浮かびあがったのはただ一言、他はすべてたぎり立つ怒りで、のどのところでつかえてしまった。

「決闘です、ムッシュー」彼は、やっとこれだけ言った。

もう一度ブレークニイはふり返り、長身のあたまの上から、彼の前でプリプリ怒っている小男を見下ろした。しかし、瞬時なりとも、終始一貫した上機嫌を失ったようすはなかった。彼は例の愉快そうな、間の抜けた笑い声をたてて、ほっそりした長い両手を外套のたっぷりしたポケットにうずめて悠然と言った。

「決闘だって？　おやおやそうですか。くだらない。きみは血にかつえた小悪党だよ。きみは法律を遵奉する男に風穴をあけようってんですか――ぼくはだね、きみ、絶対に決闘なんかしないよ」彼は落ちつき払って腰をおろし、長いのっそりした足を彼の前にぐんとのばしながらつけ加えた。「どえらく気持のわるいものだよ、決闘というやつは。そうじゃないかい、トニイ？」

さて、英国の紳士たちの間にはやった決闘が法律によってきびしく禁止されたことを、子爵はおぼろげながら聞いていたにちがいなかった。がそれにしても、何世紀も昔からの慣習に影響された勇気と名誉の観念を持っている彼フランス人にとって、れっきとした紳士が面と向かって決闘を拒むとは、大罪にも等しかった。彼はこの足の長い英国人を卑怯者《ひきょう》と面罵してやろうか、しかし、淑女の前でそのようなふるまいをすることは紳士らしくないと思われるだろうかと、心中ぼんやり思案していると、おりよくマーガリートが口をはさんだ。

「お願いでございますわ、トニイ侯」彼女は例のやさしい美しい音楽的な声で言った。「あなた、仲裁者になってくださいません？　この子は怒って破裂しそうになってますわ」それで彼女は冷やかな皮肉をちょっと交えてつづけた。「パーシイ卿に怪我をさせるかもしれませんもの」彼女はあざけるように低く笑ったが、しかし彼女の夫の穏やかな表情は少しも動かなかった。

「英国の七面鳥は今までずっと得意になり切っていましたのよ。パーシイ卿ときたら暦に名の出ているあらゆる聖者たちをみんなおこらせておいて、ご自分では少しもお怒りにならないのですわ」彼女は言った。

だが言い終わる前にすでに、ブレークニイは常と変わらぬ上機嫌で、自分があざけられている笑いに声を合わせていた。

「こいつはいたいな、ねえ?」愉快そうに子爵のほうに向いて彼は言った。「賢い女ですよ、わたしの妻は。あなたも英国に長く住んでごらんになるとわかりますがね」

「まったくパーシイ卿のおっしゃるとおりですよ、子爵」ここでアントニイ侯は口をはさみ、フランス青年の肩へ親しげに手をおいた。「きみが英国で生活を始める手始めに、パーシイ卿を怒らせて、決闘をするなんていうのは実際まずいよ」

なおもしばらく子爵はためらっていたが、やがてこの霧深い島を支配している途方もない礼法に対して、軽く肩をすぼめ、身にそなわった気品ある態度で言った。

「ああ、そうですか。もしあなたさえご満足なら、わたし、悔いません。あなたはわたしどもの保護者でいらっしゃいます。もし、わたしが悪かったら、わたし、身を引きます」

「そうだ、そうなさい」満足げな吐息をほっと長くついてブレークニイは返事をした。「なんて激しやすい、ちっぽけな青二才だろう」彼は小声でつけ加えた。「フークス、実際、あれがきみと友人たちがフランスからわざわざ運んで来た商品見本なら、ぼくは忠告するがね、やつらを海峡のまん中で突き落としちまえよ。さもなきゃぼくはピットに会って、禁止税をかけてもらうよ。そうすりゃきみはあがきがとれなくなって結局もぐりになるさ」

「あら、パーシイ卿、あなたの騎士道は方角ちがいよ。あなただってフランスから商品を一包み輸入なさったことをお忘れになっていらっしゃいますわ」マーガリートは媚《こ》びを含んで言った。

　ブレークニイはゆっくり立ち上がり、妻の前に低く優雅な礼をして、この上なくいんぎんに言った。

「わたしめは商売にかけては眼利きでございます、奥さま。して、わたしの眼にくるいはございません」

「あなたの騎士道よりはましじゃございませんの？」彼女は皮肉にやり返した。

「これこれ、それは言い過ぎだ。きみの鼻の恰好が気に入らぬというあの蛙《かえる》を食うフランス人一人一人に、わたしが自分のからだを投げ出して戦うはずだと思うのかね」

「おや、パーシイ卿、ご心配ご無用ですわ。わたしの鼻の形が気に入らないのは男のかたではございませんもの」ブレークニイ夫人はおどけたようすでかわいらしいお辞儀をして笑った。

「心配とはひどい。きみはわたしの勇気を疑う気かね、マダム？　わたしだって、拳闘のリングのパトロンをむだにやっているわけではありません。そうだろう、トニイ？　わたしはね、レッドサムともやり合ったことがあるんだ。あいつもわたしとではそう勝手にはあばれられなかったんだぜ」

「ほんとにパーシイ卿、その時のあなたのごようすを拝見したかったわ。ホホホホホ、大した見ものだったでございましょう……そのくせ……そのくせちっちゃなフランス人の子供をこわがりなさるなんて、ホホホ……」

マーガリートは客間の古い樫の桷《たるき》にひびき渡るほどいつまでも陽気に笑いつづけた。「ハハハハハ」パーシイ卿も、上機嫌でそれに和した。「マダム、これは光栄の至りに存じます。どうだ、フークス、見たまえ、ぼくは家内を笑わせたぜ、ヨーロッパ一の才女をさ……。こりゃ祝杯をあげざるをえないね」と彼はそばの食卓を力強く叩いた。「おおい、ジェリイ、早く、おい、ここだよ、ジェリイ」

和やかな空気がふたたび返ってきた。この三十分間の気も転倒せんばかりの経験に頭の混乱したジェリバンド氏はやっと平静をとり戻した。

「パンチだ、ジェリイ、熱くて強いやつだよ」パーシイ卿は言った。「たった今、天下の才媛を笑わせた才気に乾杯しなけりゃね、ハハハハ。ジェリイも、急いだ、急いだ！」

「あら、もう時間がありませんわ、パーシイ卿」マーガリートは口をはさんだ。「船長は間もなくここにまいりましょう。で、兄はすぐ乗らなければなりませんわ。でなければ〝真昼の夢号〟は潮時を外してしまいますもの」

「時間だって？　まだまだ大丈夫、紳士が祝杯をあげた上で、潮の変わる前に乗れるだけの時間は充分あるさ」

「奥方さま、お若い紳士が、ただ今パーシイ卿の船長とごいっしょにこちらへいらっしゃるらしゅうございます」ジェリバンドはうやうやしく言った。

「これはうまい、アルマンもわれわれの愉快な祝宴の仲間入りができるというものだ」と言って、彼は子爵のほうに向いて言い足した。「ねえ、トニイ、きみのお連れの青二才もいっしょにどうかね。仲直りのしるしに飲もうと言ってくれたまえ」

「まったく皆さまは、にぎやかなお仲間ですからね、わたしがあちらの部屋で兄に別れを告げますのを、お許しくださるでしょうね」とマーガリートが言った。これに反対するわけにはいかなかった。じつのところ、アントニイ侯もアンドリュウ卿も、この瞬間におけるブレークニイ夫人が、にぎやかなこの場の空気とは合わないのを感じていた。兄アルマンに対する彼女の愛は非常に深くかついじらしいものであった。彼女の英国の家庭に二、三週間滞在していた彼は、今や本国へ向かおうとしている。そこでもっとも熱烈な愛国心に対する報いが死であることになっているのであった。

パーシイ卿もまた妻を引きとめようとはしなかった。彼の一挙手一投足につきもののちょっとしたわざとらしさで、しかし非常にいんぎんに彼女のため食堂の戸を開けてやり、彼女がそっけない、いくらかさげすむような一べつを与えただけで部屋からすべり出たとき、当時の風習に従ってこの上もなく見事な、優雅な形の礼をした。ただ、スザンヌに会って以来、あらゆる感情の動きが以前より鋭く、もっとやさしくもっと深い感受性を持つようになったアンドリュウ・フークス卿のみが、愚鈍で軽薄なパーシイ卿が、輝かしい妻の去り行く姿を見送った時の熱烈な憧憬と報いられぬ深い感情のこもった、奇妙な表情を捉えたのであった。

7　秘密の果樹園

そうぞうしい食堂から一歩外にふみ出し、うす暗い廊下に一人立ったマーガリート・ブレークニイは、ほっと安堵《あんど》の息をついた。長い間感情を抑えることで苦しい我慢をしつづけてきた者のように、深い吐息をつき、誰にも見られない心易さに、涙が頬を伝わって、ほろほろと落ちるのを、そのままにまかせた。

外は雨が止み、飛び去る雲間から嵐の後のうすい陽光が、ケント州の美しい白い浜辺や、アドミラルティー防波堤の近くに群立している、風変わりな、不揃いの家々の上にさしていた。マーガリート・ブレークニイは玄関に歩み出て海を見わたした。絶えずうつり行く空を背景に、くっきり影をうつした優美な帆船は白帆をはり、小波にやさしく揺れていた。それはパーシイ・ブレークニイ卿の持船〝真昼の夢号〟であって、アルマン・サンジュストを血なまぐさい混乱の革命フランスのるつぼの中へつれ帰ろうとしている船である。革命、それは君主政体を倒し、宗教を迫害し、既成の社会組織を破壊し去り、焼き捨てた伝統の灰の上に新しい理想郷、ごく少数の人々が夢みたのみで、誰もこれを実現する力のなかったものを、打ち建てようとするのである。

はるか向こうから〝漁師の宿〟に近づいて来る二つの人影があった。一人は、やや年をとった男で、丸い部厚い顎のまわりをぐるっと奇妙な灰色のひげが縁どっていた。そして船乗りにつきものの、あの独特のよろけ気味の足どりで歩いてきた。もう一人は若い、すらりとしたからだつきで、濃い色のケープつきのマントが恰好よく似合っていた。ひげはきれいにそってあり、黒々とした頭髪は、秀でた気高い額からうしろにきれいにとかしてあった。

「アルマン」彼が遠くからこっちに近づいてくるのを見るや、マーガリート・ブレークニイは叫んで、涙に濡れた愛らしい顔にうれしそうな微笑をうかべた。

一、二分の後には兄妹はおたがいの腕にしっかり抱き合っていた。老船長は、うやうやしくそばにたたずんでいた。

「あとどのくらい時間がありまして、ブリッグスさん？　サンジュストさまがご乗船遊ばすまでに」

「半時間も待ちませぬうちに、錨《いかり》を上げねばなりませぬ、奥方さま」

　老人は灰色の前髪をひっぱりながら答えた。

　兄の腕にすがりながらマーガリートは彼を崖のほうにみちびいて行った。

「三十分。もう三十分すると、わたしから遠くはなれて行ってしまうのね、アルマン。おお、あなたが行っておしまいになるなんて、とても信じられないわ。最後の二、三日間、パーシイがいなくて、兄さんをわたしが一人占めにしたあの二、三日間はまるで夢のようにすぎ去ってしまったわ」悲しそうに海を見やりながら、彼女は言った。

「かわいい妹よ、ぼくは遠くへ行ってしまうんじゃない。海峡を渡って数哩《マイル》の道を行くだけさ――すぐ戻ってくるよ」青年はやさしく言った。

「いいえ、距離ではないのよ、アルマン。だけれど、あの恐ろしいパリ……ちょうど今……」

　彼らは崖べりにきていた。海面を渡ってくる微風はマーガリートの髪を顔に吹き乱し、やわらかいレースの肩掛けの端は、白い、しなやかな蛇のようにはためいた。彼女は遠くのほうまで見透そうとした。そのはるかかなたにはフランスの岸が横たわっているのだ。みずからの肉体を切り取ろうとし、その息子たちの中でももっともすぐれた者から血税を取り立てている、あの冷厳なフランス。

「ぼくらの美しい祖国、マーガリート」アルマンは言った。彼は彼女の考えを見抜いたかのようであった。

「あの人たちはあまりやりすぎていますね、アルマン」彼女は激しく言った。「あなたは共和主義者です。わたしもそうですわ。わたしたちは同じ思想を持ち、自由と平和に対して同じ熱情を傾けてきました。けれども兄さんだってあの人たちがあまり過激だとお思いに……」

「しっ！」アルマンは本能的にすばやく、気づかわしげな視線を周囲に投げた。

「ああ、こんなことを話すのさえ安全でないとお考えなのね。この英国にいても」彼女は急に激しい、ほとんど母親のような愛情にかられて彼にしがみついた。「行っちゃあ、だめ、アルマン」彼女は懇願《こんがん》した。「帰らないでちょうだい。どうしたらいいでしょう、もし……もし……」

彼女の声はすすり泣きに消され、かれんな、青い、やさしい眼は、しっかりとした表情で彼女を見下ろしている青年を、じっと見上げて訴えるのであった。

「おまえはどんな場合でもぼくの勇敢な妹だね。祖国が危険に瀕《ひん》している時、それに背を向けることはフランスの息子たちがなすべきでないことを覚えているだろうね」

彼が話し終わらぬうちに、あの愛らしい、子供じみた微笑が彼女の顔に、ひそやかに戻ってきた。あふれ落ちる涙の中からの微笑はこの上なくいじらしかった。

「おお、アルマン、わたし、時々あなたがそんなにたくさんの美点をお持ちにならなかったらいいのにと思うのよ」彼女は妙な調子で言った。「小さな欠点を持ってるほうがどのくらい危くなく、安全かしれませんわ。けれど、気をつけてね」彼女は熱心に言い足した。

「できるかぎりはね、約束するよ」

「おぼえていてちょうだい、兄さん。兄さんだけが……兄さんだけが……あの、わたしのことを思ってくださるんだってことを」

「いや、おまえ、おまえには今ではほかに気をつけてくれる人があるじゃあないか。パーシイがおまえのことをよく心配してくれるよ」妙な物足りなさそうな表情が彼女の眼にしのびよってきた。

「そうですわ……以前は」彼女はつぶやいた。

「だがきっと……」

「まあまあ兄さん、わたしのことなんかでご心配ご無用よ。パーシイはほんとによくしてくれます」

「いや」彼は烈しくさえぎった。「ぼくはおまえのことを心配する、マーゴットよ。

お聞き、おまえ、これまでぼくはおまえにこのようなことはいっさい言わなかった。きいてみたいと思うことはあったが、いつも何かしらぐっとぼくをおさえてしまうものがある。だがどうしても今度は、おまえにたった一つ——あること——をきかないでは、おまえを残して行ってしまえない気がするんだ。だがもし気がすすまないなら答えなくてもいいんだよ」突然、つらそうな、ほとんど不安といっていいような表情が、さっと彼女の眼をよぎるのに気づいた彼は言い足した。

「なんですの？」彼女はぽつんとたずねた。「パーシイ・ブレークニイ卿はだね。あのことを、つまりサンシール侯爵逮捕事件でおまえの演じた役を知っていられるのかい？」

彼女は笑った。暗い、苦しい、さげすむような、ちょうど、彼女の美しい音楽的な声にまじる、一本の不調和音のような笑いであった。

「わたしがサンシール侯爵を裁判に告発して、結局侯爵と彼の家族全部がギロチンに送られたあのことでしょう？　ええ知ってますとも……わたし、結婚してからパーシイに話したんですもの」

「では、そのときの事情をすっかり話しただろうね。おまえに非難するところは一点もないことをわからせるあの事情を？」

「事情を話すにはおそすぎましたの。あの人は他の方面からこの事件をきいていたんです。それでわたしの告白はもうおそかったらしいですわ。ですから事情をくんでもらうなんてことはしませんでしたの。わたし、いろいろ弁解して自分を卑しくするなんて、いやですもの……」

「それで？」

「それでね、アルマン、今ではあの英国一番のおばかさんが妻をひどく軽蔑していることを知って、わたし、すっかり満足してますわ」

今度は彼女は、にがい砂をかんだような口調で話した。妹を熱愛するアルマンは、うずく傷口に、下手にさわったなと後悔した。

「だが、パーシイ卿はおまえを愛してるんだろう、マーゴットよ？」彼はかさねてやさしくきいた。

「愛してるかって……そうですとも、アルマン、愛したと、一時はわたしも思ってましたの。さもなければ結婚なんかしてませんわ」

彼女は幾月も幾月も苦しんできた重荷をやっとおろしてほっとしたかのように、すらすらと早口に話した。「ほんとに兄さんまでが、ほかの人たちみんなと同じように、わたしがパーシイ卿とお金のために結婚したかとお思いになったにちがいありませんわ。でも兄さん、そうではなかったんです。あの人はわたしの胸を貫くような、不思議に強い熱情の塊りみたいになって、わたしを崇拝しているようでしたの。兄さんがご存じのように、それまでわたしはだれをも愛したことはありませんでしたし、そのころわたしはもう二十四でしたから、恋愛なんてわたしの性質には向かないんだと思っていたんですわ。でも盲目的に、全身打ちこんで愛されることは……ほんとに崇拝されることは、きっとこの上なく幸福なことにちがいないと思っていましたの。で、パーシイが、のろまで鈍感だというそのことがわたしには魅力だったのですわ。それだからこそよけいわたしを愛してくれると思いましたの。賢い男は自然、他のことに関心を持ちましょう。野心ある人は他の望みを持ちましょう。わたしは、ばかは崇拝することに夢中になり、他は省みないと思いましたの。そしてわたしも、よろこんでそれに報いようと思いました。アルマン、崇拝されるがままになり、わたしもそのかわりに限りない愛情をそそぐつもりでおりましたの……」

彼女はほっと溜息をついた。――この溜息には語りつくせないほどの幻滅の悲哀がこもっていた。アルマン・サンジュストは少しも口をはさまずに彼女の語るがままにまかせた。しかし彼は耳を傾けながらも、頭の中は嵐のように乱れていた。夫人という肩書のほかは――まったく少女である若い美しい女が――まだ人生の門出を踏み出すか出さないうちに希望を失い、幻を失い、黄金の多彩な夢を失っているのを眺めるのは悲惨だった。彼女の青春は長い、果てしない祭日ともなるはずであった。黄金の多彩な夢を失って立っているのを眺めるのは悲惨だった。

しかしたぶん――彼は妹を強く愛してはいたが――たぶん彼には理解できたのであった。彼は各国の人々を、あらゆる年齢層、社会的、知的分野におけるあらゆる地位の人々を研究して来た。それでマーガリートが言わずにいることをも内心理解していたのであった。どんなにパーシイ・ブレークニイが遅鈍であろうとも、その不活発な心の隅にはなお、古い家柄の英国紳士の後裔《こうえい》だという、根づよい誇りが残っているに違いなかった。ブレークニイ家のある者はボズワースの戦場に散っており、またある者は裏切者のスチュアート家のために、生命をも財産をも投げ出していた。これと同じ誇りが――共和主義者のアルマンから見れば、ばかげた、かたよった誇りだと言いたいところではあるが――ブレークニイ夫人に着せられた罪を耳にした瞬間、強く刺激されたに違いなかった。彼女は年若く、無分別でたぶん考えなしだったのだ。アルマンにはそれがわかっていた。そしてマーガリートの若さと、彼女の激情と無分別とを利用した者たちは、さらによくそれをわきまえていたのだ。しかし、ブレークニイは頭が鈍かった。彼は「その間の事情」に耳をかそうとはしなかった。彼はただ事実にのみ噛《かじ》りつき、そのためブレークニイ夫人が同胞をようしゃを知らぬ裁判に告発した者としてのみ、うつったのだ。そしてたとえ彼女が知らずに犯した罪であっても、彼女のした行為に対する彼の軽蔑の念が、思いやりとか聡明さの少しもはいっていない、その盲目的な愛を消してしまったのだ。

しかし、なお彼は自分の妹について判断に迷うところがあった。生命と愛情には不思議な気まぐれがひそんでいる。彼女の夫の愛が褪《あ》せると同時にマーガリートの心は、彼への愛にめざめたのであろうか。不思議な両極端は愛の小路で出会うものである。ヨーロッパ中の知識人の半分をもその足元にひざまずかせたこの女が、一人のばか者に情愛を燃やしているのかも知れない。マーガリートは入日をじっと見つめていた。アルマンには彼女の顔は見えなかった。しかしその時、黄金色の夕陽の中で一瞬間、きらっときらめいた何かが、彼女の眼から肩掛の上に落ちたように思われた。

だが彼は、その問題を彼女の前に言い出すわけにいかなかった。彼は彼女の不思議な、情熱的な性質を知りぬいていたし、またその率直な、あけっぱなしの性質のうしろにひそんでいる遠慮深さをも知っていた。

彼ら二人はいつもいっしょにいた。彼らの両親はアルマンがまだ少年で、マーガリートがほんの子供の時に死んでしまった。彼女より八つばかり年上であった彼は、妹が結婚するまですべて世話をしてやった。リシュリュー街のフラットですごした華やかな数年間、ずっと親がわりになってきたのであった。彼女がこの英国で新生活にはいる時には、非常な悲しみとある不安な予感のようなものにおそわれたのであった。

今度の英国訪問は彼女の結婚後初めてのものであった。しかし、わずか数カ月別れ住んだことが、もう兄と妹の間にかすかな、うすい壁を作っていた。深い強い愛はまだどちらも変わらなかったが、今ではたがいに踏み込みえない秘密の果樹園をそれぞれに持っているかのようだった。

アルマン・サンジュストにも、妹に言えないことが多くあった。フランスにおける革命政治の様相は、日に日にうつり変わっていった。かつての彼の友人たちによってなされる暴虐がますます恐ろしく、烈しくなるにつれ、彼自身の思想や同情がいかに変化してきたか、彼女には理解できないかも知れないのだ。またマーガリートも兄に自分の心の秘密を話すことができなかった。彼女自身、自分の気持がつかめず、ただ、贅沢の限りをつくしながら淋しい不幸な思いをしているのだとしか考えなかった。

そして今アルマンは行ってしまうのだ。彼女は兄の身を気づかった。兄にそばにいてもらいたかった。この最後の悲しく名残り惜しい数分を、彼女は自分のことを話したりして台無しにしたくなかった。マーガリートは崖に沿って、静かな歩調で足を渚にみちびいて行った。彼らはかたく腕を組み合っていた。二人とも自分たちの秘密の園のすぐ外に横たわっていることがらだけでも、まだたくさん語り合うべきものが残っていたのであった。

8 全権大使

午後の日脚はどんどん立ち、長い、肌寒い英国の夏の夕暮れが訪れて、緑なすケント州の風景に霧の外套《がいとう》をなげかけた。

〝真昼の夢号〟は出航した。マーガリートはただ一人、一時間以上も桟橋《さんばし》に立ちつくし、真に彼女のことを気づかい、また彼女が心から愛し信頼するただ一人の人を、見る見る拉《らっ》し去って行く白帆を見つめていた。

少しはなれた左手には、〝漁師の宿〟の食堂からさす灯影が、深まりくる霧の中に、黄色く輝いていた。ずきずき痛む彼女の神経には、そこからばか騒ぎや、陽気な話し声や、その上彼女の敏感な耳を絶えず悩ましている夫の、あの無意味な笑い声まで時々聞こえてくるような気がした。

パーシイ卿には彼女をたった一人にさせておくだけの心づかいがあった。白帆が何哩《マイル》もかなた、かすむ水平線の向こうに消えてしまうまで彼女は一人でいたかろうと、鈍感なお人好しなりに、わかってくれたのかもしれないと彼女は思った。礼儀作法については過敏な彼は、声の届く所に従者を一人つれて行けとさえも言わなかった。マーガリートは夫のこのような気づかいを、ありがたいと思った。彼女は終始変わらぬ夫の思いやり、彼の底知れぬ寛大さに感謝しようといつも努めていた。時には彼に対する皮肉な辛辣《しんらつ》な考えかたを、おさえようとさえした。そのためになんということもなく彼を傷つけたい気分になり、ついわれにもなく残酷な侮辱の言葉を吐いてしまうようになるのだった。

そうだ。しばしば彼女は彼を傷つけたいと願った。そうすることによって、彼女もまた彼を軽蔑しており、かつてはほとんど彼を愛するまでになったことなどは、とっくに忘れ去ったことを思い知らせてやりたかった。あのだじゃれ者を愛したなんて。せいぜいネクタイを結ぶことと、新型の上衣を着ること、それ以上に出ない頭の彼。フン！　しかし……かすかな思い出、あの甘美な熱烈な、この穏やかな夏の夕暮れにしっくり調和する思い出が……軽やかな海風の、眼に見えぬ翼に乗って彼女の記憶に漂い戻ってきた。初めて彼女を崇拝したころ、彼は奴隷のごとく己れを捧げつくした。その愛の中にこもっていた一種異様な烈しさ、それが彼女を引きつけたのであった。

するど突如として、あの求婚時代の犬を連想させたような奴隷的献身が、あとかたもなく消えてしまったのだ。サンロッシュの古寺院で、簡単なささやかな式をあげてから二十四時間後に、彼女は、かつて不注意にもサンシール侯爵についてのある事柄を数名の男の友人に話し、その友人たちがこの情報を不幸な侯爵のために不利になるように用いたのが原因で、彼もその家族もギロチンに送られてしまったということを、新郎に話したのであった。

　マーガリートは侯爵を憎んでいた。数年前、彼女の愛する兄アルマンはアンジェルド・サンシールを愛したことがあった。しかしサンジュストは平民であり、侯爵は自分の階級への誇りと傲慢な偏見でこりかたまっていた。あの日、尊敬すべき、小心なる恋人アルマンは、あこがれの女神に激しい情熱的な小さな詩を思いきって送ったのであった。翌晩、パリの郊外でサンシール侯爵の従者たちは待ち伏せして、彼をさんざんに侮辱した上に殴り倒した。平民の分際で貴族の娘に眼をつけるとは、身のほど知らずだとの理由で、犬のように打たれ半殺しにされた。こんな出来事は、大革命の二年ぐらい前のフランスではほとんど日常茶飯事となっていた。この種の事件の連続が血なまぐさい復讐へと導いて行ったもので、二、三年後にはこれら高慢な貴族たちが断頭台に送られる結果となったのである。マーガリートはこのことをよく覚えていた。兄がその男らしい気性と自尊心に受けた傷は、考えてもぞっとするほどいたましいものにちがいなかった。彼をとおして、また彼とともに受けた苦悩がどんなものであったか、考えてみるさえ厭《いと》わしかった。

　やがて最後の審判の日はきた。サンシールやその同類たちはこれまで軽蔑してきた、あの平民どもを主人と仰がねばならなかった。知識人でありまた思想家であるアルマンとマーガリートは、同年輩の熱狂者たちとともに革命のユートピア的信条を奉ずるようになった。一方サンシールの一門は、自分たちの社会的に一段と高い位置においた特権を保持するのに汲々としていた。そこへもってきて、衝動的で無分別で、自分の言葉の結果などは考慮せず、ただ兄のアルマンが侯爵の手から受けたひどい屈辱の憤りでうずいていたマーガリートは、彼女の「取り巻き」のだれかから、サンシール一家はオーストリアと内通して皇帝の力を借り、自国に盛りあがりつつある革命を鎮圧しようと企てていることを耳にした。

そのころは告発だけで十分であった。サンシール侯爵に関してのマーガリートの無鉄砲な二言三言が二十四時間とたたないうちに実を結んだ。侯爵は逮捕され、彼の書類は捜索され、オーストリア皇帝からのパリ市民討伐を約束した手紙が机の中から発見された。彼は国民に対する反逆罪に問われ、ギロチンに送られた。彼の家族――妻と息子たちもまたこの悲惨な運命を分かち合ったのであった。

自分の無分別がもたらした恐ろしい結果におののいたマーガリートは、どうにも侯爵を救う力がなかった。彼女を取り巻く革命運動の指導者たちは、彼女を女丈夫とたたえた。だから、彼女はパーシイ・ブレークニイ卿と結婚した時、不注意から犯したとは言え、いまだに彼女の心に重くかかっているこの罪を、彼がどんなにきびしい眼で見るかを恐らく充分に理解していなかったであろう。夫にすべてを告白した。自分への盲目的な愛と自分が彼の上に持っている底知れぬ支配力のゆえに、英国人としては聞くに堪えない、この不愉快なことをもじきに彼が忘れさせてしまうだろうと信じていたのであった。

たしかにその当座、彼はそれを非常におだやかに受け取ったように思われた。実際、彼女の話したことの意味さえ充分わからないようすであった。だが、もっとたしかなことはそれ以来、かつて彼女が全部自分のものだと信じ込んでいたあの愛の片鱗をも見いだすことができなくなったのである。今や彼ら夫妻は、まったくはなればなれに流れてしまった。パーシイ卿は手に合わない手袋を捨て去るように、彼女への愛を振り捨ててしまった。彼女は夫の鈍い知性を自分の鋭い機智で刺激し、呼びさまそうとしたその愛を呼び起こすことができないならば、せめては嫉妬心を刺激しようとした。夫の自信をおびやかそうとした。しかしいっさいむだであった。彼は依然として、いつも受身のものうげな、鈍感な態度を持し、常にいんぎんで終始紳士的であった。彼女は富める夫と現世とが、美しい女に与え得るありとあらゆるものを所有した。それでいながら、この美しい夏のたそがれどき、〝真昼の夢号〟の白帆は遂に夕闇の中にかくれてしまった今、彼女は、崖のでこぼこ道を足をひきずりながら、ひとりとぼとぼ行く徒歩旅行者より、もっとひどい淋しさを感じているのである。

さらに深い吐息をつくと、マーガリート・ブレークニイは海と崖道に背を向け、

〝漁師の宿〟のほうにのろのろと歩みをうつした。近づくに従い、宴会の騒ぎや陽気な愉快そうな笑い声がますます高くはっきり聞こえてきた。アンドリュウ・フークス卿の気持のよい声、トニイ侯のそうぞうしい哄笑、時おりまじる彼女の夫のものうげな、鈍いなにか言っている声が彼女に聞きわけられた。人影もない淋しい道と迫って来る宵闇に気づいた彼女は足を早めた。と、次の瞬間、見知らぬ者が足早に彼女のほうに近づいてくるのが、眼にはいった。マーガリートは眼を上げようともしなかった。少しも怖くはなかったし、〝漁師の宿〟は呼べば聞こえるところに来ていたからである。

　マーガリートが足どり早くこっちにくるのを見ると、見知らぬ人は立ちどまり、彼女がそのそばを通り過ぎようとした瞬間、ごく静かに言った。

「サンジュストさん」

　マーガリートは、こんなにすぐそばで自分のなつかしい娘時代の名前を呼ばれ、「あっ」と小さな叫びをあげた。彼女はその見馴れぬ人を見上げた。すると今度は心から歓声をあげ、さもよろこばしげに彼に両の手を差しのべた。

「ショウヴラン！」彼女は叫んだ。

「さようでございます」見知らぬ人は、彼女の指先に丁重な接吻《せっぷん》をした。

　マーガリートはしばらくはものも言わず、自分の前にいる、あまり人好きのしない小柄な人物を、いかにもなつかしそうに眺めていた。ショウヴランはこの時三十というより四十に近い年輩であった。利口な、抜け目のない人柄で、深くくぼんだ眼には狐のような奇妙な表情をたたえていた。彼こそは一、二時間前、ジェリバンド氏と仲よく酒を汲み交していたあの見知らぬ客であった。

「ショウヴラン……お目にかかれて、とてもとてもよろこばしく存じますわ」愛らしい、小さな満足の吐息とともに、マーガリートは言った。

豪奢な生活の中で格式ばった交際にかこまれていながら、心淋しい哀れなマーガリート・サンジュストは、パリのあの幸福な時代――リシュリュー街の知識人仲間の上に女王として君臨していたあのころ――を思い起こさせる顔を見て、心からよろこんだのである。しかし、彼女はショウヴランのうすい口許にただよう微かな皮肉な微笑には気づかなかった。

「けれどいったい全体、あなたはこのイギリスで何をなさっていらっしゃるの？」彼女は楽しげに言い足した。

宿のほうに歩みつづける彼女に、ショウヴランも踵《きびす》を返して肩をならべた。

「それはこちらこそ、お伺いしたいところですな。あなたのほうは、いかがおすごしですか？」彼は言った。

「あら、わたし？」彼女は肩をすくめた。「退屈しておりますよ。それだけですわ」

彼らは〝漁師の宿〟の玄関についたが、マーガリートは中にはいりたくないようすであった。嵐の後の空気は気持よく、そのうえ彼女はアルマンをよく知っていて、彼女が残してきたすぐれた友人たち全部について話し合える友だち、パリのいぶきを運んできた人を見つけたのであるから。それで、彼女は感じのいい玄関のところにぐずついていた。一方、灯りのかんかんついた食堂の屋根窓からは笑い声や、「サリイ」と呼ぶ声、「ビールを持ってこい」とどなる声、杯《さかずき》のふれ合う音、骰子《さいころ》のカチカチいう音、それらにまじってパーシイ・ブレークニイ卿のうつろないんぎんな笑い声などが聞こえた。ショウヴランは彼女のそばに立っていた。彼の鋭い淡黄色の眼は、このおだやかなイギリスの薄暮の中でとりわけやさしく、子供らしく見える美しい顔をじっと見つめていた。

「これは意外なことをおっしゃいますね」と嗅ぎタバコを鼻に持って行きながら彼はしずかに言った。

「あら、そうかしら」彼女は朗らかに答えた。

「まあ、ショウヴラン、霧と道徳とでできているイギリスの空気は、マーガリート・サンジュストには適さないことが、あなたの洞察力でおわかりかと思ったわ」

「これはこれは、そんなですか」彼はわざと仰天してたずねた。

「ほんとうにそうよ。そのうえもっとわるいわ」彼女は答えた。

「それは不思議だ。実際、わたしは美しいご婦人には、イギリスの田園生活が、特別お気に召したかと存じておりました」

「そうですわ。わたしもそう思ってましたのよ」彼女は溜息をもらし、思いにふけるかのようにつづけた。「美しい婦人たちはイギリスでは楽しくすごすはずですわ。なぜって、愉快なおもしろいことは何もかも、彼女たちには禁じられているんですもの——ごくありふれた些細なことまで」

「なるほど……」

「とても信じられないでしょうね、ショウヴラン。でもわたし、一日中——まる一日中——これはという気の引き立つこと一つなくて、すぎてしまうことがよくあるのよ」彼女は熱心に言った。

「それじゃあ、ヨーロッパ一の才媛もご退屈でお困りなわけですな」ショウヴランは腰を低くして答えた。

彼女は例の音楽的な小波のような、子供っぽい笑い声をたてた。

「あまりありがたいことじゃありませんわ、そうでしょう？　さもなければ、あなたにお会いしてもこれほど喜びはしなかったでしょうよ」彼女はいたずらっぽく言った。

「で、これがあのロマンチックな、恋愛結婚まだ一年もたたないうちの……」

「そうですわ。ロマンチックな恋愛結婚の第一年目……だから、なおのことやっかいですわ」

「ああ！　あの牧歌的な熱愛は……わずか……数週間しかつづかなかったのですか」

ショウヴランは静かに冷やかすように言った。

「牧歌的な熱愛なんて長続きするものじゃなくてよ、ショウヴランさん……はしかのように急にやってきて、またはしかのように……すぐなおってしまうものですよ」

ショウヴランはまたもや嗅ぎタバコを鼻に持って行った。彼は当時非常に流行したこの有毒な習慣に深くそまっているらしかった。同時にまた彼は、接触する人々に気づかれず、すばやく、鋭い視線で相手の心の底まで読みとるのに便利なヴェイルとして、嗅ぎタバコを用いていることもたしかだった。

「それじゃあ、ヨーロッパ一の明敏な頭脳が、倦怠でくさっていられるわけですな」

あいかわらず丁重な調子で、彼は言った。

「わたし、あなたがこの病気になにかいい処方をご存じかと思ってましたのよ、ショウヴランさん」

「パーシイ・ブレークニイ卿でさえ失敗なすったことを、どうしてわたしなどにうまくいくわけがありますものか」

「このところ、パーシイ卿は問題外としておきましょうよ」彼女はそっけなく言った。

「ああ、奥さま、お許しください。ですがそうはいかないと存じます」と言いながらショウヴランは、油断なくかまえた狐のように鋭い眼で、ふたたびマーガリートにすばやい視線を投げた。「わたしはどんな重体の倦怠症もかならずなおる処方を知っておりますから、よろこんであなたに教えて差し上げますが、しかし……」

「しかし、なんですの？」

「パーシイ卿があります」

「あの人が、それと何か関係がありますの？」

「大いにあると思います。わたしが提供しようという処方は、奥さま、非常に平民的な名前で呼ばれているんです。それは、仕事という……」

「仕事？」

ショウヴランはマーガリートを長い間せんさくするように眺めていた。そのようすはまるで彼のあの眼が彼女の考えを残らず読みとっているように思われた。彼らは二人きりであった。夕方の空気はひっそり静まり、彼らの低いささやきは食堂からの騒ぎに消された。それでもなお、ショウヴランは玄関から一、二歩あゆみ出て、あたりをさっと鋭く見まわし、声のとどくところには誰もいないことを確かめると、ふたたびマーガリートのそば近くに戻ってきた。

「フランスに少し力を貸してくれませんか」彼は突然態度をがらっと変えてたずね、そのやせた狐のような顔に異様な熱意を浮かべた。

「おやまあ、あなたは」と彼女は軽薄な調子で答えた。「急に、どうしてそんな真剣な顔をなさるの……わたしがフランスに力を貸すかどうかって……とにかくフランスにしても、あるいはあなたにしても、どんな奉仕を求めているのか、それによりますわ」

「あなたは〝べにはこべ〟のことをお聞きになったことはありませんか、サンジュストさん？」ショウヴランは不意にきいた。

「〝べにはこべ〟のことを聞いたことがあるかですって？」と彼女は長い陽気な笑い声を上げた。「まあ、あなた、わたしたちはそれよりほかのことはいっさい話さないのよ。わたしたちは〝べにはこべ〟型の帽子をかぶり、わたしたちの馬には〝べにはこべ〟という名がつき、いつか皇太子殿下の晩餐会では〝べにはこべ〟式スフレが出ましたし、そうそう、このあいだは出入りの仕立屋に緑で縁どった青地の服をたのみましたらね、どうしましょう、それを〝べにはこべ〟型だって言うんですのよ」彼女はおもしろそうに言い足した。

彼女が愉快そうにしゃべっている間、ショウヴランは身動き一つしなかった。彼女の音楽的な声と子供のような笑いが静かな夕暮の空気にひびき渡ったときも、彼はさえぎろうとしなかった。彼はまじめな、熱心な態度でじっと立っていたが、やがて口を開いたときにも、彼のはっきりした、鋭い、かたい声は、やっと聞こえるぐらいの低いものであった。

「では、あの謎の人物のことをお聞き及びなら、なんでしょうな、あなたは、あの不思議な偽名のもとに、素性をかくしている男こそ、われわれ共和政体にとって、またフランスにとって、かつまたアルマン・サンジュストのような者たちにとって、もっとも手ごわい敵であることも、おわかりでいらっしゃいましょうな」

「まあ」彼女は奇妙な小さな吐息をついた。「たしかに手ごわい敵ですわ……フランスには最近手ごわい敵がたくさんできてきましたね」

「だが、あなたは、フランスの娘だ。だから、フランスが危急存亡の時にあたっては、すすんで助けなければならぬ」

「わたしの兄アルマンは、全生命をフランスに捧げています」彼女は誇らしげにやり返した。「わたしはといえば、どうすることもできませんわ……このイギリスで……」

「いや、できる……」彼はさらに熱意を加えて迫り、そのやせた狐のような顔は突然、印象深く威厳にみちてきたように見えた。「このイギリスにいるあなただけが……われわれを助けることができるのだ……お聞きなさい――わたしは共和政府から大使としてこの英国に派遣されたんです。明日ピット氏に信任状を提出するつもりです。わたしがイギリスに来た役目の一つは、この〝べにはこべ〟の一党についてすっかり探り出すことなんです。この一党がわれわれのあのいまいましい貴族ども、自分の国に刃むかうやつら、人民の敵を、当然の罰から逃してやると誓言してからというもの、やつらはフランスにとって不断の威嚇となっているんです。あなたもわたし同様ご存じでしょうが、一度あの貴族どもがここに渡ってきたが最後、この亡命者どもは共和政体に不利なように世論を煽動《せんどう》するんですよ。やつらは大胆にも、フランスを攻撃するいかなる敵ともよろこんでその論戦にくみするのだ。さて先月中だけで、容疑者にすぎない者も、また現に安全保障裁判で有罪の宣告を受けた者もひっくるめて、多数の亡命者がうまうまと海峡を渡ってしまったんです。やつらの逃亡はどれもみなこのイギリス人の青二才の一団が計画し、組織し、遂行してるんだ。その首領の機智縦横な頭脳は、その素性が神秘なのと同様、底知れぬものなんです。わたしのスパイたちの必死の努力にもかかわらず、彼の正体は、ようとして摑《つか》めないんです。他のやつらは、みな手先だが、この不思議な偽名の下にフランスの滅亡を着々とすすめているこの男こそ首領なのだ。わたしはこの頭目を射止めたいんだ。それであなたの力を貸していただきたいのです——彼さえ手中に入れれば残りのやつらはわけはない。彼はイギリス社交界の若いきざ男に違いないとにらんでいるんですよ。この男をわたしのために探してください。フランスのために探してください」と、彼はせまった。

マーガリートはショウヴランの熱した話を、一言も発せず、身じろぎもせず、息さえつかずに聞いていた。彼女は彼女の属している社交界が、この不思議なロマンスの英雄の噂《うわさ》で持ち切りだと、さきほど彼に話した。しかしすでにその以前から彼女は、この名声を求めず、何百人もの生命を恐ろしい、時には余りに無慈悲な運命から助け出すことのみに集中している勇敢な男のことを思うたびごとに、心をときめかさずにはいられなかったのだ。パッスリーブのトルネイ伯爵夫人などがそのもっとも典型的なものである、高慢なフランス貴族たちの傲岸なる階級意識に対して別に同情を持っているわけではなかったが、自分の主義としては共和政治を支持し、自由主義を信奉しながらも、若い共和主義者たちが、彼らの政治体制を建設するために選んだ手段に対しては、憎しみと嫌悪を抱いていた。もうパリへは何カ月も行っていない。あの九月虐殺事件で最高潮に達した恐怖時代の恐怖も流血も、海峡をへだてては、かすかなこだまとして耳に伝わってきたに過ぎなかった。血なまぐさい裁判官、ギロチンの無慈悲な支配者として、新しい扮装《ふんそう》のもとに立ち上がったロベスピエール、ダントン、マラーなどをまだ知らなかった。あまりにも過激なやりかたを見ているうちに彼女は、穏健な共和主義者である兄アルマンが、やがてはその生《い》け贄《にえ》になるかも知れないと考えずにはいられず、恐ろしさに身のちぢむ思いがするのであった。

彼女が初めて、この真の同胞愛のみから女、子供、老人、青年の別なく、恐ろしい死から引きずり出してくる年若いイギリス人の熱情家の一団の話をきいた時、彼女の心は彼らへの誇りで燃え上がったのであった。そして今やショウヴランの話に耳をかたむけながら、彼女の思いは、この大胆な小隊の俠気《きょうき》にあふれた不可思議な首領の上にとんでいった。彼は日ごと身を危険にさらし、少しの見栄もなく、人道のため命を捧げているのである。

ショウヴランが語り終わった時、彼女の眼はうるみ、胸のレースは興奮した息づかいのために波打っていた。もはや宿の酒宴の騒ぎも耳にははいらず、夫の声もそのうつろな笑い声も気にかからなかった。彼女の思いは神秘な英雄を求めてさまよっていたのだ。もし彼にめぐり逢っていたら、自分はその人を愛していたかも知れない。彼をつつむすべてが、彼女のロマンチックな想像を煽《あお》った。彼の人となり、彼の力、彼の勇敢さ、同じく気高い動機から彼の下に仕える人々の忠誠、とりわけ華やかなロマンチックな光の輪のように、彼を飾るあの匿名が、彼女の空想をそそった。

「フランスのために彼を見つけてください」

耳もと近くショウヴランの声が彼女を夢からよびさました。神秘な英雄は消え失せ、二十ヤードと離れないところに、彼女が誠実と貞操を誓った男が、酒を飲み笑っていた。

「おやまあ、驚いたことをおっしゃるのね。いったい全体、どこを探しまわったらよろしいんですの?」彼女はふたたびもとの、わざとらしいおしゃべりに返って言った。「あなたはどんなところへでもいらっしゃられる。ブレークニイ令夫人はロンドン社交界の中心だともっぱらの評判ですよ。あなたはあらゆるものをごらんになり、あなたのお眼にはあらゆることがらが、はいってきます」ショウヴランは媚《こ》びるようにささやいた。

「とんでもない」マーガリートは身をぐっとおこし、眼の前の小さな、やせこけた姿を、やや軽蔑の面持ちで見おろした。「とんでもないこと。あなたが今すすめておいでのことと、ブレークニイ令夫人との間には、六尺豊かなパーシイ・ブレークニイ卿と古い名門というものが、横たわっているのをお忘れになったようですね」

「フランスのために！」と熱心にショウヴランは繰り返した。マーガリートは舌打ちした。

「どちらにしてもばかげたことをおっしゃるのね。たとえこの〝べにはこべ〟が誰かということがわかったとしても、あなたにはどうすることもできないではありませんか、イギリス人を」

「一か八かやってみるんですよ」ショウヴランはそっけない、かすれた笑いをもらした。「いずれにしても、やつをギロチンへ送りつけて、熱をさますことはできますよ。それで外交関係で悶着《もんちゃく》がもち上がったら、腰を低くしてあやまるんですね――英国政府へさ――必要とあれば遺族に見舞金をやればいいんですよ」

「あなたの言ってることは恐ろしいことですわ、ショウヴラン」彼女は毒虫からすさるように、彼から身を引いて言った。「その人が誰であろうと、とにかく勇敢な、気高い人物です。だからけっして……よく聞いてらっしゃい……わたしはそんな悪事には手を貸すことはできません」

「では、あなたはここに渡って来るフランスの貴族一人一人から侮辱されたほうがよいとおっしゃるんですね」

ショウヴランはしかと狙いを定めてからこの小さな矢を射たのだ。マーガリートのさえざえした若々しい頬は心持ち青ざめ、彼女は下唇をかみしめた。まさに矢が的中したのを彼に見せたくなかったのである。

「それは問題外のことですわ」やっと彼女は立ち直って答えた。「わたし自身のことは自分で守ります。けれど、あなたのためにも、フランスのためにでも、卑劣な仕事はお断わりします。ほかにいくらでもよい手段がおありでしょうに、そうなさいましよ」

こう言うと、ショウヴランのほうを見向きもせず、マーガリート・ブレークニイは、彼に背を向け、宿の中にずっとはいって行った。

「これがあなたの最後のお言葉ではありませんよ。ロンドンで、またお目にかかれましょう」

通路の灯りが、彼女の優美な豪奢に着飾った姿を、ぱっと浮かび出させた時、ショウヴランはこう言った。

「ロンドンでお会いするでしょうが、これがわたしの最後の言葉です」彼女は振り返って言った。

彼女は、食堂の戸をさっと開けてショウヴランの視野からかくれてしまった。しかし彼は、なおしばらく玄関に立ったまま、嗅ぎタバコを一つまみかいだ。彼は非難され、肘鉄砲を食った。それにもかかわらず、彼の鋭い狐のような顔には、恥入ったり、失望の色はなく、かえって、なかば皮肉な、そして満足しきった奇妙な微笑が、彼のうすい唇の隅にただよっていた。

9　不意打ち

一日中降りつづいた雨のあとの夜は美しい星空であった。イギリス特有の湿っぽい、ぬれた土の香りと、露したたる木の葉を思わせる、涼しく、かぐわしい夏の末の夜であった。

英国一というすばらしい純良種四頭にひかせた華麗な馬車が、ロンドン街道を走っていた。馭者台《ぎょしゃ》にはパーシイ・ブレークニイ卿がそのほっそりした女性的な手に手綱をとり、そばには高価な毛皮にくるまったブレークニイ夫人が坐《すわ》っていた。星をちりばめた夏の夜の五十哩《マイル》のドライブ！　マーガリートはこう思うと喜びで胸が高鳴るのであった。パーシイ卿は馬車を走らせることを熱烈に愛好していた。二日ばかり前、ドーヴァーにさし向けておいた四頭の純良種の馬は、この遠乗りに興を添えるのに程よく張り切っていた。そしてマーガリートはこれらの時間、ひとり静かにしていられることをこの上もなく楽しんでいた。やわらかな夜風が頬をなでるままに、思いはさまようのか。彼女はこれまでの経験でパーシイ卿がほんのまれにしか話さないことを知っていた。彼はしばしば、夜、何時間もこの美しい馬車に妻をのせて、出発点から目的地につくまで、天候や道の状態について、わずか一言、二言、言うほかは黙々として走らせるのであった。彼は馬車を夜間に駆らせるのを非常に好み、彼女もまたたちまち夫の好みに引き入れられた。幾時間も彼のそばに坐り、巧みなしっかりした彼の手綱さばきに見とれている時、彼女は彼がその鈍い頭の中でどんなことを考えているのかしらと、度々あやしんだことがあった。彼はそれをけっして彼女に語ったことはなく、彼女もまた聞きたいとは思わなかった。

〝漁師の宿〟では、ジェリバンド氏が次々と灯を消しながら見廻って歩いていた。酒場の常連はみな帰ってしまったが、二階の気持のよい寝室には大事な客が泊まっていた。すなわちトルネイ伯爵夫人とスザンヌと子爵とであった。それにアンドリュウ・

フークス卿とアントニイ・デュハースト侯がこの古風な館に一夜を過ごしたいと望まれた場合のため、さらに二つの寝室が用意されてあった。

しばらくの間二人の美青年は、こんな暖かな晩だというのに、赤々と燃えている大きな丸太のはだか火を前にして、食堂に心地よく坐っていた。

「おいジェリイ、もうみんな帰ったかい？」トニイ侯は、まだせっせとコップや杯《さかずき》をかたづけている亭主に声をかけた。

「ごらんのとおりすっかり帰りましてございます、殿さま」

「それから雇人たちもみんな休んだかい？」

「勝手元の夜番にあたっております小僧だけが起きております。でございますが、じきに寝込んでしまうに、きまっていますんでございますよ、しようのないやつで……」

ジェリバンド氏は笑いながらつけ加えた。

「じゃ、われわれはここ半時間ほど二人っきりで話していていいね」

「どうぞそうなさってくださいまし、殿さま。ロウソクは戸棚の上にお置きしてまいりますから……それからお二人さまのお部屋もちゃんと用意してございます……わたしはこの家の一番上で休んでおりますが、もし殿さまが大きなお声でお呼びくださりさえしますれば、たぶん聞こえると存じます」

「よし、よし、ジェリイ……それで……と、そう、灯りを消してくれ給え――煖炉のあかりで充分だ——それに通りすがりの者に気づかれたくないんだ」

「かしこまりました」

ジェリバンドは言いつけられたとおりにした。桷《たるき》造りの天井からさがっている古風なランプを消し、ロウソクを全部吹き消した。

「酒を一本頼むよ、ジェリイ」アンドリュウ卿は言った。

「かしこまりました」

ジェリバンドは酒をとりに出て行った。部屋はすっかり暗くなり、煖炉には丸太が勢いよく燃えて、パチパチはねあがる焔《ほのお》が明るい円を描き出していた。

「ほかに何かご用はございませんか、お二人さま?」一本の酒と二つのコップを持って引き返してきたジェリバンドは、それをテーブルにおいてたずねた。

「それでけっこう、ありがとう、ジェリイよ」トニイ侯は言った。

「おやすみなさいまし」

「おやすみ、ジェリイ」

ジェリバンド氏の重い足音が廊下を伝わり、階段にひびいて行く間、二人の青年はじっと耳をすませていた。やがてその音も消え、炉ばたで黙々と酒を飲んでいる二人の青年のほか、〝漁師の宿〟は眠りにつつまれたかのようであった。

しばらくは、食堂でも旧式分銅時計のチクタクいう音と、燃えさかる薪がはねるほか、物音一つしなかった。

「今度もまた、上首尾かい、フークス？」ついにアントニイ侯は口をひらいた。

　アンドリュウ卿は火を見詰めながら、たしかに夢見ていたのであった。そして、そこに大きな鳶色《とびいろ》の眼と子供らしい、いきいきした顔を見ているに違いなかった。

「そうだ。上首尾だ」なおも夢想にふけりながら彼は答えた。

「じゃまは、はいらなかったね？」

「はいらなかった」

　さらに自分で酒をつぎながら、アントニイ侯は愉快そうに笑った。

「今度の旅行が、きみに愉快だったかなんて聞くだけ野暮だったね」

「うん、そのとおりだ。上々だった」

「さあ彼女の健康を祝そう」陽気なトニイ侯は言った。

「あれはいい娘だ、フランス人ではあるがね。きみの求婚を祝そう――この上なく幸運に、そして成功するように」

　彼は最後の一滴まで乾してから、炉ばたの友のそばにすわった。

「そう、この次の旅行はきみの番だよ、トニイ」アンドリュウ卿は、瞑想からやっとわれをゆりさまして言った。「きみとヘイスティングスだ、たしか。で、ぼくはきみもぼくの受け持ったのと同じように愉快な仕事と、愛らしい道連れを持つように願ってるよ。きみには想像もつくまいがね、トニイ……」

「うん、ぼくにはつかないよ」彼の友は心地よげにさえぎった。「だが、きみの言葉はありがたくちょうだいするよ。そこで」突然その陽気な若々しい顔に真剣な色をうかべて彼はつづけた。

「仕事のほうは、どんな工合だったかい？」

二人の青年はさらに椅子を近くひきよせ、二人きりではあったが、本能的に声をおとしてささやき声となった。

「ぼくは〝べにはこべ〟とたった二人だけでカレイでほんのちょっとの間会ったんだよ」アンドリュウ卿は言った。「一日か二日前だった。彼はわれわれより二日前に、イギリスに渡ってたんだ。彼は一行をパリからずっと送ってきたんだよ――とてもきみには信じられまいが――市場通いのばあさんのなりをして――無事に市外に出てしまうまで、幌馬車《ほろばしゃ》を走らせてたのさ。中には蕪《かぶら》やキャベツに埋もれて、トルネイ伯爵夫人にスザンヌ嬢と子爵がかくれていたんだ。あの人たちも自分らの馭者がだれかってことは、むろん夢にも知らなかったんだよ。『貴族を倒せっ』とがなり立てている群衆や兵隊どものおしならぶ、まっただ中をどんどん走って行ったんだ。そしてほかの市場通いの馬車といっしょに通りぬけてきたんだよ。〝べにはこべ〟はね、肩掛けとペティコートと頭巾を引っかけてね、『貴族を倒せっ』と人一倍大きな声でわめいたんだ。まったく驚嘆すべき人物だね。あの心臓の強さときたら、まったくすごいもんだ――あれでこそ、どこでもうまく通れるんだね」青年の顔は、愛する首領への憧憬で輝いた。

この友人よりも無口のアントニイ侯は、一つ二つやじめいたことを飛ばして、それでかろうじて彼の首領に対する尊敬の念を表現したのであった。

「彼は、きみとヘイスティングスに、来月の二日にカレイで会いたいと言ってるんだ。ええっと、来週の水曜になるね」アンドリュウ卿はやや落ちついて言った。

「そうだ」

「もちろん、今度はトルネイ伯爵の件でだ。危険な仕事だぞ。なぜならばだ、伯爵が安全保障委員会から容疑者にされていた時でさえ、彼の別荘から脱け出すことは〝べにはこべ〟の鬼才をもってしても、一大傑作とされていたのに、今や死の宣告を受けているんだからね。彼をフランスから連れ出すのは非常な冒険だよ。だから、もしうまく行ったとしても、九死に一生ものだな。現に、サンジュストは伯爵に会いに行ってるんだ――もちろん、まだだれもサンジュストを疑ってはいない。だが結局……彼ら二人をフランスからつれ出すことになるんだから、まったく手ごわい仕事だよ。われわれの首領のあの智慧をしぼっても、なかなかの重荷にちがいない。ぼくは、それでも、今度の仲間に加われという指令があったらいいなと思ってるよ」

「何か特別に、ぼくへの指図をことづかって来たかい？」

「うん、いつもより、もっとはっきりしたのを持ってきたよ。革命政府はイギリスに全権大使を送ってよこしたらしいんだ。ショウヴランという男で、わが党に対してひどく敵意を持っているそうだ。そしてわれわれの首領の正体を探り出して、今度彼がフランスに足をかけるやいなや、捕えちまおうと決心しているんだ。このショウヴランは、スパイの一隊全部を引き連れてきたんだ。だから首領が一か八かやってみるまでは、われわれは党の会合もできるだけさけて、当分は人中でたがいに話すことは絶対しないほうがいいと、彼は考えているんだ。もし首領がわれわれに話したい時には、なんとか適当な方法を講ずるだろう」

　青年たちは二人とも火の上にかがみこんでいた。というのは、焰はとうに落ち、もえさしの赤い火が炉の前に気味のわるい半円をてらし出しているにすぎなかったからである。部屋の他の部分は、すべて真の闇につつまれていた。アンドリュウ卿はポケットから手帳をとり出し、それから一枚の紙片をひき出してひろげた。そして二人は暗い赤い火の光で読みにかかった。これに夢中になるのあまり、すなわち心に深くかかっている仕事の問題に没頭し、崇拝措くあたわざる首領からじきじきに渡されたこの貴重な書きものに吸いつけられ、二人の眼と耳はまったくそっちにうばわれてしまった。彼らは周囲の物音、炉格子から燃え落ちるやわらかい灰のくずれる音、時を刻む時計の単調な音、二人のそば近く床の上でした、かすかな、何かほとんどわからないほどの衣ずれの音など、少しも耳にはいらなかった。一つの姿が長椅子の下からあらわれ、蛇のように音もなく、黒いとばりにつつまれた部屋を、二人の青年のほうへじりじりと息もつかず床の上をすべるように這《は》いよって行った。

「きみはこの指令を読んで暗記してから焼いてしまうんだよ」アンドリュウ卿は言った。

彼が手帳をポケットにしまおうとした時、小さな紙片がひらひらと床の上に落ちた。アントニイ侯はかがんでそれを拾いあげた。

「これはなんだい？」彼はたずねた。

「知らないよ」アンドリュウ卿は答えた。

「これはたった今、きみのポケットから落ちたんだよ。たしか、もう一枚の紙片といっしょにはなかったように思うが」

「変だ——いつ、はいったんだろう？　首領からだ」彼は紙片を見て言い足した。

二人はかがんで、二言三言急いで走り書きしてあるこの小さな紙片を読もうとした。その時突然、向こうの廊下からららしい、かすかな物音に、二人はびくっとした。

「あれはなんだろう？」彼らはわれ知らず言った。アントニイ侯は部屋を横切って戸口のほうに行き、さっと戸を開けた。その瞬間、彼は眉間に強い一撃を受け、はげしく部屋に投げ返された。と同時に、暗闇にうずくまっていた蛇のような姿ははね上がり、何も知らぬアンドリュウ卿の背後から飛びかかって彼を床に倒した。

これはすべてわずか二、三秒のうちに起こったことであって、アントニイ侯もアンドリュウ卿も叫び声を上げたり、なんらかの抵抗を試みたりする時間もすきもなかった。彼らは別々に一人の男につかまれ、手早く猿ぐつわをかけられて、二人とも背中合わせに腕も手も足もかたくしばりつけられてしまった。一方、一人の男が静かに戸を閉めた。彼は覆面し、今や他の者たちが仕事にかかっている間、じっと突っ立っていた。

「もう大丈夫です」と男たちの一人は、二人の青年をしばってある縄に最後の一べつをくれてから言った。

「よし」と戸口の男は答えた。「さあ、やつらのポケットをさがして出て来た書類はのこらずおれにわたしてくれ」

この命令は敏捷《びんしょう》に静かに遂行された。書類全部を手にした覆面の男は、〝漁師の宿〟の中に何か音がしないかとちょっと耳をすました。この卑劣な暴行がだれの耳にもふれずに済んだのにありありと満足の色をうかべて彼はふたたび戸を開き、横柄に廊下のほうを指さした。四人の男はアンドリュウ卿とアントニイ侯を床から持ち上げ、来た時と同様、静かに、音もたてずに、しばられた二人の美青年を宿からかつぎ出し、ドーヴァー街道を闇の中へ消えて行った。

食堂では、覆面したこの不敵な企ての首領が盗んだ書類にすばやく眼を通していた。「まず一日の仕事にしては悪くはないぞ」と彼はつぶやき、さっと覆面をとった。淡黄色の狐のような彼の眼は、赤い火の光にギラギラ輝いた。「悪くはないぞ」

アンドリュウ・フークス卿の手帳から更に一つ二つの手紙を開いた彼は、二人の青年がやっとのことで読むだけの時間しかなかった小さな紙片に眼をとめた。そして、アルマン・サンジュストの署名のある一通の手紙が特に彼に異常な満足を与えたらしかった。

「やっぱりアルマン・サンジュストも裏切り者だったか」彼はつぶやいた。「さあ美しいマーガリート・ブレークニイさん、いよいよあんたも〝べにはこべ〟探索の手伝いをしないわけにはいかなくなったね」嚙《か》みしめた歯の間から悪意をこめて彼は言った。

10　オペラのボックスで

コヴェント・ガーデン劇場では、今夜は祭り日の一つにあたっており、この特記すべき西暦一七九二年の秋のシーズン最初のものであった。

劇場は瀟洒《しょうしゃ》な貴賓席をはじめ、土間の観覧席、またさらに平民的な三階桟敷や、大向う席に至るまでぎっしりつまっていた。グルックのオルフェウスは観客の中の知識階級に強い感銘を与えたが、この「ドイツからの最新輸入」に少しも興味を持たない者たちの眼は、華やかに着飾って美しい群れをなしている流行社会の婦人たちに吸いつけられていた。

セリーナ・ストレースのすばらしい詠唱が終わり、無数の崇拝者たちから、当然の拍手喝采を受けた。貴婦人たちの寵児《ちょうじ》として定評あるベンジャミン・インクレドンは皇族席から丁重なる会釈を賜わった。そして今や第二幕の華々しい終曲が終わって幕は下り、大音楽家の魔法の旋律に魂を奪われていた聴衆は、いっせいにほっと満足の吐息をつきガヤガヤくだらぬおしゃべりや、他愛のない冗談に緊張をほぐした。

瀟洒な貴賓席には多くの有名な顔が見えた。国家の重責にあえぐピット氏も、今宵のもてなしの音楽会にしばらくのくつろぎを見いだしていた。快活な、肥った、そして一見やや粗野で、俗っぽい皇太子は、ボックスからボックスへと歩きまわり、わずか十五分の時間を内輪の親しい友人たちと談笑していた。

グレンビル侯のボックスでは奇妙な興味を覚えさせる人物が注意をひいていた。鋭い皮肉な顔、深くくぼんだ眼、やせた小柄な男で、熱心に音楽に耳を傾けながらも聴衆をじろじろ眺めていた。全身黒ずくめで、頭髪には粉を少しも振っていなかった。外務大臣グレンビル侯は、彼にきわ立った、しかし冷やかな敬意を示していた。

ここにもあそこにも、はっきりそうと見分けのつくイギリス型の美人にまじって、一つ二つ外国の顔が明らかな対照をなしていた。すなわち多くフランス王党派亡命者たちの高慢な貴族的な顔付きであって、彼らは自国の残酷な革命の動乱に迫害され、イギリスに平和な避難場を見いだしたのであった。この人々の顔には悲しみと心配の影が深く宿っていた。ことに婦人たちは音楽にもきらびやかな装いの聴衆にもほとんど注意を向けなかった。もちろん彼女たちは遠くまだ危険にさらされていたり、または最近無慈悲な運命のもとに倒れた夫、兄弟、あるいは息子に思いを馳せているに違いなかった。

この中でも、ついこのあいだフランスから来たばかりのパッスリーブのトルネイ伯爵夫人は、もっとも目立つ存在であった。重々しい深い黒の絹服をつけ、白いレースのスカーフのみが喪服のような感じを和らげているのであって、彼女はポーターレス令夫人のそばに坐《すわ》っていた。令夫人は機智に富んだ警句や幾分下品な冗談をとばしたりして、伯爵夫人の悲しげな口許に笑いを呼ぼうと空しい努力をしていた。彼女の後ろには小さなスザンヌと子爵がこのように大勢の見知らぬ人々の中にまじって、いくらか恥ずかしそうに黙って坐っていた。スザンヌの眼は物足らなそうに見えた。最初、彼女は観衆に溢れたこの劇場にはいった時、熱心に周囲を見まわし、顔を一つ一つ眺め、ボックスというボックスは残らずしらべたのであった。明らかに彼女の望む顔はなかったらしかった。というのは彼女は母のうしろに静かに坐り、熱のないようすで音楽に耳を傾け、もはや聴衆にさえ、注意を向けなかった。

「ああ、グレンビル侯」とポーターレス令夫人は、慎み深いノックにつづいてこの賢明にして愉快な外務大臣の頭がボックスの入口にあらわれたのを見て言った。「ほんとうによい時にいらしてくださいましたわ。こちらはトルネイ伯爵夫人で、フランスの最近のニュースを、それはそれは聞きたがっていらっしゃいますのよ」

この卓越せる外交官は、進み出て婦人たちと握手した。

「ああ！　実にひどいものですよ。殺戮《さつりく》は続けられ、パリは文字どおり血しぶきを上げ、ギロチンは一日に百人もの生け贄《いにえ》を要求しているんです」彼は悲しげに言った。

顔は青ざめ、涙ぐんだ伯爵夫人は椅子の背にもたれ、恐怖に打たれた面持ちで、常軌を逸した祖国の有様のこの簡単な、生々しい知らせを聞いていた。

「ああ、あなたさま」彼女は片言の英語で言った。「そのようなお話伺いまして恐ろしゅうございます。そして気の毒な夫はまだあの恐ろしい国にいるのでございます。こうしてわたしがここの劇場に、すっかり安全で平和で坐っておりますのに、夫があのような危険の中にあることは、たえられないことでございます」

「まあ、奥さま、あなたさまが、たとえ修道院にお坐りになっていらしったって、ご主人さまがご安全というわけにはいかないではございませんか。それにあなたさまはお子さまがたのこともお考えにならねばなりませんでしょう。お二かたともまだお若いのに、心配や、はやまった悲しみでおさえつけては、おかわいそうでございますよ」と、率直で無遠慮なポーターレス令夫人は言った。

友の猛烈な語調に伯爵夫人は涙の中からほほえんだ。ポーターレス令夫人は競馬騎手にだって似合わなくもないような荒っぽい声と態度であったが、その心は実に黄金そのものであった。そして当時一部の貴婦人がたが装った、このような下品な態度の中には、この上ない純情あふるる同情と、やさしい親切心がやどっていた。

「それに奥さま、〝べにはこべ団〟が、彼らの名誉にかけて伯爵を無事海峡のこっちにお連れ申すと誓ったと昨日おっしゃったではございませんか」グレンビル侯も口を添えた。「さようでございます。そして、それだけがわたしのただ一つの希望なのでございます。昨日、ヘイスティングス侯にお目にかかりました……やはりそうおっしゃってくださいました」伯爵夫人は答えた。

「では大丈夫ご心配になる必要はございませんよ。彼らが一度誓ったことはかならずやりとげます。ああ、わたしももう二、三年若かったら……」と、老外交官は吐息とともに言い足した。

「おやあなた、今夜あなたのボックスに、でんと鎮座ましましているあのフランスの案山子《かかし》を、放り出しておしまいになるぐらいの若さはおありでしょう」明けっぱなしのポーターレス令夫人はさえぎった。

「それができたらいいと思いますよ……しかしわれわれ国家に仕える者は私情を捨てねばならぬことを、奥さまお考えくださらねばなりません。ショウヴラン氏は彼《か》の政府の全権大使ですからね……」

「まあいやだ、あなた、あの血に飢えきった悪漢どもを政府とおっしゃいますの！」彼女はやり返した。

「イギリスとしてはまだフランスと外交関係を断絶する時期ではないと思われるのです。それですから、フランスがわれわれのところにつかわした大使は、それ相当の礼儀をもって迎えないわけにはいかないんですよ」大臣はおもむろに言った。

「外交関係も何もあるもんですか、閣下。あそこにいるあのちっぽけな狡猾《こうかつ》な狐はただのスパイにすぎないことをわたし、保証いたしますわ。いずれあなたさまにもおわかりになりましょうが――でなければわたしの大まちがいということになりますけれど――彼は外交になんか何も関心を持ってはおりませんよ。王党員の亡命者たちや――わが勇敢な〝べにはこべ〟とあの勇ましい小さな一団の人たちに害を加えようとするのが関の山でございますわ」

「もしこのショウヴランがわたしどもに害を加えたいと言うのでしたら、ブレークニイ夫人は彼の忠誠な味方となるでございましょう」伯爵夫人はうすい唇をすぼめて言った。

「まあ、この人は」ポーターレス夫人はわめいた。「こんなつむじ曲りがありましょうか、グレンビル侯。あなたさまは弁舌の才に恵まれていらっしゃいますから、どうぞ伯爵夫人がばかげた振舞いをしておいでだということを忠告してあげてくださいましな。このイギリスではね、奥さま」と彼女は怒りに燃えた断乎《だんこ》たる表情で伯爵夫人に向かった。「あなたがたフランスの貴族がお好きな尊大な態度は通用しないのでございますよ。ブレークニイ令夫人がこのフランスの悪漢たちに共鳴なさろうとなさるまいと、サンシール侯爵でしたか、まあ、名前なんかなんでもかまいませんが、そのサンシール侯爵の逮捕と判決に関係があろうとなかろうと、そんなことはどうでもようござんす。とにかく夫人はこの国の社交界の第一人者でいらっしゃいますよ。パーシイ・ブレークニイ卿は六人の大金持ちを束にしたよりも、もっと財産を持っていらっしゃり、王室とも大変近しくしておいでなんですから、あなたが夫人をやりこめようとなさったところで、夫人には痛くもかゆくもなく、かえってあなたがばかげてお見えになるだけでございますよ。ねえ、そうでございましょう、グレンビル侯？」

しかし、これについてグレンビル侯がどう考えたか、またポーターレス令夫人の飾り気のない攻撃がトルネイ伯爵夫人にどんな思いを抱かせたかは語られずにしまった。というのは、ちょうどこの時、オルフェウスの第三幕があがり、劇場のあちこちから静粛を求める声がとんで来たからである。

グレンビル侯はいそいで貴婦人たちに別れをつげ、自分のボックスにそっとすべり込んだ。そこにはショウヴラン氏がこの幕間に、ずっと片時もはなさなかった嗅ぎタバコを手に坐っており、彼の鋭いうす黄色い眼は、真向こうの席にじっとすえられていた。その席には、観客の騒めきや、好奇心の波に迎えられたマーガリート・ブレークニイが夫につきそわれ、絹のもすそをサラサラと鳴らして、今しがたあらわれたところであった。軽く髪粉をふった赤味がかった金髪の豊かな捲毛、優雅な後首に大きな黒リボンの蝶結びをつけた姿は神々しいまでに美しかった。いつも流行の尖端《せんたん》を行くマーガリートはこの夜の貴婦人たちの中でただ一人、二、三年このかたの流行である三角の肩掛けと広い折襟のついた上衣をまとっていなかった。彼女は胴の短い古典的な長衣をはおっていたが、それはたちまちのうちにヨーロッパ各国に、大好評を以て迎えられるであろうところのモードのさきがけであった。彼女の優美な気品ある姿に、この上もなく似合うこの長衣は、何かキラキラ光る生地で豪華な金糸の縫いとりの塊りのように見えた。

はいって来ると彼女はボックスの外にしばらくよりかかり、居合わせた知合いの顔をひとわたり見廻した。彼女がそうしていると多くの人々が彼女に挨拶し、皇族席からもすばやい、しかし優渥《ゆうあく》なお会釈があった。

ショウヴランは第三幕の序曲の間じゅう、音楽にうっとり聞き惚れている彼女を熱心に見守っていた。宝石をちりばめた小さな扇をもてあそんでいるきゃしゃな小さな手、豪華なダイヤモンドや世にも珍しい宝石でおおわれた王者の如き頭、喉、腕、首、それらはすべて、彼女のそばに悠然とのさばっている、彼女の崇拝者である夫からの贈物であった。

マーガリートは音楽が非常に好きだった。今夜のオルフェウスは彼女を魅了し去った。生存の歓喜がその愛らしい若々しい顔に生き生きと浮かんだ。それは陽気な青い眼から輝き出て、唇のあたりには微笑がただよっていた。なんといっても彼女は若い盛りの二十五歳に過ぎず、高貴なかたがたのお気に入りであり、人々から崇拝され、もてはやされ、甘やかされ、大切にされているのであった。二日前に〝真昼の夢〟はカレイから戻り、彼女の熱愛する兄が無事上陸し、彼は彼女のことを思っていること、彼女のために慎重に行動するつもりだという便りをもたらしたのであった。

とにかくこのひとときをグルックの熱情的な調べに耳傾けつつ、幻滅の悲哀を忘れ、消え失せた愛の夢を忘れ、且つはまた、自分の恵まれている社会的、物質的特権を惜し気もなく妻のためにふりまくことによって、知性の欠陥をおぎなおうとしている善良な、夫の存在を忘れたからと言って、いっこうに不思議はないのである。

彼は儀礼上必要な間だけはボックスの彼女のそばにとどまっていたが、皇太子を始め多くの崇拝者たちが引きもきらずこの社交界の女王に敬意を表わしに来るのをきっかけに、彼らのために席をあけて退いた。たぶん、パーシイ卿はもっと気のおけない友だちと話しにぶらぶら出て行ったらしかった。そんなことは、どうでもよかった。彼女はロンドンの金持ち息子たちからなる小さな取り巻き連中にかこまれていたが、ほんのしばらくでもただ一人になってグルックを聞きたいものと、今しがた、彼らを全部帰してしまったところであった。

用心深いノックが彼女を陶酔から醒ました。

「おはいりください」闖入者《ちんにゅう》のほうを振り向かずに、やや、いらいらして彼女は答えた。

機会をねらっていたショウヴランは彼女が一人きりなのを見届けると、いらいらした「おはいりください」という返事より早くボックスにすべり込み、次の瞬間にはマーガリートの椅子のうしろに立っていた。

「一言お話し願いとうございます」彼は静かに言った。まんざら見せかけではなく、ぎょっとしたマーガリートは急いで振り返った。

「まあ、あなたは、びっくりするじゃありませんか」彼女は強いて笑いながら言った。

「今いらしたのはほんとに折が悪うございましたわ。わたし、グルックを聞きたいので、お話は致したくありませんの」

「ですが、これがわたしの唯一の機会なのです」と彼は、許しを待たずに静かに椅子を彼女のすぐうしろに引いた。聴衆をさまたげず、ボックスの暗い奥で人に見られず彼女の耳もとに囁けるぐらい間近だった。「これがわたしの唯一の機会なのです」彼女が答えないので彼はくり返した。「ブレークニイ令夫人はいつも彼女の崇拝者たちにかこまれ、もてはやされているので、単なる古い友だちではめったに会っていただけませんからな」

「ほんとにあなた」うるさそうに彼女は言った。「ではまた別の折を見つけてくださらなくてはいけませんわ。わたしは今夜オペラの後で、グレンビル侯の舞踏会に行くことになってますの、あなたもたぶんいらっしゃるでしょう？　その時五分間差し上げますわ……」「このボックスで内々の三分間、わたしにはそれで充分なのです」彼はおだやかに答えた。「また、わたしの申し上げることをお聞きになるほうがご賢明かとも存じますが、サンジュストさん」

とたんに、マーガリートはぞっと身ぶるいした。ショウヴランは声を高めず、囁く程度であった。今、彼は静かに嗅ぎタバコを一つまみかいでいた。しかしながら、彼の態度には何かあった。そのうす黄色い狐のような眼にはこれまで思いもよらなかったある恐ろしい破滅がひそんでいるかのごとく、彼女の血を凍らせる何かがあった。

「それは脅迫ですの？」ついに彼女はたずねた。

「いいえ奥さま、単に空中に放った一矢に過ぎません」彼は丁重に答えた。そしてちょっと言葉を切った。まるで無鉄砲に走って行く鼠を見つけた猫が、まさに跳びかかろうと身構えつつ、ゴロゴロのどを鳴らして、その残虐を楽しんでいるようであった。やがて彼はもの静かに言った。

「あなたの兄上サンジュスト殿は危険に瀕《ひん》しておられますよ」

彼の前の美しい顔は筋肉一つ動かなかった。マーガリートは熱心に舞台を見つめているようすだった。しかし、ショウヴランは鋭い観察家であった。彼はさっと彼女の眼が険しくなり、口もとがしまり、美しい優雅な全身が硬直したように緊張するのを見た。

「あら、これもあなたのご想像の筋書のひとつでしょうから早くお席にお戻りになって、わたし一人でゆっくり音楽を楽しませてくださいませ」彼女は強いて陽気に言った。

そして神経的に手でボックスのクッションを叩きながら拍子をとり始めた。プリマドンナのセリーナ・ストレースは彼女の声に魅せられている聴衆を前にして「シエファーロ」を歌っていた。ショウヴランは席を立とうともしなかった。彼は神経的な小さな手をじっと見つめていた。その手のみが彼の矢が的にあたったことを伝えていた。

「それで」彼女は突然、出し抜けに、やはり無頓着をよそおいながら言った。

「それで？」彼はおだやかに問い返した。

「わたしの兄についてですって？」

「わたしは兄上についてあなたにお聞かせするニュースがあるのです。きっと興味をお感じになることです。ですがその前にちょっと説明させていただきたい……よろしいですか？」

その問は必要なかった。マーガリートは依然顔をそむけたままだったが、彼が何を言い出すかと全神経をかたむけていることに疑いはなかった。

「先日、わたしはあなたのお力を拝借したいとお願い申しました。フランスがそれを必要としたのです。そしてわたしはあなたにおすがりできると思っておりました。しかし、あなたのお返事は期待を裏切った……あれ以来わたし自身の仕事の都合や、あなたご自身の社会的義務がわたしたちをへだてておりました……もっとも、その間に多くのことが起こりましたが……」

「要点をおっしゃってください」彼女は快活に言った。「うっとりするような音楽ですわ。ですから、はたの人たちが、あなたのお話でいらいらしてまいりますわよ」

「もうしばらく、どうぞ。わたしがドーヴァーであなたにお会いした日、あなたの最後のお返事をいただいてから一時間とたたないうちに、わたしはある種の書類を手に入れたのです。それによって、またもやフランスの貴族たちを一組逃亡させる巧妙な計画が判明したのです——その中にはあの裏切り者のトルネイも含まれておりました——あのおせっかいの親玉〝べにはこべ〟が全部仕組んだことなんです。それからこの不思議な組織の糸を、ある部分わたしの手に入れることができたのですが、しかし全部ではないのです。それでお願いしたい——いやぜひともあなたはその糸を全部たぐりよせる手伝いをしてくださらなくてはならないのです」

マーガリートはありありと不愉快の色を見せて聞いていたが、ここまで来ると、肩をすぼめて陽気に言った。

「おあいにくさま。わたし、あなたのご計画や〝べにはこべ〟のことなんかには少しも興味を持っていないと申し上げてあるではありませんか。で、わたしの兄についてお話しになっていらっしゃいましたね……」

「もう少しご辛抱願います」彼は自若としてつづけた。「二人の紳士、アントニイ・デュハースト侯とアンドリュウ・フークス卿は、あの晩ドーヴァーの〝漁師の宿〟におられました」

「存じております。あそこでお二人に会いましたもの」

「彼らがあのいまわしい一団のメンバーであることは、わたしのスパイ連中からすでにわかっていたことです。トルネイ伯爵夫人と子供たちを海峡のこっちへ送って来たのは、アンドリュウ・フークス卿だったのですよ。あの青年たちが二人きりの時にわたしのスパイたちは宿の食堂に押し入って、二人の公達《きんだち》に猿ぐつわをかませ、しばり上げて書類をうばい、それをわたしのところに持って来てくれたのです」

とっさに彼女は危険を悟った。書類とは？　……アルマンは何か軽はずみをしたのかしら……こう思っただけで、彼女は名状しがたい恐怖におそわれた。だが、この男に恐れを見せてはならない。彼女は、にぎやかに軽く笑った。

「ほんとうにあなたの厚かましさにはあきれてしまいますわ。盗みと暴力、イギリス国内で、しかも人の多勢いる宿屋で！　あなたの部下たちはその場で捕まるかもしれないじゃありませんか」彼女は、おかしそうに言った。

「捕まったからってどうなるんです？　彼らはフランスの子供ですよ。そうしてここにいるわたし、すなわちあなたの忠実なる僕《しもべ》から仕込まれて来たんです。たとえ捕えられましょうとも、彼らは一言の不平も言わず、口をすべらすようなことなく牢獄に行くでしょう。いや絞首台にだってのぼります。とにかく危険を犯す価値があるんですからね。多人数の寄っている宿屋はこういうこまかい仕事をするには、あなたがお考えになるよりは、はるかに安全なのですよ。それに、わたしの部下たちは、こういうことには慣れていますからな」

「それでその書類とは?」彼女は無頓着なようすでたずねた。

「運のわるいことにその書類によって、一部の者の名前と……一部の行動がわかり……やつらの企てた巧妙な手段をさしあたりじゃまするることができると思いますが、残念ながら依然〝べにはこべ〟の正体はわからないんです」

「おや、あなたは」彼女はやはり軽薄なようすをつくろいながら言った。「なら、あなたはこの前と同じじゃありませんか、そうでございません? さあ、わたしにアリアの最後を楽しませてくださいませよ、ね……」と彼女は、わざと大げさに出もしないあくびを噛《か》み殺しながらつけ加えた。「あなたはわたしの兄のことをお話しくださるのではございませんでしたの?」

「今すぐ彼のことになりますよ。書類の中にアンドリュウ・フークス卿宛ての手紙が一本はいっていまして、差出人はあなたの兄上サンジュストとなっておりました」

「そう、それで?」

「その手紙によって兄上がフランスの敵に共鳴しているばかりか、〝べにはこべ団〟のメンバーではないまでも、現に協力者だということがわかったのです」

遂に打撃は下された。初めからマーガリートはそれを予期していた。恐れを見せてはいけないと決心した。無頓着な、軽薄にさえ見える態度をとらねばならないと決心した。打撃が来た時、あわてまいと思った。ヨーロッパ一とあだ名をつけられたあの鋭い機智の全部を集めてこれに当たりたいと願った。打ちおとされた今でさえ彼女はひるまなかった。ショウヴランが真実を語っているのを知っていた。彼はくだらない、目的もないうそをつくには、余りにも真剣にかつ盲目的に、その心中の誤れる主義に打ち込んでおり、自分の同国人や革命の指導者たちについて全面的な誇りを持っていた。

アルマンの手紙は——ばかな軽率なアルマンは——ショウヴランの手中に収められた。マーガリートは自分の眼でその手紙を見たも同然に、はっきりそれを悟った。そして、ショウヴランはそれを焼いてしまうか、あるいはアルマンを害するために使うか、とにかく、自分の目的がはっきりするまでは手から放さないことをマーガリートは知っていた。それにもかかわらずますます陽気に、前よりいっそう高らかに笑いつづけた。

「あらまあ」彼女は肩越しに振り向き、彼の顔を真正面からじっと眺めながら言った。「わたし、申し上げたじゃありませんか、そんなのは何か想像の筋書だって……アルマンが、あの謎の〝べにはこべ〟の一味に加わっているなんて……おまけにアルマンがあんなに軽蔑し切っているフランスの貴族たちを助け出すのに夢中になってるなんて……ほんとにこのお話こそは、あなたの想像力が途方もなく拡がることの何よりの証拠ですわ！」

「はっきり申しましょう。サンジュストはようしゃの余地のない危い立場にいられますことを、しかとあなたに申し上げておきます」ショウヴランは、依然もの静かな落ちついた調子で言った。

貴賓席のボックスは、一、二秒間しんとなった。マーガリートはからだをまっすぐに起こして、かたく身じろぎもせず坐って考えようとした。今のような場合、いったいどうしたら一番よいか知ろうとした。

舞台ではストレースが詠唱を終わり、古典的な、しかも十八世紀の流行にぴったりあった服装のまま、熱狂した聴衆の拍手をあびて挨拶していた。

「ショウヴラン」マーガリート・ブレークニイはついに静かに、そしてこれまで持していた、から威張りの態度を捨てて言った。「ショウヴラン、おたがいによく理解しようじゃありませんか。なんだかわたしの智慧がこのじめじめした気候でさびついてしまったようですが、つまり、あなたはぜひとも〝べにはこべ〟の正体を見つけ出したいとおっしゃるのね。そうでしょう？」

「フランスのもっとも手ごわい敵ですよ……彼は黒幕として働いているから、なおのこと危険です」

「それだからなおのこと気高いではありませんか。まあいいですわ。で、あなたは兄アルマンの一身の安全と引きかえに、わたしに何かスパイの仕事を強制なさるわけね

——そうでしょう?」

「これはひどい。非常にいまわしい言葉です」ショウヴランは優雅な態度で抗議した。

「それにフランスの名において、わたしがあなたにお頼みする奉仕は、スパイなどという恐ろしい名で呼ばれるべきではありませんな」

「とにかくここではその名でとおっておりますわ」彼女はそっけなく言った。「それがあなたのご意向でしょう?」

「わたしの意向は、わたしにわずかな協力をしてくださることによって、あなたご自身、アルマン・サンジュストの生命の自由をかち得られるようにということでございます」

「それはどんなこと?」

「今夜、わたしのためにちょっと見張りをしてくだされぱよろしいのです、サンジュストさん」彼は熱心に言った。「お聞きなさい、アンドリュウ・フークス卿の身柄から発見された書類の中に小さな走り書きがあったんです。ごらんください」彼は手帳から小さな一片の紙切れをとり出して、彼女に渡した。

それこそ四日前に、かの二青年が読んでいる最中、ショウヴランの腹心の部下たちにおそわれた、あの紙片であった。マーガリートは機械的にそれを受け取り、のり出して読み始めた。そこには明らかに手をくらましたゆがんだ筆跡でたった二行しか書いてなかった。彼女はなかば声をたてて読んだ。

「ごく緊要な場合の外、われわれはできるだけ会うのをさけねばならぬことを覚えていてくれたまえ。二日の日のために必要な指図はきみらはすっかり知っている。もしわたしに話したいことがあるなら、わたしはGの舞踏会に出席しているであろう」

「これはどういう意味でしょう?」彼女はきいた。

「もう一度ごらんください。そうすればおわかりになりましょう」

「あら、この隅に模様がありますわ。小さな赤い花の……」

「そうです」

「〝べにはこべ〟ね」彼女は熱心な調子で言った。「それから、G舞踏会はグレンビルの舞踏会のことですわ。彼は今夜グレンビル閣下の舞踏会に来るのですわ」

「わたしもそのように解釈致しました」いんぎんにショウヴランは結論を与えた。「アントニイ・デュハースト侯はわたしのスパイたちに手足を縛られ、身体検査をされた後、この目的のため前もってわたしが借りておいたドーヴァー街道の淋しい一軒家へわたしの命令により運ばれて行ったんですよ。そこで彼らは今朝まできびしく監視されていたのです。しかしこの紙片を発見してからわたしは考えを変え、彼らがグレンビル閣下の舞踏会に間に合うようロンドンに行かせることにしました。おわかりになったでしょう。彼らは首領に話したいことがたくさんあるにちがいないんです。

こんなわけで、二人は首領の指図どおりに今夜、彼と話す機会があるわけです。それですから今朝お二人の殿がたは、このドーヴァー街道に面した一軒家の門や戸がすっかり開け放され、看守たちは消えうせ、二頭の立派な馬が鞍をつけて中庭につないであるのを見つけた次第です。わたしはまだ彼らを見ませんが、二人ともロンドンに着くまで手綱を引く気づかいは、さらになしと確信しているのです。さあ、なんとすべてが簡単かわかりましたでしょう?」

「簡単なように見えますわね」彼女は、最後の苦しい力を振りしぼって、浮き浮きしたようすをつくろいながら言った。「あなたがにわとりを殺したいとお思いの時、それをぐっとつかんで……それから首をひねりなさる。にわとりにとっちゃ少しも簡単ではありませんわ。今あなたはわたしの喉にナイフをつきつけていらっしゃる。そして人質を振りかざしてわたしに従えとおっしゃる。あなたには簡単でしょう……でも、わたしにはそうでもありませんわ」

「いや、わたしはあなたの愛していらっしゃるお兄上を、彼自身の愚かな行為の結果から助け出す機会を、あなたに提供しているのですよ」

マーガリートの顔は弱々しくなり、眼はついにうるみ、なかば自分に話すがごとくつぶやいた。

「世界中で、ほんとにいつも変わらずわたしを愛してくれるたった一人の兄さん……

けれど、あなたはわたしに何をしろとおっしゃるのですか、ショウヴラン」彼女は絶望の底から涙でつまった声をしぼった。「今のわたしの境遇ではほとんど不可能に近いことですわ」

「いや、そんなことはありません」彼は石の心をも溶かすような、絶望しきった子供子供した哀願に眼もくれず、そっけなく冷酷に言った。「ブレークニイ令夫人であるあなたをだれもうたがう者はありませんよ。で、今夜あなたのご助力で——あるいはこのわたしが〝べにはこべ〟の正体をついに突き止めることができないとも限らないのです。あなたは間もなく舞踏会にいらっしゃる。さあ、そこでわたしのために見張ってください。見張って耳をすませてください。もしふとした一言でも囁きでもお耳にはいったら、それをわたしに話してください。あなたはアンドリュウ・フークス卿あるいはアントニイ・デュハースト侯がどんな者と話をするか、おわかりになるわけですからな。あなたでしたら、今のところ絶対に疑いのかかるはずはありませんよ。〝べにはこべ〟は今夜きっとグレンビル侯の舞踏会に行っておりますでしょう。彼が何者であるか見つけてください。そうしたら、わたしはフランスの名にかけて、あなたの兄上を無事にして差し上げると誓いますよ」

今やショウヴランは彼女の喉にナイフをつきつけていた。マーガリートは逃れる見込みのない網の中に巻き込まれたことを悟った。高価な人質が彼女の服従と引き換えにぎられていた。この男が空虚なおどかしなどをしないことを彼女は知っていたのである。すでにアルマンは、容疑者として安全保障委員会に報告されたに違いない。もし彼女がショウヴランに従うのを拒めば、アルマンは二度とふたたびフランスから出ることを許されず、情ようしゃもなく突き倒されてしまうであろう。一瞬——女らしく——まだ相手の気を変えられるかもしれぬと思った。彼女は今はこの男を恐れ、憎んでいる。それにもかかわらず片手をのべた。「もしわたしが、この件であなたをお助けする約束をしましたら、ショウヴラン、わたしにサンジュストの手紙をくださいますか？」彼女は快活に言った。

「もしあなたが、今夜わたしの役に立つ手助けをしてくださいましたら」彼は皮肉な微笑を浮かべて答えた。「あなたにその手紙を……明日差し上げましょう」

「では、わたしをご信用なさらないのね？」

「わたしはあなたを絶対的にご信用申しておりますよ、奥さま。ですが、サンジュストの生命は国家に対する彼の罰金です……ですからそれを返済するのは、一にかかってあなたにあるわけですよ」

「わたし、あなたをお助けする力がないかもしれません、いくらそうしたくても」

「それは実際おそろしいことですな。あなたにとっても……そしてサンジュストにとっても」

マーガリートは身震いした。彼女はこの男から一片の憐みすら期待できないのを感じた。彼は全能であった。彼はその掌の中に自分の最愛の生命をにぎっていた。もしも彼が自分の目的を果たせなかった場合、どんなふうに振る舞うかということは、彼を知りつくしている彼女にはわかりきっていた。

オペラ劇場の人いきれした空気の中で、彼女は寒気をおぼえた。心魂を揺り動かすような音楽の調べは遠い国から聞こえて来るように思えた。彼女は豪奢なレースの肩掛を肩のまわりに引き寄せ、まるで夢みる者のように華やかな舞台をじっと見詰めていた。

一瞬、彼女の思いは危険に瀕している愛する者からはなれ、これまた彼女が信頼し愛する義務を負っている他の男へとうつって行った。彼女はアルマンを思って、寂寥《せきりよう》と恐怖におののいた。誰か手をのべ、なぐさめてくれることのできる者から力をつけてもらい、智慧を貸してもらいたいと強く願った。パーシイ・ブレークニイ卿はかつては彼女を愛したのである。彼は彼女の夫である。なぜ彼女は自分一人でこの恐ろしい試練に耐えなければならないのか？　知能はすぐれていなくとも、たくましい筋肉を持っている。そうだ、もし彼女が策を練り、彼が男らしい精力と勇敢さをもってあたれば、彼ら二人でこの狡猾な外交官を出し抜き、同時に英雄たちの小さな一団のあの気高い首領の生命をも、危険にさらさずに、ショウヴランの復讐にみちた手から人質を助け出すことができよう。パーシイ卿はサンジュストをよく知っており、彼を好いているようすであった。彼ならきっと助けてくれるだろうと彼女は確信した。

ショウヴランは、もうこれ以上彼女に注意を払わなかった。彼は残酷な「いずれか一方」をという交換条件を出して、あとは、彼女の決断にまかせてしまった。今度は彼が、オルフェウスの心を千々《ちぢ》にかき乱すような旋律に恍惚となったかに見え、音楽に合わせ、尖《とが》ったいたちのような頭で拍子をとり出した。

遠慮深いノックがマーガリートを瞑想から呼び起こした。それは背の高い、眠たげな、人のよさそうな、そしてなかば内気な、なかば間の抜けた微笑をうかべたパーシイ・ブレークニイ卿であった。彼こそ今の彼女の全神経にさわるもののように思われた。

「ああーと、あなたの乗物が外で待ってますよ」彼はことさらのろのろした言いかたで言った。「あなたがあのやっかいな舞踏会に行きたいだろうと思ったからね……あ、失礼しました。ええっと、ショウヴラン氏、つい、お見それしました……」

彼がボックスにはいってくるより早く立ち上がっていたショウヴランに、二本のほっそりした白い指を差し出した。

「出かけますか、あなた？」

「しっ、しっ！」劇場のあちこちから非難の声がとんで来た。

「なんと無礼な」パーシイ卿は、人のよさそうな微笑をつづけながらつぶやいた。

マーガリートは、いらいらと吐息をついた。彼女の最後の希望は、突如消え去ってしまったように思われた。彼女は外套《がいとう》を巻きつけて、夫のほうを見ずに、

「まいりましょう」と彼の腕をとって言った。ボックスの入口で彼女は振り返りショウヴランをじっと見た。彼は礼帽を手に、うすい唇のあたりに微笑をたたえて、この不思議につり合わない夫婦の後に続こうとしていた。

「ではまた、いずれ、ショウヴラン、グレンビル侯の舞踏会ですぐお目にかかりましょうね」

そしてこの狡猾なフランス人は、彼女の眼から、彼に深い満足を与える何ものかを読みとったらしかった。というのは、皮肉な微笑をうかべて彼はうまそうに嗅ぎタバコをひとつまみやり、さて、優美なレースのひだ縁の塵《ちり》をはらってから、やせた、骨っぽい両手を満足げにこすり合わせたのである。

11　グレンビル侯の舞踏会

時の外務大臣グレンビル侯によって催された、かの歴史的舞踏会は、その年のもっ

とも華やかな行事であった。秋の社交季節は今まさに始まったばかりであったが、およそ誰それと名のある者はこぞってこれに出席し、彼または彼女の能力をつくして舞踏会の花形たらんとロンドンに馳せつけた。

皇太子の来臨も予定されており、間もなくオペラからまっすぐここにおいでになるはずであった。お客たちを迎える前にグレンビル侯自身もオルフェウスの初めの二幕に聞き入ったのであった。十時には——当時としてまれにおそい時刻であった——異国情緒豊かなしゅろや花で、美しく飾られた外務省の大広間は、溢れるばかりの人であった。ダンスのために別にしつらえた一室からは、妙なるメヌエットの音が、無数の華やかな人々の陽気な話し声や楽しげな笑いとともに流れて来た。

宏壮な正面階段を上りきったところのやや小さな部屋に、主人は客を迎えるために立っていた。有名な人々、美しい婦人たち、ヨーロッパ各国からの著名な人々がすでに当時の大げさな風習により、主人と優雅なお辞儀や挨拶を交し、それから笑いさざめきながら奥の舞踏会へ、接待室へ、カード室へと散って行った。

グレンビル侯の肘《ひじ》さきから、さして離れていないところの小卓の一つにもたれて、例の一点非の打ちどころのない黒装束のショウヴランが、華やかな人の群れを静かに眺めていた。彼はパーシイ卿とブレークニイ夫人がまだ到着していないのを見て、鋭い黄色い眼は新来者が到着するごとに扉のほうに、ちらちらとすばやく動いていた。

彼はいくらか取り残された形で立っていた。戦慄すべき九月虐殺、恐怖政治、無政府状態等の報道が徐々に海峡を渡って伝わって来ている今日、フランス共和政府の使節が英国では大してもてるはずはなかった。

公の資格において彼は英国の外交官仲間から丁重に迎えられた。ピット氏は彼の手をとって振った。グレンビル侯は彼を一度ならず招待した。しかしロンドン社交界の私的グループは彼を全然無視したし、婦人たちはあからさまに彼に背を向けた。官職にたずさわっていない男たちは彼と握手しようともしなかった。

しかし、ショウヴランはこのような社交的な附合いなどに頓着するような男ではなく、そんなことは彼に言わせれば、外交官生活をしている者には取るに足らぬことであった。彼は革命問題に盲目的に熱中し、あらゆる社会的階級差別を軽蔑し、自国に対して燃えるような愛を抱いていた。この三つの感情のため、彼はこの旧式な、国王制支持の、霧深い英国から冷遇されても超然としていられるのであった。

だが、とりわけ彼は心中に一つの目的を持っていた。彼はフランスの貴族はフランスの最悪の敵であると、かたく信じ込んでいたのであって、彼らがみな殺しにされるのを見たいとさえ願うほどだった。彼はこのものすごい恐怖時代にあたって「貴族全部の間に頭がひとつだけだったらいい。そうすればギロチンのひと振りで片附いてしまうから」とあの歴史的な凶暴な叫びをまっさきにあげた一人であった。かくのごとき観点から、彼はフランスを首尾よく脱出して来た貴族すべてを見ていたのであった。このように多数の餌食《えじき》を、ギロチンはみすみすだまし取られたのである。これら王党派亡命者たちは一度国境脱出に成功するや、その全力をあげてフランスに対する外国の憤りをかり立てることは疑いないところだった。あとからあとから、限りない陰謀が英国に、ベルギーに、オランダにおいて企てられ、ある大きな力を動かして、軍隊を革命の渦巻くパリへ送り、国王ルイを自由の身とし、ついにはあの血に飢えた、共和政治の指導者たちの首をしめてしまおうとの懸命な努力が続けられていた。

それであるから、あのロマンチックな、神秘的な〝べにはこべ〟なる人物が、ショウヴランにとって烈しい憎悪のまとであるのは当然であった。彼およびその指揮下にある少数の青二才どもは豊かな財力と、底知れぬ不敵さと緻密な奸智《かんち》とをもって数百にのぼる貴族たちを、まんまとフランスから助け出すのに成功したのだった。英国の宮廷に手厚く迎えられた亡命者たちの十中八九までは、その身の安全をあの男とその一団に負っているのであった。

ショウヴランはパリの同志たちに誓ってこの世話焼きのイギリス人の正体を探り出し、彼をフランスにおびき寄せ、それから……ショウヴランは、この謎の人物の頭が他の者たちと同様たわいもなくギロチンの刃の下にころがり落ちるところを想像して、満足の吐息を深くついた。

突然、華麗な階段のあたりが騒めき、外から執事の声がするや話声はぴったり止んだ。

「皇太子殿下、および随員のかたがた、パーシイ・ブレークニイ卿並びにブレークニイ令夫人のお着き」

グレンビル侯は急いでこのやんごとなき客たちを迎えるために玄関へ出て行った。

金糸で厚く刺繍した豪華な淡紅色のビロードの礼服を着けた皇太子は、マーガリート・ブレークニイの腕をとってはいって来た。彼の左にはパーシイ・ブレークニイ卿が流行の最尖端《せんたん》の型に仕立てた、光沢のある豪華なクリーム色のしゅすをまとい、美しい金髪には髪粉をかけず、首と手首には価の付けられないほどのレースをつけて、わきに礼帽をかかえてあらわれた。

型のように二言三言、丁重な歓迎の挨拶を述べてからグレンビル侯は殿下に向かって、

「殿下、フランス政府全権大使のショウヴラン氏をご紹介申し上げます」

ショウヴランは皇太子がはいって来るや、この紹介を予期して前に進み出ていたのであった。彼が低く頭を下げたのに対し、皇太子は簡単に、ちょっとうなずいただけであった。

「われわれはあなたを派遣した政府を忘れ、あなたを単なるわれわれの客——フラン

スからの個人的な紳士として見ることに致しましょう。その意味において、よくいらっしゃいました」殿下は冷やかに言われた。

「殿下」と、ショウヴランはそれに答えてふたたび腰をかがめた。ついで「奥さま」とマーガリートの前に儀式ばって頭を下げた。

「ああ、ショウヴラン」彼女は何気ない陽気な態度で小さな手を彼に差しのべた。

「このかたとわたしは古い友だちでございますの、殿下」

「ああ、そうですか、ではなおのこと、よくいらっしゃいました」皇太子は今度は非常にいんぎんに仰せられた。

「べつに殿下にぜひともご紹介申し上げたい人物がございますが」とグレンビル侯が口をはさんだ。

「そう、どなたですか」皇太子はたずねた。

「つい最近、フランスから来たばかりの、パッスリーブのトルネイ伯爵夫人およびその家族でございます」

「ぜひお会いしたいね——その人たちも幸運な仲間だね」

グレンビル侯は、部屋の一番はずれに坐《すわ》っていた伯爵夫人を求めて、むこうを向いた。

「おやおや」殿下は、その老夫人のしゃちこばった姿を見るやいなや、マーガリートにささやいた。「ひどく道徳堅固で、ひどく憂うつそうじゃないか、ねえ」

「ほんとうに殿下、道徳というものは貴重な香水のようなものでございますわ。押しつぶされた時に一番匂うのでございます」彼女は微笑をもって答えた。

「ああ、道徳というものは美しいご婦人がたには、もっとも不似合いですぞ」と皇太子は溜息をついた。

「パッスリーブのトルネイ伯爵夫人でございます」グレンビル侯は夫人を紹介した。

「光栄に存じます、夫人。ご承知のとおり、わたしの父王はフランスがその国から追放した、お国のかたがたをお迎えすることを、いつも大変よろこんでおります」

「閣下におかせられましては、いつもおやさしくていらっしゃいます」伯爵夫人は相応の威厳をもって答えた。それからそばに、はずかしげに立っている娘を指して、

「娘スザンヌでございます、殿下」と言った。

「ああ、お美しいことだ——お美しい！　では伯爵夫人、われわれがご交際願っておりますブレークニイ令夫人を紹介させていただきとうございます。あなたも令夫人も、たくさんにお話がおありのことと存じます。ブレークニイ令夫人の同国人であることによって、われわれはいっそうその人を歓迎する次第です……夫人の友人はわれわれの友人であり、夫人の敵は英国の敵であります」

高貴なる友よりのこの優渥《ゆうあく》な言葉にマーガリートの青い眼は愉快そうにまたたいて

いた。ついこの間、彼女をあのようにひどく侮辱したトルネイ伯爵夫人は、いわば今ここで社会教育を受けているのであり、それを見てマーガリートは痛快でたまらなかった。しかし、王室というものに対しほとんど信仰に近い尊敬を抱き、高貴な人々の面前での作法をよく心得、それが身についている伯爵夫人は、みじんも困惑の影を見せずに、マーガリートの前に儀式ばって腰をかがめた。

「殿下におかせられましてはいつもご親切でいらっしゃいますのよ、伯爵夫人」マーガリートはつつしみ深く、しかし、またひどく、いたずらっぽい色を青い眼に浮かべてまたたきながら言った。

「でございますが、ここでは殿下のご配慮は必要はございませんと存じます……この前お目にかかりましたおりのあなたさまのおやさしいご待遇は、いまだに快くわたしの記憶に残っておりますもの」

「わたしども哀れな亡命者たちは、殿下のご期待に添うことによってイギリスへの感謝をお示し申すでございましょう」

伯爵夫人は冷たく答えた。

「奥さま」マーガリートは、さらにうやうやしく腰をかがめた。

「奥さま」伯爵夫人も同様、威厳をもってそれに答えた。

その間、皇太子は若い子爵に、二、三の優渥な言葉を賜わっていられた。

「お近づきになってうれしいですよ、子爵。あなたのお父上が大使としてロンドンにおられた時を、よく知っておりました」

「ああ、殿下、わたしはそのころ、ちっさな子供でございました……そして今こうしてお目にかかる光栄を得ましたのも、わたしたちの保護者〝べにはこべ〟のおかげと存じます」

「しいっ！」ショウヴランをさして皇太子は真剣にすばやく言われた。少しはなれたところに立っていたショウヴランはこの小さなやりとりの間じゅう、おもしろそうに皮肉な微笑をうすい唇のあたりに浮かべながら、マーガリートと伯爵夫人を見守っていた。

「いや、殿下」と、皇太子の挑戦にすぐと答えるかのように彼は言った。「なにとぞこのおかたの感謝の表示をお禁じ遊ばしませぬよう。あの興味ある赤い花の名は、わたし――ならびにフランスにもよく知られているのでございます」

　皇太子はちょっとの間、彼を鋭く見つめた。

「では、たぶんあなたはわれわれの国家的英雄について、われわれ以上にくわしく知っておられましょうな。いや、彼が誰であるかをも承知しておられるかも知れませんな。ごらんください」と、部屋のあちこちに群をなしている人々のほうに向きながら、「婦人がたはあなたがなんとおっしゃるかと夢中になって、あなたの口許を見ておりますよ。もし彼女たちの好奇心を満足おさせになるなら、あなたはたちまちにして婦人がたの人気者におなりと存じます」

「ああ、殿下、フランスでは殿下こそそのおつもりになれば、あの謎の路傍の花について真相をお明かしになれるおかただという評判でございます」ショウヴランは意味ありげに言った。

こう言いながら、ちらっと鋭くマーガリートを見たが、彼女は動揺の影すら見せず、恐ろしげもなく彼の視線を受けとめた。

「どういたしまして。わたしの唇は閉ざされております。それに党員たちは首領を彼らだけで一人占めしたいと言って秘密をかたく守っておりますから、彼の美しい崇拝者たちは、影を崇拝するだけで満足せねばならないのです。ここイギリスではあなた」と彼は驚くべき愛嬌と威厳をまじえてつづけた。「〝べにはこべ〟と口にしただけでもすべての美しい頬がさっと上気するほどの熱狂ぶりですよ。彼の忠実な部下のほか、彼を見たものは誰もないのです。彼の背が高いか低いか、金髪か黒髪か、美男子か醜男《ぶおとこ》か、われわれには少しもわかりません。しかし、彼が世界中でもっとも勇敢な紳士であることだけは知っております。ですからあなた、彼がイギリス人であることを思うと少しは自慢もしたくなりますよ」

「ショウヴランさん」とマーガリートは、このフランス人の冷静なスフィンクスのような顔を、挑戦するように見やりながらつけ加えた。「殿下はもう一言、わたしども婦人が彼を古代の英雄のように思っていることをおっしゃってくださらなければいけませんわ。わたしたちは、彼を崇拝し、彼のしるしをつけ、彼が危険におちいった時には、ふるえおののき、彼の勝利の日には、彼とともにおどり上がってよろこびますのよ」

　ショウヴランは、皇太子とマーガリートに静かに頭を下げただけであった。彼はこの二人の言葉の中に、それぞれさげすみと挑戦が含まれているのを感じた。享楽的な、怠惰な皇太子を彼は軽蔑した。そして――ルビーやダイヤモンドをちりばめた赤い花の飾りを金髪につけた美しい女――これは自分の手中におさめている。彼は、ただ黙って事の成り行きを待っていればよいのである。

　突然、居合わせた人々すべてをおそった沈黙を破り、長い陽気な、間の抜けた笑い声がした。

「それだのにわれわれ哀れなる夫どもは、指をくわえてそばに突っ立っていなければならん……彼女らが、いまいましい影法師を拝み奉っている間にさ」ものうげな、気取った話しかたの主は、豪華に着飾ったパーシイ卿であった。

　人々はどっと笑った。皇太子はだれよりも大声で笑った。白けた気分は救われ、次の瞬間には、人々はふたたび楽しげに笑いさざめきながら、それぞれ隣室に散って行った。

12　一枚の紙片

マーガリートは内心ひどく苦しんでいた。彼女は笑いさざめき、その夜のどの婦人よりもあがめられ、とりかこまれ、ちやほやされていながら、あたかも、死刑の宣告をうけた者がこの地上の最後の一日を生きているような心境であった。

彼女の全神経は痛々しいほど緊張していたが、その緊張の度合は、オペラから舞踏会に来るまでの夫と過ごしたわずかな時の間に、百倍にも増していた。さっとさし込んだ希望の光り——この善良な鈍い人物も得がたい友となり、相談相手となってくれるかもしれないという——は彼と二人きりになってみると、思い浮かんだ時と同様たちまち消え去ってしまった。ちょうど、動物か忠実な召使に対していだくのと同じ悪気のない軽侮の念が、彼女をして苦笑とともに彼から顔をそむけさせてしまった。今、彼女が胸も張りさけんばかりの危機に落ちこんでいるこの時、彼こそは彼女の精神的な支えとなるべきであった。また彼女から遠くはなれ致命的な危険にある兄への愛と、ショウヴランがアルマンの身の安全と引き換えに強制した、恐ろしい仕事の恐怖との間にはさまれて、悩みに悩んでいる今こそ彼は、彼女の冷静な相談相手となるべきはずの人であった。

今、彼女の精神的な支えである冷静な相談相手は、頭のからっぽな無能な若いしゃれ者たちにとりまかれて立っていた。彼らは彼が今しがた口にしたばかげた対句を、いかにもうれしそうに口々に繰り返しているのであった。

いたるところでこのとっぴな下らない文句に彼女はぶつかった。人々はこのほかには何も話すことがないかのようであり、その上、皇太子までが笑いながら彼女に、ご主人がただ今発表なさった詩はすばらしい出来ばえだと思わないかとたずねたほどだった。

「なあに、ひょいとできてしまったんだよ。ネクタイを結ぶひまにね」パーシイ卿は、崇拝者の群れに言ってきかせたのであった。

あちらだ、こちらだ
　ぼくらはさがす、
ここにお出でのフランス人は
　のこるくまなく探してまわる。
天にいなけりゃ——地獄にか？
　姿を消したる、べにはこべ

パーシイ卿の狂歌はにぎやかな客間中に拡がった。皇太子は、それにぞっこん惚れ込んでしまった。彼は、ブレークニイがいなかったらこの世は荒れた砂漠にも似たものだと断言した。それから彼の腕をとりカード室へ連れて行って、長い賭博を打ちはじめた。

たいていの社交的集会で、パーシイ卿の興味の一番の中心となるのはカードテーブルらしく、彼はいつも妻が好きなだけふざけたり、踊ったり、楽しんだり、退屈したりするままにしておくのだった。それで、今夜も例の名句を誦《しょう》してしまうと、マーガリートをあらゆる年齢の崇拝者たちにまかせて立ち去って行った。これらの崇拝者たちは、ヨーロッパ一の才女が、イギリスの単調な結婚生活にじっとしばられていると思って気をよくしている、ひょろ長いまぬけ男が、この広い客間の一隅にいることを彼女に忘れさせようと一所懸命に努めるのであった。

瞬時もゆるまぬ神経、興奮と焦燥は、美しいマーガリート・ブレークニイをなおさら魅惑的にした。あらゆる年齢、さまざまの国籍の男たちの混成部隊に附き添われた彼女は、行くところいたるところで、人々の讃美の的となった。

彼女はこれ以上考え込むのはよそうと思った。彼女の若いころのややボヘミアン的な生活は、彼女を幾分か宿命論者にしていたのであった。彼女は自然の成り行きにまかせるほかなく、事の動きは自分の力でどうにもならないと考えていた。ショウヴランから一片の情けも期待できないことは彼女にはわかっていた。彼はアルマンの首に賠償金をかけ、それを払おうと払うまいと彼女の選ぶがままにゆだねた。

夜もふけてから、彼女はたった今着いたばかりらしいアンドリュウ・フークス卿を見かけた。アンドリュウ卿がすぐさま小さなスザンヌ・デ・トルネイめがけて進み、やがて二人の若い人たちは仕切窓の深い狭間《はざま》の一つにどうにか二人きりになって、つきぬ話を交し始めたのを彼女は見た。それは、どちらも見るからに熱心に楽しそうであった。

青年たちは二人とも幾らかやつれ、気づかわしげであったが、その他の点では、服装も申し分なく、優雅な態度のどこにも、彼らと首領の周囲に無気味な災難の気配がただよっているのを感じているようすはなかった。

マーガリートは〝べにはこべ〟の一団が目的を捨てるつもりのさらにないことを、スザンヌ自身の口から聞いていたのであって、スザンヌもその母も、二、三日中にトルネイ伯をフランスから救い出してみせると約束されたと公然、話したのであった。光り輝く、陽気な舞踏室に集う華やかな社交界の人々を眺めながら、自分のまわりのこの俗っぽい男たちのいずれがあのように大胆な謀略の糸を引き、貴重な生命を手の中に握っている、謎の〝べにはこべ〟なのかと、マーガリートはおぼろに怪しみ出した。

彼女は彼がだれであるか知りたいという燃えるような好奇心にとらわれた。彼のことは幾月も耳にし、社交界のだれもと同じように匿名のままうけいれて来たが、今や彼女は夢中で知りたくなった。――それも他人との関係からでなく、アルマンに関係なく、まして、ショウヴランなんかとはぜんぜん関係なく――ただ彼女自身のために、そして彼の勇敢さと機智に対して、常に捧げて来た熱烈な崇拝の気持からのみであった。

もちろん、彼は舞踏室のどこかにいるに違いない。アンドリュウ・フークス卿もアントニイ・デュハースト侯もここにいるし、明らかに彼らの首領に会って、たぶん新しい対策を聞くつもりに違いなかった。

マーガリートは、一人一人見まわした。貴族的な誇り高いノーマン系の顔、頑丈な体格で金髪のサクソンを、ずっとやさしくした諧謔《かいぎやく》味のあるケルト系、この中のどれが、あの力量、精力、機智をふるって、皇太子ご自身もその一員だと噂《うわさ》される数名のイギリス貴族連を、思いのままに指揮するのであろうかと怪しんだ。

アンドリュウ・フークス卿であろうか？　確かにそうではない。厳格な母親につれ去られたかれんなスザンヌの後姿を、いとおしそうに、まといつくように追っている彼のあのやさしい青い眼では、思いもよらない。マーガリートがこっちから見守っていると、彼はスザンヌの優しい小柄な姿が人波に呑まれてしまった今、やっとそっちから眼をはなし、溜息をついて何するあてもなく淋しそうに立ちつくしていた。

やがて彼は、小さな婦人室につづく戸口のほうにぶらぶら歩いて行き、そこで立ち止まってよりかかり、なおも不安そうにあたりを見廻していた。

その瞬間、マーガリートは自分の相手をしている世話焼きの男から巧みにのがれ、きらびやかな人の群れの外をぐるっとまわって、アンドリュウ卿がもたれている戸口に近寄って行った。なぜ彼のそばに行きたいと思うのか彼女は、自分でもわからなかったであろう。たぶん、大方の人々の運命を支配している全能の宿命によって余儀なくされたのかもしれない。

突然、彼女は立ちどまった。彼女の心臓はぴたっと止まったかと思われた。大きく見ひらいた、興奮した眼は一瞬間、戸口にむかってキラッと光ったが、次の瞬間にはまた同じようにすばやく元にかえっていた。アンドリュウ・フークス卿はやはりまだ戸のところに前と同様、ぼんやりしたようすでもたれていたが、マーガリートはヘイスティングス侯――若い伊達者《だて》で彼女の夫の友人であり皇太子のお仲間の一人――がすばやく彼の横を通りすぎた時、つとその手に何かすべり込ませたのを、はっきりと見たのであった。

もう一瞬長かったら――おお！　それはあっという間のことであった。マーガリートは立ち止まっていたが、次の瞬間には驚くほどになにげない態度で歩みをつづけ、部屋を横切り始めた。しかし今度は、もっと足早に、今しがたアンドリュウ卿が姿を消した戸口へ進んで行った。

これまでのことはすべて、アンドリュウ・フークス卿が戸口にもたれているのをマーガリートが見つけてから、むこうの小部屋に彼の後をつけるまで、わずか一分間にも充たない間のことであった。運命は常に迅速にことを運ぶ。

今やブレークニイ夫人は突如として存在しなくなった。ここにいるのはマーガリート・サンジュストだけである。幼年時代、少女時代を、兄アルマンの保護のもとに過ごしたマーガリート・サンジュストであった。彼女は他のいっさいを忘れ去った。彼女の身分、彼女の威厳、胸に秘めた熱愛などすべては、ただアルマンの生命が危険に瀕《ひん》していること、そして彼女から二十フィートをへだてぬ、人気《ひとけ》のない小部屋にいるアンドリュウ・フークス卿の手中にあるのは、兄の命を救う守り札かもしれないということのみでいっぱいだった。

ヘイスティングス侯が不可思議な何かをアンドリュウ卿の手にすべり込ませた時から、今度は彼女がそのはなれた小部屋に来るまで、わずか三十秒ぐらいのものだった。アンドリュウ卿は背を彼女に向け、大きな銀の燭台がのっているテーブルのそばに立っていた。紙片は彼の手にあり、彼はそれを読んでいる最中であった。

柔らかいしなしなした衣裳は、ずっしりした敷物の上に音一つたてず、マーガリートは目的を達するまで息さえつきやらず、そっと彼の背後に忍び寄った。そのせつな、彼はくるっと振り向き彼女を見た。彼女はうめき声をあげ、手を額にかざしてよわよわしく呟《つぶや》いた。

「部屋の熱いこと……、耐えられませんでしたの……わたし、気分がわるくて……ああ……」

彼女はよろめき、あわや倒れそうになった。アンドリュウ卿はすぐさまわれに返り、読んでいた紙片を手の中でもみくちゃにし、やっと彼女を支えるのに間に合ったようすであった。

「お気分がおわるいのですか、ブレークニイ夫人？」彼はひどく気づかわしげにたずねた。「わたしがただ今……」

「いえいえ、なんにも」彼女は急いでさえぎった。「椅子を——早く」

彼女はテーブルのそばの椅子にくず折れ、頭を椅子の背にもたせて眼を閉じた。

「ああ、やっと、めまいがとれてまいりましたわ。わたしにおかまいなく……アンドリュウ卿。ほんとにもうずっと気分がよくなってまいりましたから」彼女は、まだよわよわしい声音でささやいた。

このような場合には——心理学者も断言しているが——われわれの中には五官とぜんぜん関係のないある感覚が働くものである。視覚でもなければ聴覚でも触覚でもない。しかもその三つを合わせたものである。マーガリートはまさしく両眼を閉じて坐《すわ》っていた。アンドリュウ卿は彼女のすぐ後に立っており、彼女の右手には五本ずつの大燭台がのったテーブルがあった。彼女の心眼にはアルマンの顔だけしかうつらなかった。もっとも切迫せる危険に生命をさらしているアルマン、そして沸き返るパリの群衆、フランス人民の名においてアルマンの生命を要求する検事フキエール・タンビールと安全保障委員会室のむき出しの壁、次の餌食《えじき》アルマンを待ちかまえている、血にそまったギロチンのものすごい刃、それらのものをぼんやり描き出した背景から、アルマンが彼女をじっと見つめているように思われた。

ちょっとの間、小部屋は静まり返った。向こうの明るい舞踏室からはガボットの甘い調べや豪華な衣裳の衣ずれ、大勢の楽しげな人々の話し声や笑いが、ここで演じられている活劇に奇妙なものすごい伴奏となって流れて来た。

アンドリュウ卿は依然口をつぐんでいた。この時である。マーガリート・ブレークニイの中に、あの特別の感覚が働き出したのである。彼女は見ることができなかった。眼を閉じていたからである。彼女は物音を聞くこともできなかった。舞踏室からの騒めきが、だいじな紙片のかすかな音を消してしまうからである。それにもかかわらず、アンドリュウ卿が今、紙片を一本のロウソクの火にかざしていることを、彼女は眼で見、耳で聞いているかのごとく知った。

それが燃えつく瞬間、彼女は眼を開き、手をあげて二本のしなやかな指で燃えかかっている紙片を青年の手からうばい取った。それから火を吹き消し、なにげないようすで紙片を鼻に当てた。

「なんてあなたはお考え深いのでしょう、アンドリュウ卿」彼女は快活に言った。「きっとあなたのおばあさまでしょう？　紙の燃える匂いが、めまいの妙薬だということを教えなさったのは？」

　彼女は紙片を宝石のちりばめられた指でかたく握って満足の吐息をついた。このおまもりこそたぶん、兄アルマンの命を救うであろう。アンドリュウ卿は、事の成り行きにしばらくは茫然として彼女をまじまじと見つめていた。驚きのあまり、彼女の美しい手にある一枚の紙片が、彼の盟友の命を左右するものであるという事実を把握することすらできないらしかった。

　マーガリートはおかしくてたまらなそうに笑いころげた。

「どうしてあなたは、そんなにじっとわたしをごらんになるんですの？」彼女はいたずらっぽく言った。「ほんとに、わたし、大変よい気持になりましたのよ、あなたの治療は効果てきめんでございましたわ。この部屋はとても涼しくて気持ようございますのね」彼女は依然落ちつき払って言いつづけた。「それに舞踏室から聞こえて来るガボットの音が、とてもうっとりするようで、気がやわらぐではございませんか」

彼女がこの上なく無頓着に朗らかにしゃべっている一方、アンドリュウ卿のほうは大煩悶《はんもん》で、この美しい婦人の手からあの紙片をどうしたら一番早くとりもどせるかと、頭をしぼっていた。ふっと、彼は、漠然とした不安な気持に襲われた。彼は突然、彼女の国籍を思い出した。何よりも悪いことには、サンシール侯爵についてのあの恐ろしい話、イギリスでは彼女の人となりからでもあるが、パーシイ卿のためにだれもそれを信用してはいないが、とにかくそのことが心に浮かんだのであった。

「あら、まだ夢をごらんになって、ぽかんとしていらっしゃるの」彼女は陽気な声で笑った。「あなたはなんて失礼なかたでしょう、アンドリュウ卿。そう言えば、今やっとわかりましたけど、あなたはさきほどわたしをごらんになった時、およろこびになったんではなくて、むしろびっくりなさったのでしょう？　この小さな紙切れをお燃やしになったのは、わたしの気分を心配してくださったからでもなければ、ましておばあさまに教えていただいた治療のためでもありませんでしたのね……きっとよいおかたから来た、かなしい絶縁状を燃やそうとなさっていらしたのでしょう？　さあ白状なさいませ」と彼女は、からかうように紙片を振りかざした。「これには、そのかたの最後のさよならが書いてございますの？　それとも接吻《せっぷん》して仲直りしてくださいという、つい最近のお頼みですの？」

「どちらにしてもブレークニイ夫人、この小さな書付けは、まちがいなくわたしのものでございます。ですから……」アンドリュウ卿はようやくわれに返って来た。

　そして、そんな行動が婦人に対して失礼かどうか考えるいとまもなく、青年は紙片をぐっとつかもうとした。しかし、マーガリートの考えのほうが彼より早かった。彼女の動作は、はりつめた興奮のもとに常よりずっと敏捷《びんしょう》で正確だった。彼女は丈も高く力もつよかった。彼女はすばやくうしろにしりぞき、上部が重くなっていた小さなシェラトンテーブルにぶつかったので、それは上にのっていた大きな燭台もろとも、ガラガラと倒れた。

　彼女はすぐさま驚きの叫びをあげた。

「ロウソクが、あれ、アンドリュウ卿、早く」大したことはなかった。燭台が倒れた時、ロウソクが一、二本消え、他のロウソクは高価なじゅうたんの上に油を少し流したくらいのものであった。一本のロウソクは紙のランプ笠に燃えついた。アンドリュウ卿は手早く巧みに炎を消し、燭台をテーブルの上にもどした。このために二、三秒かかったが、この間にマーガリートは紙片に眼を走らせ、その内容——彼女がさっき見たのと同じ乱れた筆跡で書いてある数語と、やはり同じ模様、赤インクでかいた星型の花——を読みとってしまった。

　アンドリュウ卿がふたたび彼女に眼をやった時、彼女の顔には、この不意の出来事での驚きと何事もなくてよかったという安心をみとめたにすぎなかった。一方、小さな重要な紙片はすべりおちたらしく、床にひらひらしていた。夢中でそれをひろい上げ、しっかり握りしめた青年の顔には、ほっと安堵《あんど》の色が浮かんだ。

「ひどいかた、アンドリュウ卿」彼女は、大げさな溜息をついて見せて頭を振った。「どなたか感じやすい公爵夫人に痛手《いたで》をおわせといて、一方ではわたしのだいじなスザンヌの愛をしめているなんて、相当なものじゃございませんか。まあまあようございんす。キューピッドがあなたのお味方をしているのでございますよ。だからこそ外務省全部を火祭りにしても、このラブレターがわたしの気の利かない眼で汚されないうちに落ちてしまうようにというんでございましょう。そういえば、もうちょっと間があったら、わたし、不良公爵夫人の秘密を知ってしまったかもしれませんでしたのね」

「失礼でございますが、ブレークニイ夫人」今や彼女と同じく落ちつきを取り戻したアンドリュウ卿は言った。「あなたにじゃまされた興味ある仕事をつづけてもよろしゅうございますか」

「さあさあどうぞ！　アンドリュウ卿、なんでわたしがまたまた愛の神のおじゃまなどを致しましょう。神さまはわたしの無遠慮に罰をおあてになるかもしれませんわ。さあ、どうぞ、あなたの愛の記念を焼いておしまいなさいまし」

　それより早くアンドリュウ卿は紙片を附木のように、細長くねじり、ともっていたロウソクの炎にかざしていた。彼はそれに気を取られ相手がたの顔に奇妙な微笑が浮かんだのに気がつかなかった。もし気がついたなら、恐らく安堵の色は彼の顔から消え失せたに違いない。彼は、運命を支配するこの手紙が炎の下にちぢれて行くのを見まもっていた。やがて、手に残った最後の切れはしも、床に燃え落ちたのを見て、彼はかかとでその灰をふみつけた。

「では、アンドリュウ卿」マーガリート・ブレークニイは彼女独特の愛らしい淡泊なようすで、それにこの上なく魅惑的な微笑をたたえて言った。「わたしとメヌエットをお踊りになって、あなたの美しいおかたをお妬《や》かせしようではございませんか」

13　道ふたつ

マーガリート・ブレークニイが、どうにか読んだ半焼けの紙片の数行は、文字どおり運命の言葉のように思われた。「小生自身、明日出発する」これははっきり読めた。その後はロウソクの煙にいぶされて、次の二、三語がぼやけていた。しかし、そのぼやけた下には、彼女の心眼に火で書いたように、はっきり、明瞭に読める文句があった。「もし小生にもう一度会いたいなら、一時きっかりに食堂にいるであろう」全体にわたって急いで書きなぐった小さな模様——彼女に非常に身近になって来た小さな星型の花——で署名してあった。

一時きっかりに。時刻はもう十一時に近く、最後のメヌエットはアンドリュウ・フークス卿と美しいブレークニイ令夫人が踊手たちの先頭に立って、この優美な、複雑な曲を踊っていた。

十一時に間近くなった。豪華なルイ十五世式時計の針は、黄銅の台の上で狂気のような早さでまわっているがごとくに思われた。あと二時間、それで彼女とアルマンの運命は決まるのだ。彼女がかくも巧みに得た情報を、自分の胸一つにおさめておいて、兄をその運命に任せるか、あるいは一身を同胞に捧げた高貴な、寛大な、その上に一点の疑いもいだかぬ、あの勇敢な人を故意に裏切るか、二時間以内に決めなければならないのだった。それは身ぶるいするほど恐ろしいことに思われた。だが、ああ、アルマンというものがある。アルマンもまた気高く勇敢である。アルマンもまた一点の疑いもいだいていない。それにアルマンは彼女を愛していた。彼の命をいつでも喜んで彼女の手中にゆだねたであろう。それだのに今、彼を死から救うことのできるこの時にあたって彼女はためらっているのである。ああ恐ろしいことだ。妹への愛にあふれた親切なその顔が、非難するように彼女をじっと見ているような気がした。「おまえはわたしを救えたのに！　マーゴットよ」彼はそう言っているように思われた。

「それだのにおまえは、知りもしなければ見たこともない他人の命のほうを選んだ。そして、わたしをギロチンに送っても彼の安全を図ったのだ」

このようにわれをさいなむ思いが頭の中を狂い廻っている一方、マーガリートは唇には微笑をたたえ、メヌエットの美しい、錯綜した、ステップを踏んでいた。彼女の鋭い直感は、すでにアンドリュウ卿がすっかり危険の念を消してしまったことを見抜いた。彼女の自制はこの上なく完全なものであった。この瞬間、そしてメヌエットの間中、彼女はかつてフランス座の舞台で演じたよりも、もっとすぐれた演技をふるっていた。それもそのはずで、あのころは愛する兄の命は彼女の俳優としての演技にはかかっていなかったのである。

彼女は役をやりすごすような下手はせず、アンドリュウ・フークス卿にあのような苦しい五分間を過ごさせた原因を作った架空の恋文については、何も言い出すことをしなかった。彼の不安が彼女の輝く微笑のもとにとけ去るのを彼女は見まもっていた。そして、よしんばどんな疑念が彼の心をよぎろうとも、メヌエットの最後の旋律が消え去るまでには、それを完全に打ち消してしまえることを確信した。彼女がいかに興奮で燃えているか、彼女が、なぎさを洗う小波のように、絶えまなく平凡な会話をつづけるのにどんなに努力しているか。彼は夢にも知らなかった。

メヌエットが終わった時、彼女はアンドリュウ卿に次の部屋へ連れて行ってくれるよう頼んだ。

「わたし、皇太子殿下とお食事にまいるお約束がしてございますのよ」彼女は言った。「でも、お別れする前におっしゃってくださいません……あの、わたしをお許しくださいましたでしょうか?」

「お許しする?」

「そうですわ。おっしゃってください。わたしたった今あなたをびっくりおさせ致しましたわね。でも、考えてください――わたしがイギリス婦人ではございませんことをね。ですから、恋文を交すことを別に悪いとは思いませんのよ。だから、わたしの小さなスザンヌにはけっして話さないことをお約束しますわ。それよりも、水曜日のわたしの舟遊びの集いにお越しいただけますかしら?」

「はっきりわからないのですが、明日、ロンドンを発たなければならないかもしれません、ブレークニイ夫人」彼は言葉をにごすように言った。

「もしわたしがあなたなら、そうは致しませんわ」彼女は熱心に言った。が、ふたたび不安の色が彼の眼にあらわれてきたのを見ると、彼女は快活に言い足した。「あなたのようにもてるおかたが、いらっしゃらないと、ほんとにわたしたち淋しゅうございますわ」

　彼は部屋を横切って向こうの部屋に彼女を導いて行った。そこではすでに皇太子が美しいブレークニイ令夫人を、お待ちになっていらしった。

「奥さま、食事がわたしどもを待っております」皇太子はマーガリートに腕を差し出しながら言った。「で、わたしは希望にみちているのでございますよ。幸運の女神は、いかけでは始めから終わりまでがんとしてわたしに顔をしかめておりましたから、美の女神こそほほえんでくださるでしょうと自信をもって期待しているのですよ」

「殿下は、カードテーブルではご運がわるうございましたの?」マーガリートは皇太子の腕をとりながらたずねた。

「そうです。この上なく不運でした。ブレークニイは父の臣たちの中で一番の金持ちですのに、まだ満足しないでめっぽうけしからぬ幸運をあてたのですよ。そう言えば、あのたぐいなき才子はどこへ行ったのかしら。まったく奥さま、この世にあなたの微笑と彼のしゃれがなかったら、それこそ荒れた砂漠にすぎませんよ」

14　正一時

晩餐はこのうえなくにぎわった。居合わせた者はみな口をそろえて、ブレークニイ令夫人が今夜ほどあでやかに見えたことはなく、また、とてつもないおばかさんのブレークニイ卿が、今夜ほど道化たまねをして見せたことはなかったと言った。

皇太子は、ブレークニイのばかげた、しかも、滑稽なしゃれに涙をこぼして大笑いされた。彼の「あちらだ、こちらだ、ぼくらはさがす」うんぬんの狂歌は、「ほ、陽気なブリトン人」の曲で、食卓に打ちつけるコップの音で調子をとって歌われた。その上にグレンビル侯のコックは、飛び切り上等の腕利きときていた。ひょうきんな連中の言うには——このコックは古いフランス貴族の流れをくんでいて、財産をすってしまったので、外務省の料理場でひと儲けしようとやって来たとのことだった。

マーガリート・ブレークニイはすばらしい上機嫌だった。あふれるほど食堂に人がいても、誰一人として彼女の心中にたけり狂っている烈しい悶《もだ》えを、うかがい知る者はなかった。

時計は情ようしゃもなく進んで行った。もう夜半も大分すぎており、皇太子でさえ、ぼつぼつ食卓を離れようとしておられた。あと三十分で、二人の勇敢な男の運命が、どちらか一方の運命によって左右されるのだ——かけがえのない、いとしい兄とそして彼、すなわち、未知のあの英雄。

この一時間というもの、マーガリートはショウヴランのほうへてんで眼をやろうとしなかった。見れば、たちまち彼の鋭い、狐を想わせる眼が彼女を射すくめ、決心のはかりをアルマンのほうに傾けてしまうことがわかりきっていたからである。彼女が彼を見ないうちはまだ心のどこかの隅に、漠然とした、ある名状しがたい希望――「何事」かが起こるであろう――大きな、法外もない画期的な何事かが起こって、彼女の年若い、かよわい肩から、二人のうちのどちらかを選ぶという、残酷な責任の重荷を取り除いてくれるかもしれないという希望があった。

しかし、時計はわれわれの神経がいらだち、カチカチいう音が耳についてしかたがないような時にかぎって、じらすように単調に時をきざんで行く。今もそのとおりにカチカチ動いていた。

食後ふたたびダンスはつづけられた。皇太子はお帰りになり、年のいった客たちは大方そろそろいとまを告げようとしていたが、若い者たちは、疲労の色もなく、さらに十五分かかるガボットを始めていた。

マーガリートはもう一度踊る気にはとてもなれなかった。どんなに耐久力のある自制心にも限度はある。大臣の一人につき添われて彼女はふたたびあの小控室に歩を運んで来た。そこはさっきと同様、どの部屋よりも人けがなく、ひっそりしていた。彼女にはショウヴランが彼女と話す機会をねらって、どこかにきっと待ち伏せしていることがわかっていた。彼の眼は食前のメヌエットがすんだ時一瞬、彼女の眼と合い、それですでにこの敏腕な外交官は、例の探るような薄黄色い眼で、彼女の仕事が成功したことを見抜いているのである。彼女は、それをちゃんと悟っていた。

運命がそう決めたのだ。マーガリートは女の心の中で一番恐ろしい争いが起こっていて、それに責められながら運命の命ずるままに身をまかせていた。しかし、どんなことをしてもアルマンは助けねばならぬ。何よりも彼が先だ。なぜなら彼女が小さな赤ん坊の時、両親を失って以来、彼は彼女の兄であり、母となり父となってきてくれたのであるから。このアルマンが反逆者として、ギロチンの刃の下に倒れるなどとは思うことさえできない――実際そのようなことはあり得ない。絶対にそんなことはあってはならない……あの未知の英雄は……まあまあ、それは運命に任せよう。どうしても兄の命を、残忍な敵の手から取り戻さなければならない。それからだって、あの機智に富んだ〝べにはこべ〟は、うまく身をかわしてしまうだろうと、マーガリートは考えた。

たぶんと――ぼんやり――マーガリートは希望を持った。幾月もの間、大勢のスパイ連の裏をかいて来た、あの大胆な策謀家のことだから、今度もなんとかしてショウヴランからのがれて最後まで逃げおおせるのではないかとマーガリートは漠然と望んだのであろう。

このような思いにふけりながら、彼女は大臣の諧謔《かいぎやく》味溢れた話に耳を傾けて坐《すわ》っていた。彼はブレークニイ令夫人のように熱心な聞き手は初めてだと感じていたにちがいない。突然、彼女はショウヴランの鋭い狐のような顔が、カーテンの下りた戸口からのぞいているのに気がついた。

「ファンコート侯、あのう……お使いだて申してよろしゅうございますかしら」彼女は大臣に言った。

「なんなりと仰せ付けください」彼は威儀正しく答えた。

「では、恐れ入りますけれど、主人がまだカード室におりますかどうか、ごらんくださいませんか？　もしおりましたら、わたしが大変に疲れたので、すぐ家に帰りたいということを、お話しいただきたいのでございますが」

美しい婦人の言いつけは、すべての男性、大臣のうえにまでも力を持つものである。ファンコート侯はすぐさま、それに従おうとした。

「ですが、奥さまをお一人、ここにおのこし致すのはいかがかと存じますが」と彼は言った。

「ご心配なく。ここは大丈夫でございますわ――それに誰もまいらないことと存じますし……わたし、まったく疲れてしまいました。パーシイ卿がリッチモンドまで馬車を走らせることはご存じでいらっしゃいましょう？　長い道のりでございますから急ぎませんと――夜明けまでには家に着けませんでしょう」

ファンコート侯は、やむなく立ち去った。

彼の姿が消えるやいなや、ショウヴランは室内にすべり込んできた。そして次の瞬間には、平然と事もなげに彼女のそばに立った。

「わたしにお聞かせくださるニュースがおありでしょうな」彼は言った。

突然、氷のマントがマーガリートの両肩に投げかけられたかと思われた。頬は熱くほてっているのに、寒気がして全身がしびれる気がした。おお、アルマン！　あなたを愛し切っている妹が、あなたのために誇りも品位も女らしさも犠牲にしている今のこのみじめな気持を、いつの日にか、兄が知ることがあるだろうか？

「別に重要なことはありませんわ」彼女は機械的に前方を凝視しつつ言った。「でも、何かしら手がかりにはなるかもしれません。アンドリュウ・フークス卿がこの部屋で、ここにあるロウソクの中の一本で、一枚の紙片を燃やそうとしているところをつきとめました。その紙片をわたしの指の間に二分間ばかりおさえて、その上に十秒間、眼を走らせるだけのことに成功しました」

「内容を知るには充分な時間ですね？」ショウヴランは落ちつき払っていた。

彼女はうなずいた。それから前と同じ抑揚のない、機械的な調子でつづけた。

「紙片の隅には、例の小さな星型の花の模様が書きなぐってありました。そのうえのほうの二行だけは読めましたが、あとは全部、炎でこげて黒くなっていました」

「で、その二行はなんでしたか？」

彼女の喉は急に狭まったような気がした。一人の勇敢な男を死に追い立てることはなんとしても口に出せないと、その一瞬間に感じた。

「紙片全体が焼けなかったのは幸いでしたね。そうしたらアルマン・サンジュストにとっては悪い結果となりましょうからな。その二行にはなんとありましたか?」彼は冷やかに、毒々しくつけ加えた。

「一行には『小生自身明日出発する』とありました」彼女は静かに言った。「もう一行には、『もし話したいことがあるなら小生は一時きっかりに食堂にいるであろう』」

ショウヴランは、マントルピースの真上の時計を見上げた。

「では、まだ時間はたっぷりありますな」彼は落ちついて言った。

「あなたは何をなさろうと言うんですの?」彼女はたずねた。

彼女は彫像のように青ざめていた。手は氷のように冷たく、頭と心臓は神経の極度の緊張のためずきずきうずいた。おお、これはあまりに残酷だ! 何をしたからとて! このような目にあわなければならないのであろう? 彼女はついに選びを終えた。彼女の行為は卑劣であろうか、それとも高貴なものだろうか? それは黄金の書に人間の記録を記入する天使のみが答えられることである。

「あなたは何をなさろうと言うんですの?」彼女は機械的に繰り返した。

「おお、今のところは何も。今後のことは今後の問題です」

「何によってきまりますの?」

「一時きっかりにわたしが食堂で見る人物によって決定します」

「もちろん、〝べにはこべ〟をごらんになるでしょう。でも、あなたはあの人をご存じありませんわね」

「知りません。しかし、すぐにわかりますよ」

「アンドリュウ卿が前もってあの人に警告しておくかもしれませんわ」

「それはしないと思います。メヌエットが終わって、あなたが彼とお別れになった時、彼はちょっと、立ったままで、あなたをじっと見送っておりました。そのようすから、わたしには、あなたがたの間に何かあったということがわかったのです。その『何か』というものの性質について、わたしが活発に想像を働かせるのは当然すぎるほど当然ではないでしょうか？　そこで、わたしはあの若者をつかまえて長々と愉快な会話を始めましたよ――われわれがグラック氏のロンドンにおけるあの異常なる成功について話し合っているところへ――一人の貴婦人が彼の腕をとって、食事に案内させるために連れ去ってしまいました」

「それから？」

「わたしは食事の間中、彼から眼を離しませんでした。ふたたびわれわれが二階へ上がってくると、ポーターレス令夫人が彼を引きとめ、トルネイ家の愛らしいスザンヌ嬢について長々としゃべり出しました。ですから、ポーターレス令夫人がその話題をしゃべりつくしてしまうまで、彼が動けないことはわかっているんですよ。少なくとも、あと十五分やそこらでは終わりますまいよ。そして今一時五分前ですからな」

立ち去ろうとして戸口に行った彼は、カーテンをかたよせ、ちょっと立ちどまって、ずっと向こうのほうでポーターレス令夫人としきりに話し込んでいるフークス卿の姿を、マーガリートに指さして見せた。

「わたしはめざす相手を食堂でかならず見つけるものと思いますよ、奥さま」彼は勝ち誇った微笑を浮かべて言った。

「彼一人でなく、もっとほかにいるかもしれませんわ」

「誰であろうと時計が一時を打った時にそこにいる者は、わたしの部下の一人があとをつけます。その中の一人か、また二人、あるいは三人が明日フランスに出発するでしょう。その中の一人が〝べにはこべ〟ですよ」

「そう……それで?」

「わたしもまた、明日フランスに発つつもりでございます、奥さま。ドーヴァーでアンドリュウ・フークス卿から奪いとった書類の中に、カレイ附近のことが書いてあります。わたしがよく知っている『灰色猫』という宿屋のことも、海岸のどこか淋しい所にある『ブランシャード神父の小屋』というもののことも言っているのです。これをわたしは探し出さねばなりません。こういう場所がみんな、あのおせっかいのイギリス人が反逆人トルネイその他の者たちに自分の密使と逢うようにと命じている地点です。しかし彼は密使を出すのをやめて自分で『明日発つこと』にしたらしいですね。わたしがこれから食堂で会う人々のうちの一人が、カレイに出かけて行くことでしょう。この人物こそは、奥さま、わたしが一年近くも探し廻っている相手です。こいつの精力に出し抜かれ、こいつの鬼才に裏をかかれ、こいつの大胆さにはわたしも舌を巻きました――相当の腕利きは今までに見てきたわたしです――そのわたしが舌を巻くのです――不可思議な、つかまえどころのない〝べにはこべ〟です」

「で、アルマンは、どうなりますの？」彼女は歎願するように言った。

「わたしがかつて約束を破ったことがありますか？　〝べにはこべ〟とわたしが、フランスに出発する日に、早飛脚をたてて、アルマンの軽率な手紙をあなたにお返しすることをお約束します。さらにわたしがあの出しゃばりのイギリス人に手をかけることのできた暁には、サンジュストは、ここイギリスで彼の愛らしい妹の腕に抱かれているであろうことを、フランスの名誉にかけても誓いましょう」

そして、うやうやしいものごしで頭をさげ、時計にもう一度眼をやってから、ショウヴランは、部屋をすべり出た。

このすべての喧騒と音楽と踊りと笑いの騒めきの中にあっても、マーガリートには、広い客間を通りぬけて行く彼の猫のような足音が聞こえる気がしてしかたがなかった。

それがやがて壮麗な階段を下り、食堂に着き、戸を開くところまで聞こえるように感じられた。ついに運命が決定権を使った。それが彼女に話させ、憎むべき卑劣なしわざも、愛する兄のためにさせた。ずきずき痛む眼の前に冷酷な敵の姿を浮かべながら、彼女はぐったりと身動きもせず、椅子の背にもたれていた。

ショウヴランが食堂に行ってみると、そこはひっそりかんとして、ひとけはなかった。それは陰気なさびれた、退廃《たいはい》的な光景で、あたかも夜会の翌朝の舞踏服を見る感じだった。

階上のあの華やかな集まりにひきくらべて、実際、幽霊の出そうな対照であった。ショウヴランはにっこり笑って、長いやせた手をこすり合わせながら、最後の当番の後まで残っていた召使までが下の広間の仲間のところへ行ってしまった、この人影のない食堂を見まわした。薄暗い部屋の中は、しんと静まり返り、ガボットの音や遠方での話し声や笑い声、ときおり外を通る馬車の轍《わだち》の音なども、この眠りの姫の宮殿には、遠くで飛び跳ねる妖精のささやきのようにかすかに伝わって来るのみであった。

それは実におだやかに、ゆったりと落ちついた、豪華な雰囲気であった。もっとも慧眼《けいがん》な観察者――真の予言者でさえも――今のこの瞬間、あの人っ子一人見えない食堂が、当時の騒がしい時代ですらも比類のないほどの機智に富んだ、大胆な策謀家を捕えるために張りめぐらされた罠《わな》にほかならなかったことは、思いもよらなかったにちがいない。

　ショウヴランは考えに沈み、やがて起ころうとしていることがらを予想しようとした。彼自身が決定しているのと同じく全革命政府の要人たちがかならず死刑にしなければと、誓っているこの男はいったい何者だろう。彼を取り巻いていることのすべてが気味わるく神秘的であった。かくも巧みにくらましている彼の正体、いかなる命令にも、盲目的に、熱狂的に従うかに見える十九人の英国紳士の上に持っている支配力、彼の訓練された一隊が彼にささげる熱情的な愛と服従、とりわけパリの城内において、もっとも執念深い彼の敵の鼻を明かしたあの恐るべき大胆さと底知れぬずうずうしさ。

　たしかにフランスで、この不思議なイギリス人のあだ名は、人々に得体の知れぬ寒気をもよおさせた。ショウヴラン自身、この気味のわるい英雄がまもなく現われるはずのひっそりした食堂を見廻したとき、背筋をぞくっと流れる不可思議な恐怖を覚えるのであった。

　しかし、彼の計画は巧みにめぐらしてあった。彼は〝べにはこべ〟が事前に警告を受けることはないと確信していた。また同様に、マーガリート・ブレークニイが彼に偽りを言ったのでないことをも信じていた。万一そんなことをしようものなら……彼女が見たら身震いしたであろう表情が、ショウヴランの鋭い、薄黄色い眼に輝いた。もし彼女が俺をだましでもしたなら、アルマン・サンジュストが極刑に処せられるだけである。

だが、そんなことはない。むろん、彼女は俺をだましたりはしない。

幸い、食堂には人影がなかった。だから、やがてあの謎の人物が唯一人であらわれる時、ショウヴランの仕事はいっそうやりやすくなるのだ。今のところショウヴランのほかだれもいなかった。待て、満足の笑みを浮かべてこのがらんとした部屋を見廻した時、狡猾《こうかつ》なフランス政府代表は、だれかグレンビル侯の客の一人が安らかな、単調ないびきをかいているのに気がついた。きっと彼は、たらふく食べた後、階上のダンスの騒がしい音をよそにして、静かな眠りをむさぼっているに違いなかった。

ショウヴランがもう一度見廻すと、薄暗い片隅の長椅子の一隅に、口をあけ両眼を閉じ天下太平の眠りをむさぼっているのは、ヨーロッパ第一の才媛の、豪華に着飾った長い手足のご亭主であった。

ショウヴランは、すばらしいごちそうの後おだやかに無邪気に眠っている彼を眺めた。一瞬、憐れみに似た微笑がこのフランス人のいかつい顔の表情と薄黄色の毒々しい眼つきをやわらげた。

ぐっすりと夢もを見ないらしい眠りの手は、ショウヴランがあの狡猾な〝べにはこべ〟を捕まえる罠のじゃまにはならないであろう。

ふたたび両手をこすり合わせた彼は、パーシイ・ブレークニイ卿にならって、彼もまた他の長椅子の片隅に横になり、眼を閉じ口をあけ、安らかないびきをかいて、そして……待ちかまえた。

15 疑惑

マーガリート・ブレークニイは、黒ずくめのショウヴランが舞踏室を通り抜けて行くのを見守っていた。それから後は、興奮でずきずきうずく神経を押えて、じっと待っていなければならなかった。

ぼんやりと彼女は、依然、人気《ひとけ》のない小部屋に坐《すわ》り、カーテンのさがった戸口から、前方の踊っている男女の群れを眺めた。眺めてはいても、何も眼にはいらず、音楽をきいていながら何も耳にはいらず、ただ期待と不安のうちに、待ちあぐむ気持を意識するだけだった。

彼女の想像は、たぶん今の今、階下で行なわれているであろうことを眼前に描き出した。人もまばらな食堂、運命を決定する時間、見張っているショウヴラン、そこに時刻きっかりに一人の男がはいってくる。彼、〝べにはこべ〟すなわち謎の首領である。マーガリートにとって彼はほとんど現実ばなれのした存在となっていた。それほどこのかくれた人物は、神秘的かつ気味わるいものとなっていたのだ。

　この瞬間に、彼女もまた食堂に居合わせたかった。この未知の人物――それがだれであろうと指導者英雄たるものの特性を、女性の洞察力は見抜くことができると確信した。

　大空高くかけるこの荒鷲の翼が、いたちの罠《わな》にかかろうとしているのであった。

　女心のやさしさは、彼のことを純粋に悲しく思った。恐れを知らぬ獅子が鼠《ねずみ》の歯に屈せねばならぬとは、なんと残酷な運命の皮肉なのであろう。ああ、もしアルマンの生命さえ危険に瀕《ひん》しているのでなかったら……。「大変に手間取りまして申しわけございません、令夫人」突然、彼女のすぐそばで声がした。

「わたしは、あなたさまのご伝言をお伝えしますのに、大骨折《おおぼね》りをいたしたのでございます。と申しますのは、最初どこを探してもブレークニイ君が見つかりませんでしてね」

　マーガリートは自分の夫のことや彼への伝言のことなどすっかり忘れてしまった。ファンコート侯が口にした夫の名前までも、覚えのない、聞きなれないもののようにひびいた。それほどすっかり彼女はこの五分間というもの、あのリシュリュー街での生活にひたっていたのであり、いつも身近にあって彼女を愛し守り、当時パリに轟々《ごうごう》と渦巻いていた数知れぬ巧妙な陰謀から、彼女を保護してくれたアルマンとともにいたのであった。

　ファンコート侯はつづけて、「だが、やっと見つかりましてね、ご伝言をお伝え致しましたよ。ご主人は直《す》ぐ馬車を用意するよう言いつけると申しておられました」

「ああ、では主人をお探しくださいましてわたしの伝言をおっしゃってくださいましたのね」彼女は放心したように言った。

「さようでございます。ご主人は食堂でぐっすり眠っていられたのです。最初は、なかなかお起きになりませんでしたよ」

「ほんとにありがとうございます」考えをまとめようと努めながら、彼女は反射的に答えた。

「馬車の用意がととのいますまで、コントラダンスを、お願いできませんでしょうか？」と、ファンコート侯はさそった。

「はあ、ありがとうございます。けれど、あの、ほんとに失礼をお許しくださいませね――わたしひどく疲れておりますので舞踏室が熱くてとても息苦しくなりますの」

「温室は、せいせいして気持がよろしいですよ。そちらにお連れ申しましょう。そして何か召し上がりものをお持ち致しましょう。お気分がおわるいようにお見受け致しますが、ブレークニイ夫人」

「大したことはありませんが、ただひどく疲れておりますの」彼女は、ものうげに繰り返し、ファンコート侯が彼女を導くままにまかせた。温室は薄暗い灯りと緑の植物で、空気は冷え冷えと気持よかった。彼女は、彼がすすめた椅子にくず折れるように坐った。この待つ時間の長さは堪え難く苦しかった。早くショウヴランが来て、彼の見張りの結果を報告してくれればいいのに。

ファンコート侯は、非常に親切に気を配ってくれた。けれども、彼が何を言っているのかほとんど耳にはいらなかった。そして突然、

「ファンコート侯、さきほど、食堂でパーシイ・ブレークニイ卿のほかに、どなたがいらっしゃいまして？」とたずねて彼を仰天させた。

「ただあのフランス政府からの大使ショウヴランだけでした。やはりこれも一方の隅でぐっすり眠っていられました。が、令夫人には、どうしてそのようなことを、おたずねになるのでございますか？」彼は言った。

「わかりませんわ、わたしにも……わたし……あの、あなたがあそこにいらっしゃった時は何時ごろだったかお気づきになりまして？」

「たぶん、一時を五分か十分過ぎておりましたでしょう。……令夫人にはいったい、何をお考えになっていられるのでございますか？」彼はつけ加えた。というのは、明らかにこの美しい婦人の考えは遠くにあり、こんなに筋のとおった彼の話にいっこう耳を傾けていないことがわかったからである。

だが実際は、彼女の考えはそう遠くに行っているわけはなかった。ただ、この同じ家の中の一階下、あのショウヴランがまだ見張りをつづけている食堂に走っているだけであった。彼は失敗したのであろうか。一瞬間、そうかもしれないという気がして、彼女はぱっと希望が燃えあがるのをおぼえた――〝べにはこべ〟がアンドリュウ卿に警告され、ショウヴランの罠は小鳥を捕えそこなったという希望。しかし、これはたちまち恐怖とかわってしまった。彼は失敗したのであろうか。だが、それではアルマンはどうなるのか！

ファンコート侯は、相手が少しも耳を傾けていないことがわかってからは、もう話はいっさいあきらめてしまった。彼は逃げ出す機会を狙った。差し向かいに坐っている婦人がいかに美しいからとて、こっちが相手の気を引き立てようと懸命の努力を払っているのに、それが少しもかえりみられない場合には、大臣だってうんざりしてしまうのだ。

「令夫人の馬車の用意ができたかどうか見てまいりましょうか」ついに彼はこんなことを言ってみた。

「まあ恐れ入りますわ……ありがとうございます……そう願えましたなら……ご迷惑ばかりお掛け致しますわね。でも、わたし、すっかり疲れてしまいましたの……たぶん一人でじっとしておりますのが一番よろしいのでございましょう」

彼が早く行ってしまえばよいと待ちこがれているのも、あの狐そっくりのショウヴランが、彼女一人になるのを待って、うろついているかもしれないと思ったからであった。

しかし、ファンコート侯は立ち去ったが、やはりショウヴランは現われなかった。おお！　何事が起こったのであろう？　彼女はアルマンの運命が宙に揺れているのを感じた……もし、ショウヴランが失敗し、かの謎の〝べにはこべ〟がまたもや、するりと身をかわしてしまったのなら、どうしよう——と、今や恐怖で死ぬ思いだった。そのあかつきには、ショウヴランから一片の憐みも慈悲も望めないことはわかり切っていた。

彼はすでに「二つの道の一つを」と宣告した。妥協は絶対にしないだろう。非常に意地が悪いから、彼女が故意に彼を欺いたと思い込んだふりをして、また大鷲を取り逃した意趣晴らしには、貧弱な獲物《えもの》とは言え、アルマンで満足するであろう。

それでも彼女は最善を尽くしたのだ。アルマンのために全神経を針のようにとがらしたのだ。彼女はぜんぜん失敗したとは思いたくなかった。じっと坐っているのに耐え切れなくなった。出かけていって、思い切って最悪の場合を聞いてしまいたかった。

ショウヴランが、憤怒と皮肉を浴びせにやって来ないのさえ不思議に思えた。

やがてグレンビル侯自身があらわれ、彼女に馬車のしたくができたこと、パーシイ卿が手綱を手にして待っていることを告げた。マーガリートは今宵のこの主人役にいとまを告げた。彼女がとおって行くところで、多くの友人たちが彼女を引きとめて話しかけては、快く「さよなら」を交した。

外務大臣グレンビル侯だけが、階段の上で美しいブレークニイ夫人に別れの挨拶をした。下の階段の中継ぎのところでは伊達《だて》者の紳士たちが隊をなして待ちかまえ、この美と流行の女王に「さよなら」を言おうとしていた。その間、おもての宏壮な玄関先では、パーシイ卿のすばらしい栗毛の四頭立ての馬が待ち遠しそうに地面をけっていた。

階段の上で彼女が主人にいとまを告げた時、彼女は突然ショウヴランを見た。彼はゆっくりと階段をのぼりながら、やせた両手をひどくものやわらかにこすり合わせていた。

彼の変化に富んだ顔には、ややおもしろそうな、そしてまったく当惑したような、奇妙な表情が浮かんでおり、その鋭い眼がマーガリートの眼と合った時には、妙に皮肉な輝きを帯びてきた。

「ショウヴランさん。わたしの車が外に待っておりますの、お腕をかしていただけません?」彼が階段を上がりきったところで立ち止まって自分の前に大げさに頭を下げたとき、彼女は言った。

相も変わらぬいんぎんな態度で彼は腕を差し出し、彼女を下に導いて行った。人混みは非常なもので、大臣の客たちも、ある者はいとまを告げており、またある者は手すりによって、広い階段を上がったりおりたりしている人々の群れを眺めていた。

「ショウヴラン」ついに彼女は絶望的に言った。「どんなことが起こったのか、どうしても教えていただかなくちゃなりませんわ」

「どんなことが起こりましたか、奥さま？　どこで？　いつ？」彼はわざとらしく驚いた表情で言った。

「あなたはわたしをいじめていらっしゃるのね、ショウヴラン。わたしは今夜、あなたのお手伝いをしてあげたではありませんか。ですもの、わたしにだって知る権利があると思いますわ。たった今、時計が一時を打ったころ、食堂でどんなことがありましたの？」

人混みの騒音の中では自分の言うことは、そばにいるこの男のほかにだれにも聞きとがめられる心配はないと思って、小さな声でささやいた。

「静寂と平和がみち溢れておりました、奥さま。その時刻にはわたしは長椅子の一隅で眠っておりり、他の一隅ではパーシイ・ブレークニイ卿が眠っておられました」

「だれも部屋に、はいってまいりませんでしたの？」

「だれも」

「では、わたしたちは失敗したわけですわね。あなたもわたしも……？」

「そうです。わたしたちは失敗しましたでしょう——たぶん」

「けれどアルマンは？」彼女は、すがりつくように言った。

「ああ、アルマン・サンジュストの運命は、一筋の糸にかかっていますよ。天にお祈りなさい、奥さま。その糸がぷっつり切れないように」

「ショウヴラン、わたしはあなたのために働いてあげたのですよ。真剣に、一所懸命に……それを忘れないでください……」

「わたしは約束は忘れません」と彼は静かに言った。「〝べにはこべ〟とわたしがフランスの土の上で相まみえるその日に、サンジュストは彼の美しい妹の腕の中に迎え入れられるでしょう」

「と言うことは、勇敢な一人の男性の血が、わたしの手にかかるというわけですのね」彼女は身震いした。

「彼の血か、さもなければあなたの兄上の血ですよ。現在のところ、わたし同様、あなたも〝べにはこべ〟が今日カレイに向かって出発することだけは希望していていただきたいですね——」

「わたしはたったひとつの希望しか持てませんわ」

「それは？」

ですわ」

「悪魔が今日の日の出前に、どこかほかの所であなたを必要とすればよいと思うだけ

「これは恐れ入ります」

彼女は階段を下りる途中で、なおもしばらく彼を引きとめ、その細い狐のような顔の奥にどんな考えがひそんでいるか読みとろうとした。しかし、ショウヴランは相変わらず丁重な、皮肉な、不可解な表情をたたえているのみであった。恐れる必要があるのか、希望を持ってよいのか、彼女はただ不安の中にただようのみで、ショウヴランの表情からは何一つ読みとれなかった。

階段の下で、彼女はたちまち取り囲まれてしまった。ブレークニイ令夫人の行くところ、いずれの家でも彼女の美のまばゆい光に吸い寄せられ、むらがって来る人間の蛾に見送られては馬車に乗り込むのであった。しかし、彼女はショウヴランからはなれる前に、彼女特有の子供じみた訴えるような美しい身振りとともにきゃしゃな手を差し伸べて、「どうか希望を持たせてくださいな。ねえ、ショウヴランさん」と懇願《こんがん》した。

美しく、すきとおった黒いレースの手袋の中から、白くきゃしゃに光るその小さな手のうえに、彼はこのうえもなく、いんぎんに身をかがめ、ばら色の指先に接吻《せっぷん》した。

「糸がぷっつり切れないよう天にお祈りください」彼は例によって、謎めいた微笑を

浮かべながら繰り返した。

そしてそばに退き、蛾の群れがいっそうロウソクのまわり近くにむらがるままにした。ブレークニイ令夫人の一挙一動に対して、奉仕の誠をつくしたがって夢中になっている貴公子連が、ショウヴランの鋭い狐のような顔を彼女の視野からさえぎってしまった。

16　リッチモンド

数分後には彼女はゆったりした毛皮にくるまり、華麗な馬車の箱席で、パーシイ・ブレークニイ卿のそばに坐《すわ》っていた。そして四頭のすばらしい馬は、静まり返った街頭をまっしぐらに走っていた。

マーガリートのほてった頬をそよぐ微風は絶えなかったがその夜は暖かだった。やがてロンドンの家並みをあとにして、ハマースミス橋をガラガラ渡り、パーシイ卿はリッチモンドさして愛馬を快走させていた。

河は、きらめく月光の下に銀の蛇のように、うねうねと優美な曲線を描いていた。ところどころに樹木が生い茂って、路面に黒い外套《がいとう》のような長い影をおとしていた。

馬はパーシイ卿の狂いのない、強い手でごく軽く馭《ぎよ》されながら猛烈な勢いで突進していた。

ロンドンでの舞踏会や晩餐会の済んだあと、夜ごとこのように馬車を駆けさせることは、マーガリートにとっては飽くことを知らぬ楽しみであった。それで蒸し暑いロンドンの邸に帰らず、毎夜、彼らの美しい河沿いの家にこのようにして彼女を連れ帰る夫の風変わりな好みをしみじみありがたいと思った。

パーシイ卿は元気溢れる馬を駆って淋しい月夜の道を行くのを好み、彼女は舞踏会や晩餐会の熱い人いきれのした空気から脱け出して、イギリスの晩夏の柔らかい夜風に頬をなぶらせながら、箱席に坐っているのが好きであった。道のりはさして長いものではなかった。——馬が非常に張り切っていて、パーシイ卿が手綱をすっかりゆるめると、時には一時間かからないくらいであった。

今夜の彼は、指先に悪魔が取りついたかのようで、馬車は河沿いの道を飛ぶように走って行った。例のとおり、彼は、てんでものを言おうとはせず、ただ前方をじっと見つめていた。手綱はゆるく彼のしなやかな白い手にかかっていた。マーガリートは、ためしに一、二回彼のほうを見やった。彼の美しい横顔と、ものうげな片方の眼と、形のよい眉とそしてどろんとしたまぶたが見えただけであった。

月光に照らされたその顔は、異様に緊張して見えた。それは傷心したマーガリートに、夫が今のようにカルタ遊びと晩餐会に入り浸りの生活を送り、物ぐさな間抜け者、能無しのしゃれ男になる以前の、あの幸福な求婚時代のことを思い浮かべさせた。

しかし、いま月光の下では彼の大儀そうな青い眼に、どんな表情が浮かんでいるかはわからなかった。ただ、がっしりした顎の輪郭や、くっきりした口もと、かっこうのよい秀でた額しか見えなかった。パーシイ卿は本来はよく生まれついているのである。彼が現在のような性格になったのは、すべて哀れな半気ちがいの母親と悲嘆にくれた父親の責任に違いない。この夫妻は、彼らの間に芽ばえた幼い命をかまってやらなかった。彼らの不注意の結果は、すでにその生命を破綻に導き始めていたのであった。

マーガリートは急に、夫に対して強い同情の念が湧くのを覚えた。たった今経験してきた精神的な烈しい苦悩が、彼女をして他の欠点やおちどに対して寛容ならしめたのであった。

いかに人間というものは、運命の前に他愛なくもみくちゃにされ屈従するものであるかということが、彼女の上に驚くべき力をもって迫って来たのだった。もしだれかが一週間前に、彼女が自分の友人たちに対して卑しむべきスパイ行為をなし、なんの疑惑も持たぬ、勇敢な一人の人物を無情な敵の手にわたすことをするだろうと言ったならば、彼女はそんな考えを一笑に附してしまったであろう。しかし彼女はそれを犯してしまったのである。やがてあの勇敢な人は彼女の裏切りの犠牲となって死ぬことになるだろう。ちょうど二年前、サンシール侯爵が彼女の無分別な言葉のために死んだのと同じく。しかし、あの場合は彼女は精神的には罪がなかった。――彼女にはあんな重大な害を加えるつもりは全然なかったのであるが、運がわるかったのである。けれども今度は卑劣とわかりきっている行為を、真の道徳家だったら、一べつだに価しない動機のために、故意に犯してしまった。

彼女はそばに夫の強い腕を感じた時、もしも彼が今夜のことを知ったら、どんなにますます彼女を嫌い、軽蔑することかと考えた。このように人間というものはおたがいを表面からのみ根拠もなしに判断し、わずかなことから思い遣りなくさげすみ合うものである。彼女は夫のくだらぬ話や俗っぽい非知的な行為を軽蔑した。そして彼もまた彼女が正義のために正義をなし、良心の命ずるがままに兄を犠牲にするだけの勇気がなかったことを、さらにひどく軽蔑するであろうと思った。

考えにふけっていたマーガリートは、この一時間が柔らかい夏の夜風のうちに、またたく間に過ぎ去ってしまったのを知り、彼女の美しい英国の住居の重々しい門に四頭の馬がはいって行くのに気がついた時、するどい失望の念におそわれた。

パーシイ・ブレークニイ卿の河べりの家は歴史的なものとなっている。宮殿のごとく宏壮なこの家は高雅な広い庭のまん中にあり、河に面して華麗なテラスと露台がついていた。チューダー朝時代に建てられ、古い赤煉瓦《れんが》の壁は緑の木立や美しい芝生に囲まれ、さながら絵のようであった。芝生には古い日時計があって、これまた前景としっくりした調和をかもし出していた。巨大な樹木が地面に涼しげな影を落とし、この暖かな初秋の夜、木の葉は、やや朽ちた黄金色になり、月光に照らされた古い庭園は、ことさら詩的に平和に見えた。

一分狂わぬ精確さで、パーシイ卿は四頭の馬を立派なエリザベス朝式の玄関の車寄せに乗りつけた。このようなおそい時刻にもかかわらず、馬車の轍《わだち》の音がひびくや、大勢の従僕たちが地から湧き出たかのごとくあらわれ、うやうやしくまわりに立ちならんでいた。

パーシイ卿はさっと飛び下りてマーガリートを助け下ろした。彼が従僕の一人に二言三言、言いつけている間、彼女は内にはいらずしばらく外でためらっていたが、やがて家に沿って歩き出し、芝生に立って銀色の景色を夢心地で眺めていた。自然は、彼女が経験して来た嵐のような激情にひきくらべて、こよなく平和に見えた。河のせせらぎが、かすかに聞こえ、たまに枯葉が一ひら二ひら、かさっと落ちるのみであった。

他はすべてひっそり静まっていた。馬たちが遠くの廐《うまや》につれて行かれる蹄《ひづめ》の音や、家の中に急いではいり眠りにつこうとする召使たちの足音が、彼女のところまできこえてきた。家もまた静まり返っていた。

華麗な客間のすぐ上の部屋部屋にはまだ灯がついていた。すなわち彼女の部屋部屋と彼のそれとであった。彼ら二人の生活が遠くへだたっているように、彼らの部屋も家の間口のまん中から端と端に分かれていた。われ知らず彼女はほっと溜息をついた。なぜか、彼女自身にも説明つかなかったであろう。

彼女は耐え難き心痛に悩んでいた。深くうずくように彼女は切なかった。これまでこんなにみじめに孤独を感じ、なぐさめと同情を痛切に欲したことはなかった。さらに吐息をつくと、彼女はこのような晩を送った後で眠れるかしらと思いながら、河から家のほうに歩き出した。

テラスにつく前、突然、彼女はザクッザクッと砂利道をくる力強い足音を耳にし、次の瞬間、夫の姿が暗闇の中からあらわれた。彼もまた家をまわって河のほうへ芝生をぶらぶら歩いていたのであった。彼は自分で流行の尖端《せんたん》を切った無数の折襟や襟のついた重い乗馬服をまとっていたが、それを後に押しやり、いつもの癖で両手をしゅすのズボンのポケットに深々と突っ込んでいた。彼がグレンビル侯の舞踏会で着ていた価のつけられぬほどのレースのひだ飾りのついた白い服は、暗い家を背景にして妙にものすごく見えた。

明らかに彼は、彼女に気がつかないらしく、二、三分じっと立ち止まっていたが、やがて家のほうに引き返し、まっすぐテラスに上がって行こうとした。

「パーシイ卿」

彼はすでにテラスの階段の一番下に片足をかけていたが、彼女の声にぎょっとして足を止め、声のしたほうの木影をすかすように見やった。

彼女は、月光の中に足早に出てきた。彼女の姿を見るや彼は、いつも彼女に話すとき装うこの上ないいんぎんさで言った。

「何かご用でございますか、奥さま」

しかし彼の片足は、やはり段にかかったままであり、その全体のようすに、そのまま行ってしまいたいこと、こうした深夜の会見など所望でないというようすがあらわれているのが、彼女にははっきりわかっていた。

「空気が冷え冷えしてとても気持ようございますわ。月の光はおだやかで詩的ですし、庭はすてきに美しゅうございます。もうしばらく庭にいらっしゃいません？　時間もまだおそくはございませんわ。それともわたしがおそばにおりますのが、そんなにおいやで、早く逃げ出しておしまいになりたいのでございますか」彼女は言った。

「いいえ、奥さま」彼は静かに答えた。「おっしゃることが反対ではございませんでしょうか。わたしのおりませんほうが、なおのこと、この真夜中の空気を詩的にすることでございましょう。少しも早くじゃまがいなくなれば、それだけ奥さまはゆっくりお楽しみになれましょう」

彼はふたたび立ち去ろうとした。

「あなたはわたしを誤解していらっしゃいますわ、パーシイ卿」早口に言って彼女はさらに彼に近づいて来た。「わたしたちがこんなに離れてしまいましたのは、わたしのせいではございませんわ。お思い出しくださいませ」

「とんでもない、そればかりはごめんこうむらせていただきます、奥さま」彼は冷やかに言った。「わたしの記憶力は至って悪うございますから」

彼は第二の天性となっているものうげな無表情なようすで彼女の眼をじっと見た。彼女はしばらく彼の凝視をうけていたが、やがて彼女の眼はやわらぎ、テラスの階段の下、彼のすぐそばに近よってきた。

「至って悪いですって？　パーシイ卿、まあ、どうしてそんなになったのでしょう。あなたが東洋へいらっしゃる途中、パリでたった一時間わたしをごらんになったのは、三年か四年前でしたわね。二年たって帰っていらした時、あなたはわたしをお忘れにならなかったではございませんの？」

月光の下におり立った彼女は、神々しいほど美しかった。たおやかな肩からは毛皮の外套をすべらせ、着物の金の縫いとりは全身にキラキラ輝き、子供じみた青い眼は彼をじっと仰ぎ見ていた。

彼は一瞬、階段の手すりをにぎり、身をかたくして立っていた。

「奥さまはおそばにはべるよう仰せでございますが、やさしき回顧談におふけりになるためではございませんでしょうな」彼は冷やかに言った。

たしかに彼の声は冷たく片意地であり、彼女に向かう態度はいかつく、とりつくしまがなかった。女としての誇りから言えば、マーガリートは相手がこのように冷淡ならこっちもそのように出て、一言も言わず、ただそっけなく軽い会釈をしただけで彼のそばを裳裾《もすそ》を引いて通りすぎたであろう。しかし女のみの持つ、ある本能が彼女にとどまるようささやいた。あの鋭い本能——それはこの美しい女に敬意を表さぬ、ただ一人の男を服従させたいと願う彼女の力を意識させた。彼女は手を彼にさしのべた。

「あら、どうしていけませんの、パーシイ卿。少しばかり過去の思いにふけっていけないのでしたら、現在は大しておもしろいものではございませんわ」

彼は高い背をかがめ、彼女がなおもさしのべている手のごく指先を持って、形式的に接吻《せっぷん》した。

「まったく奥さま、わたしの鈍い頭はそこまでお伴できかねますから、失礼させていただきます」

ふたたび彼は立ち去ろうとし、彼女の甘い子供じみた、むしろやさしみをおびた声が彼を呼び止めた。

「パーシイ卿」

「ご用でございますか、奥さま」

「愛が消え失せるということがございましょうかしら」突然、彼女は思いがけない烈しさで言った。「あなたがかつてわたしに対してお持ちになった愛情は、一生を貫くものとわたしには思われましたのに、パーシイ、あなたにはあの、この悲しい、離れ離れの生活に、橋渡しとなるような愛は、少しも残っておりませんの？」

彼女が、このように話しかけている間、彼のがっしりした姿はいっそういかつくなり、強い口許は引き締まり、冷酷な片意地な表情がものうげな青い眼にしのびよってきた。

「なんのためにでございますか、奥さま」彼は冷やかに問い返した。

「そうおっしゃるお気持がわかりませんわ」

「簡単ではございませんか」不意に彼は、文字どおり一言一言にほとばしり出るような苦々しさをこめて言った。それを押えようとしているようすがありありと見えた。「わたしは心からお伺いいたしているのでございます。と申しますのは、わたしの鈍い頭ではこの原因が――奥さまの突然の新しいお気まぐれの原因が――わたしにはわかりかねるのでございます。あなたさまが昨年非常なご成功をお収めになりましたあの残酷なスポーツを、またもやお続けになりたいとおっしゃるのでございますか。そうしてもう一度わたしが恋患いの歎願者となって、あなたさまの足元にひざまずくのをごらんになり、またまたわたしを、うるさくなった小犬のように、けとばしてみたいとお望みなのでございますか」

とうとう彼女は、彼をふるい起こすのに成功したのであった。ふたたび彼女は彼をじっと見つめた。なぜなら、一年前の彼がちょうどこのようであったのを彼女は覚えていたのである。

「パーシイ！　お願いですわ！　わたしたち過去のことを忘れることできませんかしら」彼女はささやいた。

「失礼でございますが奥さま、あなたさまは過去の思い出にふけりたいと仰せになったのではございませんでしたか」

「いいえ、わたしその過去のことを申しているのではありませんわ」だんだんに彼女の声にはあるやさしさが含まれてきた。「そうではなく、あなたがまだわたしを愛していてくださったころのことを申しましたのよ。ああ、わたしは虚栄心が強く、無分別でした。あなたの富と地位にわたしの気はひかれました。心の中ではわたしへのあなたの大きな愛でわたしも愛するようになるかもしれないと願いながらあなたと結婚いたしました。けれど、ああ……」

月は雲の峰の背に低く沈んでしまった。東のほうには柔らかい灰色の光が重い夜のとばりを払い始めていた。今や彼には彼女の優雅な輪郭《りんかく》、小さな威厳ある頭、赤みがかった豊かな金髪の巻毛、冠のように頭にいただいている小さな星型の赤い花を形づくったきらめく宝石、それだけしか見えなかった。

「わたしどもが結婚して二十四時間後にサンシール侯爵とその全家族がギロチンの露と消えました。そして彼らをそこに送る手助けをしたのは、ほかならぬパーシイ・ブレークニイ卿の夫人であるという噂《うわさ》がわたしの耳に届きました」

「あら、わたし自分であなたにあのいとわしい話の実際のところを、お話し申し上げたではございませんか」

「他の人々から恐ろしい事件を詳細にわたって聞いた後からでしたね」

「で、あなたは、その人たちの申したことをその場でお信じになりましたのね」彼女は、非常な激しさをこめて言った。「証拠もなく問い質《ただ》しもなさらずに、あなたはわたしが、あなたが生命よりだいじだとお誓いになり崇拝するとおっしゃったわたしが、そんな他の人々が話して聞かせたそんな卑しいことができるとお思いになりましたのね。あなたはわたしがそのことであなたをすっかり欺こうとしたとお考えでしたのね。結婚する前に話すべきだったと。けれどあなたが聞こうとさえしてくださいましたなら、わたしはサンシールがギロチンに上がるその朝までも、侯爵と侯爵の家族を助けるため、全神経を針のようにして全力をつくしたことを申し上げましたでしょうに。

けれどあなたの愛が、まるで同じギロチンの刃のもとに消えてしまったかのように失われたのを見たとき、わたしの誇りはわたしの唇を閉ざしてしまったのでした。それでも、もし聞いてさえくださったなら、どうしてわたしがだまされたかをお話ししましたでしょうに。そうですわ、同じその人々の評判でフランス一の才女とうたわれたわたしの、たった一人の兄への愛と復讐に燃えた心を、いかに利用するかを心得ていた人たちに、はかられたのですわ。これは、むりなことでしょうかしら」

彼女の声は涙でつまって来た。それをちょっと途切らせて幾分でも平静を取り戻そうとした。彼女は彼があたかも彼女の裁判官であるかのごとく訴えるように見上げた。彼は相手が激しく熱烈に語るがままにし、一言もはさまず同情の言葉も口にしなかった。そして今彼女がどっと溢れ出た熱い涙を呑み込もうとしている間、彼は無表情にじっと待っていた。暁のにぶい灰色の光が彼の高い背をいっそう高くいっそういかつく見せた。ものうげな気の良い顔は不思議に変わって見えた。マーガリートはとり乱してはいたが、彼の眼がもはやどろっとしてはおらず、口許はお人好しらしいだらしない形をしていないのを見た。強い熱情をたたえた奇妙な表情が、彼のたるんだまぶたから輝き出るかと思われ、口はかたく閉ざされ、唇はまるで意志の力のみで波打つ情熱を押えているかのごとく、きゅっと結ばれていた。

結局、マーガリート・ブレークニイは女の持つ魅惑的な弱点をすべて持ち、愛すべき女の欠点をすべてそなえた女にすぎなかった。たちまちにして彼女はすぎしこの数カ月、自分がまちがっていたことを悟った。すなわち彼女の前に彫像のごとく冷やかに立っているこの男は、彼女の音楽的な声がその耳を打った今もなお、一年前と同じく彼女を愛しているのだということを知ったのである。彼の情熱は眠っていたかもしれないが、しかし初めて彼女の唇が彼のそれと合して長い狂気のような接吻をしたあの時と同様、強く烈しく沸き立っているのを感じたのであった。

誇りが彼を彼女から遠ざけたものであり、女として、彼女は一度は自分の物となった勝利を取り戻したいと願った。不意に彼女には一生のうちまたと幸福があるならば、それはこの男の接吻をもう一度彼女の唇に感じることのみであるように思われた。

「お聞きくださいましな、パーシイ卿」彼女の声は今や低く美しくこの上なくやさしかった。「アルマンこそわたしの全生命でしたの。わたしたちには両親がありませんでしたから、おたがいに育て合ってまいりましたの。兄はわたしの小さなお父さんで、わたしは兄のちっちゃなお母さんでした。そのようにしてわたしたちは愛し合って来たのでした。ところが——よろしゅうございますかパーシイ卿、ある日サンシール侯爵が、わたしの兄アルマンを打ちましたの。わたしが世界中の何よりも愛している兄を従僕たちに打たせましたのよ。そして兄の罪はと言えば、平民の分際で貴族の娘を愛するごとき無礼をあえてしたということなのですわ。そのため兄は待ち伏せられて打たれたのです。まるで犬のように、打って打って打たれて半殺しになりましたのよ。おお、わたしはどんなに苦しんだことでしょう。兄のうけた屈辱はわたしの心の底まで食い入りました。そういうわけですから復讐の機会が来たとき、わたしはそれをつかみました。けれどもわたしはただあの高慢な侯爵を困らせ辱めてやりたいと思っただけでございましたの。侯爵は祖国を裏切ってオーストリアと陰謀を企てておりました。ふとしたことからこの事を知りましたので、わたしはそれを話しました。でも他の人たちがわたしを罠《わな》にかけあざむいたのであることがどうしてわかりましょう。自分のした事に気がついた時は、もう遅かったのでした」

「たぶん過去にさかのぼって考えることは少し困難と存じます」しばらく二人とも黙った後パーシイ卿は言った。「わたしの記憶はいたってわるいと申し上げましたが、たしか侯爵の亡くなられた時、このいとわしい噂についてあなたにご説明を求めたような覚えがございますが、もしその記憶が未だに狂っておりませんでしたなら、たしかあなたはいっさいの説明をお拒みになり、わたしにひたすら耐えがたき奴隷的愛を捧げるよう要求なさいましたと存じますが」

「わたし、あなたの愛を試してみたかったのですわ。でもあなたの愛はその試練に耐えませんでした。あなたはいつもわたしのためにのみ生き、わたしへの愛のためにのみ生きているのだとおっしゃったではございませんか」

「ではその愛を探るために貴女はわたし自身の名誉を捨てよとご命令なすったのですね」と言う彼の態度からは次第にいつもの無感情なようすが消えてきていかつさがやわらいで来たように思われた。「そのためわたしがまるで、唖か絶対服従の奴隷かのごとく、不平も言わず問い質しもせずに、自分の妻のどんな振舞いをも容認することをあなたはお求めになったのですね。わたしの心は愛と情熱に溢れていた。わたしは一度でも説明を求めたことはなかった。しかしわたしはただ一言だけを待っていたのです。けっして疑ったわけでなく、ただ願っていたのです。貴女がその一言だけをおっしゃってくださったのなら、わたしはあなたの申されるどんな弁解をも受け入れ信じたことでしょう。しかしあなたは『ええわたしがあの恐ろしい事をいたしましたのよ』というほか一言もおっしゃらずに敢然《かんぜん》とお兄さんの家に帰ってしまわれた。わたしを一人置き去りにして、幾週間も。わたしの唯一の夢を秘していた神殿が足下に粉々にくだけ、地に落ちた時、だれを信じてよいかわからないままにして――」

今や彼女は、彼が冷たく無感動だと嘆く必要はなくなった。彼の声までが激しい情熱でふるえていた。それを彼は超人的な努力で押えようとしていた。

「そうでしたわ。わたしの高慢なことは気ちがいじみておりました」彼女は悲しげに言った。「家を出るか出ないうちからわたしもう後悔しておりましたの。でも帰って来ましたらあなたはまあ、すっかり変わっておしまいになりましたのですもの。そしてそのものうい冷淡なお面をかぶっておしまいになって、一度も、あの、あの、今までお面をお取りになったことはございませんでしたもの」

　彼女は彼にぴったり寄りそっていたので柔らかい乱れた髪は彼の頰をなぶり、涙きらめく彼女の眼は彼を狂おしく燃え立たせ、甘い声は血管に火をそそぎ込んだ。しかし、この女の魔力に負けてはならない。かつてあのように深く愛したこの女の手によって彼の誇りはかくも無惨に傷つけられたのである。彼は眼を閉じてこの愛らしい顔、雪のように白い首筋、暁の淡いばら色の光につつまれて来た優雅な姿態の美しい幻を見まいとした。

「いや奥さま、お面ではございません」彼は冷やかに言った。「かつては、わたしの生命はあなたさまのものでございました。ここ数カ月それはあなたさまのおもちゃとなってまいりました。お望みどおりになったわけでございます」

　しかし、今や彼女はこの冷やかさこそ仮面であることを知った。昨夜から彼女がくぐって来た苦しみと悲しみが急に立ち返って来た。けれども、もはや悲哀の念とともにではなく、むしろ彼女を愛しているこの男こそ彼女の重荷を助けてくれるであろうという気持であった。

「パーシイ卿」彼女は衝動的に言った。「あなたはわざわざお骨を折って、わたしに口を開かせないようにしていらっしゃいましたのね。あなたはたった今、わたしのむら気とおっしゃいました。よろしゅうございます。お望みならむら気でけっこうでございます。あなたにお話し申したいことがございますの。なぜって、なぜってわたし、困っておりますので、それであなたになぐさめていただきたかったのですの」

「なんなりと、ご命令いただきとうございます、奥さま」

「なんてあなたは冷たいんでしょう」彼女は吐息をついた。「ほんとに二、三カ月前には、わたしの眼に涙が一滴あっても、あなたはまるで気ちがいみたいにおなりになったのが信じられませんわ。さあ、わたし、あなたのところにまいりました。打ちひしがれて、そして、そして……」

「どうぞ奥さま、どうすればお役に立たせていただけましょうか」という彼の声は同じようにふるえていた。

「パーシイ、アルマンはひどい危険におちいっておりますの。兄の手紙が、あのいつものとおり向こう見ずの烈しい手紙でアンドリュウ・フークス卿にあてたのが革命亡者の手に、はいってしまったんですの。アルマンはもうだめかもしれませんわ。たぶん、明日……逮捕されて、それからギロチンへ……でも万一、万一、ああ怖い」突然、彼女はわっと泣き出した。昨夜の出来事がどっとよみがえって来たのである。「怖いこと。それだのにあなたはおわかりになってくださらないんですもの。おわかりになれませんわ。そしてわたしには、すがる人もなく、同情してくれる人がだれもないんですもの」

涙はもはや押え切れなくなった。彼女の心配、苦しみ、アルマンの危い立場などがすべて一時に押し寄せて来たのである。彼女はよろめき倒れんとして石の手すりに支えられ、手に顔を埋めて烈しくすすり泣いた。

アルマン・サンジュストの名と彼の落ちこんだ危険を耳にするや、パーシイ卿の顔は一段と青くなった。そして断乎《だんこ》としたあくまでもという表情が眉間にうかんだ。しかし、彼は一言も言わず、ただ彼女のたおやかな姿がすすり泣きでふるえているのをじっと見守っていたが、やがて見守る彼の顔も知らず知らずゆるみ、何やら涙らしいものが眼にきらっと光ったようであった。

「それでは革命の人喰い犬めが、今度は飼主の手にかみつくというわけですな」彼は刺すように皮肉な調子で言った。「驚きますね、奥さま、涙をお拭いくださらぬか」なおもヒステリックに泣きつづけているマーガリートに、彼はやさしく言った。「美しいご婦人が泣かれるのを、とても見てはいられないのでございます。それにわたしも……」

彼女の頼りない悲しみにぬれた姿を眼にして、溢れる情熱に駆られた彼は突然、両手をひろげ次の瞬間彼女を捉えてぐっと抱きしめ、あらゆる苦しみから彼自身の命、彼の心臓の血をもって彼女を守ってやろうとした。しかしまたもや誇りが打ち勝った。猛烈な意志の努力が我をおさえ、冷やかに、だが非常にやさしく言った。

「奥さま、どうぞ、こちらにお向きくださいませんか。そしてどのようにいたしたら、わたしがお役に立たせていただけますか仰せくださりませぬか」

彼女は懸命にわれを取り戻そうとし、涙によごれた顔を彼に向けてもう一度手をさしのべた。それを彼は前と同様固苦しくいんぎんに接吻した。しかし今度は、マーガリートの指は彼の手の中に一、二秒必要以上長くとどまっていた。というのは、彼の唇は大理石のように冷たいのに、手は眼に見えてふるえ、燃えるように熱く感じられたのである。

「あなた、アルマンのためにお手を貸してくださいますか?」彼女は愛らしく簡単に言った。「あなたは王室に、それはそれは、お力がおありですし、たくさんお友だちが……」

「いや奥さま、むしろあなたのフランスのご友人ショウヴラン氏のお力をお求めになったらいかがでございますか。氏の勢力はもしわたしの思い違いでございませんなら、フランス革命政府にまでおよんでいると存じましたが」

「わたし、あの人に頼むことはできませんわ。パーシイ、おお、わたし、思い切ってあなたにお話しできたらと存じますわ。でも、でも、あの人は兄の首に代償をかけているんですもの。それは……」

　このとき勇気さえあったら、彼女は彼にすべて話してしまったにちがいなかった。その夜、彼女のしたことをいっさいいかに悩み、いかに脅迫されて従ったかを話したであろうに。しかし彼女はその衝動に屈しなかった。今はいけない。彼がいまだ彼女を愛していることを知りはじめたばかりで、それに彼をまた自分の物とすることができるだろうという希望をせっかく持った今はまずい。彼女はまたさらにこの告白を彼にする勇気はなかった。そうしても、結局、彼にはわかってもらえないかもしれない。彼女の苦しみや誘惑にのった気持に同情してくれないかもしれない。彼のまだ眠っているにすぎない愛が、今度は死の眠りについてしまうかもしれない。

　たぶん彼は彼女の心に移り行く思いを推察していたにちがいなかった。彼の全身は烈しい切望の塊りであった。自分への信頼を願う、まぎれもない祈りそのものであった。それだのに、つまらぬ誇りから彼女は彼への信頼を引っ込めてしまった。彼女が黙ったままでいるので彼は吐息をつき、きわだって冷やかに、

「では奥さま、あなたさまをお苦しめするようでございますから、そのお話はやめることに致しましょう。アルマンに関してはどうぞご心配なさらぬようお願い申し上げます。かならず彼の安全をお誓い申します。さあ、これで失礼してよろしゅうございますか。時刻も遅うございますし、それに……」

「でも少なくともあなた、わたしの感謝の気持をお受けくださいません？」と彼女はいっそう彼のそばに寄りそい、心からしんみりと言った。

この時こそ彼はいきなりわれ知らず彼女を抱きしめたかもしれなかった。彼女の眼は涙に溢れ、それを彼は接吻で拭き取ってやりたい思いにかられたのであった。が、しかし彼女は以前にもちょうどこのようにして彼を誘惑したのだ。そのあげく手に合わない手袋のように彼を捨ててしまったのだ。彼はこれも気分、気まぐれにすぎないのだと思い、またもともとのように屈することは彼の誇りが許さなかった。

「あまりそれには早すぎましょう、奥さま」彼は静かに言った。「わたしはまだ何もしたわけではございません。時間も遅うございますし、お疲れでいらっしゃいましょう。あなたさまの侍女たちは二階でお待ちしていることでございましょう」

彼は彼女に道をあけてわきへよった。彼女は失望の吐息をほっとついた。彼の自尊心と彼女の美が相闘い、彼の自尊心が依然として勝利者であった。やはり今度も彼女は思い違いをしていたかもしれない。彼の眼に愛の光と見たのは烈しい自尊心か、あるいは愛の光どころか憎しみの色にすぎなかったかもしれないのだ。彼女はなおもしばらく彼をじっと見つめて立っていた。ふたたび彼はもとのようにいかつい無表情な態度にかえっていた。誇りが勝ちを占め、彼女のようすには少しも注意を払おうとしなかった。暁の灰色は、そろそろ日の光のばら色に変わってきた。小鳥たちはさえずりはじめた。自然はめざめ、この暖かい輝かしい十月の朝に、幸福そうな微笑をうかべてのぞんでいた。それだのに、この二つの心の間にのみ両方から自尊心で作り上げた、つよい越えがたい障壁がそびえ立っており、それを二人のどちらもが先に打ちこわそうとはしないのであった。

ついに彼女がさらに悲しい小さな溜息をついてからテラスの階段を上り始めた時、彼は丈高い体を曲げて低い儀式ばったおじぎをした。

金の縫いとりのしてあるドレスの長い裳裾は、階段の落葉をひいて、こころよいきぬずれの音をたてた。片手をらんかんにかけ、上って行く彼女の髪のまわりに暁のばら色の光が金の光輪を描き、彼女の頭や腕のルビーはキラキラ輝いた。彼女は家へはいる高いガラス戸のところに上り切った。中にはいる前、彼女は立ちどまって、もう一度彼のほうを振り向いた。万が一にも彼が両腕を彼女にさしのべ、彼女を呼び戻す声がしないかと思ったのである。しかし彼は動かなかった。彼のがっしりした姿は屈せざる誇り、烈しい片意地そのものに見えた。

熱い涙がふたたびこみ上げてきた。それを彼に見せまいとして、彼女はすばやく中に向くと、自分の部屋にできるだけ早くかけ上がって行った。

そのとき彼女が振り返り、もう一度ばら色の光みなぎる庭を見さえしたならば、彼女の苦しみはたちまちに消え去り、いやされたことであろう。すなわち、自らの情熱と絶望にかきくれた、たくましい男の苦悩を見たであろうに。ついに自尊心が負け、片意地が去ってしまったのである。意志の力もおよばなくなった。彼は狂気のごとく、盲目的に、愛に燃えた一介の男性にすぎなかった。それで彼女の軽い足音が家の中に消え去るやいなや、彼はテラスの階段にひざまずき、熱愛のあまり気が狂ったように、彼女の小さな足の踏んだ一段一段と、その小さな手が最後におかれた石のらんかんに、接吻したのであった。

17　わかれ

マーガリートが部屋に帰ると、彼女の侍女は、令夫人の安否をひどく心配しているところであった。

「奥さま、お疲れでいらっしゃいましょう」と、待ちくたびれた侍女は眠そうに言った。「もう五時すぎでございます」

「ああそうだね、ルイズや。そのうちに疲れが出るだろうよ」マーガリートはやさしく答えた。「でもおまえは今とても疲れているのだからすぐおやすみ。わたしは自分でしたくをするから」

「いいから、早くおやすみなさい、ルイズや。わたしの部屋着を出したらあちらへおいで」

「でも、奥さま……」

ルイズは夫人の豪華な夜会服を脱がせ、柔らかい、ゆったりした部屋着を着せた。

「何かほかにご用はございませんか、奥さま?」それがすむと彼女はたずねた。

「もういいのよ。出て行く時に灯りを消してってね」

「かしこまりました、奥さま。ではおやすみ遊ばせ、奥さま」

「おやすみ、ルイズや」

侍女が立ち去るとマーガリートはカーテンをさっと引いて窓を開け放った。庭園、その向こうの河は、ばら色の光で溢れていた。はるか東のほうは朝日でばら色から黄金色に変わっていた。芝生には、もはや人影は見えなかった。マーガリートはテラスを見下ろした。二、三分前まで彼女はそこで、一度はすっかり自分の所有であった男の愛を取り戻そうと、空しく努めて立っていたのである。

不思議なことに彼女が、この悲しみ、この心痛のただ中で、今もっとも強く感じるのは、刺すように苦しい悲恋の気持であった。彼女をしりぞけた男、彼女の愛情を拒み、熱望に石のように無感動のままであった彼、彼女にパリのあの幸福な時代が、全然葬られ、忘れられたのではないと感ぜしめ、望ましめた情熱のほとばしりに対してさえも、なんの反応も示さなかった彼、その男の愛を求める切なさに、彼女の五体はうずくように感じられた。

なんと不思議なのであろう。彼女は今なお彼を愛しているのである。不和と孤独の中に過ごした最近の二、三カ月を振り返ってみると、彼女はその間もずっと彼を愛し続けてきたことに気がついた。彼の愚かしい行動、ものうげな無表情な態度などは、すべて仮面にほかならないと、心の底のどこかでは、いつも感じていた。力強い情熱的な、わがままな、あの男性的な真実は依然として存在しているのだという気が、いつも彼女の中からは去らなかった。その人物をこそ彼女は愛し、その熱情に魅せられ、その全人格に彼女はひかれたのであった。それというのも、彼の一見、遅鈍に思われる頭脳の背後には、ある何ものかが潜み、それを彼は全世界から、とりわけ彼女からかくそうとしているのを、彼女はいつも直感していたからである。

女心こそは複雑不可解である。その持主自身、この難問の解答には、もっとも無力なことがよくわかる。

ヨーロッパ一の賢い女マーガリート・ブレークニイは、ほんとうにばかものを愛しているのであろうか。一年前に結婚した時、彼に対して感じていたものは愛であったのであろうか。彼がいまだに彼女を愛してはいるが、しかし二度と彼女の奴隷《どれい》、情熱的な烈しい愛人とはならないことがわかった今、彼に対して抱いているこの気持は愛であるだろうか。いな！　マーガリート自身でさえ、わからなかったであろう。とにかく、現在のところではわからなかった。たぶん、彼女の自尊心が理性を封じてしまい、より正しい判断力を失わせてしまったのかもしれない。けれど、これだけを彼女は知っている――あの片意地な心をもう一度とりこにしなければならない。もう一度勝利を得よう……そして二度と彼を失うまい……彼を所有し、彼の愛を独占し、それにふさわしい者になり、その愛をひたすらにいつくしむのだ。なぜならこの男の愛なくしては、彼女にとって、もはや幸福は存在しないこと、これだけは確かであったから。

このように矛盾した考えや感情が、彼女の心に狂おしく押し寄せた。思いにふけっている間に、時はどんどんたっていった。たぶん、長い張りつめた興奮に疲れ切ってしまった彼女は、実際、眼を閉じて浅い眠りにおちたのかも知れない。次々と飛ぶようにあらわれる夢が、彼女の不安な気持の続きであるかのように思われた。と、突然、部屋の前の足音で、彼女は夢うつつの境から呼びさまされた。

びくりとして彼女は飛び起き、耳をすませた。家の中は前と変わらず静かであった。足音も遠ざかっている。ひろく開け放った窓からは、輝やかしい朝日が光の洪水となって部屋に流れ込んでくる。時計を見上げた。六時半である。家の者はまだ起きる時間ではなかった。

彼女は知らず眠ってしまったに違いない。足音、それからひそひそした話声に彼女は眼をさました。なにごとだろう。

そっと爪さき歩きで彼女は、部屋を横切り、戸を開け、耳をすませた。物音一つしない――早朝、全人類が一番深い熟睡をむさぼっている時の、あの特別な静寂さが立ちこめているのみであった。しかし、先程の物音は彼女を不安にした。であるから、ふと足元の敷居のところに何か白いもの――というよりも一通の手紙――があるのに気がついた時、彼女はそれにさわる勇気さえ出てこなかった。あまりに幽霊めいている。たしかに二階に上がってきた時にはなかった。ルイズが落としたのであろうか？　それとも、いたずら者の幽霊が彼女をからかって、ありもしない手紙をあるように見せかけているのだろうか？　彼女は困惑した。

ついに彼女は、かがんでそれを拾い上げた。手紙はまぎれもなく、夫の大きな、事務的な筆跡で、彼女自身に宛てられていた。こんな時間に彼は何を妻に言わねばならないのだろう？　朝までのばせないとは何事だろう？

彼女は封を切って読んだ――

「まったく予期しなかった事情のためただちに北部にまいらねばならなくなりましたので、奥方に別れのご挨拶を申し上げる光栄を持たずに出発いたしますのを、何とぞお許し願いたく、わたしの用事は約一週間ほどかかると存じまするゆえ、水曜日にご主催の河遊びの集いには、残念ながら列席の喜びを得ることができません。あなたの卑しき、かつ従順なるパーシイ・ブレークニイ」

突然、マーガリートにも夫の遅鈍さが伝染したに違いない。この数行の意味をはっきりつかむまでには、何回も何回も読み返さねばならなかった。

彼女は階段の上に立ったまま、この短い不可解な手紙を幾回となく引っくり返して見ていた。彼女の心は空白のままで、説明のつかない予感と焦燥で神経は緊張しきっていた。

パーシイ卿が北部にかなりの財産を所有していることはたしかであった。これまでにもたびたび一人で出かけて、一週間くらいずつ滞在して来るのであった。しかし、彼がこんなに大急ぎで出発しなければならないようなことがらが、朝の五時から六時の間に起こるとは奇妙であった。

常にない不安な気持を払いのけようとの彼女の努力は、空しいものに終わった。彼女は頭の先から爪先までふるえた。もし間に合いさえしたら、夫の出発前にもう一度、今すぐ会いたいという、おさえきれない、烈しい衝動にかられてきた。

部屋着を羽織っただけで、髪も肩にとき乱したままなのをも忘れ、飛ぶように階段を駆け下り、広間を抜けて正面玄関に行った。

扉はいつものように鍵がかかり、かんぬきがかけてあった。奥の召使たちは、まだ起き出ていないからである。だが、彼女の鋭い耳は、人声と敷石をける馬の蹄《ひづめ》の音を聞きつけた。

いらいらとおののく指で、マーガリートはかんぬきを一つ一つ、手をすりむき爪を傷つけながらはずして行った。しかし、そんなことにかまっていられなかった。間に合わないのではあるまいか、夫に会って旅路の幸を念じる心を伝えないうちに、出発してしまうのではないかと、それのみを思って彼女の全身は不安におののいた。

ようやくのことで鍵を廻し戸を押し開いた。やっぱり彼女の耳はまちがっていなかった。一人の馬丁が二頭の馬をひいて、そばに立っていた。その一頭はパーシイ卿の愛馬サルタンで、速力では一番だった。もはや出発するばかりに鞍《くら》がおいてあった。

次の瞬間、パーシイ卿自身が邸の向こうの外れから現われ、足早に馬のほうに近づいてきた。彼は豪華な夜会服はぬぎ捨ててはいたが、レースの襞《ひだ》や襞のついた、例によって一点非の打ちどころのない、すばらしい服装をし、深い長靴と乗馬ズボンをはいていた。

マーガリートは二、三歩前に進んだ。頭を上げたとたんに、彼は彼女を見つけた。軽く眉をひそめた。

「お出かけになりますの？　どちらへ？」彼女は口早に熱っぽく言った。

「令夫人のお耳をけがしましたごとく、もっとも予期しなかった火急な用件のため、今朝、北部に参らねばならぬのでございます」彼は例の冷やかな、ものぐさな態度で言った。

「でも、……明日のあなたのお客さまは……？」

「皇太子殿下には令夫人よりくれぐれもお詫《わ》びを伝えてくださるよう、願っておいたはずでございます。あなたの主人役は天下一品……わたしめがおりませぬともお差しつかえはないと存じます」

「でもご旅行をおのばしになってもよろしいじゃありませんか……わたしどもの舟遊びがすみますまで」彼女は依然早口に神経的に話した。

「きっとそのご用は、そうお急ぎにならなくてよいのでしょうに……それにあなたはそれについて――何もおっしゃらなかったではございませんか」

「わたしの用は奥方のお耳をけがしましたごとく、思いがけぬ火急なものなのでございます……では、これにて失礼致してよろしゅうございますか。ロンドンに何かご用がおありでございましょうか……わたしの帰り道で？」

「いえ……いいえ……ありがとう……何もございません……でも、あなたすぐお帰りになってくださいますの？」

「すぐに戻ります」

「今週中に？」

「それはわかりません」

彼は明らかに逃れようと努力しており、彼女は一秒でも二秒でも彼を引きとめようと全神経を集中していた。

「パーシイ、あなたがなぜ、今日お出かけになるのかお話しくださいませんか。わたしはあなたの妻として、当然お伺いする権利があると存じますわ。あなたは北部にご用がおありになるのではありませんわ。だって昨夜わたしどもがオペラにまいります前には、どこからも手紙は来ておりませんでしたし、早飛脚もまいりませんでした。また舞踏会から戻りました時も何も来ておりませんでしたもの――どうしてもあなたは北部にいらっしゃるのではございません。何か秘密がおありになるのですわ。そして……」

「いや、マダム、別に何もありません」彼はいくらかいらいらした調子で答えた。「わたしの用件というのはアルマンに関係のあることです。さあ、これで失礼してよろしゅうございますか」

「アルマン？　……でも、危いことはなさいませんでしょうね？」

「危いこと？　……わたしが？　……奥さま、ご心配かたじけのうございます。仰せのごとく、わたしにはいくらかその向きの知己もございますから、手おくれにならないうちに、その向きの連絡をとりたいのです」

「では、せめて、わたし、お礼申し上げてもようございますか」

「いや、奥さま」彼は冷たく言った。「その必要はございません。わたしの生命があなたのお役にたてばさいわいです。それにもうすでに過分に報いられておりますから」

「わたしの生命もパーシイ、あなたがアルマンのためにおつくしくださるお礼に、あなたさえお受けくださるなら、あなたのものでございます」と、彼女は熱情的に言いながら両手を彼にさしのべた。「さあ、もうお引き留めはいたしません。わたしの心がお伴いたしてまいります。行っていらっしゃいませ」

　両肩に波うつゆたかな髪に朝日をあびて、なんと愛らしく見えたことであろう。彼は低く身をかがめて会釈し彼女の手に接吻《せっぷん》をした。彼女は燃えるようなその接吻を感じて、胸は喜びと希望に高鳴った。

「帰ってきてくださいますね」彼女はやさしくささやいた。

「すぐに戻ります」思いをこめて彼女の青い眼に見入りながら彼は答えた。

「そして……あの……覚えていてくださいます……?」と彼女はたずねたが、その眼は彼に答えて、彼に無限の約束を与えた。

「わたしは、あなたがわたしめにご用を仰せつけくださいました光栄を常に覚えておりますでございましょう」

言葉は冷たく儀式ばっていたが、今はもはや、彼女の心を寒くさせるものではなかった。自尊心から無理にも無表情を装っている仮面の下の彼の心を、女の直感で読みとってしまったのだ。

彼はふたたび腰をかがめて出発の許しを乞うた。彼がサルタンの背に飛び乗る間、彼女はそのそばに立ち、彼が門の外に走り出る時、最後の「さよなら」の手を振った。

道の曲り角が間もなく彼をかくしてしまった。彼の気に入りの馬丁は彼と足並みを合わせるのに幾分骨が折れるらしかった。サルタンが主人の興奮に応えるごとく、飛ぶように早かったからである。マーガリートは幸福なと言ってもよいほどの溜息をつき、家にはいった。彼女は部屋に帰った。疲れた子供のように、彼女は突然に、たまらない睡気《ねむけ》をおぼえた。

彼女は、一時に安らかな気分になったかのように思われた。もっとも、なんとも名状しがたいあこがれで胸はうずいてはいたが。しかし、漠然とした快い希望が、微風のようにそれを和らげた。

もはや彼女はアルマンの上を気遣わなくなった。彼女の兄を助けようとの一心で、たった今駆け去った男の強さと力が、全幅の信頼を彼女に抱かしめたのである。彼女は彼をつまらぬばかとあなどってきた自分に呆《あき》れさえした。もちろん、それは彼の誠と愛の上に彼女がつけた深い傷をかくすための仮面であったのだ。彼の情熱が彼を負かすかも知れず、また彼が今なお、どんなに彼女を愛し、どんなに深く悩んでいるかを、彼女に見せたくなかったのだ。

しかしこれから後はいっさいがよくなるであろう。彼女は自分の誇りを砕き、彼の前に己れを低くし、すべてを彼に告げ、すべてに彼を信じよう。そうしたらあの幸福な時代がまた返って来るであろう。二人はよくフォンテンブローの森をそぞろ歩きし、交わす言葉は少なかったが――彼はいつも無口な男であったから――しかし、あの強い胸にこそ彼女はいこいと幸福を常に見いだすのだと感じていた、あの時代がふたたびおとずれて来るであろう。

昨夜の出来事を考えれば考えるほど、彼女の中にはショウヴランの計画を恐れる気持が薄らいでいった。ショウヴランが〝べにはこべ〟の正体を掴《つか》むのに失敗した事はたしかだと思えた。ファンコート侯もショウヴラン自身も一時かっきりに食堂には誰もおらず、ただフランス人自身とパーシイ――おおそうだ、うっかりしていたけれど、パーシイに聞いて見ればよかった。いずれにせよ彼女は、未知の勇敢な英雄がショウヴランの罠《わな》にかかることはないと思った。とにかく彼が死んだにしても、彼女の責任ではなくなるわけである。

たしかにアルマンは危地にあるとは言え、パーシイはアルマンを助けると誓ったたし、夫の乗馬姿を見ているうちに、マーガリートは何に限らず、夫のすることで巧《うま》く行かないことがあるだろうなどという気持は、みじんも心をかすめないのであった。アルマンは無事にイギリスに戻ってきたら、二度とフランスに帰すまい。

今や彼女は、ほとんど幸福な気分になり、さし込む朝日をさえぎるためにカーテンをすっかり閉じ、ついに床にはいって枕に頭をつけると、疲れ切った子供のように、やがて夢も見ない、平和な眠りにおちて行った。

18　不可思議な模様

長い眠りですっかり元気を恢復《かいふく》したマーガリートが、起き出た時にはもう日は大分高く昇っていた。侍女のルイズが運んできた、新鮮な牛乳と一皿の果物の軽い朝食を味わいよくたべた。

葡萄《ぶどう》を食べながら彼女の心にはさまざまな思いが忙しく往来した。その大部分は彼女が五時間以上前に見送った夫の丈高く、まっすぐな騎馬姿を追って行くのであった。

彼女の熱心な問いに答えてルイズは、馬丁がパーシイ卿とロンドンで別れ、サルタンを連れて戻ってきたという知らせを持ってきた。馬丁はご主人さまはロンドン橋のすぐ下に碇泊《ていはく》していたお持船にお乗りになるらしかったと言った。パーシイ卿はロンドン橋まで馬を駆って行き、そこで〝真昼の夢号〟の船長ブリッグスと会って、馬丁にサルタンと鞍《くら》とを預けてリッチモンドに帰したのである。

この知らせに、マーガリートはこれまで以上に当惑した。今ごろパーシイ卿は〝真昼の夢号〟でどこへ行くつもりかしら、アルマンのためにとパーシイは言った。そうだ、パーシイ卿は到るところに有力な知己があるから、たぶんグリニッチへ行くのかもしれない。さもなければ……だがマーガリートは憶測するのをやめた。いっさいの事は間もなくわかるのだから。パーシイは戻って来ると言ったし、忘れはしないと言ったのだから。

長い退屈な一日がマーガリートの前に横たわっていた。今日は昔の学校友だち、小さなスザンヌ・デ・トルネイが訪ねて来ることになっていた。

いたずらっぽい心の動くままに、昨夜彼女は皇太子の面前で伯爵夫人に、スザンヌを邸に招待したいと申し入れたのであった。皇太子はこの思いつきに非常に賛成を示して、殿下ご自身午後には二人の婦人を訪問しようと仰せになった。伯爵夫人も断りあえず、「では、スザンヌはリッチモンドであなたさまとゆっくり楽しい日を過ごさせていただきましょう」と、その場で約束せざるを得ないはめになったのであった。

マーガリートは彼女を熱心に待ち設けた。過ぎ去った学校時代のおもいで話をしようと待ちこがれていたのである。彼女は誰よりもスザンヌといっしょにいたかった。

二人で美しい古園や見事な鹿のあそんでいる公園をぶらぶらしたり、河沿いの道を逍《しょう》遥《よう》したりしたいと思った。

しかし、スザンヌはまだあらわれない。マーガリートはみじまいもすんだので階下に行こうとした。あっさりしたモスリンの上着を着、ほっそりした腰には広い青い帯をしめ、そして胸のところで交差させた優美な肩掛けの上に、晩咲きの深紅のばらを、二、三輪さしたけさの彼女は、まったく少女のような、ういういしさであった。

彼女は自分の部屋から出て廊下をわたり、すばらしい樫の階段のおり口にしばらく立っていた。その左手のところは、今までに実際一度もはいったことのない夫の部屋続きになっていた。

それは寝室と化粧室と応接室、それに小廊下の一番向こうの端の小さい書斎はパーシイ卿が使わない時にはいつも鍵がかかっていた。彼から特別に信頼されている召使のフランクがこの部屋の係りであった。だれもいまだかつてこの部屋の中にはいることを許された者はなかった。マーガリートは、入りたいと特に思ったこともない。ほかの召使たちはもちろんのこと、この厳重な掟《おきて》をあえて破るはずはなかった。

マーガリートは、最近、夫に対して持ちはじめた悪気のない軽蔑をこめて、たびたびこの書斎を取りまく秘密について彼をからかってみた。彼がかくも厳重にこの書斎から人目をしりぞけるのは、その中でどの程度の「研究」が行なわれているかを知られたくないからだ。パーシイ卿が熟睡をむさぼるのに最適の安楽椅子くらいが、一番の主なる調度品にちがいないなどと、笑い笑いからかったものだった。

このよく晴れた十月の朝、廊下を見渡しながらマーガリートは、こんなことを一つ一つ思い浮かべたのであった。召使のフランクは、主人の部屋部屋の整理のまっ最中らしく、たいていの戸はみんな開け放されており、書斎の戸もひらいていた。

突然、パーシイ卿の書斎をのぞいて見たいという、強い子供じみた好奇心が彼女をとらえた。立入禁止の掟には彼女は無論例外だし、フランクだって、もちろん、逆らいはしないであろう。それでもやはり、フランクがどこかほかの部屋にいるおりに、その間にこっそり、自由に、ひと覗きしたいものだと彼女は思った。

抜き足差し足で廊下を越え、ちょうどあの「青ひげの妻」のように、なかばは興奮と好奇心でふるえながら、妙に胸をどきどきさせ、ためらいを感じて、一瞬間、敷居のところに立ちどまった。

戸は半ば開いているだけなので、中にどんな物があるか少しも彼女には見えなかった。こころみに戸を押してみた。物音は何もしなかった。フランクがそこにいないのは確かだった。彼女は大胆に中に歩み入った。

ただちに彼女は、周囲のひどく簡素なのにびっくりした。暗色のどっしりしたとばり、頑丈な樫材の家具、壁にはってある一、二枚の地図——これらのものは、ものぐさな都会人、競馬狂、流行界をひきいる伊達《だて》男でとおっているパーシイ・ブレークニイ卿とは、おおよそ似ても似つかぬものであった。

いずれにしても、あわてて出発したという跡はここにはなかった。すべてのものが、あるべき場所にきちんと置かれ、紙一枚床に散らかっておらず、開け放しの戸棚や引出しは一つもなかった。カーテンはしぼってあって、開いた窓からは新鮮な朝の空気が流れ込んでいた。

窓に向かった部屋の中央には、かなり使いなれているらしい重々しい事務机がおいてあった。机の左手の壁にはほとんど床から天井に届くほどの等身大の婦人の肖像画がかかっていた。贅沢な額ぶちにはめた、精巧に描かれた肖像で、ブシェーの署名がしてあった。それはパーシイの母であった。

マーガリートはパーシイの母が精神的にも肉体的にも病人で、パーシイがまだ少年のころに外国で亡くなったというよりほかにはほとんど何も知らなかった。ブシェーが描いたころの彼女は非常な美人であったに違いない。マーガリートは彼女を眺めているうちに母と息子がひどく似ているのに驚きを禁じ得なかった。同じようにまっすぐで濃い、ふさふさした金髪、その下の狭い、角張った額、くっきりしたまっすぐな眉の下の、凹んだ、ややものうげな青い眼、見たところものうげな表情のうしろに、パーシイと同じ熱情がひそんでいた。すなわち、結婚前のころパーシイの顔に輝いたあの情熱である。マーガリートはゆうべの夜明け方、彼のそばにぴったり寄りそい、やさしくしんみりと語ったとき、ふたたびそれをみとめたのである。

マーガリートは、肖像をつくづく見詰めた。というのは、大変興味を引かれたからである。それから今度は、ずっしりした机に眼をやった。書類でいっぱいだった。書類は全部きちんとゆわえてあり、要目がついていて、計算書や領収書らしく、秩序整然たるものだった。これまでマーガリートは心に思ったこともなく——また、たずねる必要もないと見くびっていたのだが——世界中からばか者という折紙付きのパーシイ卿が、父親から残された莫大な財産を、どのように処理しているか、覗いて見たこともなかった。

この秩序整然たる部屋にはいって以来、彼女はあまりに驚いてしまって、ここに、明らかに示されただけの事務的才能の証拠の前に立っても、ただ、ふっと感心する気持よりほかには、何も思えなかった。しかし同時に確信を得たことは、あの俗っぽい軽薄さと気取った態度と、ばかばかしい話しぶりなどによって、彼は、仮面をかぶっていただけではなく、ある一定の、慎重な巧妙な役割りを演じていたのだということであった。

マーガリートはまた不思議になった。どうして彼はこのような骨折りをするのであろう。なぜ、まじめな、熱心な気質であるはずの彼が、友人たちの前に、頭のない、間抜け者と見せかけなければならないのであろう？

　彼は自分を軽蔑している妻に対する愛を隠したいのかもしれない。……しかし、そのような目的なら、これほどの犠牲を払わずに、またこんな不自然な役割を絶えず演じているような面倒は、しないでも遂げられたのであろうにと思った。

　今や彼女はぼんやりと当てもなく自分の周囲を見廻した。恐ろしく迷ってしまい、これらの不思議な、訳のわからぬ神秘を前にして名状できない恐怖にかられたのであった。このいかめしい薄暗い部屋で、急にぞくぞくと寒気がして、不安になってきた。壁には見事なブシェーの肖像のほか画は一枚もなく、ただ二枚の地図がかかっているだけであった。それは両方ともフランスの一部分で、一つは北海岸、他はパリの近郊であった。この地図を、どうしてパーシイ卿は必要なのかしら、と彼女は怪しんだ。

　頭がずきずき痛んできたので、はいるには、はいったが、何がなんだか少しもわからないこの不思議な「青ひげ」の部屋から出ようとした。ここにいるところをフランクに見られたくなかったので、彼女はもう一度くるっと見廻してから、戸口のほうへ行った。すると彼女の足は、机のすぐそばのじゅうたんの上にあったらしい何か小さなものにぶつかった。それは部屋の向こうに、ころころところがって行った。

　彼女は身をかがめてそれを拾いあげた。それは純金の指輪で、その平面には小さな模様が彫ってあった。

マーガリートは、指輪を指さきでひっくり返し、その彫刻をしらべた。それは小さな星型の花で、今までに二度までもはっきり見たことのある模様であった。最初はオペラで、二度目はグレンビル侯の舞踏会で。

19　〝べにはこべ〟

いったいいつからこの奇妙な疑いが忍びこんできたのか、後になって彼女自身も説明できなかった。手にかたく指輪を握りしめて彼女は部屋から走り出で、階段を駆けおり庭に出た。そこで全然、人目からのがれて、花や川や小鳥たちだけの中で、彼女は指輪をあらためて見直し、模様を綿密に調べた。

枝をさしのべた、いちじくの下陰に、今はぼんやり意識を失ったように坐《すわ》った彼女は、星型の小さな花の彫ってある無地の金の表面を見つめていた。

ふん、とんでもない、夢を見ているのだ。神経をあまり疲れさせたから、些細な、つまらぬ、偶然の一致まで、何かの暗示や神秘に見えるのだ。ちかごろロンドンでは、だれも彼もかならず不可思議な英雄〝べにはこべ〟の模様をつけているではないか。

現に自分だって衣裳に刺繡したり、宝石や琺瑯《ほうろう》細工にしつらえて、髪に飾ったりしているではないか。パーシイ卿がこの模様を印形付きの指輪に用いていたとて、なんの不思議があろう。このようなことは、パーシイにはごくたやすいことだもの……ほんとうにわけなくできることだし……それに、しゃれ者で衣裳好みの夫、あの怠けものの粋な気取り屋と、血に飢えたフランス革命の指導者たちの眼の前で、犠牲者たちを救い出してくる大胆不敵の策謀家となんの関係があろうぞ。

彼女の思いは乱れ……心はうつろとなった……彼女には周囲のことがいっさい、眼にはいらなかったので、庭の向こうから彼女を呼ぶ若々しい声がひびいた時には、飛び上がらんばかりに驚いたのであった。

「マーガリート、マーガリート、どこにいらっしゃるの?」と、薔薇《ばら》のつぼみのように生き生きした小さなスザンヌが歓喜に眼をおどらせ、栗色の巻毛を柔らかい朝風になびかせながら芝生をわたって駆けてきた。

「あなたがお庭にいらっしゃるって、あちらで教えてくれたので、わたし、あなたをびっくりさせようと思って走ってきたのよ。こんなに早くお伺いすると思っていらっしゃらなかったんでしょう、わたしの大好きなマーゴット?」と彼女は陽気にしゃべり続け、かわいらしい少女らしい感情をむき出しにマーガリートの腕の中に飛び込んだ。

いそいで肩掛けのひだに指輪をかくしたマーガリートは、はしゃいだ、何気ないようすをつくろい、この若い娘の気持に応えようとした。

「まあ、あなた。あなたをすっかり一人じめにして丸一日いっしょにいられるなんて……なんてうれしいんでしょう。あなた、退屈しやしないかしら」

「あら退屈なんて――マーゴット、どうしてそんなひどいことをおっしゃるの？　ほら、わたしたち、あのなつかしい修道院にいたころ、二人っきりでいられさえすれば、いつだってとてもうれしかったじゃあないの？」

「そうして秘密を話し合ったわね」

二人の若い女性は腕を組み合わせ、庭をぶらぶら歩きだした。

「まあ、あなたのお家は、なんてきれいでしょう。マーゴット、どんなに幸せでしょうね」かわいいスザンヌは夢中になって言った。

「ええ、そうよ、わたし、幸福でなくてはならないわ――そうだわね、あなた」マーガリートは、もの思わしげに小さな吐息をもらした。

「なんて悲しそうにおっしゃるの、あなた……ああ、わかったわ。あなたはもう奥さまになったので、わたしになんか秘密を話したくないんでしょう。ああ、わたしたち学校のころ、なんてどっさり秘密を持っていたことでしょう――おぼえていらっしゃる？　その中にはわたしたちの大好きだった『聖なる天使』のシスター・テレーザにさえ打ち明けないのがあったわね」

「そして今あなたは、この上もなく大切な秘密を持っていらっしゃるんでしょう?」とマーガリートは愉快そうに言った。「それをあなた、すっかりわたしに話してくださるでしょうね。あら、赤くならなくっていいわよ」と、スザンヌの愛らしい小さな顔に、さっと濃い紅が上がるのを見て彼女は言い足した。「ほんとに恥ずかしがることなんかないわ。あのかたは気高い誠実なかたですもの。恋人としても、あの……夫としても肩身の広いかただわ」

「ええ、わたし、恥ずかしくなんかないわ」とスザンヌはやさしく答えた。「それに、あなたがそんなにあのかたのこと、よくおっしゃってくださって、とてもとてもうれしいわ。お母さまもご承知くださると思うし」と言ってから、彼女は考え深くつけ加えた。「わたしは、おお——とても幸福になるわ——けれど、もちろん、何事もお父さまがご無事におなりになってからのことですけれど……」

マーガリートは、ぎくっとした。スザンヌの父! トルネイ伯! もし、ショウヴランが〝べにはこべ〟の正体を突きとめ得た場合、これもまた危機にさらされる命の一つである。

彼女は伯爵夫人からもまた、二、三の団員たちからも、彼らの謎の首領が亡命者トルネイ伯をフランスから無事につれ出すと誓ったことを聞いていた。かわいいスザンヌが——彼女自身のなによりだいじな小さな秘密のほかいっさい何も気がつかず——

おしゃべりしている間、マーガリートの考えはまた、昨夜のことがらに返って行った。

アルマンの危機、ショウヴランの威嚇、ついに承知させられたあの残酷な「道二つ」の前の難題、それから彼女自身のこの事件における役割。それはグレンビル侯の食堂で、午前一時に最高潮に達するはずであったのである。その時間にこそ、あの残忍なフランス大使が謎の人〝べにはこべ〟――かくも大胆にフランスの敵に味方して数多いスパイたちを悠々と捲いている冒険ずきな〝べにはこべ〟――が誰であるかを、ついに発見するだろうと思われたのである。

あれ以来ショウヴランからは何も聞いていなかった。彼女はショウヴランが失敗したのだと考えた。しかし、それでありながらアルマンのことは心配にならなかった。なぜなら、夫が彼女にアルマンを救ってやると約束したからである。

けれど、今、スザンヌが楽しそうにしゃべり続けるのを聞いているうちに突然、自分のしたことに対して強い恐怖がおそいかかってきた。ショウヴランが彼女に何も話さなかったことは確かである。舞踏会がすんでから彼に別れを告げた時、どんなに皮肉に意地悪げに彼が見えたかを思い出した。では、彼は何かを発見したのであろうか。大胆な策謀者の現場をフランスでおさえ、ようしゃなく彼をギロチンに送る計画がすでに立っていたのであろうか。

マーガリートは恐怖のあまり、まっさおになり、手は着物の中の指輪をけいれん的に握りしめていた。

「あなた、ちっとも聞いててくださらないのね」とスザンヌは非常に興味のある、長い話を中途でやめて、とがめるように言った。

「聞いてますとも――ほんとよ。聞いてますよ」とマーガリートは無理に笑顔を作り、やっとのことで言った。

「あなたのお話を伺ってるの、とても楽しいわ……それにあなたがおしあわせになると思うと、わたしまでも、しあわせな気がするのよ……心配することないわ。わたしたちなんとかしてお母さまのご機嫌は直しますよ。アンドリュウ・フークス卿は立派なイギリス紳士で、財産もあり地位もおありですもの、伯爵夫人が承知なさらないってことはないわ……だけれど……あの……あなた……教えてくださらない……お父さまについての一番最近のニュースはどう?」

「おお」スザンヌは狂喜して言った。「この上なしのよいお知らせよ。ヘイスティングス侯がけさ早くお母様のところにいらっしゃいましてね。お父さまのほうはすっかりいい工合に運んでいて、もう四日以内にイギリスへ無事にお迎えできるから、安心するようにとおっしゃってくださったのよ」

「まあ、すばらしいのね」マーガリートの熱っぽい眼は、うれしげに語り続けるスザンヌの唇に釘付けにされたようだった。

「ああ、もう心配はなくなりましたのよ。あなたはご存じないでしょうが、あの偉い、気高い〝べにはこべ〟ご自身で父を助けにいらしてくださいましたのよ。あのかたいらしったのよ……ほんとうなのよ……」とスザンヌは興奮してつけ加えた。「あのかたけさロンドンにいらしったのよ。たぶん、あしたはカレイにお着きになるでしょう……そこでお父さまにお会いになって、それから、それから……それから……それから……」

打撃はついに落とされた。ちゃんとわかっていたのだ。ただ自分をごまかして恐怖をまぎらそうとして、この三十分間苦心していただけである。夫はカレイに行ったのだ。今朝はロンドンにいたのだ。彼……〝べにはこべ〟……パーシイ・ブレークニイ……わが夫……彼を昨晩ショウヴランの手に渡してしまった……パーシイ……パーシイ……わが夫……〝べにはこべ〟……ああ？　どうしてわたしはこんなに、めくらだったのだろう。今は理解できた――すべてが一時に……彼の演じた芝居が――かぶっていた仮面……すべての人の眼をくらますためだったのだ。

もちろん、すべて単なる遊びと冒険のためなのだ――ほかの人々なら猟でもしてその興奮とおもしろさを楽しむところを、男、女、子供を次から次と死から助け出すのだ。金持の有閑男は何か生活に目的が欲しかったのだ――彼と、彼の旗の下に集まった数人の若い伊達《だて》者たちは、罪のない少数の者たちのために、この数カ月、命を賭して楽しんできたのだ。

たぶん、彼は最初結婚した時、彼女に話すつもりであったにちがいない。そこへサンシール侯爵の事件が彼の耳にはいったので彼女がいつかは、彼と彼に従うことを誓った同志たちを裏切らないものでもないと思って、いそいで彼女から遠ざかってしまったにちがいない。それで彼は、すべて他の人たち同様彼女の眼をもごまかしたのだ。一方、今や数百の人々が生命を助けられ、多くの家族が生命と幸福の両方を、彼によって得ているのである。

ばかげたしゃれ者の仮面は上出来であった。彼はまたとなく巧みにその役割を演じた。フランス国内とイギリス国内で暗躍していた腕ききのフランスのスパイたちを、さんざんに手玉に取った、あの無鉄砲なほどの勇猛心をもった、底知れぬ謎の智慧者と、見たところまったく頭のない阿呆者のブレークニイとが同一人だということを、ショウヴランの密偵たちが見抜けなかったのになんの不思議もない。

現に昨夜もグレンビル侯の食堂に〝べにはこべ〟の勇姿を発見するつもりで行ったショウヴランが、あそこに見たのは、例のパーシイ・ブレークニイが長椅子の片隅で前後不覚に眠りこけている姿だった。

ところで、彼の鋭い心は秘密を察したであろうか？　ここに恐ろしいぞっとする驚ろくべき問題がかかっているのだ。自分の兄を救うため、名も知らぬ他人を、その運命のままにまかせて裏切ったマーガリート・ブレークニイは、自分の夫を死に追いやったのであろうか。

　否！　否！　否！　そんなはずはない。運命だって、そのようにひどい打撃を加えるものではない。そんな時には、大自然そのものが叛逆《はんぎゃく》を企てるであろう。彼女の手も、ゆうべ、あの小さな紙片を持った時に、そのようなすさまじい、恐ろしい罪を犯す前にしびれてしまったであろうに。

「でもどうなさったの」小さなスザンヌは今度はほんとうにびっくりしてしまった。マーガリートの顔から血の気が引き、灰色になってきたからである。「お気分がわるいの？　マーガリート？　ねえ、どうなさったの？」

「なんでもないのよ。なんでもないの」彼女は夢を見ているようにつぶやいた。「ちょっと待ってね……考えて見るわ……考えて……あなたは〝べにはこべ〟が今日、出発したとおっしゃったわね……」

「マーガリート、いったいどうしたことなの？　あたし、気味がわるいわ……」

「なんでもないのよ……あなた。大丈夫よ……なんでもないの……わたし……ちょっと一人になりたいわ――あなた……あのう、きょうは、これでお別れしなければならないかもしれないわ……わたし、出かけなければならないと思うの――わかって？」

「何か起こったのね、それでお一人になりたいんでしょう。おじゃまはしないわ。わたしのこと、気になさらなくていいのよ。小間使のルシールが、まだそのへんにいるらしいから、いっしょに帰れますわ……わたしのこと、気におかけにならないでね」

彼女は衝動的にマーガリートを抱きしめた。まだ子供っぽい彼女ではあったが、友の強い不幸を感じとったのであった。そして少女らしいやさしさから湧くえい智は、彼女をしてそれをのぞき見しようとするのでなく、じゃまにならぬよう立ち去らしめたのであった。

彼女はいくたびかマーガリートに接吻《せっぷん》してから、悲しそうに芝生をわたってひき返して行った。マーガリートは動かなかった。そこに立ちつくしてどうしたらよいかと考えて……千々《ちぢ》に思いまどった。

ちょうど小さなスザンヌがテラスの階段を上がろうとした時、一人の従僕が邸の向こうから夫人のほうへ走ってきた。彼は手に、封じた手紙を持っていた。スザンヌは本能的に引き返した。なんとなくさらに悪い知らせが友にきたのではないかという予感がして、かわいそうなマーゴットは、これ以上耐えられまいと感じたのである。

従僕は、夫人のそばにうやうやしく立ちどまってから、封書を差しだした。

「それは、なんなの？」マーガリートはたずねた。

「走り使いの者が持ってまいったのでございます、奥さま」

マーガリートは機械的に手紙をうけ取り、ふるえる手の上で返して見た。

「だれから？」彼女はたずねた。

「その者が申しますには、ただこれをお渡しすればよい。そうすれば、奥さまにはだれからかおわかりになると言われて来たそうでございます」従僕は答えた。

マーガリートは封を破った。すでに彼女は中味が何であるかを感じていたので、ただ、それを機械的にちらっと眺めたに過ぎなかった。

それは、アルマン・サンジュストがアンドリュウ・フークス卿に送った手紙であった。ショウヴランのスパイたちが〝漁師の宿〟で盗みとり、それをショウヴランが、彼女を脅迫するための責め道具として握っていたあの手紙であった。

今、彼は約束を守ったのであった――サンジュストの一命にかかわる手紙を、彼女の手に送り返してきたのである……というのは彼は〝べにはこべ〟を追跡しているからなのだ。

マーガリートの感覚は乱れ、魂さえ肉体から離れるかとおもわれた。彼女はよろめき、スザンヌが抱きとめなかったら、倒れたにちがいなかった。超人的な努力で彼女はわれにかえった。まだまだしなくてはならぬことがたくさんある。

「その使いの者をここに連れてきておくれ。まだ帰ってしまわないだろうね」彼女は大分落ち着きを取り戻して、たずねた。

「はい、奥さま」

従僕は立ち去った。マーガリートはスザンヌのほうに向いた。

「では、あなたは家の中へいらっしゃい。ルシールにしたくするようにおっしゃってね。お宅へ帰っていただかなければならないかもしれないわ、あなた。それから、あ、ちょっと待ってね。家の者のだれかに、わたしの旅行服と外套《がいとう》を用意するようおっしゃってくださらない」

スザンヌは答えなかった。彼女はやさしくマーガリートに接吻し、一言も言わずに従った。少女は友の顔にあらわれたすさまじい、名状しがたい悲惨な表情に驚愕《きょうがく》したのであった。

一分後に従僕は、手紙を持ってきた走り使いの者を伴って引き返してきた。

「だれがおまえにこの包みを渡したの？」マーガリートはたずねた。

「一人の紳士のかたでございます、奥さま。チェリングクロスの向かい側の〝薔薇とあざみ旅館〟で受けとりました。そのかたはただあなたさまにはおわかりになるだろうと申されただけです」男は答えた。

「〝薔薇とあざみ旅館〟で？　そのかたは何していらしったの？」

「頼んでおありになった馬車を待っていらっしゃいました、奥方さま」

「馬車を？」

「はい、さようでございます。別仕立ての馬車をお命じになりました。わたしは従者の人から聞いたのでございますが、まっすぐドーヴァーまで急いでいらっしゃるそうでございます」

「それでけっこう。さがってよろしい」それから彼女は従僕のほうに向いた。

「わたしの馬車と、廏《うまや》の中で一番早い馬を四頭、すぐしたくしておくれ」

従僕も使いの者も急いで命令を果たしに出て行った。マーガリートはしばらく、たった一人で芝生にぽつんと立っていた。彼女の優雅な姿は、彫像のようにこわばり、眼はすわり、両手は胸の上でかたく握りしめられていた。唇は悲痛な、身も世もない調子で、ぶつぶつ呟《つぶや》くたびに動いた。

「どうしたらいいだろう？　どうしたらいいだろう？　どこへ行ってあの人を探したらいいかしら――おお、神さま、わたしに光をお与えくださいませ」

けれども今は、後悔にふけったり、絶望したりしている時ではない。

彼女は――知らない間に――恐ろしいことをしてしまったのだ――それは彼女の眼には女としてこれ以上の悪事はないとまでに映った。身の毛もよだつ思いでそれを眺めた。夫の秘密をさとらなかった間抜けさ、それ自体がさらに別の恐ろしい罪として考えられた。知らねばならなかったのだ。彼女は知らねばならなかったのだ。

パーシイ・ブレークニイのようにあんなに熱烈に愛する人が、最初から彼女を愛したなんてどうして想像できよう？　――どうして彼のような人が見せかけ通りのばか者のはずがあろう。彼女は少なくとも彼が仮面をかぶっていることを知るべきだったのだ。そして見破った以上は、いつに限らず彼らが二人きりになった折には、彼の顔からそれをはぎとるべきだったのだ。

　彼に対する彼女の愛は、乏しく、弱かったために、愚かな自尊心のために他愛なくつぶれてしまった。そして彼女もまた彼を軽蔑しているように見せかける仮面をかぶっていた。その実、彼女はまったく夫を誤解していたのであった。

　しかし今は過去を追想している場合ではない。自分の愚かさから彼女は罪を犯してしまった。今はいたずらに後悔にふけるのではなく、迅速な、役に立つ行動によって、それを、つぐなわなければならない。

　パーシイは彼のもっとも残忍な敵が後をつけていることも知らずにカレイに発った。彼は朝早くロンドンブリッジから出帆した。順風に乗りさえすれば二十四時間以内にフランスに着くに違いなかった。確かに彼は風を考慮に入れ、この航路をとったらしかった。

　一方、ショウヴランはドーヴァーに急行し、そこで船をやとい、ほとんど同時刻にカレイに着くに違いない。カレイに着くやパーシイは、恐ろしい不当の死から救い出しに来てくれた、気高い勇敢な〝べにはこべ〟を待ちこがれている人々全部に会うであろう。彼の一挙手一投足に、眼を離さないショウヴランをひかえて、パーシイはこのようにして彼自身の命のみならず、スザンヌの父トルネイ伯や、その他の彼を待ちこがれている亡命者たちの命までを危機にさらすことになるであろう。さらにまた、〝べにはこべ〟が自分を護っていてくれると固く信じて、トルネイ伯に会いに行くアルマンがいる。

この人々の命と夫の命がマーガリートの手中にあるのだ。もし、人間としてのあらん限りの勇気と機智が、この仕事に向かって行けるものであるならば、この人々を彼女は救わねばならない。

運がわるいことには、彼女はすべてこの仕事を自分一人ですることができなかった。カレイに上陸したが最後、どこへ行ったら夫がいるのかぜんぜん見当もつかないのに、一方、ショウヴランはドーヴァーで盗んだ書類によって彼のとる道順をすっかりのみこんでいるのである。なによりも、彼女はパーシイに危険を知らせたいと願った。

今や彼女は夫が自分にすがっている人々をけっして見捨てないこと、危険からのがれたり、トルネイ伯を情知らずの血に飢えた人々の手に落ちて行くがままに任せはしないことなどをよく理解した。しかし、もし用心するよう警告されたら、新たに計画をたて直し、いっそう用心深く、いっそう慎重に行動するであろう。何も知らなければ彼は、狡猾《こうかつ》な罠《わな》に落ちるかも知れないが――一度警告されれば――まだ成功の見込みがあるかも知れない。

もし彼が失敗したら――彼の全機智をもってしても――結局、運命の手とショウヴランがこの大胆な陰謀者よりも強いということになった暁には——その時にはせめて彼女は夫のそばにあって彼をなぐさめ愛し、いつくしみ、もし二人がともに死ぬのであったならば、たがいの腕の中にかたくいだかれて、愛慕は愛慕によって報いられ、すべての誤解は終りを告げたことを知る至上の幸福に浸りながら、死もまた愉しい境地を作り出したかったのである。

彼女の全身は偉大な、強固な決意で硬直した。もし神が彼女に智慧と力を与え給うならば、彼女はこのように行動したいのだ。彼女の眼からけわしさが消え、よしんば恐ろしい死地の危険のただ中ではあろうとも、こんなに早く夫に会えるという思いで、眼は内なる光で燃え立った。これらの危険を夫とともにわかち合い——彼を助けることもできるかもしれない喜びでおどった。もし失敗しても——最後を彼とともにいられるという喜びは彼女のものであった。

子供じみた愛らしい顔はきつく、はげしくなり、きっと嚙《か》みしめた歯の上で口は固く一文字に結ばれた。彼女は彼とともに彼のために、行動するか、死ぬか、に決意した。鉄の意志と確乎《かっこ》たる決意を語る皺《しわ》が一直線の眉の間にあらわれた。すでに彼女の計画は立った。まずアンドリュウ・フークス卿に会いに行こう。彼はパーシイの一番の親友である。そしてマーガリートはこの青年がいつも彼の謎の首領を語る時の、あの盲目的な熱烈さを思い起こして一種のスリルを感じた。

彼ならば助けを必要とする時には力を貸してくれるであろう。馬車の用意ができた。着物を着かえ、小さなスザンヌに別れを告げ、出発すればよいのだ。あわてず、しかし、ためらわず、彼女は静かに家の中にはいった。

20 同志

半時間とたたないうちに、思いにふけったマーガリートをのせた馬車は、ロンドンをさして矢のように走っていた。

彼女は小さなスザンヌと愛情のこもった別れを交わし、その少女が侍女とともに来た同じ馬車でロンドンに向け無事に引き返すのを見送ったのであった。彼女は皇太子にあてて、さし迫った急な用ができたため、殿下のご来訪をお延ばしいただきたい旨の丁重なお詫状《わびじょう》を書いて早飛脚を飛ばせ、もう一通ロンドンからドーヴァー迄の途中のフェバーシャムで元気な替馬に乗り替える用意を頼む手紙を別の飛脚に持たせて走らせた。

それから彼女はモスリンの上着を、暗色の旅行服とマントに着かえ、旅費を用意した――それは大まかな夫のおかげでいつでも彼女の望むがままになっていたのである

──そこで出発したのであった。

彼女は空頼みで自分をまぎらせようとはしなかった。兄アルマンの安全は〝べにはこべ〟の逮捕と交換という条件づきである。ショウヴランが、彼女にアルマンの致命的な手紙を返してよこしたからには、心中パーシイ・ブレークニイこそ彼がギロチンにのぼらせると誓った男であると見極めたからに違いなかった。

いや、都合のいい空想にひたる余地はない。パーシイ、彼の勇敢さへの尊敬から燃え出《い》でた全熱情をもって彼女が愛している夫は、彼女の手によって切迫した致命的な危険におちいっているのだ。彼女は夫を敵の手に渡したのである──知らずにしたことではあっても──彼を裏切ったにはちがいない。であるから、もしショウヴランが、ぜんぜん一身の危険を知らずにいる夫を罠《わな》にかけるのに成功したならば、その死は彼女の責任となるのだ。夫の死！　その場合には彼女の心臓の血液を以て夫を守ろう。そして喜んで夫の身がわりとなろう。

彼女は馬車を〝王冠屋旅館〟につけるように命じた。旅館に着くとすぐに馬にかいばをやり、休ませるよう馭者《ぎょしゃ》に言いつけてから駕籠《かご》をたのみ、ポールモール街のアンドリュウ・フークス卿の住居に向かった。

パーシイの勇敢な旗じるしの下に集まった友人の中で、誰よりもアンドリュウ・フークス卿が頼りになると彼女は感じた。彼はいつでも彼女と親しくしてきたし、今、彼がスザンヌを愛していることがいっそう彼を近づけたのであった。もし彼がパーシイといっしょにこの命がけの仕事に出かけて家にいない場合、彼女はヘイスティングス侯かアントニイを訪ねて見ようと思った。――この青年たちのだれか一人の力を借りなければ、彼女には夫を救えないのであるから。

しかし、アンドリュウ・フークス卿は家におり、従僕はただちに夫人を招じ入れた。彼女は二階の居心地よい独身青年の部屋に上がって行き、小さな、しかし贅沢にしつらえた食堂に通された。間もなくアンドリュウ卿自身、姿をあらわした。

彼は婦人の訪問客がだれであるかを聞いて、明らかにひどく驚いたらしく、時代の固苦しい作法によって、マーガリートに優雅な会釈をしながらも、気づかわしげにというよりも、むしろ疑わしげにさえ――彼女を眺めたのであった。

マーガリートは興奮の跡を、みじんも残していなかった。平静そのもので青年の丁重な挨拶を返してから、落ちついて始めた――

「アンドリュウ卿、わたしは貴重な時間を長話で費したくございませんの。あなたにわたしがこれから申し上げることを信じていただかねばならないんです。それは大して重要な事ではありませんが、重要な事は、あなたの首領であり、同志である〝べにはこべ〟が――わたしの夫が――パーシイ・ブレークニイが恐ろしい危険におちいっていることなんですの」

たとえ彼女が自分の判断が正しいかどうかを、ほんのわずかでも疑っていたとしたら、今こそそれがぜんぜん確認されたわけである。というのは、仰天してしまったアンドリュウ卿はまっ青になり、気のきいた言いかえしさえできないくらいだった。

彼女は静かにつづけた。

「わたしがどうしてこのことを知ったかはさて置き、知り得たこととたぶんまだ助ける余地があるだろうことを、神さまに感謝します。ただ困ったことに、わたし一人ではどうにもなりませんので、あなたにお助けいただきたくて伺いましたの」

「ブレークニイ夫人」青年は気をしずめようと努めながら、「わたしは……」

「まずわたしの申し上げることをお聞きくださいません？」彼女はさえぎった。「こういうわけなんですの。フランス政府の使節があの晩ドーヴァーであなたの書類をうばった時、その中からある計画を知ったのです。つまり、あなたか、あなたの首領がトルネイ伯やそのほかの人たちを救うための計画をです。〝べにはこべ〟は――わたしの夫パーシイは――この仕事のために自身で今日出発いたしました。ショウヴランは〝べにはこべ〟とパーシイ・ブレークニイが同一の者であることを知っております。彼は、夫をカレイまでつけて行って、そこで手をかけるつもりでしょう。いったん、夫がフランス革命政府の手にわたったが最後、どんな運命が待っているか、わたし同様あなたもよくご承知でしょう。イギリスからの交渉は、ジョージ国王陛下ご自身からでも、だめですわ。ロベスピエールやその一味は、交渉に間に合わなかったふりをするでしょう。それだけでなく、頼りにされている首領がトルネイ伯や今なお夫だけに望みをかけている人々のかくれ場所を、無意識のうちに暴露することになりましょう」

　彼女は興奮せずに落ちついて、確乎《かっこ》たる不動の決意をもって語った。彼女の目的は、この青年に彼女を信頼させ助けてもらうにあった。彼なしでは、彼女はどうすることもできないからである。

「わたしには、どうもわかりかねますが」と彼は、どうしたら、一番いいのか考える時をかせごうとしながら、繰り返した。

「いいえ、あなたにはおわかりのことと存じますわ、アンドリュウ卿。わたしがほんとうのことを申し上げていますことをお信じにならなければいけませんわ。今お話した事柄をようくお考えになってくださいまし。パーシイはカレイに出帆しました。きっと海岸のどこか、人気《ひとけ》のない場所へ上陸するのだと思います。そしてショウヴランはその跡をつけているんです。ショウヴランはドーヴァーへ急いでまいりましたから、たぶん今夜、海峡を渡るでしょう。それからどんなことになるとお思いですか？」

　青年はだまっていた。

「パーシイは目的地に着くでしょう。つけられていることも知らないでトルネイ伯や他の人々を探すでしょう——その中にはわたしの兄アルマン・サンジュストもいるのです——夫はその人々をつぎつぎと探し出すことでしょう。世界中で一番鋭い眼が夫の手の上げ下ろしまで見張っていることも知らないで。このようにして無意識の中に夫は自分を盲目的に信頼している人々を裏切ったあとで、もうなにも引き出すものもないとわかった時、そして夫が、勇敢に助けにいったその人々といっしょにイギリスへ引き返そうとした瞬間、罠《わな》が落ちて、夫はギロチンに送られ、気高い一生を終わることになるでしょう」

依然アンドリュウ卿は沈黙していた。

「あなたはわたしを信じてくださいませんのね」と彼女はかっとなって言った。「おお神さま！　わたしがこんなに真剣になっているのをおわかりくださいませんか、あなた、あなた」彼女は小さな両手で、突然、青年の肩を摑《つか》み、彼にまっすぐ彼女を見つめさせた。「おっしゃってください。わたしはこの世で一番卑劣な人間——自分の夫を裏切るような女に見えますか？」

「とんでもない、ブレークニイ夫人」ついに青年は言った。「あなたさまにそんな悪い動機などは思いもよりませんが、しかし……」

「しかし？　おっしゃってください……早く……一秒だって貴重なんですから」

「では、おっしゃってくださいますか」と彼は思い切ったらしく、彼女の青い眼を探るように見ながらたずねた。

「誰の手によってショウヴラン氏は、あなたさまの今仰せになった事柄を知ったのでございますか？」

「わたしの手によってでございます」彼女は静かに答えた。「わたしがいたしました――あなたに嘘は申し上げません。絶対的に信じていただきたいからです。でもわたし、〝べにはこべ〟がだれかということは――少しも知らなかったんですもの――どうしてわかりましょう？　――それにもし、わたしが成功した場合は、わたしの兄を助けるという約束でしたもの」

「ショウヴランが〝べにはこべ〟の跡をつける手伝いをして？」

彼女はうなずいた。

「ショウヴランがどんなにわたしにむりじいしたか、今さら申し上げてもしかたがございません。アルマンはわたしにとっては兄以上の存在でございます……それに……それに……わたし、どうしてそんなことがわかったでしょう？　けれどわたしたち、時間をむだにして、アンドリュウ卿……一秒でも大切ですわ……神かけて……わたしの夫は、危険におちいっているのです。あなたの親友！　――あなたの同志！　――どうぞ、夫を救うのに手をお貸しくださいませ」

アンドリュウ卿は、彼がまったく妙な立場にいるのを感じた。彼が、首領であり同志である人の前で立てた誓いは、服従と秘密を守ることであった。しかし彼に信じてくれと頼むこの美しい婦人は、たしかに真剣である。彼の友であり首領である人が差し迫った危険にあることもたしかなのだ、それで……

「ブレークニイ夫人」とうとう彼は言った。「あなたさまはまったくわたしを仰天させておしまいになりました。わたしには、どちらに自分の義務があるのかわからなくなりました。わたしが何をしたらよろしいかお命じになってください。もし〝べにはこべ〟が危険に瀕《ひん》した場合、よろこんで生命を投げ出す仲間は十九人ございます」

「今は生命なんか必要ございません」彼女はそっけなく言った。「わたしには智慧と四頭の早馬さえあれば充分です。けれど夫がどこにいるかそれを知りたいんです。ごらんなさい」と言った。彼女の眼には涙が溢れた。「わたしはあなたの前に、こうして頭を下げました。自分のあやまちも認めました。もう一つわたしの弱点を申し上げましょうか――夫とわたしの仲は、はなればなれになっておりましたの。なぜなら夫はわたしを信じてくれず、わたしはまたあまりに愚かで、真相がわかりませんでした。夫がわたしの眼をしばった布が、非常に厚いものだったことは、あなたもお認めくださるでしょう。ですもの、その布をとおして見ろと言ってもむりでございましょう？　ところが昨晩、わたしが知らずに夫をこんな恐ろしい危険に導いた後になって、急にこの布がわたしの眼から落ちましたの。もしあなたがわたしをお助けくださらないにしても、アンドリュウ卿、それでもやはりわたしは夫を救うのに必死になり、ありったけの力をふりしぼるつもりでございます。でも、駆けつけた時にはおそすぎて、もうなんの役にも立たないかもしれません。そしてあなたには一生後悔が残り、そして……わたしには失意です」

「しかし、ブレークニイ夫人」と青年はこの絶世の美しい婦人のいじらしい真剣さに心打たれて言った。「あなたさまのなさろうとおっしゃることは、男の仕事だということがおわかりでございますか？　──あなたさまお一人ではとうていカレイまではいらっしゃれません。非常な冒険をなさることになるのでございます。その上に、今ご主人をお見つけになることは──よしんばどんなにわたしが事こまかにお指図申し上げましたとて──まったく思いも寄らぬことでございます」

「おお、冒険、けっこうでございますわ」彼女はやさしく呟《つぶや》いた。「危険もあったほうがようございます──わたしには償うべきものが、どんなにたくさんあることでしょう。でも、あなたはお考え違いをしていらっしゃいませんかしら。ショウヴランの眼はあなたがた全部に吸い付けられておりますから、わたしのほうにはほとんど注意を向けまいと思いますの。さあ、早く、アンドリュウ卿！　馬車を待たせてあります。一刻もこうしていられません……わたしは夫のもとへまいらねばなりません！　まいらねばなりません！」彼女は狂的な烈しさでくりかえした。「夫にあの男がつけていることを知らせなければなりません。おわかりになりませんか――なりませんか、わたしが夫のところへ行かなければならない事が？　助けるには間に合わなくとも……それでも、せめて……そのそばに……最後の時に夫のそばにおりたいのです」

「奥さま、わたしにご命令なさってください。わたしにしても他の同志たちにしても、ご主人のためには喜んで生命を投げ出します。もしあなたご自身いらしったりしますと……」

「とんでもない！　わたしをおいてあなたお一人でいらっしゃるようなことをなさったら、わたしは気が狂ってしまいますよ。それがおわかりになりませんか？」手を彼に差しのべて、「わたしを信じてくださいますわね？」

「なんなりと、ご命令をお待ちしております」彼はぽっつりと言った。

「ではお聞きくださいまし。わたしの馬車はドーヴァーに行くよう用意してございます。あなたは馬を全速力で走らせてわたしの後からいらしてくださいませんか。日が暮れてから〝漁師の宿〟でお眼にかかりましょう。その宿ではショウヴランを知っておりますから、あの人はそこをさけますでしょう。ですからわたしたちはそこへ行くのが一番安全だと思います。あなたがカレイへいっしょにいらしてくださるのでしたら、心強うございます……あなたがどんなに詳しく教えてくださいましても、おっしゃるとおり夫に行き会えないようなことになるかもしれません。わたしたちはドーヴァーで船をやとって夜のうちに渡ってしまいましょう。よろしかったら、わたしの従者に変装なさったら人目につくまいと思いますわ」

「なんなりと仰せのとおりにいたします、奥さま」青年は熱心に答えた。「わたしたちがカレイに着きます前に、あなたさまが〝真昼の夢号〟を発見なされるよう神がお守りくださるでしょう。ショウヴランが跡をつけることになれば、〝べにはこべ〟が踏むフランスの土は、いたるところ危険だらけです」

「神の助けを祈りましょう、アンドリュウ卿。では、ご機嫌よう。今夜、ドーヴァーでお目にかかりましょう。わたしとショウヴランは今夜が海峡渡りの競争です――賞品は――〝べにはこべ〟の命です」

彼は彼女の手に接吻《せっぷん》してから彼女を駕籠まで見送った。十五分の後に彼女は〝王冠屋〟に戻った。馬車と馬の用意はととのい彼女を待ちうけていた。次の瞬間には、彼女はロンドン街の道をまっしぐらに蹄《ひづめ》を鳴らし、やがて狂気のような早さでドーヴァー街道を突進していた。

今は絶望にくれている時間はなかった。いったん立ち上がり、取り掛かった上は、もはや考えている余裕はないのだ。アンドリュウ・フークス卿を旅の道連れとして、味方にした今は、ふたたび希望が心に返ってきた。

神は慈悲を垂れ給うであろう。一人の勇敢な人物を、愛し、崇拝し、彼のために喜んで生命さえ投げ出そうとしている女性の手によって死に到らしめる、そんな恐ろしい罪の犯されるのを許したまわないであろう。

マーガリートの思いはあの人の上に走った。その実体がまだつかめなかったころからいつも無意識のうちに惹きつけられていたあの神秘的な英雄の上に。そのころよく彼女はふざけて彼のことを、わが心の影の王様と呼んだものであった。そして彼女は今突然、自分が崇拝していたこの謎の人物と、彼女を熱烈に愛した男とが同一人であることを知ったのである。彼女の胸に、時ならぬ明るい空想の一つ二つが浮かんできたのもなんの不思議があろうぞ。彼と顔をつき合わせた瞬間、まずなんと言ったものだろうかと、ぼんやり考え込んだ。

この数時間というもの、彼女はあまり多くの心配で気を張りつめてきたので、今ここで二つ三つのよりよい希望にみちた、より明るい思いに浸れるのは大変なぜいたくだった。絶え間ない、単調な馬車の轍《わだち》にゆられて、徐々に彼女の神経はほぐれてきた。さんざんに流してもまだ流し切らない涙と、疲労で痛む眼は、いつともなく閉ざされ、彼女はおちつかない眠りにおちた。

21　不安と焦燥

ようやく〝漁師の宿〟に彼女が着いたのは夜ふけてからであった。宿場ごとに数え切れぬほど何度となく馬を替え、そのつど駄賃を気前よくはずんで、最上の馬を廻してもらったかいあって、全旅程を僅《わず》か八時間足らずで終えたのであった。

彼女の馭者《ぎょしゃ》もまた不撓不屈《ふとうふくつ》であった。特別多額の報酬の約束が彼を元気づけたに違いなく、彼は文字どおり車輪の下の大地から火が出るほど、走らせたのであった。

この真夜なか、ブレークニィ令夫人の到着で、〝漁師の宿〟はひと騒ぎであった。サリイは急いで寝床からはね起き、ジェリバンド氏は、いかにしたらこの大切なお客を居心地よくもてなせるかと心を砕いた。

この二人の善良な人々は宿屋の主人としての作法をよく身につけていたので、こんな法外な時間にブレークニィ令夫人がたった一人で到着しても、けっして驚きを顔に出すようなことはしなかった。たしかに彼らはかなりのことを想像していたに違いなかったが、マーガリートは彼女の旅の重大さ――生死に関わる真剣な目的――に気をとられていたので、そのようなつまらぬことに気を配る余裕がなかった。

ついこのあいだあの二人の英国紳士が、卑怯《ひきよう》な不意討ちを食わされた食堂は——まったく人影が見えなかった。ジェリバンド氏はいそいでランプをつけ、大きな炉に火を起こし、気持よく燃え上がらせてから安楽椅子を火のそばに押しやった。それにマーガリートはほっとくずれこんだ。

「奥方さまにおかせられましては、今晩お泊りでいらっしゃいますか」と、かわいらしいサリイはたずねた。彼女は奥方さまに簡単なお夜食を差し上げようと、食卓の上に雪白の布をせっせとひろげていた。

「いいえ、一晩中ではありません。とにかく、このほかに部屋は要りません。もし一時間か二時間ここをつかわせてもらえたら」

「どうぞご自由にお使い遊ばしていただきます」正直なジェリバンドは答えた。彼の赤ら顔はひどくいかめしくこわばった。なぜならこの尊敬すべき彼は内心途方もなく仰天しだしてきたのを、上流階級の前で面《おもて》に出してはと懸命のおちつきを見せようとしたからである。

「わたしは潮が向き次第、第一番に船を仕立てて海峡を渡りたいと思いますの。けれど馭者や供の者たちは今夜泊りますし、たぶん、四、五日やっかいになるでしょう。ですから、どうか気をつけてやってくださいね」マーガリートは言った。

「かしこまりました、奥方さま。よく気をつけますでございます。なにかお夜食をサリイにお運ばせいたしましょうか？」

「ええ、どうぞ。何か冷たい物も欲しいことね。そしてアンドリュウ・フークス卿がお着きになったら、すぐこちらへお通ししてくださいな」

「かしこまりました、奥方さま」

今や正直なジェリバンドの顔にはがっかりした表情がかくし切れなかった。彼はパーシイ・ブレークニイ卿を大変尊敬していたので、その夫人が若いアンドリュウ卿と駆け落ちするのを見るに忍びなかったのである。もちろん、彼の知ったことではないし、それにジェリバンド氏はおしゃべりではなかった。それでも心の中では令夫人だってやっぱりあの「外人ども」の一人に過ぎないのだもの、その仲間と同様、不行跡なのもあたりまえだと思っていた。

「起きていなくてようござんす。ジェリバンド」マーガリートはやさしくつづけた。「あんたもよ、サリイ。アンドリュウ卿はおそいでしょうから」

ジェリバンドはサリイが床につくのを非常に喜んだ。彼はこんなやりかたに厭気《いやけ》がさしてきたのであった。そうは言ってもブレークニイ令夫人は払いはたっぷりくださるだろうし、何をしようと彼の知ったことではないのだ。

サリイは冷肉、葡萄酒《ぶどうしゅ》、果物などの簡単な夜食を食卓にならべてから、うやうやしくお辞儀をして引き下がったが、小さな胸の中で、どうして奥方さまはよいおかたと駆け落ちなさろうというのに、あんなに浮かないお顔をしていらっしゃるのかしらと不思議に思った。

それから飽き飽きするほどの待つ時間がマーガリートに始まった。アンドリュウ卿は――従者にふさわしい服装をととのえねばならぬから――少なくともあと二時間くらいたたなければドーヴァーに着かないのはわかっていた。もちろん、すぐれた騎手であるから、このような危急の場合、ロンドンからドーヴァーまでの七十哩《マイル》やそこらは、たやすいものであろう。彼もまた文字どおりその蹄《ひづめ》の下の地から火花をとばして来るだろうが、道中特別良い替馬にばかりはぶつからないかも知れないし、どちらにしても彼女より少なくとも一時間後でなければロンドンを出発できないであろうから。

途中、彼女はショウヴランの影さえ見なかった。彼女が問いかけると馭者は、奥方さまが仰せのようなしなびた、小さなフランス人らしい人はだれも見かけませんと答えるのであった。

それゆえショウヴランはいつも彼女の先を行っているに違いなかった。彼女は馬を替えに立寄る宿屋ごとに人々にそれを訊ねようとはしなかった。というのは、ショウヴランが道筋にスパイを張りめぐらしていたら、彼女の問いはすぐあっちへ伝わり、敵は彼女がやって来ることを知ってしまうだろうと案じたからであった。

いったい、どこの宿にいるのであろう。それとも運よくもう船をやとってしまって、フランスへの途上にあるのかしらと彼女は考えたりした。こう思うとたんに、胸がぎゅっとしめつけられるような気がした。もしほんとうに間に合わなかったらどうしよう。

部屋の淋しさは耐え難かった。家の中はすべて恐ろしいほどしずまり返っていた。旧式の大形柱時計が非常にゆっくりと、正確に時を刻むのがこの恐ろしい静寂を破る唯一の音であった。

マーガリートは、あきあきする真夜中に人を待つ苦しさにたえるには、ありったけの元気を出し、目的を貫く不抜な決意をもって勇気を振い起こさなければならなかった。

彼女のほか家中の者はみな眠っているにちがいなかった。彼女はサリイが二階に上がって行く足音をきいた。ジェリバンド氏は馭者や供の者たちの世話をして出て行ったが、やがて引っ返してきて、外のポーチの下に陣取った。そこは一週間ほど前、マーガリートが初めてショウヴランと会った場所である。ジェリバンドは明らかにそこでアンドリュウ・フークス卿を待ちうけるつもりらしかったが、ほどなく快い眠りに負けてしまったらしく、時計のゆっくりチックタック時を刻む音に加えてマーガリートには、彼の安らかないびきが聞こえてきたのである。

心持よく明けたこの美しい、暖い十月の日は、つい先程から荒れた寒い晩に変わってきたことに彼女は気がついた。非常に寒くなってきたので、炉に気持よい火があかあかと燃えているのがうれしかった。しかし次第に時がたつにつれ天候はますます荒れてきて、アドミラルティー埠頭《ふとう》に打ちつける大波の音が、宿からかなり離れているにもかかわらず、雷のように彼女にひびいた。

風は烈しくなり、この古風な家の鉛をはめ込んだ窓やずっしりした重い扉をがたがた言わせた。風は外の木々をゆすぶり大きな煙突からうなりを立てて飛び下りてきた。マーガリートはこの風が彼女の旅行に都合よいようになるのかしらと怪しんだ。彼女は嵐を恐れる気持は毫《ごう》もなかった。それどころか、海峡を渡るのを一時間延ばすくらいなら、もっと恐ろしい危険をおかしさえしたであろう。

にわかに外が騒々しくなり、彼女は冥想からわれに返った。明らかに、いゃ、いゃ、に馬を駆ってきたアンドリュウ・フークス卿が、ちょうど着いたらしく、彼の馬の蹄が外の敷石にあたる音がきこえ、次いでジェリバンド氏の眠そうな、しかし快活に、彼を迎える声がした。

この時になって初めて、マーガリートは彼女が工合の悪い立場にあることに気がついた。こんな時間にたった一人で、よく顔の知れているところで、これまたよく知られている若い美男子と会う約束をし、しかも彼は身をやつしてやってくる。意地わるの連中に逢ったら絶好のゴシップ種になるのだ。

　これはだいたい、ユーモラスな方面からマーガリートが考えたことであって、彼女の使命の重大さと、正直なジェリバンド氏が当然彼女の行動にあてはめるであろう憶測とでは、かくもこっけいな対照を示しているので、この何時間というあいだに初めてかすかな笑いが彼女の子供らしい口許にただよった。間もなくアンドリュウ卿が、人目につかない従者らしい服装ではいってきた時には、彼女は陽気な笑い声さえ交えて、彼を迎えることができたくらいだった。

「まあ、あなた、わたしの従者さん。あなたのお姿は満点ですわ」彼女は言った。

　ジェリバンド氏はアンドリュウ卿に従ってはいってきたが、妙に当惑したようすであった。この貴公子が変装しているのが、彼の最悪の疑いを確実なものたらしめたのであった。陽気な顔をニコリともせず、彼は酒ビンの栓を抜き、椅子を用意し、給仕しようとした。

「ありがとう、誠実な友よ」マーガリートは、今この瞬間、この尊敬すべき人物が想像しているに違いないことを思ってまた微笑を浮かべていた。「もう何も用事はありません。わたしたちのために大変やっかいをかけましたね。これはほんの心だけのお礼よ」

　彼女は二、三枚の金貨をジェリバンドに渡した。彼は、うやうやしくそれ相当の感謝をこめてうけとった。

「ちょっとお待ちください、ブレークニイ夫人」ジェリバンドが引き下がろうとすると、アンドリュウ卿は口を挟んだ。「わたしたちはわが友ジェリイの手を、もう少しわずらわせなけりゃならないんじゃないかと思うのです。というのは、残念ながら今夜は海峡を渡れそうもないんですよ」

「今夜、渡れませんて？」アンドリュウ卿。彼女は驚愕《きょうがく》して繰り返した。「でも、なんとしても渡らなければなりません、アンドリュウ卿。どうしてもです。できないなんて言っていられません。どんなに高くかかってもかまいませんから、どうしても今夜、船を雇うのです」

しかし、青年は悲しげに頭を振った。

「費用の問題ではないんです、ブレークニイ夫人。フランスから命取りの嵐が吹きつけているのでして、風はわれわれの真向こうから吹いておりますから、風向きが変わるまでは、どうしても船が出せないのです」

マーガリートはまっ青になった。このようなことは予期していなかった。自然までが彼女を無慈悲に、残酷に、迫害しているのであろうか。パーシイの一身が危険に瀕《ひん》しているというのに、たまたま風がフランスの岸から吹いてくるのに妨げられて、彼の所へ駆けつけることができないのだ。

「でもわたしたち行かなければなりませんわ――行かなければなりませんわ」彼女は

異常な粘り強さで繰り返した。

「おわかりでしょう？　わたしたちが行かなければならないことが――何か方法はございませんか？」

「先ほど海岸をまわって二、三の船長にあたってみたのですが、今夜、船を出すことは無鉄砲だとみんな申しておりました。だれも」と彼はマーガリートを意味ありげにながめながらつけ加えた。「だれも今夜はドーヴァーから絶対に漕ぎ出せませんよ」

たちまちマーガリートには、彼の意味していることがわかった。だれもという中には、彼女自身と同様、ショウヴランも含まれているのだ。彼女は明るい面持ちになって、ジェリバンドにうなずいた。

「ではわたしの負けですわ。お部屋はありますか」

「ございますとも、奥方さま。気持のよい、明るい、せいせいした部屋がございます。ただ今、見てまいりますすでございます、それから、ええ……アンドリュウ卿にも、おひとつございます、両方とも、すっかり用意がしてございます」

「これはありがたい、親愛なるジェリイよ」と陽気にアンドリュウ卿は、尊敬すべき亭主の背中を勢いよく叩いた。

「では、その部屋の鍵をあけてくれ給え。ロウソクはそこの戸棚の上に置いといてくれ。さぞ眠いことだろうな、亭主。それに、こちらの奥方さまはお休みになる前に何か召し上がらなければいけないときている。まあまあ、心配はいらないんだよ、仏頂面の友よ、令夫人のお越しはこのような時刻外れではあるが、おまえの家にとっては大変な光栄なんだ。もしおまえが令夫人のことを口外せず十分にお世話申し上げれば、パーシイ・ブレークニイ卿は倍ほども心づけをたまわるだろうよ」

アンドリュウ卿は、善良なジェリバンドの頭の中をかけ廻っている多くの疑惑や恐怖や心配を、見てとったに相違なかった。そこで行き届いた紳士である彼は、この思い切ったほのめかしによって、尊敬すべき宿の亭主の疑いを消そうと努めたのであった。これは幾分の功を奏した。パーシイ卿の名をきくや、ジェリバンドの赤ら顔はやや明るくなった。

「すぐ見てまいりますでございます」活発に答えた彼の態度にも、よそよそしさが目立って消えていた。「奥方さまのお食事は、これでお間に合いでございますか」

「けっこうよ、ありがとう。わたしね、おなかはすいているし、そのうえ死にそうに疲れてるから、ご苦労でも部屋を見てきてくださいな」

「さあ、お聞かせくださいましな」ジェリバンドが部屋を出るやいなや彼女は熱心に言った。「ニュースをすっかりお話しくださいません?」

「別に大してお話し申すようなことはございませんよ、ブレークニイ夫人」青年は答えた。「嵐のために今度の潮でドーヴァーから乗り出すことはどんな船だって絶対に不可能です。しかし最初は恐ろしい不幸のように見えることも、実際は神のお恵みの変装ですよ。われわれが今夜フランスに渡れないなら、ショウヴランも同様、進退きわまっているのです」

「でも、ショウヴランは嵐になる前に出かけたかもしれませんわ」

「神よ、彼をしてそのようにならしめ給え」アンドリュウ卿は愉快そうに言った。

「そうだとしたら、彼が針路から吹き払われることは当然ですからね。わかりゃしませんよ、今ごろ彼は海の底に伸びてるかも知れません。あの猛烈な嵐では海上に出ているちっぽけな船はひとたまりもありませんからね。しかし、あの狡猾《こうかつ》な悪魔とあいつの立てているいっさいの企てが、海の藻屑《もくず》となるという望みは実は持てそうもありませんよ。わたしと話した船乗りたちはみなこの数時間というものドーヴァーから出た船は一隻もないと口をそろえて申しましたからね。ところで、今日の午後、一人の外国人が馬車で着いて、わたしと同じようにフランスへ渡りたいのだがと、二、三たずねたことを聞き込みましたがね」

「では、ショウヴランはまだドーヴァーにおりますのね」

「確かにおります。待ち伏せしてわたしの剣をぶっ通してやりましょうか。それが実際、困難解決の一番手っ取り早い方法じゃありませんか」

「あら、アンドリュウ卿、冗談おっしゃってはいけませんわ。ああ——わたし、昨夜から何度、あの悪魔が死んだらいいとどんなに考えたか知れません。でも今おっしゃったことは不可能ですわ。この国の法律が殺人を許しませんもの。自由と博愛の美名の下に、大規模な殺人が公然と行なわれているのは、わたしたちの美しいフランスだけでございますよ」

アンドリュウ卿は、彼女に食卓につき、何か少しでも食べたり葡萄酒を口にするようすすめた。次の潮まで少なくとも十二時間もの休息を余儀なくされることは、はりつめた興奮状態にある彼女にとっては、耐え難いものに違いなかった。このような小さなことにも子供のごとく従順に、マーガリートは食べたり飲んだりしようと努力した。

恋愛している人々には深い同情心が湧いて来るもので、アンドリュウ卿もやさしい思いやりの心からマーガリートにさまざま彼女の夫のことを語り聞かせて、彼女をほとんど幸福な気分にまで引き上げた。無慈悲な血に飢えた革命が祖国から追い出した、哀れなフランス亡命者たちを、〝べにはこべ〟が大胆に、うまうまと逃がした例をいくつか話した。男、女から頑是《がんぜ》ない子供たちにいたるまでを、あの殺人狂のような、いつも待ちかまえている、ギロチンの刃の下からひっさらう段になった時の彼の勇敢さ、巧妙さ、縦横無尽の機智を語ってきかせ、彼女の熱に燃えた眼を輝かせた。

〝べにはこべ〟がその変てこなさまざまな変装によって、パリの城門で彼を見張っているもっとも厳重な監視の網の眼をくぐりぬけたことを話した時など、彼女は声を立てて笑ったほどであった。ついこのあいだ、トルネイ伯夫人と子供たちを脱出させた時は、まぎれもなき大傑作であった——汚ならしい縁無し帽をかぶり、もじゃもじゃの灰色の髪をはみ出させた、いやらしい市場通いの老婆に化けたブレークニイこそは、神々をも笑わせる姿であった。

ブレークニイの一番困ることは、図抜けて背の高いことで、そのためフランスでは変装がいっそう困難になる。その彼のようすをアンドリュウ卿が説明すると、マーガリートは心から笑った。

このようにして一時間はたった。まだまだドーヴァーに心ならずもじっとしていねばならぬ時間が、たくさん残っていた。マーガリートは切なそうな溜息をついて食卓から立ち上がった。眠気を追い払う暴風雨の唸《うな》りを聞きながら、恐ろしい心配にさいなまれて寝返りしなければならない二階での一夜を思うと、憂うつだった。

今ごろ、夫はどこにいるのかしらと彼女は考えた。〝真昼の夢号〟は、頑丈に造られた航洋船である。アンドリュウ卿の意見によると、嵐の起こる前に〝真昼の夢号〟は風下にはいったか、または沖に出ずにグレエヴセンドに静かに碇泊《ていはく》しているに違いないと言うのだった。

ブリッグスは練達した船長であるし、パーシイ卿も普通の船長に負けないくらい、船を操ることができるので、嵐からこうむる危険はない。

ようやくマーガリートが床についたのは真夜中もずっと過ぎてからであった。彼女の恐れたごとく眠りはがんとして彼女の眼に近寄らなかった。眠られぬ長い退屈な時間中、彼女の頭に浮かぶことはこの上なく暗い、悪い予感ばかりであり、また彼女をパーシイから引き離している原因の暴風は絶えまなくたけり狂っていた。波の遠鳴りは彼女の心を悲しさでしめつけた。今の彼女の気分では、海の音に聞き入っていると、ますます悲しさが深まるばかりだった。広い果てなき海原が、わたしたちの心の中の厳粛な、また陽気な、さまざまの思いに調子を合わせて、あのたゆみない堪えられない単調さで寄せては返し、寄せては返しするのを、じっと、楽しく眺めていられるのは、わたしたちがごく幸福な時のみに限ったことである。わたしたちの思いが楽しい時には波もその楽しさをこだまする。けれども悲しい思いをいだいている時には、押し寄せる波の一うねりごとに新たな悲しみを加え、すべての喜びのはかなさと、むなしさを語るような気がするのである。

22 カレイの港

どんなに倦《あ》き倦きする夜でも、どんなに長い昼でも、おそかれ早かれ、ついに終りを告げる。

マーガリートは十五時間余りも狂い出さんばかりの心配にさいなまれつつ過ごした。一睡もせず夜を明かした彼女は気がはやり、一刻も早く出発したいとあせり、この上何か邪魔があらわれはしないかとの不安のうちに起《い》き出でた。

彼女は大事な出発の唯一の機会をのがしたらと、それればかり案じて、家中のだれよりも早く床を出た。

階下に下りて見ると、アンドリュウ・フークス卿が既に食堂にいた。彼は三十分程前に出かけて、アドミラルティー埠頭《ふとう》に行って見たところ、フランス郵船も個人の傭《よう》船《せん》もまだドーヴァーを出帆できないことがわかった。暴風は今猛威を極め、潮は変わりかけていた。もし風がなくなるか、方向が変わるかしなければ、彼女は次の潮までさらに十時間か十二時間待たなければ出発できなかったのだ。しかし嵐は静まらず、風も変わらず、潮はどんどんはなれていった。

マーガリートはこの憂うつな知らせを聞いて絶望のどん底に追い込まれた。ただ非常なかたい決意があったばかりに、どうにか、くずおれずにいられた。さもなかったら、これまた、つのる一方の青年の心配をそのうえにも増すばかりであっただろう。

アンドリュウは、ひたかくしにかくそうとしてはいたが、マーガリートには彼が同志であり親友であるその人のところに早く行きたいと、彼女同様あせっていることは、はっきりわかっていた。このように余儀なくじっと待機しているのは、彼ら二人にとって耐えられないことだった。

ドーヴァーのあの倦き倦きする一日をどのように過ごしたか、マーガリートは後になってどうしても思い出せなかった。彼女はショウヴランの部下たちが付近に来合わせて彼女の姿を見たら大変だと思って、別に小さな居間を借りた。そこで彼女とアンドリュウ卿は来る時間も来る時間も坐《すわ》り、時たま、かわいいサリイが運んでくる食事を、上の空で無理に取ろうとし、考え、憶測し、まれには、よいほうに気をとり直して見たりするくらいのものであった。

嵐がしずまった時は、もうおそすぎた。潮はその時分にはあまり引きすぎていて、船は出帆できなかった。風は変わり、気持よい北西の微風――フランスへ快速力で渡るにはまぎれもない神のお恵みである――となっていた。

そして二人は、いつか出発できる時が来るのかしらと怪しみながら待っていた。長いうんざりする一日の中で一つだけ嬉しい時があった。それはアンドリュウ卿がもう一度埠頭に出かけて行き、やがて引き返して、船足の早い船を一隻やとったこと、その船長は、潮が向き次第すぐさま出帆する用意がしてあるということを、マーガリートに告げた時であった。

その時から時間は前よりずっと楽に過ぎて行った。待つことにも前ほどは絶望を感じなくなった。そしてついに午後五時にマーガリートは厚いヴェールにつつまれ、数個の荷物を持って彼女の従者になりすましたアンドリュウ・フークス卿を従え、埠頭におり立った。

一度船上の人となるや、ぴりっとした爽やかな海の空気で彼女は元気を回復した。微風に帆を気持よくいっぱいにふくらませた〝白波号〟は、沖をさして楽しげに波をけって進んで行った。

暴風の後の入日はすばらしく、マーガリートはドーヴァーの白い岸壁が、だんだん視界から薄れて行くのを見まもりながら、ずっとなごやかな気分になり、ふたたび希望を持ち始めてきた。

アンドリュウ卿はやさしい心遣いにあふれていた。彼女はこの大きな困難の時にあたって、彼にそばにいてもらって、なんと幸せだったろうと思った。

やがてさっとおりてきた夕霧の中からフランスの灰色の岸があらわれ始めた。立ちこめたもやの中から、一つ二つまたたく灯や教会の尖塔《せんとう》があちこちにそびえているのが見えてきた。

三十分後にマーガリートは、フランスの岸に上陸した。彼女は今や人々が何百という同胞を殺りくし、数千の無辜《むこ》の女や子供を断頭台に送っている祖国に帰って来たのであった。

この国とその国民のようすは、このへんぴな港町でさえ、三百哩《マイル》はなれた美しいパリにおけるたぎる革命の様相を物語っていた。美しいパリ、今はみずからのもっとも気高い息子たちの血潮の絶間ない流れや、寡婦《かふ》たちの泣きわめく声、父親のない子供たちの泣き声などで地獄と化したパリ……。

男は皆赤い縁無し帽――清潔さの点で相違こそあれ――すべて左側に三色の帽章をつけたのをかぶっていた。マーガリートは彼女の同国人につきものの、笑いや楽しげな顔のかわりに、今や絶えず狡猾《こうかつ》な疑ぐり深い表情を浮かべているのを見て、身ぶるいした。

今日では、だれも彼もが自分の友だちをさぐっているのであった。冗談にちょっと口に出した、ごく罪のない言葉がいつなんどき貴族的傾向ありとか、人民を裏切る陰謀の証拠として持ち出されるか知れなかった。女たちまでも鳶色《とびいろ》の眼に恐怖と憎しみをこめ、好奇心に燃えた表情で行きかよった。マーガリートがアンドリュウ卿を伴い、この国の地に足をつけるや、民衆はじろじろと眺め、彼女がそばを通ると「貴族の畜生」とかまたは「イギリス人の畜生」とか呟《つぶや》くのであった。

そのほかには二人の存在は別になんの注意もひかなかった。カレイは当時でさえ、イギリスと絶えず商業上の往来をしていたので、イギリスの商人は始終このあたりでは見なれているのであった。イギリスの重い関税のため多量のフランスの葡萄酒《ぶどうしゅ》やブランディが、ひそかに海峡を渡って行くということはよく知られていた。この密輸出はフランスの中産階級を無性によろこばせた。彼らは憎んでいるイギリス政府とイギリス国王の両者が歳入をだまし取られるのを見てよろこんだ。であるから、イギリスの密輸商人はカレイやボロンの場末の居酒屋ではいつも大歓迎であった。

たぶんそういうわけからであろう。アンドリュウ卿がマーガリートをだんだんとカレイの曲がりくねった通りを案内して行くと、多くの人々はこのイギリスふうの装いをした外国人たちをじろじろと見てはののしったが、霧に閉じこめられたやつらの国へ土産にする有税の品物探しで夢中だくらいに考え、格別気にもとめなかった。

しかしながらマーガリートは、彼女の夫の背の高い、がっしりした姿が、どういうふうにしてカレイの町を人目をひかずに通れるのかしらといぶかった。彼がその気高い仕事のためにどんな変装をして人目をくらますのかと不思議に思った。

言葉少なくアンドリュウ卿は彼女の先に立ち、道路を横切って、彼らが上陸したところからは反対の側の、グリネー岬のほうにすすんだ。街路はせまく曲がりくねっており、いったいにくさった魚や、しめった穴倉の臭いで不快な臭気がたちこめていた。昨夜の暴風で土砂降りの後なので、マーガリートは時々踵《かかと》までぬかるみにはまってしまった。ところどころ家の中からもれ出るランプの光のほか、街頭には灯りがなかったからである。

しかし、彼女はこんな小さな不快さなど念頭になかった。上陸した時アンドリュウ卿は「〝灰色猫旅館〟でブレークニイに会えるでしょう」と言ったので、彼女はまるで薔薇《ばら》の葉のじゅうたんの上を行くかのようにいそいそと歩いていた。もうすぐ彼に会えるのであるから。

ようやく二人は目指す家に着いた。アンドリュウ卿は道をよくわきまえているらしく、暗い中を間違いもせず歩いて行き、途中だれにも道を尋ねたりしなかった。着いた時にはすっかり暗くなっていて、マーガリートにはその家がどんな見かけなのかわからなかった。アンドリュウ卿が言った〝灰色猫旅館〟はカレイの場末にある小さな路傍の宿屋らしく、グリネー岬への途中にあるのだった。海岸からは、やや離れていると見えて波の音が遠くから聞こえてきた。

アンドリュウ卿が杖の握りで扉を叩くと、中からぶつぶつ不平や悪態《あくたい》をしきりについているのがマーガリートに聞こえた。アンドリュウ卿はもう一度、今度はもっときつく叩いた。すると、ますます悪態をつくのが聞こえ、それにつづいて、のろのろ足を引きずりながら扉のほうに近づいてくる音がした。やがて扉は開き、マーガリートはこれまで見たこともないような、ひどく荒れた汚ない部屋の入口に立っているのであった。

壁紙らしいものは壁からびりびりに破れさがっており、どのように見ても「完全な」と言える家具は一つとして室内になかった。たいていの椅子の背はこわれており、さもなければ底がなかった。食卓の一角はそだの一束で支えてあった。四本目の足が折れていたからである。

部屋の一隅に大きな炉があって、それにスープ鍋が掛けてあり、まんざらまずくもなさそうな匂いがそれからたちのぼっていた。部屋の一方の壁のずっと上のほうに屋根部屋のようなのがあって、その前にボロボロの青と白のごばんじまのカーテンがかけてあった。この屋根部屋には、ガタガタのはしごがついていた。

広いむき出しの壁には、種々の汚れですっかりきたなくなった色目のわからない壁紙にところどころ大きな、乱暴な字で「自由、平等、博愛」と書いてあった。

このむさくるしい家全体は、ぐらぐらした天井から下がっている厭《いや》な臭いのする石油ランプで、薄暗く照らされていた。あまりに恐ろしく、汚ならしく、よごれた、身の毛もよだつようすに、マーガリートは中にはいろうにも足が出なかった。

しかし、アンドリュウ卿は、さっさとはいって行った。「イギリスの旅行者だよ、きみ」と彼は大胆にフランス語で言った。

アンドリュウ卿のノックに答えて戸口に現われた人物は、明らかにこの汚ない住家の主人公に相違なく、かなりの年配の頑丈な百姓であった。よごれた青い上衣を着込み、四方八方に麦わらの束がはみ出している重い木靴をはいて、みすぼらしい青いズボンをつけ、例の必要かくべからざる三色帽章のついた赤い縁無し帽をかぶっていた。その帽子が彼のにわか造りの政見を語っていた。彼は短い木製のパイプを手にしており、それからくさいタバコの臭いが発散していた。二人の旅行者をいくらか疑わしげに、そして大いにばかにした眼付きでじろじろ眺めた彼は、「イギリス人の畜生」とつぶやき、さらに彼の独立精神を示すため地面にぺっと唾《つば》を吐いた。しかし、それにもかかわらず彼はわきへよけて二人をとおした。このイギリス人の畜生どもがいつも、たんまりふくらんだ財布を持っていることも充分承知だったからに違いなかった。

「おおまあ、なんて恐ろしい穴っぽこでしょう。ここに違いございませんの？」かっこうのいい、かわいい鼻にハンカチをあてながら部屋に踏み込んだマーガリートはたずねた。

「そうでございます。ここでございますよ」と青年は自分のレースの縁飾りのついた流行のハンカチで、マーガリートが坐るよう、椅子のほこりを払いながら答えた。

「だがわたしもこんなひどい、不潔な穴は見たことがありませんね」

「ほんとにこれじゃあ、あまりぞっとしませんわね」と彼女は荒れた壁やこわれた椅子、ぐらぐらの食卓などを恐ろしそうに、しかし幾分の好奇心をまじえて見まわした。

〝灰色猫旅館〟の亭主――その名をブロガードという――はお客たちにそれ以上の注意はいっさい払わなかった。やつらはじきに夕食を注文するだろうし、それまでは自由な市民として相手がどんなに立派な服装をしていようと、へいへい頭を下げたりすることはないと考えたのである。

炉ばたには見たところボロばかり集めて身につけた姿がちぢまって坐っていた。それは女らしかった。それもかつては白かった縁無し帽とそれからスカートらしいもののために、どうやら区別がつくくらいのものであった。彼女は、もぐもぐひとりごとを言いながら、ときどきスープ鍋の中味をかき廻していた。

「おい、君」アンドリュウ卿はついに言った。「何か夕食を頼みたいんだが……そこのご婦人はすばらしいスープをお作りのようだ。この奥さまはもう数時間というもの何も召し上がっていらっしゃらないんだよ」と彼は炉辺のボロ布の塊まりを指さして言った。

ブロガードはこれに対してじっと考えること数分に及んだ。自由なる市民というものは、たまたま彼に何か欲しいと要求する者に対してあまり早急に応ずべきではない。

「貴族の畜生めら」と彼は呟いて、もう一度、床に唾を吐いた。

それから彼は部屋の片隅にある調理台のほうへ、ぐずりぐずりと歩いていった。この調理台から彼は古い白鑞《しろめ》のスープ皿を取り出し、ゆっくりと一言も言わずに彼のかみさんに渡した。すると、かみさんもやはり一言も言わずに、鍋からスープ皿にスープをつぎ始めた。

マーガリートはこれらのしたくを、ぞっとする思いで見守っていた。もし彼女のだいじな目的がなかったなら、すぐにもこの不潔と悪臭の家から逃げ出してしまったに違いない。

「まったくわれわれの亭主もおかみも、あまり愉快な人たちではないらしいですな」マーガリートの顔に恐怖の色を見てとったアンドリュウ卿は言った。「わたしはあなたさまにもっと気持のよい、もっと食欲をそそる食事を差し上げられたらと思いますよ……ですが、スープの味はまんざらでもなく、酒は上等ですよ。この連中はむさくるしくはしていますが、いいものを食べてますからね」

「どうぞ、アンドリュウ卿、わたしのことは、ご心配なさらないでくださいましな。わたし、まだ食事なんか欲しいと思う気持になれませんのよ」と、彼女はやさしく答えた。

ブロガードは、のそりのそりと気味のわるいしたくぶりをしていた。彼は二組のスプーンと、それから二つの盃《さかずき》を食卓にならべた。それを両方ともアンドリュウ卿は用心深くていねいにぬぐった。

ブロガードはまた一本の酒とパンをならべたので、マーガリートは努めて椅子を食卓にひきつけ、食べるふりだけでもしようとした。アンドリュウ卿は従者としての役柄にふさわしく、彼女の椅子の後ろに立った。

「いや奥さま、お願いでございますから、何か少しでも召し上がってくださいませ。あなたさまは、せいいっぱいの力がお要りになる時でございますから」

スープは実際わるくはなかった。香りもよく味もよかった。マーガリートは周囲さえこんなにひどくなかったら、喜んで口にしたにちがいない。しかし、それでも彼女はパンをちぎり酒も少しふくんだ。

「どうぞ、アンドリュウ卿、あなたがお立ちになっていらっしゃるのはいやですわ。あなたも何か召し上がる必要が大いにおありになるんですもの。お坐りになってわたしといっしょにこの夕食らしいものを召し上がっても、ここの人たちはわたしを風変わりなイギリス女で、自分の従者と駆け落ちしているぐらいにしか思わないでしょう」

事実、ブロガードはごく入用なものだけを食卓にならべてしまうと、後はお客たちには何んにもかまわないつもりらしかった。ブロガードの女房はごそごそ部屋から下がってしまい、亭主は突っ立ったりブラブラ歩き廻ったりしながら、いやな臭いのパイプをば、対等の位置に立つ自由市民ならだれでもそうしなければならないのだと言わんばかりに、ときどきマーガリートの鼻先へ持ってきてふかすのであった。

「こいつっ」と、ブロガードが食卓によりかかってタバコをふかしながら、不遜きわまる態度で二人のイギリス人の畜生どもを見おろしているのにたまりかねたアンドリュウ卿は、自国語で吐き出した。

「お願いですから、あなた」とアンドリュウ卿が生粋《きっすい》のイギリス人気質を出して早くも拳を握りしめたのを見て、マーガリートはあわててなだめた。「どうぞ、今はフランスにいらっしゃることと、これが今の時代の人たちの気質なのだということをお考えになってくださいましな」

「こいつの首を、ひねってやりたい」と、アンドリュウ卿は荒々しくつぶやいた。

彼はマーガリートの言葉に従って、彼女のそばに坐っていた。そして二人とも食べたり飲んだりするふうをして、おたがいにごまかし合う健気な努力をしていたのだった。

「どうぞお願いですから、この人をおこらせないでね。そしてわたしたちが尋ねることに答えさせましょうよ」

「まあ一所懸命やってみますよ。だが畜生、ものなんか聞くより、いっそ、ひねりつぶしてしまいたいんだがな。おいきみ」と彼はフランス語で機嫌よく言って、ブロガードの肩をポンと叩いた。「ねえ、きみ、このへんじゃわれわれのような者たちを、たびたび見かけるかね。イギリス人の旅行者をさ、え?」

ブロガードは肩越しに周囲を見まわしたり、パイプをプカプカたてつづけにふかしたりして、思わせぶりをしてから、ぶつぶつ言った。

「フーン、時にはな」

「そうだろう」無頓着なアンドリュウ卿は言った。「イギリスの旅行者たちはどこへ行ったら、いい酒を飲ましてもらえるか、ちゃんと承知しているんだよ。ねえ、きみ、実はね、奥さまの偉いお友だちで、あるイギリス紳士にね、ひょっときみが会いはしなかったかってことを、奥さまが知りたがっていらっしゃるんだよ。そのお人はね、始終仕事の用向きでカレイにいらっしゃるんだ。背の高いかたでね。なんでも最近パリに行かれるらしいんだが、奥さまはカレイでそのかたにお会いしたいとお思いになったんだよ」

　マーガリートはブロガードのほうをつとめて見ないようにした。どんなに燃えるような不安の気持で彼の返事を待ちうけているかを、彼に見せたら一大事だと恐れたからである。しかし自由なるフランス市民は人に何か訊かれた場合、決してせかせか答えたりはしないものだ。ブロガードはしばらくしてから、ゆっくりゆっくり言った。

「背の高いイギリス人だって？　――きょう――うん」

「きみはそのおかたを見たんだね？」アンドリュウ卿は無関心なようすできいた。

「そうよ、きょう」ブロガードは不愛想に言った。そしてそばの椅子からアンドリュウ卿の帽子をゆるゆると取り、自分の頭にのせ、彼の汚らしい上衣をぐいと引っ張って、その人物が非常に立派なみなりをしていたことを身振りで示そうと、大ざっぱにやってのけた。「貴族の畜生、のっぽのイギリス人め」彼はぶつくさ言った。

マーガリートはかろうじて叫び声をおさえた。「パーシイ卿に違いありませんわ。まあ、変装もしないで」彼女はつぶやいた。

死にのぞんでさえ発揮する彼の持ち前の気質を思い、最新流行の上着を着、レースの縁飾りを平気でつけたまま、途方もなく恐ろしい危険のなかに跳び込むパーシイを思って、彼女は気づかわしさで、溢れ出る涙の中からほほえんだ。

「なんて向こう見ずなんでしょう」彼女は吐息をついた。

「早く、アンドリュウ卿、いつパーシイが行ったかをお聞きくださいまし」

「あっそうだよ、あのかたはいつも美しい服を召していらっしゃるんだ」アンドリュウ卿はやはり無関心を装いながらブロガードに言った。「きみが見たそののっぽのイギリス人は、確かに奥さまのお友だちにちがいない。で、その人はもう行ってしまったんだって？」

「行っちまった。うん。だが、じきけえってくるよ、ここへ。夕食をあつれえてったんだもの……」

アンドリュウ卿はすばやくマーガリートの腕に手をかけ、気をつけるよう身振りしたが、危いところであった。というのは、次の瞬間には彼女のとめようのない狂気のような喜びが、ほとばしり出たであろうから。パーシイは無事で元気なのだ。じきにここに戻ってくるのだ。たぶん二、三分のうちにパーシイに会えるかもしれない。おお、このうれしさを抑えることはとてもできない。

「さあ、これを」彼女はブロガードに言った。彼女の眼には、突然、彼が神の恵みを授けるためにつかわされた天使として映じたのであった。「さあ、これを。そのイギリスの紳士はここに帰ってくるとおっしゃったわね」

恵みをさずけにつかわされた天の使は、ペッと床に唾を吐いて、〝灰色猫〟をうろつく貴族どもには、すっかり愛想をつかしたというようすを示した。

「フン、きゃつは夕飯を注文した。きゃつはけえって来るだろうさ」ぶつぶつ言った彼は、下らないイギリス人一人のためにこんなに大騒ぎをやらかすのに異議を示そうとしてか「イギリスの畜生」と言い足した。

「でもあのかた、今どこにいらっしゃるのか、ご存じ？」と彼女は亭主の青い上着の汚れた袖に、美しい、白い手をかけて夢中できいた。

「きゃつは、馬と馬車をやといに行ったよ」と簡単に答えたブロガードは、皇子たちでさえ接吻《せっぷん》させてもらうのを誇りとする愛らしい彼女の手を、じゃけんに彼の腕から振り払った。

「何時ごろ出かけましたの?」

しかしブロガードは、もうこんな質問はうるさくなったらしかった。彼はたとえ相手がいくら金持のイギリス人であろうと、この貴族の畜生どもにこんなふうに詰問されるのは、市民としてだれとも平等である市民として——ふさわしくないと思ったのである。彼に新たにそなわった威厳の手前、できるだけ無作法にしてやるのがいいし、ていねいに何か聞かれて、それにおとなしくヘイヘイ返事をすることは、奴隷根性のあらわれなのだ。

「知らねえよ」彼はむっつり言った。「もう充分話してやったでねえか、え、貴族さんがた? きゃつは今日きた。晩飯を注文した。出かけた。けえってくる。これだけさ」

市民としてまた自由人としての権利を、好きなだけ荒っぽく振りまわしてから、ブロガードは背後に戸をバンと叩きつけ、のろくさ部屋から出て行った。

23 希望

「いや、奥さま」アンドリュウ卿はマーガリートが不愛想な亭主を呼び戻そうとするようすを見て言った。「ほっといたほうがいいですよ。もうこれ以上、何も聞き出せませんし、疑いを起こすといけませんからね。それに、こんな得体の知れないところでは、どんなスパイがかくれているかわかったものではありませんからな」

「かまうものですか」彼女は快活に言った。「わたしの夫は無事ですし、もうすぐ会えるのですもの」

「しっ」と彼は心からぎょっとして言った。というのは彼女は歓喜のあまり大声で話したからである。「フランスでは壁にまで耳があるのですよ、このごろでは」

彼はすばやく食卓から立ち上がり、むき出しのむさくるしい部屋を歩き廻り、ブロガードがたった今立ち去った戸に注意深く耳をあてたが、そこからはただ悪態をついたり足をずるずる引きずる音が聞こえるだけだった。彼はまた屋根部屋にかかっているガタガタの階段にも駆けより、その辺にショウヴランの存在を暗示する形跡はないかとそれをもたしかめた。

「わたしたちだけですか、従者さん」とふたたび青年が彼女のそばに座をしめるやマーガリートは陽気に言った。

「お話してもよくて？」

「できるだけ用心して」と彼は頼んだ。

「ほんとうにあなたはなんてむずかしいお顔をなさっていらっしゃるんでしょう。わたしはまあ、うれしくて踊り出したいくらいですわ。もう心配することは何もございませんでしょう？　わたしたちの船は浜にございますし、〝白波号〟は二哩《マイル》とはなれない沖におりますし、わたしの夫はこの部屋にあと三十分もしないうちに来るのですもの。まったく、もうわたしたちのじゃまをするものは何もございませんわ。ショウヴランと部下たちはまだ着いておりませんでしょうしね」

「いや奥さま、それはわかりませんよ」

「どうしてですの？」

「ショウヴランはわたしたちとちょうど同じころドーヴァーにおりました」

「わたしたちの出発をさまたげたあの嵐に引きとめられてでしょう」

「そう、そのとおりです。しかし――あなたさまをお驚かせまいとして前にお話し申さなかったのでございますが――わたしどもが乗船する三、四分前にはわたしは海岸でショウヴランを見たのです。少なくとも、わたしはあの時、それがショウヴランだと断定いたしました。彼の守り親である悪魔《サタン》でさえも気がつかないくらいうまく牧師に変装しておりましたよ。あの時、大至急カレイまで出る船を約束しているのをわたしは聞いたのです。ですから、ショウヴランは、わたしたちより一時間とおくれずに出帆したに相違ありません」

　マーガリートの顔からはさっと喜びの色が消えた。パーシイにかかっている危険は、現に彼がフランスの土を踏んでいるだけにいっそう恐ろしいものになっているという事実が突然、身の毛もよだつほど、はっきり彼女に摑《つか》めたのであった。ショウヴランはパーシイのすぐ後に迫っているのだ。このカレイではあの機敏な外交官は全勢力を握っている。ショウヴランの一言でパーシイは追跡され、捕えられ、それから……

からだ中の血一滴一滴が血管の中で凍るかと思われた。イギリスで彼女があれほどひどい不安のさなかにあった時でさえも、今夫がおちいっている危険をこれほどに身近く感じたことはなかった。ショウヴランは、〝べにはこべ〟をギロチンに送ると誓っていた。それがこれまで匿名なることを唯一の護符と頼んでいた大胆な陰謀者の正体は、今や彼女自身の手によって彼のもっとも辛辣《しんらつ》な、残忍な敵の前に暴露されてしまったのだ。

ショウヴランは――トニイ侯とアンドリュウ・フークス卿を〝漁師の宿〟の食堂でおそった時、今回の遠征の計画をすっかり手に入れてしまったのだ――アルマン・サンジュスト、トルネイ伯、その他の亡命王党員たちは〝べにはこべ〟に――というよりむしろ初めの計画では彼の二人の密使に――今日この日、十月二日に、〝べにはこべ〟の党員たちはよく知っているらしい〝ブランチャード神父の小屋〟とおぼろげに名指された場所で会う手はずになっていたのだ。

アルマンと〝べにはこべ〟との関係、ならびに彼が革命政府の残忍な政策と絶縁したことは、まだフランス国民の間には知られていない。そのアルマンは一週間余り前にイギリスを出発した。彼は持っている指図書に従って他の亡命者たちと会った上で、彼らをこの安全な場所に送り届けることになっていた。

これだけはマーガリートには最初からよくわかっていたことであり、アンドリュウ卿も彼女の推察を確認したのであった。またパーシイ卿が彼の計画と部下たちへの指令がショウヴランに盗まれたことを知った時はすでにおそく、もはやアルマンと連絡をとったり、亡命者たちに新たな指令を送る間がなかったことをも彼女は知ったのだ。

亡命者たちは、どんな重大な危険が彼らの勇敢な救い主を待ちかまえているとも知らず、定刻にはかならず定められた場所にあらわれるにちがいない。

例によって、この遠征の全企画の設計と組織に当たったブレークニイは、自分の年下の仲間たちに十中八、九は逮捕を覚悟の危険をおかさせる気にならなかったのであろう。グレンビル侯の舞踏会で彼らへ走り書き「明日、小生が一人で発つ」との手紙になったのだ。

そしてもっとも恐るべき敵に身許が知れてしまった今、彼がフランスに足をつけた瞬間から彼の一歩一歩は跡をつけられていたであろう。ショウヴランの密偵たちはパーシイを尾行し、亡命者たちが彼を待ちうけているあの謎の小屋にやってくるだろう。そこで罠《わな》は彼と亡命者たちにせまるのだ。

パーシイに危険が迫っていること、またパーシイにこの向こう見ずの遠征をあきらめるよう、それはただ彼に死をもたらすものでしかないことを警告するには、一時間の余裕しかなかった。マーガリートとアンドリュウ卿が敵に先んじた一時間だけである。

しかし、とにかくその一時間はあったわけだ。

「ショウヴランは盗んだ書類からこの宿をかぎつけてますすよ。だから上陸したらまっすぐ来るでしょう」アンドリュウ卿は真剣に言った。

「ショウヴランはまだ上陸してはいませんよ。わたしたちのほうが一時間も先に来ておりますもの。それにパーシイは、じきここに来るでしょうし、わたしたちがあの人の指をくぐり抜けたことをショウヴランが悟る時分には、もうわたしたちは、海峡のまん中におりますでしょうよ」

彼女はまだ心のどこかに残っている明るい希望を、彼女の若い友に分かちたいので、興奮して、せき込んだ調子で語った。しかしアンドリュウ卿は悲しげに頭を振るだけだった。

「また黙っておしまいになりましたの、アンドリュウ卿?」マーガリートはややいらだたしそうに言った。「どうしてあなたは頭をお振りになったり、難しいお顔をなさったりしていらっしゃるの?」

「いや、奥さま、明るい計画をおたてになるのはよろしいが、あなたは一番重要なことをお忘れになっていらっしゃる」

「と言うと、いったいなんでしょう——わたし、なんにも忘れてはおりません。……いったいどんなことですの?」彼女は、ますますいらだってきた。

「それは六フィートあまりの身長で、その名をパーシイ・ブレークニイと申します」

アンドリュウ卿は静かに答えた。

「わたしにはわかりませんわ」マーガリートは低い声でつぶやいた。

「あなたさまは、ブレークニイがやりかけた仕事を果たさずに、カレイをはなれるとお思いですか、ええ?」

「と、おっしゃると……?」

「トルネイ老伯爵のこともありますし……」

「伯爵……?」彼女はつぶやいた。

「サンジュストやそれにほかの者たちも」

「わたしの兄のこと!」マーガリートは身もだえして、すすり泣いた。「まあ、どうしたらいいでしょう。わたしはすっかり忘れてました」

「亡命者の彼らとしては、現在、この瞬間、あの〝べにはこべ〟に全幅の信頼と不動の信念をかけてその到着を待っています。無事に海峡を越えさせると、名誉にかけて誓ったのですからね」

まったく彼女は忘れていたのであった。全心をもって愛する女性の荘厳さは、この二十四時間のあいだ、夫以外のことは何も念頭になかったのである。貴重な、高潔な、彼の生命の危険——愛する彼、勇敢な英雄、彼のみが、彼女の心に住んでいた。

「わたしの兄！」つぶやいたマーガリートの眼からは、アルマンのことがつぎつぎと思い出されるにつれ大粒の涙が後から後から溢れてきた。子供時代には遊び相手であり大の仲良しであったアルマン、彼女の勇敢なる夫の生命をかくも致命的な危険におとし入れた恐ろしい罪を犯すに至ったのもアルマンのためである。

「パーシイ・ブレークニイ卿は、二十人の英国紳士から信じられ、尊敬された首領にはなっていなかったでしょう——もし、彼が自分にすがっている人々を見捨てるような人ならばですよ。ブレークニイが誓いをやぶるなんてことは考えもつきませんな」

沈黙がしばらくつづいた。マーガリートは両手で顔をおおい、ふるえる指の間から涙がポタリポタリ滴り落ちるがままにしていた。青年は無言であった。彼の心はこの美しい婦人がひどい苦悩にもだえているのを見て痛んだ。その間ずっと、彼はマーガリート自身の軽率な行為によって、彼ら全部がおちこんだこの恐ろしい窮境を考えていた。アンドリュウ卿は友であり首領である人の性格——彼の向こう見ずの大胆さ、途方もない勇敢さ、自分の誓いをいかに尊ぶかなどをよく知りぬいていた。ブレークニイという人物は、誓いをやぶるくらいならば、どんな危険も冒し、この上もなく荒い冒険をも敢えて辞さないであろうこと、今、ショウヴランをすぐ背後に控えてはなおさらのこと、自分に頼っている人々を救い出すためには、死に物狂いで最後の努力をするであろうことには疑いはなかった。

「そうですわ、アンドリュウ卿」ついにマーガリートは雄々しく涙を払って言った。「おっしゃるとおりですわ。わたしもパーシイに義務から手を引かせようなんてまねは致しますまい。たとえ、そうしたところで、おっしゃるとおり、むだでしょうし。神さま、どうぞパーシイに追跡者たちをしのぎ得る体力と能力をお与えくださいませ」彼女は熱烈に決然として言った。「たぶん、パーシイはあの貴い仕事に取りかかる時に、あなたを、ごいっしょにおつれすることを拒まないでしょう。あなたがた二人そろったら才智も勇気も充分ですもの。どうぞ神さまが、あなたがた二人をお守りくださるように！　こうしているうちにも、一刻もむだにはできません。やっぱり、パーシイにはショウヴランに跡をつけられていることを知らせなければいけません。あの人の安全は、それにかかっていると思いますのよ」

「そのとおりです。ブレークニイは縦横無尽に走る智略をそなえていますからね。危険を知りさえすれば、充分用心して行動しますよ。彼の創意ときたらまったく奇蹟的ですからね」

「では、わたしがここでパーシイの来るのを待っておりますから、あなたは村のほうへちょっと偵察に行っててらしたらいかがでしょう――ひょっとしたら、パーシイと行き会わないとも限りませんもの。そうしたらだいじな時間が助かりますもの。もしあの人にお会いになったら、くれぐれも用心するようにおっしゃってくださいまし――一番手ごわい敵が跡をつけているとおっしゃってね」

「しかし、ここはあなたがお一人でお待ちになっていらっしゃるには、危険な場所でございますぞ」

「いえ、かまいませんわ――でもなんでしたらあの不愛想な亭主に、どこか別の部屋で待たせてもらえないかきいてくだすってもよろしいわ。そうすれば、来合わせた旅行者にじろじろ見られたりすることもなくて、ずっと安全でしょうよ。亭主にいくらか心づけをしといて、そして、背の高いイギリス人が戻ってきたら、すぐわたしに知らせるようによく頼んでくださいましね」

すっかり計画が立ち、必要とあれば最悪の場合の用意もできた今、マーガリートは、まったく落ち着いて、幾分快活にさえなっていた。これ以上もはや女々しい振舞いはすまい。自分の生命を同胞に捧げようとしている彼にふさわしい自分であることを示そう。

アンドリュウ卿は一言も言わずに従った。こうなってくると彼女のほうが自分よりも強い精神力を持っていることを本能的に感じ取ったのである。彼は喜んで彼女の指揮に従い、彼女が指図する頭脳なら、彼はその手となろうと決心した。

彼はブロガードと女房が先ほど姿を消した奥の部屋の戸口に行って叩いた。すると例のごとく中からの返事は悪態口の一斉射撃であった。

「おい、ブロガード君」と青年は、断乎《だんこ》とした口調で言った。「奥さまは、こちらでしばらくお休みになりたいとおっしゃるのだ。どこか別の部屋をつかわせてもらえないかい。おひとりになりたいと、おっしゃるんだ」

彼はポケットから幾らかの金を取り出し、意味ありげに手の中でチャラチャラいわせた。ブロガードは戸を開けて、例の無表情なむっつりした顔で青年の話をじっと聞いていた。しかし、金貨を見ると彼の態度はいくらかやわらいだようだった。彼は口からパイプをはなすと部屋にのそのそはいって行った。

それから肩越しに壁の屋根部屋を指さした。

「あすこで待ったらよかろう。居心地はええよ。おまけにほかにゃ部屋はねえんだ」

彼は不機嫌に言った。

「けっこうですわ」マーガリートは英語で言った。たちまち彼女は人目につかないそのような場所の好都合を悟ったのであった。「そのお金をあげてくださいな、アンドリュウ卿。そこでしたらほんとに都合がいいのよ、外から見られずに、なんでも見えるんですからね」

　彼女はブロガードにうなずいて見せた。彼はしぶしぶ屋根部屋へ上がっていって、床に敷いてある藁《わら》をふるってくれた。

「お願いです、奥さま、無謀なことをなさってくださいますな」アンドリュウ卿は今度はマーガリートがガタガタの階段を昇ろうとしているのを見て言った。「ここにはスパイどもが横行していることを、お忘れにならないでください。かならずパーシイ卿と二人きりになれるということを確かめるまでは、絶対にパーシイ卿に姿をお見せになってはいけませんよ」

　そう言いながらも彼はこんな注意はまったく不必要のことを感じていた。マーガリートはどんな男にもおくれをとらぬくらい落ちついており、頭脳明せきであった。彼女が向こう見ずなことをする心配はさらになかった。

「ええわたし、あなたにかたくお約束いたしますわ」彼女は努めて快活に言った。「わたし、知らない人たちの前でパーシイに話しかけたりして、夫の命や計画をめちゃめちゃにするようなことはけっしていたしませんわ。ご心配なさらないでね、わたしは機会をよく利用して、パーシイに一番ためになるよう、つくしますから」

　ブロガードはふたたび階段を下りてきて、マーガリートは彼女のかくれ家に昇ろうとした。

「あなたさまのお手に接吻《せっぷん》はいたしませんよ、奥さま」彼女が階段を昇り始めた時、アンドリュウ卿は言った。「わたしはあなたさまの従者でございますからね。では、お元気に。もし三十分以内にブレークニイに会いませんでしたら、もうこちらだと思って戻ってまいりますよ」

「そう、それが一番ようございますわ。三十分ならわたしたちも待っておられますわ。ショウヴランだってその前にここへ来ることはないでしょうしね。どうかそれまでに、あなたでもわたしでもパーシイに会えますように。じゃあ、ご成功を祈っておりますよ。わたしのことはご心配にならないでね」

軽々と彼女は屋根部屋につづく危かしい木の階段を上がって行った。ブロガードはそれ以上、彼女にはかまわなかった。そこで居心地がよかろうとわるかろうとご勝手だ。アンドリュウ卿はマーガリートが部屋に上がりつき、藁の上に坐《すわ》るまでじっと見守っていた。彼女はよれよれのカーテンを引いた。青年は彼女がだれにも気づかれずになんでも見たり聞いたりできる、すばらしく有利な位置におかれたことを知った。

ブロガードにはたっぷり心づけをやっておいたから、むっつりやの老亭主もマーガリートを裏切るようなことはないだろう。それから彼は出かけようとした。戸口のところで彼はもう一度、振り返って屋根部屋を見上げた。ボロボロのカーテンの間から、マーガリートの愛らしい顔がのぞいて彼を見おろしていた。青年はそれが落ちついて微笑さえたたえているのを見てうれしく思った。「行ってまいります」というようにうなずいて見せ、彼は夜の暗闇の中に出て行った。

24　死の罠

次の十五分は速《すみや》かに音もなく過ぎていった。その間、下の部屋ではブロガードが、せっせと食卓をかたづけ別の客のために用意していた。

時間が案外、気持よく早くたって行くようにマーガリートに思えたのも、このしたくを見ていたからであった。この夕食らしいものが用意されているのはパーシイのためなのだ。たしかにブロガードは、あののっぽのイギリス人にはある程度の敬意をいだいているらしく、前よりはやや念入りにあたりを気持よく見せようとしているようだった。

彼は古い調理台のどこか奥のほうから、テーブル掛けらしいものをさえ引っ張り出してきたのである。そしてそれをひろげたところが穴だらけなのを見ると、しばらくどうしたものかと首をかしげていたが、やがて食卓の上に穴の大部分がかくれるよう苦心してかけたのであった。

つぎには、やはり古くてボロボロではあるが、幾らか清潔なナプキンをとり出して、食卓の上にならべたコップやスプーンや皿などをていねいにぬぐった。

ブロガードが悪態《あくたい》をつきとおしながらこれらの用意をするのを見て、マーガリートは微笑を禁じ得なかった。たしかにあのイギリス人の偉大な体軀か、または拳骨の力がこのフランスの自由市民を威圧したものにちがいなかった。さもなければ、彼はどんな貴族の畜生にだってこんなに手をかけはすまいから。

このように食卓のしたくができると——ブロガードはいかにも満足したようすでそれを眺めた。それから椅子の一つを自分の上衣の端で塵《ちり》を払い、スープ鍋をぐりんとかきまわし、炉に新しい薪の束をほうり込むと、足を引きずって部屋を出て行った。

マーガリートは一人きりになり、思いにふけっていた。彼女は旅行外套《がいとう》を藁《わら》の上にひろげ、その上に気持よく坐《すわ》っていた。藁は新しく、下からの厭《いや》な臭いはほんのわずかしかのぼって来なかった。

しかし、この瞬間、彼女はほとんど幸福なといってよい気分になった。なぜなら、ボロボロのカーテンからのぞいて見ればガタガタの椅子があり、破れたテーブル掛けがあり、杯《さかずき》、皿、スプーンがあり、それで全部である。だがこれらの口をきかぬ不恰好な物たちが、みんなパーシイを待っているのだと言っているように見えた。間もなく、いや、すぐにもパーシイはここへ来るだろう。そしてこの汚ない部屋にはまだだれもいないし、パーシイと二人きりになれるだろう。

こう思うとあまりにうれしく、マーガリートはそのほかのことは眼に入れまいと眼を閉じた。あと数分の中に、パーシイと二人だけになれるのだ。階段を駆け下りてパーシイの前にあらわれよう。そうするとパーシイは彼女を抱きしめる。そして彼女はパーシイのためならば、また彼とともならば、自分は喜んで死ぬということ、なぜならばこの世の中にそれ以上の幸福はないからということを彼に話そう。

それからどうなるかしら？　彼女には想像もつかなかった。もちろん彼女には、アンドリュウ卿の言うとおりパーシイはとりかかったことはなんでもやりとげるであろうこと、彼女は――今ここにいる彼女は――ショウヴランが跡をつけているから用心するようにと、彼に警告するより以外にはどうしようもないことを知っていた。彼に警告した後は、彼がその恐ろしい大胆きわまる使命を果たしに出かけるのを、みすみす見送らねばならないのであろう。彼女はパーシイを引きとめたいなどとは言葉にも身振りにも出すことはできないであろう。パーシイが命令することはどんなことでも従おう。たとえここを立ち去り、パーシイが死に近づきつつあるであろう間じゅうも名状しがたい苦悶《くもん》のうちに待っていることであっても、それに服従しよう。

しかし、それさえも、自分がどんなに彼を愛しているかを彼に知らせることができなくて終わってしまうよりはずっとまさったことに思えた――が、それだけは、とにかく、大丈夫に思えた。パーシイを待ちかまえているように見えるこの汚ない部屋までが、パーシイは間もなくあらわれると告げているようだった。

突然、彼女の緊張しきった耳は遠くから近づいて来る足音をききつけた。彼女の心臓は狂気のような喜びにおどり上がった。やっとパーシイが来たのかしら。いや、足音はパーシイのように大またではないし、力強くもない。その上、マーガリートは、はっきり二組の足音を聞き分けたと思った。そうだ。そのとおり二人の男が、こっちへやって来るのだ。たぶん、旅行者が二人、酒を飲みにか、または……

しかし、マーガリートが思いめぐらす暇はなかった。というのは、すぐに戸口で横柄な呼び声がし、次の瞬間、戸は外から荒々しく押し開かれ、粗野な命令的な声が、「おい、ブロガード君、おおい」と、どなった。

マーガリートには新来者は見えなかったが、カーテンの穴の一つから下の部屋の一部が見えた。

ブロガードが足を引きずりながら奥の部屋から例の悪態の連続とともに出てくるのが聞こえた。しかし、客の姿を見ると彼は、マーガリートのところからよく見える部屋のまんなかで立ちどまり、前の客に示したより、もっとはなはだしい軽蔑の色を浮かべて、彼らをじろじろ見た。そして「坊主の畜生」と、つぶやいた。

マーガリートの心臓は急にぱったり止まってしまったかと思われた。大きくみひらいた彼女の眼は、この時ブロガードのほうに足早に歩みよった新来者の一人に釘づけになった。彼はフランスの僧侶の長衣をまとい、つば広の帽子をかぶって締金のついた靴をはいていた。しかし彼は亭主と向き合うとちょっとの間、長衣の前を開き官職の印しである三色の襟巻を示した。すると、たちまち、ブロガードの軽蔑し切った態度は一変し、媚《こ》びるような、へいつくばったものになった。

マーガリートの血を血管の中で凍らせたのはこのフランス僧侶の姿であった。彼女にはつば広の帽子のかげになった彼の顔は見えなかったが、そのやせた骨ばった手、やや前かがみの姿勢、歩きつきなどをはっきり見たのであった。それはショウヴランであった。

局面のこの恐ろしい変化に彼女は打ちのめされたようになった。はげしい失望、当然、後に続いて起こる事などを思うと、彼女は気が遠くなるのを覚え、気絶して倒れないためには超人的な努力を必要とした。

「スープを一皿と酒を一本。それからあっちへ行ってくれ。わかったか。おれは一人になりたいんだ」ショウヴランは、ブロガードに威たけだかになって言った。

だまりこくって今度は悪態もつかずにブロガードは従った。ショウヴランはのっぽのイギリス人のために用意してあった食卓に坐り、亭主はそのまわりをおじぎしながら、せかせか動きまわり、スープを盛ったり酒をついだりした。ショウヴランといっしょにきて、マーガリートに見えない男は戸のすぐそばに立って待っていた。

ショウヴランのぶっきら棒な合図によって、ブロガードがそそくさと奥の部屋に引っ込んでしまうと、今度は連れの男を手まねきした。

マーガリートは一目でそれがショウヴランの秘書であり、腹心の三太夫のデガスであることがわかった。彼女は前にパリでたびたび彼を見たことがあった。秘書は部屋を横切り、一、二分、ブロガードの部屋の戸に耳をつけてじっと聞き入った。

「聞いていないか」ショウヴランはそっけなく言った。

「聞いていません」

瞬間、マーガリートはショウヴランがデガスにこの屋根裏を探せと言いつけやしないかとひやっとした。もし見つかったらどんなことになるか、思ってもぞっとした。しかし幸いにもショウヴランはスパイの心配よりも、早く秘書と話したいらしく、デガスに早く自分のそばに来るよう言いつけた。

「英国船は?」彼はたずねた。

「日没ごろ、見失ってしまいました。しかし、その時は西方、グリネー岬のほうへ向かっておりました」デガスは答えた。

「そうか——よし——」ショウヴランはつぶやいた。「じゃあ、ジャトレー大尉のほうはどうだ——大尉はなんと言った?」

「大尉は、あなたが先週お下しになった命令は全部、正確に実行したと申していました。あれ以来ここへ来る道という道は全部、夜昼通じてかためております。ことに海岸や崖は、もっとも厳重に捜査網を張っております」

「大尉は、この〝ブランチャード神父の小屋〟というのがどこにあるか知っているのか」

「いいえ、だれもそんな名前では知らないようです。もちろん、海岸に沿っていくらも漁夫の小屋がありますし……ですが……」

「それでけっこう、で、今夜のことは？」いらだった調子でショウヴランはさえぎった。

「道路も海岸もいつものとおり警備しております。そしてジャトレー大尉は、さらに命令が下るのを待っております」

「じゃあ、大尉のところへすぐ引っ返せ。大尉に各所の巡邏隊《じゅんらたい》に援兵を送るよう言ってくれ。特に海岸方面にな——わかったか？」

ショウヴランは簡単に要点について語った。彼の一言一言は、マーガリートのもっとも大切な希望の失われて行く葬式の鐘のように彼女の胸に突きささった。

「者どもに言え。街道筋であろうと、海岸であろうと、徒歩でも騎馬でも馬車でも何に限らず、やって来る者をせいいっぱいよく見張るようにとな。ことに背の高い者をだぞ。別にどんな風采かいま言う必要はない。たぶん変装しているだろうからな。だが、前屈みにでもなるほか、うまくあののっぽをかくしおおすことはできまい。わかったか」

「よくわかりました」デガスは返答した。

「兵たちのだれかが怪しいやつを見つけたならば、そのうち二人はやつから眼をはなすな。いったん見つけた上で、その背の高い怪しいやつを見失った者は、怠慢の罰を生命で支払うのだぞ。だが一人は、まっすぐここへ馬をとばして俺に知らせるのだ。よくわかったか？」

「よくわかりました」

「ではよし、すぐジャトレーのほうへ行け。援兵が巡邏隊のところへ出かけるのを見届けた上で、大尉にもう六人ばかりきみのほうへまわしてくれるよう頼め。そしてその者どもをつれて来い。十分もあればもどれるだろう。行け！」

デガスは挨拶して戸口へ行った。

ショウヴランが部下に指図するのを恐怖に戦《おのの》きながらじっと聞いたマーガリートには、〝べにはこべ〟捕縛の計画の全貌がまざまざとわかってきた。ショウヴランは亡命者たちにわざと安心させておいて、パーシイが彼らのところへやって来るまで待たせておくつもりなのだ。そこで大胆な陰謀者は取り囲まれ、革命政府にとって裏切者である王党員らを煽動《せんどう》している現場を押えられるというわけなのだ。こうすれば、彼が捕縛されたことが海外に聞こえても、イギリス政府でさえ合法的に彼をかばってやれないのだ。フランス政府の敵と結んだのであるから、フランスは彼を死刑にする権利があるのだ。

パーシイや亡命者たちが逃れることは不可能だ。道という道には、すべて歩哨《ほしよう》が立って監視している。罠《わな》はうまく張ってある。網は今のところは広いが段々に狭まり、ついには大胆な陰謀者の上でしめられるであろう。そうなれば、彼の超人的な機智をもってしても、その網目から彼を救うことはできないであろう。

デガスが外に出ようとするとショウヴランはもう一度呼び戻した。マーガリートは、大勢の同勢をそろえて、たった一人の勇敢な男を捕えるのにこの上どんな悪らつな計画をたてるのかと怪しんだ。彼女はデガスに話そうとして彼のほうを向いたショウヴランをじっと見た。マーガリートには、つば広の僧侶帽の下からのぞく彼の顔だけが見えた。やせた顔、薄黄色の小さい眼に、あまりにも強い憎しみと悪魔のような悪意がみなぎっているのを見た時、マーガリートの最後の望みは消えてしまった。この男からは一片の慈悲をも期待できないことを感じたのである。

「忘れていたんだがね」ともう一度言ったショウヴランは気味わるくクックッ笑いながら、凶悪な、満足しきったようすで、骨ばった鳥の爪のような手をこすり合わせた。

「背の高いイギリス人は刃むかうかも知れないが、どんな場合でも射ってはいけないぞ。おぼえとけ。最後の手段の外はな。俺はあののっぽの外人を生きたまんまで欲しいんだ……できればな」

彼は哄笑した。それはダンテが描いたところの悪魔たちが地獄におちた罪人どもの苦しむさまを見て笑う、ちょうどそのようであった。これまでマーガリートは人間が耐え得る最大限の恐怖と苦しみを味わったと思っていたが、今やデガスが立ち去り、人気《ひとけ》のない汚ない部屋にこの悪魔を相手に一人残ってみると、今までの苦しみはこれにくらべたら、ものの数ではないという気がした。やがて訪れる勝利を思って彼は手をこすり合わせながら、なおも一人で声をたてて笑ったり、クックッ含み笑いをしたりしていた。

計画は完全に立てられてあるし、勝利は彼のものとなるに違いない。蟻穴一つもらさずかためてあるから、どんなに果敢な、どんなに機智のすぐれた者だとて逃げられはすまい。道という道は見張られ、あらゆる隅々まで監視され、そして海岸のどこかにある淋しい小屋では亡命者たちの小隊が彼らの救い主を待っており、彼を死に導こうとしている——いや、死よりも恐ろしいもの。聖服をまとったそこなる悪魔は、一人の勇敢な男を任務遂行中の兵士として、その場でひと思いに死ぬことさえ許さないほどの鬼なのだ。

なによりもショウヴランは、長い間彼の裏をかいてきた狡猾《こうかつ》な敵がどうすることもできぬ状態で、自分の手に落ちてくるのを待ちこがれているのだ。彼を眺めまわし、彼の敗北を楽しみ、この上ない憎しみのみが考え出せる精神的肉体的拷問で苦しめてやりたいのだ。捕えられて、気高い翼を断たれた、勇敢な鷲《わし》は、鼠《ねずみ》の嚙《かじ》るがままに任せねばならないのだ。そして彼女は、彼の妻、彼を愛し、彼をこのはめに引き入れた彼女は、夫を助けることも、どうすることもできないのだ。

ただ、彼のそばで死ぬことができるように、そして完全に、熱烈に――真実に彼を愛していることを告げる一瞬間を持ち得るように――と願うよりほかはなかった。

ショウヴランは今や食卓近くに椅子を引きよせた。帽子を脱いでいたので貧弱な夕食の上に屈んだ時、彼のやせた横顔と尖《とが》った顎がマーガリートに見えた。ショウヴランは見るからに満足し切っているようすであった。そしてこれから起こる出来事を落ちつき払って待ちかまえていた。彼はブロガードのまずい料理をさえ楽しんでいるようすだった。マーガリートは、こんなに烈しい相手への憎しみが、一人の人間の中にひそんでいるのかしらと驚嘆した。

こうしてショウヴランを見守っていると、突然、ある音が耳にはいり、彼女の心臓は石と化してしまった。しかもその音は、だれにも恐怖を起こさせるものではなく、英国国歌の「神よ、国王を守り給え」と元気よく歌う、陽気な若々しい愉快そうな声に過ぎなかった。

25 鷲と狐

マーガリートはハッと息を呑んだ。その声と歌を聞くや、呼吸はパタッと止まってしまったかと思われた。その歌い手こそは彼女の夫なのだ。ショウヴランもまたそれを聞いたに違いなく、戸口のほうにさっと眼をやってから急いでつば広帽子をひっ摑《つか》み頭に叩きかぶった。

声はますます近づいてきた。とっさにマーガリートは階段を駆け下り、部屋をとびぬけ、ぜひともあの歌をとめさせ、陽気な歌手に逃げるよう、遅すぎぬうちに生命《いのち》がけで逃げるよう説きたいという強い願いにかられた。が、ようやくこの衝動を抑えた。彼女が戸口に行きつく前に、ショウヴランが彼女を引きとめるだろうし、その上ショウヴランの声の届くところに兵士たちを配置してあるかもしれないのだ。彼女の早まった行動が、彼女が全生命を捨てて救おうとしている男の死の合図となるかもしれないのだ。

「永久に我らを統べたまうよう

「神よ、国王を守らせたまえ」

声は前よりももっと力強くなってきた。次の瞬間、戸はさっさと開かれ、一秒か二秒死のような沈黙がつづいた。

マーガリートは、戸のほうが見えなかった。彼女は息をころし、どんなことが起こっているのか想像しようとした。

はいってきたパーシイ・ブレークニイは、もちろん、食卓に向かっている僧侶を見た。彼は三、四秒もじもじしていたが、次の瞬間、マーガリートには彼の丈高い姿が部屋を横切るのが見えた。大きな朗らかな声で――

「おおい、だれもいないのか。ブロガードのあほうはどこにいるんだ」

彼は何時間も前、マーガリートが最後にリッチモンドで別れた時着ていた豪華な上着と乗馬ズボンをつけていた。例のごとく、彼の身なりは非の打ちどころなく、首と手首のすばらしいメクリンレースは、楚々として優美に、しみひとつなかった。手はほっそりと白く、金髪はきれいに櫛《くし》けずってあり、いつものように気取ったようすで眼鏡を手にしていた。実際パーシイ・ブレークニイ従男爵は、彼のもっとも手ごわい敵が張った罠《わな》の中に悠々と冷静に頭を突っ込んでいる、というよりむしろ、皇太子の園遊会への途上にあると言ったほうがふさわしかった。しばらく部屋のまん中に彼は突っ立っていた。一方マーガリートは、全身が恐怖にしびれ切って息をつくことさえできないようだった。

今にもショウヴランが合図を下せば、部屋は兵たちでいっぱいになる。彼女はかけ下りてパーシイが貰い生命を捨てるにあたり、彼女もともに果てる時を、今か今かと待ちうけていた。パーシイが何も知らず、おだやかにそこに立っているのを見ると、彼女はもう少しで叫びそうになった。

「お逃げなさい、パーシイ。そこにいるのはあなたの恐ろしい敵ですよ。今のうちにお逃げなさい」

しかし、そのひまさえなかった。というのは、次の瞬間ブレークニイ卿は静かに食卓に歩みより、僧侶の背中をポンと快活に叩き、例のものうげな、気取った調子で話しかけた――

「これは、ああと……ショウヴラン氏、ここでお会いしようとは夢にも思いませんでしたな」

ちょうどスープを口に運んでいたショウヴランは見事むせてしまった。彼のやせた顔はまったくむらさき色になり、烈しい咳の発作のおかげでどうやらこの狡猾《こうかつ》なフランス政府代表は、腰を抜かさんばかりの驚愕《きょうがく》を見られずにすんだのであった。敵側がこの挙に出たことはショウヴランにとってはまったく予想外だったのは確かである。

そしてこの大胆きわまるずうずうしさにショウヴランはあわてふためいてしまったの

である。明らかにショウヴランはこの宿を兵士たちに囲ませておく用意をうっかりしていたのだ。ブレークニイはこれを推察したに相違なく、すでにこの予期せざる会見をも、ちゃんと計算に入れ、ある計画を立てたにちがいなかった。

上の屋根部屋のマーガリートは身動きもしなかった。彼女は見知らぬ者の前で、夫に話しかけないことをアンドリュウ卿とかたく約束したのであるし、分別なく衝動にかられて夫の計画のじゃまをしないだけの自制心もあった。じっと坐《すわ》ってこの二人の男たちを見守っているのは恐ろしい辛抱を要することだった。マーガリートはショウヴランがすべての道を巡邏《じゅんら》するよう命令するのを聞いていた。であるからパーシイが今、〝灰色猫旅館〟を立ち去ったならどの方向に行こうとも——十歩と行かないうちに、見張りのジャトレー大尉の部下に見とがめられるのはわかりきっていた。さりとて、ここにとどまっていれば、そのうちにデガスがショウヴランの特に命令した、六人の兵といっしょに引っ返して来るであろう。

罠は迫ってきた。マーガリートはただ、どうしたらよいか思い迷いながら坐視するよりほか何をすることもできないのだ。二人の男は奇妙な対照をなしていた。二人のうち、かすかながら恐怖の色を現わしているのはショウヴランのほうであった。マーガリートはショウヴランの性質をよく知っていたから、今どんなことを彼が考えているか容易に想像がつくのであった。ショウヴランは、ひとけのない宿に頑丈な体格をした、奇想天外に大胆で向こう見ずの男とたった二人きりで、相対している自分の身の危険を恐れているのではなかった。ショウヴランは心中深くいだいている大義のためには喜んで危険きわまる衝突をも敢えて辞さないが、しかし彼の恐れているのは、この不敵なイギリス人が自分をやっつけてしまえば逃亡の機会が二倍にもなるであろうことは、マーガリートにはわかっていた。彼の部下たちは巧妙な手と、命がけの憎しみに刺激された機敏な頭脳に指図されるのでなければ、なかなか〝べにはこべ〟を捕えることはできないであろう。

しかし、今のところ明らかに、フランス政府代表は彼の強敵を何ら恐れる必要はなかった。ブレークニイはいつものとおりひどく間抜けた笑いかたをし、快活な人の好さそうなようすで、ショウヴランの背中をまじめになってさすっていた。

「こりゃあ、まったくすまんかったですな……」彼は朗らかに言った。「まったくお気の毒で……すっかり転倒おさせしましたな……スープを食べてるところをね……ええ、やっかいな、困ったしろものですな、スープってしろものは……ええ……それそれ！　……わたしの友人がね、以前、死にましたよ……ええ……窒息しましてね……ちょうどあなたのように……スープひとさじでね」

そして彼は、ショウヴランを見おろしながら、愉快そうに、内気な微笑を見せた。

「まったくこいつぁ、ひどい穴っぽこですな……」と相手がいくらかおさまってきたようすを見ると言った。「ええと、お差しつかえありませんか」

彼は言いわけしながら、食卓のそばの椅子に坐りスープ入れを手許に引き寄せた。

「あのブロガードのばかやろうは、居眠りか何かしているらしい」

食卓には二番皿があり、彼は静かにスープを食べ、杯《さかずき》に酒をついでのみほした。ちょっとの間、マーガリートはショウヴランがどうするだろうと思った。ショウヴランは巧みに変装しているから、すっかり落ちついてしまったら、人違いだと言い張るつもりかも知れない。しかしショウヴランもそんな見えすいた嘘や子供だましのまねをするようなばかではなく、すでに彼もまた手を差しのべ愉快そうに、

「お目にかかれてこんなうれしいことはございません、パーシイ卿。失礼いたしました――ううむ――あなたさまが海峡のあちら岸にいらっしゃるとばかり思っておりましたもので。あまり突然の驚きで、もう少しで息が止まるところでございました」

「いや、実際とまってしまったじゃありませんか、そうでしょう、えっ、あのええと、ショウベタンさん？」パーシイ卿は、上機嫌でにこにこしながら言った。

「失礼ですが――ショウヴランでございます」

「これはまことにご無礼申しましたな。そう、ショウヴラン氏でしたな、むろん。……どうも……その……わたしは外国の名前は苦手でしてね……」

彼はわざわざこの汚らしい宿屋で、彼の最強の敵と夕食をともにするために、カレ

イまで来たかのように、上機嫌で、悠々とスープを食べた。

マーガリートは、どうしてパーシイはこのちっぽけなフランス人をその場で叩きつけてしまわないのかしらと怪しんだ——ちょうど同じようなことが彼の心にも浮かんだらしく、時おり彼のものうげな眼が、今はもうすっかり落ちついて、やはり悠々とスープを食べているショウヴランの貧弱なからだにとまるたびに、不気味にぎろっと光るように思われた。

しかしかくも多くの大胆な計画を立て遂行してきた鋭い頭脳は、無用の危険をあえておかすようなことはしないのだ。この場所にもやはりスパイたちがうろうろしているかもしれないし、亭主だってショウヴランに買収されているかもしれない。ショウヴランの一声で二十人の男がなだれ込んで来るやも計られず、そうなればパーシイは捕えられ、亡命者たちを助けることはもちろん、彼らに一言も言う暇もなく罠にかかってしまうであろう。こんな危険はおかさないのだ。パーシイの目的は他の人々を助け、無事に脱出させるにあるのだ。パーシイは亡命者たちに必ず助けてやると誓ったのだし、誓った以上果たさずにはおかぬだろう。このように彼は食べたり話したりしながらしきりに思いをこらし、策を練っていた。一方、屋根部屋では不安に身も世もない哀れな女が、どうしたらよいかと頭をくだかれるようにしていた。今にも夫のところへ駆け下りたいのをじっと身じろぎもせずに堪えているのは、夫の計画をくつがえしてはならないという用心からだけだった。

「わたしは知りませんでしたよ」ブレークニイは陽気に言った。「あなたが……ええ……聖職におありになったことはね」

「わたしは……その……エヘン」ショウヴランはどもった。敵の落ちつきはらった図太さに、彼はまったく日ごろの平静を失った。

「しかしですな……あなたならどこにいらしてもわたしには必ずわかります」パーシイ卿はもう一杯酒を飲みほしておだやかに言った。「かつらと帽子が、少しばかりごようすを変えはしましたがね」

「そうでしょうかな」

「実際、人を変えて見せますな……しかしですね……こんなことを申し上げてもお気にかけられんでしょうな？　とかく意見を述べ立てる悪い癖がありましてね……お気にされんでしょうね？」

「いや、なに、少しも――エヘン。ブレークニイ令夫人はお元気でいらっしゃいましような」ショウヴランはいそいで話題を変えた。

ブレークニイはゆっくりとスープを平らげ、酒を飲みほしたが、瞬間すばやく部屋中をさっと見まわしたようにマーガリートには見えた。

「元気でおります。ありがとう」やっと彼はそっけなく言った。それから沈黙がつづいた。マーガリートはその間、心中たがいに探り合っている二人の敵をじっと見守っていた。彼女には食卓に坐っているパーシイの顔をほとんど全部見ることができた。そこは彼女がどうしたらよいか、また何を考えてよいかわからず迷ってうずくまっている場所から十ヤードと離れていなかった。駆け下りて行って夫の前に姿を見せたいという衝動はもはやまったくおさえてしまった。現在このように自分の役割を演じることのできる男に、警戒を教える女の言葉などの必要はない。

　マーガリートはしみじみと自分の愛する男性を眺めた。心やさしい婦人のだれにとっても、これはなつかしい喜びである。ぼろぼろのカーテンのかげから夫の端麗な顔をじっと見つめ、ものうげな青い眼に、うつろな微笑の奥に、部下たちからあれほどにうやまわれ信頼される原因である、体力と精力と機智がひそんでいるのをはっきり見てとった。「あなたのご主人のために、よろこんで命を投げ出すわれわれの仲間は十九人ございます。ブレークニイ夫人」とアンドリュウ卿は語ったことがあった。そして彼女は低く四角で幅の広い額、青く、しかし凹んだ熱のある眼、完全無欠に演じている喜劇の裏にひそむ不撓不屈《ふとうふくつ》の精力、ほとんど超人的とも言うべき強い意志と驚嘆すべき頭脳を具《そな》えた彼の全貌を眺めているうちに、彼女には夫が部下たちにおよぼす魅力がはっきり摑めた気がした。なぜならば、彼はすでに彼女の心情と想像をもその魔力の下に征服してしまったのではないだろうか？

いらだつ気持を例のいんぎんな態度の下にかくそうとしているショウヴランは、ちらっと時計に眼をやった。デガスは間もなく戻って来るだろう。あと二、三分でこの不敵なイギリス人はジャトレー大尉の腹心の部下六人の手におさえられてしまうのだ。

「パリへいらっしゃるところですか、パーシイ卿?」ショウヴランは何気なくたずねた。

「とんでもない、いいえ」ブレークニイは笑いながら答えた。「リルまで行くんですよ……パリはわたしには向きません……その、とてつもなく居心地のわるい所ですな、パリは。今のところ……ええ、ショウベタンさん。あ……失礼……ショウヴランさん」

「今、あそこで盛んに行なわれている闘争になんの興味も持たれないあなたのようなイギリス紳士にはね」

ショウヴランは皮肉な調子で言った。

「ああ! まったくわたしに関係したことじゃありませんからな。それにわれわれの政府ときたら、ぜんぜんあなたがたの肩を持っているじゃありませんか。ピットは意気地なしですよ。あなた、お急ぎなんですね」ふたたびショウヴランが時計を取り出すのを見て、ブレークニイは訊ねた。「お約束がおありですな、たぶん……どうぞ、わたしにはおかまいなく……こちらは勝手にやっておりますから」

彼は食卓から立ち上がり、椅子を炉ばたに引きずって行った。またもやマーガリートは彼のところへ飛んで行きたい気持に強くかられた。時間が迫って来つつあったからである。デガスは部下たちをつれて今にも戻って来るかも知れない。パーシイはそれを知らないのだ。そして……おお、なんと恐ろしいことになったものだろう。それに、どうすることもできないのだ。

「わたしは別に急いではおりませんがね」パーシイは気持よげにしゃべりつづけた。「しかし、ああ！　こんなべらぼうな穴っぽこには、必要以上いたくありませんな。だが、おやおや、あなた」三度目にショウヴランがこっそりと時計を眺めるのを見て彼は言った。「いくら、ごらんになったからって、あなたの時計がそれだけ早く進むわけじゃありませんよ。ご友人を待っておられるんですな。そうでしょう？」

「そうです――その、友人です」

「よもやご婦人ではありますまいね――神父さま」

ブレークニイはからからと笑った。「まさか聖なる教会が許しませんでしょうからな……え？　いかがです……だがまあ、火のそばへいらっしゃい……こっぴどく冷えて来ましたな」

彼は長靴の踵《かかと》で火をけり、古風な炉をぱっと燃え上がらせた。彼はけっして急いで出て行くようすもなく、身に差し迫っている危険をまったく知らないようすであった。

彼はもう一つ椅子を火のそばへ引きよせたので、今やどうすることもできないほどいらいらして来たショウヴランも、炉ばたにきて、戸口がよく見えるような位置に坐った。デガスが出かけてから、かれこれ十五分になる。マーガリートの痛む頭には、デガスが来るやいなや、ショウヴランは亡命者たちに関する計画を変更して、この不敵な〝べにはこべ〟を直ちに捕えてしまうことが、はっきりわかっていた。

ブレークニイは、浮き浮きした調子で、「ねえ、ショウヴラン君、ご友人はきれいなかたなんでしょうねえ。ときどきフランスにはめっぽうシャンなかわいい婦人がありますからな――どうですか。だがお訊ねする必要はありませんな」と彼は何気ないようすで食卓のほうへブラブラ引っ返してきた。「趣味の点では教会のかたがたはけっしてひけをとりませんからね……ええ？」

しかしショウヴランは聞くどころではなかった。全神経は今にもデガスがはいって来るに違いない戸口に集中されていたのである。マーガリートの心もまたそこに集中されていた。というのは、彼女の耳はこの時突然、夜の静寂を破って多くの足音が歩調を揃えて遠くのほうから進んで来るのを聞きつけたからである。

デガスと部下たちだ。あと三分で彼らはここに着くだろう！　あと三分で恐ろしいことが起こるのだ。勇敢な鷲《わし》はいたちの罠に落ちてしまうのだ。彼女は今こそ立ち上がって叫びたかった。しかしそれだけはしなかった。兵士たちの近づく音に耳をすます一方、彼女はパーシイの一挙一動を見守っていたのである。彼は夕食の残りや皿、杯、さじ、塩それに胡椒入れなどが散乱している食卓のそばに立っていた。彼はショウヴランに背を向け、例の気取った、ばかげた調子で盛んにしゃべりつづけていたが、ポケットから嗅ぎタバコ入れを取り出すと、すばやく、いきなり胡椒入れの中味をそれに入れてしまった。

それから間の抜けた笑いを見せながらショウヴランのほうに向いた。

「えっ？　何かおっしゃいましたか」

ショウヴランはあまり一心に近づく足音に耳をすませていたため、この狡猾な敵がしていたことに少しも気がつかなかった。今や、ショウヴランはすっかり平常の態度に返り、もう足もとまで迫っている勝利のただなかにあって、一所懸命、何気ないふうをしようと努めていた。

「いや」と彼はすぐに言った。「それは——ですな。あなたが言っておられたので、パーシイ卿」

「わたしはですね」とブレークニイは、炉ばたのショウヴランのほうに近づきつつ言った。「ピカデリーのユダヤ人がね、こないだ、今までにないすばらしい嗅ぎタバコを売ってくれたと言ったんです。ちょっとご賞味くださいませんかな、神父さま」

彼はショウヴランのすぐそばに、例の無頓着な気の良さそうなようすで立ち、強敵に嗅ぎタバコ入れを差しだした。

ショウヴランはこの前マーガリートにしたとおり、謀略の一つや二つを承知していないわけはないのだが、この手口は夢にも考えなかった。片耳をどんどん近づいて来る足音に傾け、片眼をデガスと部下たちが間もなくあらわれる戸口に向けたショウヴランは、不敵なイギリス人の気軽なようすに釣られて安心しきってしまい、自分の上にかけられているたくらみを疑おうとさえしなかった。

ショウヴランはひと嗅ぎかいだ。

たまたま誤って胡椒をぐっと勢いよくひと吸いしたことのある者でなければ、こんなものを嗅いだ人間が、どんな状態におちいるかはわかるはずがない。

ショウヴランはまるで頭が破裂するかと思った――あとからあとからひっきりなしに出るくしゃみで、彼はほとんど窒息しそうになった。しばらくは眼は見えず、耳は聞こえず口はきけなかった。そしてその間にブレークニイは、いささかもあわてず、静かに帽子をとり、ポケットからいくらかの金を出して食卓の上に置き、それから悠々と部屋から歩み去った。

26　ユダヤ人

ややしばらくたってからようやくマーガリートはわれに返った。この小場面は一分とかからない間に行なわれたのであり、デガスと兵士たちは〝灰色猫旅館〟からまだ二百ヤードもはなれたところにいた。

今の出来事がのみ込めた時、喜びと驚嘆の入り交じった、なんとも言えぬ気持が彼女の胸に満ちた。なんと手ぎわのよい独創的なやりかたであろう。ショウヴランはまだ絶対無力な状態にあった。それは拳で一撃を喰わされたより、もっとひどいものであった。あの狡猾《こうかつ》な敵が悠々と彼の指から抜けて行くのに、見ることもできなければ聞くことも話すこともできないからである。

ブレークニイは明らかに〝ブランチャード神父の小屋〟にいる亡命者たちの処に行き、彼らを助け出すため立ち去ってしまった。今のところは実際どうすることもできない。今のところは大胆な〝べにはこべ〟はデガスと部下の者たちに捕えられはしなかった。しかしあらゆる街道も海岸も固められている。残るくまなく見張りが置かれ、怪しい者はもれなく眼をつけられる。あんな豪奢なみなりでパーシイはどこまで見とがめられず、跡をつけられないで行けることであろう。

今となってマーガリートは、なぜ早く彼のところに下りて行って、結局は彼が必要としていた警戒と愛の言葉とを告げなかったのであろうかと、ひどく後悔した。パーシイはショウヴランが下したパーシイ捕縛の諸命令を知っているはずがないし、もう今の今だって、たぶん……

しかし、これらの恐ろしい考えが頭にはっきり浮かぶ前に、外の戸のすぐそばで武器のガチャガチャいう音が聞こえ、デガスの「止まれ」と部下たちにどなる声がした。ショウヴランは幾分われを取り戻してきた。くしゃみは前よりはおさまって来、彼はよろよろと立ち上がった。外からデガスが戸を叩いた時にはどうやら戸口のところまで行きつけた。

ショウヴランは戸をさっとあけ、彼の秘書が何か言い出すより早く、くしゃみをしながら、

「背の高いやつを早く、だれかやつを見たか」

「どこで?」びっくりしたデガスはたずねた。

「ここだ、きみ。その戸口から五分とたたない前に」

「何も見ませんでしたよ。月はまだ上がりませんし、それに……」

「それにきみたちはきっかり五分おそくきてくれたんだ。きみ」ショウヴランは、憤

怒の塊りとなって言った。

「あの、わたしは……」

「きみはおれがしろと言ったとおりにしたんだ」ショウヴランはいらいらして言った。

「それはわかってるんだ。だが随分かかったな。幸い大したこともなかったんだ。さもなきゃ、きみはとんだことになるとこだったぞ、デガス君」

デガスの顔はやや青くなった。彼の上官の全身には、あまりに烈しい怒りと憎悪が溢れていた。

「背の高いやつ……ですね」デガスはどもった。

「そいつがここにいたんだ。この部屋についい五分前にさ。その食卓で食事したんだ。なんてずうずうしいやつだろう。おれは、れっきとした理由からおれ一人であいつをい、のそうとはしなかったんだ。ブロガードは大ばか者だし、あのいまいましいイギリス人のやつは、牡牛もかなわない力を持ち合わせているらしいんだからな。それでやつは、きみらの鼻先から、するっと抜けてしまったのさ」

「やつはいくらも行かないうちに見付かりますよ」

「どうして？」

「ジャトレー大尉は巡邏隊《じゅんらたい》への援兵として四十人出しました。二十人は海岸に行きました。大尉はわたしに見張りは丸一日つづけているからどんな者だって見とがめられずに、海岸や船へは絶対行けないと二度も断言しました」

「それはよかった――兵士たちはすることをよくわきまえているか」

「彼らは非常に明瞭な命令をうけております。それにわたし自身も彼らの出発まぎわによく話しておきました。彼らはどんな怪しいやつでも見かけさえしたら、特にそれが背が高いか、あるいは背の高さをごまかそうとして屈んでいる者なら、できるだけこっそりと跡をつけることになっております」

「むろんどんな場合にもそんな者を引きとめてはいけない」ショウヴランは熱心に言った。「あのずうずうしい〝べにはこべ〟は、へまなやつらの指の間からは、するっとぬけてしまうからな。今となったらわれわれは、やつを〝ブランチャード神父の小屋〟に行かせ、そこで取り巻いて捕えればいいんだ」

「兵たちはよくそれを承知いたしております。そしてまた背の高い怪しいやつを見つけ次第、その跡をつけること、一方一人の者はすぐさま引き返してきてあなたに報告することになっております」

「それでよし」ショウヴランは満悦の態で手をこすり合わせた。

「もっとお知らせすることがありますが……」

「なんだ?」

「一人の背の高いイギリス人が四十五分前、ルウベンというユダヤ人で、ここから十歩と離れない所に住んでいるやつと長いこと話しておりました」

「ほう、そうして？」ショウヴランはせき込んでたずねた。

「話というのはその背の高いイギリス人が雇いたいという一頭の馬と馬車のことばかりでした。それは十一時までに彼のため用意できることになっております」

「もう十一時すぎだ。どこにそのルウベンは住んでいるんだ」

「この家から歩いて、二、三分のところです」

「部下の一人に、その怪しいやつがルウベンの馬車に乗っていってしまったかどうか、見にやれ」

「かしこまりました」

デガスは、部下の一人に必要な命令を下すため出て行った。デガスとショウヴランの間に交された会話は洩れなくマーガリートに聞こえ、彼らの話す一言一言が、彼女の心臓を非常な頼りなさと暗い予感で、破裂させるかと思われた。彼女は夫を助けようとの高い希望とかたい決意をいだいてはるばるやってきたのだ。そしてこれまでのところは、心配ではりさけそうな胸を抑えつつ、ただ恐ろしい罠網《わなあみ》が勇敢な〝べにはこべ〟のまわりにせばまってくるのを見守っているよりほかに、しかたがなかった。

彼はいまや数歩とすすまぬうちに見張りの者の眼に止まり、跡をつけられ報告されるであろう。彼女自身どうすることもできない無力さが、恐ろしい失望感となってはげしくおそいかかってきた。夫のためにほんの微力でもつくすことはほとんど不可能となってきた。そして彼女の唯一の希望は、たとえどんな最後であろうと、彼と運命をともにしたいということにかかっていた。

　今のところ愛する者をふたたび見る機会すらおぼつかなかった。それでもなおマーガリートは彼の敵の行動をしかと見守りつづけようと決心した。で、ショウヴランを眼の前に置いている間は、パーシイの運命はまだ決定されないのだという、かすかな希望が胸に溢れた。

　デガスは不機嫌そうに歩き廻っているショウヴランを部屋に残し、彼自身は外に出て、ユダヤ人のルウベンを探しに出した部下の帰りを待った。こうして数分間は過ぎた。ショウヴランはいらだたしい気分のやり場がないようであった。彼はだれをも信用できないようすだった。つい今しがたの大胆な〝べにはこべ〟のトリックはにわかに彼を不安に陥れ、自分がその場に行って見張りもし指図もしてこの図太いイギリス人の逮捕を監督しなければ、成功はおぼつかないと思わせるにいたった。

　約五分ほどしてから、デガスは汚い、きれかかってよれよれの、脂じみた長衣を肩に引っかけた、かなりの年配のユダヤ人を伴って戻ってきた。おびただしい白髪の交じった赤《あか》ちゃけた髪をポーランド系ユダヤ人ふうに結い、顔の両側に螺旋《らせん》状の巻毛を垂らし——頬や顎のあたり一面の垢で、彼はきわ立って汚ならしく、いやらしい姿を呈していた。彼の猫背は、信仰の自由と平等の黎明《れいめい》が訪れる以前、過去数世紀にわたって彼の種族が偽装していた卑下が習性となってしまったものである。デガスの後から足を引きずりながら妙な歩きかたでくっついてきたが、この歩きかたは今日に至るまで、ヨーロッパ大陸のユダヤ商人の特徴として残っているものである。

この卑しい種族に対するフランス人特有の嫌悪をいだいているショウヴランは、ユダヤ人に適宜の間隔を、たもつようにと手振りした。三人の男はひと塊りとなって吊りランプの真下にいたので、マーガリートには三人ともよく見えた。

「これがその男か?」ショウヴランは訊ねた。

「いいえ、ルウベンは見つかりませんでしたから、たぶん、やつの馬車があの怪しい男を乗せて行ってしまったのでしょう。ですがここにいるこの男は何か知っているらしく、話によってはよろこんでそれを売るというんです」

デガスは答えた。

「ああ」ショウヴランは彼の前にいる人類のいとわしい見本に胸をむかつかせて顔をそむけた。

ユダヤ人はこの仲間共通の辛抱強さで、太い瘤《こぶ》のある杖によりながら、へりくだった態度でそばに立っていた。脂じみた広縁の帽子は汚い顔に深い影をおとしていた。このようにしてユダヤ人は、お偉い閣下が何かお問いくださるのをじっと待っていた。

「この人の報告ではおまえはわたしの友だち、わたしが会いたいと思っている背の高いイギリス人について、何か知っとるそうだな……こら、そばへよるなっ、貴様」と彼はユダヤ人がすばやく熱心に一歩前に踏み出すのを見て、あわてて付け加えた。

「はい、閣下、わたしめとルウベン・ゴールドシュタインは今日の夕方、ここのすぐそばの道で背の高いイギリス人のかたと会いましたでございます」とユダヤ人は、東方民族特有の舌足らずの口調で答えた。

「おまえはその人と話をしたのか」

「そのかたがわたしども二人に話しなさいました、閣下。そのかたはサンマータン街に今夜どうしても行きたい所があるのだが、馬を一頭と馬車を借りられるかどうか、お訊きでございました」

「でおまえはなんと言った」

「わたしはなんにも申しませなんだ」とユダヤ人は感情を害した面持ちで、「ルウベン・ゴールドシュタインが、あのいまいましい裏切り者めが、あの悪魔の子が……」

「やめろっ。さっさと話を進めろ」ショウヴランは荒々しくさえぎった。

「で、閣下、わたしがあのお金持のイギリスの旦那に馬と馬車をお貸し申しますから、どこへなりとおつかいくださいまし、と言おうとしているのに、それをあのルウベンのやつは先に口出しして、やつのちっぽけな、やせ馬とガタ馬車を差し出したんでございますよ」

「で、そのイギリス人は、どうした？」

「そのかたはルウベン・ゴールドシュタインの申すことをお聞きになりました、閣下。そしてすぐにその場でかくしに手を入れて金貨を一掴《つか》みもお出しなされ、それをば、あの悪者めにお見せなすって、馬と馬車を十一時までに用意してくれるなら、これをみなやろうと言いなさいました」

「それじゃ、むろん、馬と馬車を用意したろう」

「さようでございますな。まあそうとも申せましょう、閣下。ルウベンのやせ馬はいつもの通りちんばですし、最初はどうしても動こうとしませなんだ。そいつをさんざんけったり打ったり、手間どったあげくやっとこさ、歩き出したのでございます」ユダヤ人は悪意のこもったクックッ笑いをしながら言った。

「そこで二人は出かけたんだな」

「さようでございます。五分ばかり前に出かけましてございます。わたしもあのお客さまのばかさかげんには愛想がつきましたわい。イギリス人ともあろう者がですな、ルウベンのやせ馬が役にたつかたたんかぐらい、わかりそうなもんだに」

「だが、選り好みをしていられなかったらどうする？」

「選り好みできないって、閣下？」ユダヤ人は耳ざわりの悪い声でいきまいた。「わたしはあのかたにルウベンのやせ馬よりわたしの馬と馬車のほうがどれだけ早く、乗り心地もいいかしれないと何遍申したか知れないんでございますよ。だのに、あのおかたは聞き入れにゃなりませなんだ。ルウベンめは、そりゃ嘘つきで、人さまにとり入るのがうまいからですよ。お客さまはだまされなすったんだ。もし急ぎなさるなら、わたしの馬車を使いなすったほうが同じ金をつかうにもどれだけ生きるか知れませんわい」

「じゃ、おまえも馬と馬車を持ってるんだな」ショウヴランは横柄に訊いた。

「はい、持っておりますでございます、閣下。もし閣下がお乗りになりたいと思《おぼ》し召すなら……」

「あのおれの友だちが、ルウベンの馬車でどっちのほうへ行ったか知ってるか」

ユダヤ人は、分別臭く汚ならしい顎をなでた。マーガリートの心臓は破裂するかとばかり烈しい鼓動を打った。彼女はショウヴランの横柄ずくの質問をきいていた。彼女はこわごわユダヤ人のほうを見たが、つば広の帽子のかげになって彼の顔色は読めなかった。漠然と彼女にはこのユダヤ人がパーシイの運命をその長い汚い手の中に握っているような気がした。

長い沈黙がつづき、ショウヴランは自分の前にいる屈んだ姿をいらいらしてにらんだ。ついにユダヤ人はゆっくりと手を胸のかくしにさし入れ、たっぷりした底のほうから数枚の銀貨を引きだした。彼は考え深そうにそれを眺めた後、静かな口調で言った。

「これはあの背の高いおかたがルウベンといっしょに馬車に乗って行ってしまいなさる前に、自分のことや、したことをだれにもしゃべってはいけないと言って、口止め料としてくださったんです」

ショウヴランは気短に肩をすくめた。

「そこにいくらあるんだ」

「二十フランございます、閣下。そしてこのわたしは嘘いつわりはこれんばかりも言えない男でございますで」

ショウヴランは、だまったままポケットから二、三枚の金貨を取り出し、手のひらにのせたまま、ユダヤ人のほうへ差し出してチャラチャラ言わせた。

「おれの手には何枚金貨がある」と、彼はおだやかに言った。

確かに彼はユダヤ人をおどしつけるつもりはなく、自分の目的のために、その歓心を買おうとしているのだった。なぜなら彼の態度は快活で温和であった。ギロチンに追いやると言ったり、そのほかさまざまの同じ種類のおどかしで言わせようとすれば、この老いぼれの頭を混乱させるばかりだから、死の強迫より、金貨の欲を満足させたほうがずっと役にたつと思ったのである。

ユダヤ人の眼は、相手の手の上の金貨をさっと鋭く見やった。

「少なくとも五枚と存じますでございますが、閣下」と彼はへつらうように言った。

「おまえの正直な舌をゆるめるには、これで充分だろう？」

「閣下には、どのようなことをお知りになりたくいらせられまするか」

「おまえの馬と馬車が、あのルウベンの馬車に乗って行った背の高い人のところへ、おれを連れてってくれるかどうか、聞きたいんだ」

「わたしの馬と馬車は、閣下のお望みのその場所へ、お連れ申すことができますでございます」

「〝ブランチャード神父の小屋〟と言われているところへか」

「閣下はご存じでいられまするか」ユダヤ人は仰天して言った。

「おまえは、そこを知っているだろうな」

「存じておりますでございます」

「どの街道を行ったらいいんだ」

「サンマータン街道でございます、閣下。そこから崖まで小径がついておりますでございます」

「おまえはその街道を知っているか」ショウヴランは荒々しくくり返した。

「石っころ一つ一つから草一本まで、閣下」ユダヤ人は静かに答えた。

ショウヴランは黙って五枚の金貨を一枚一枚ユダヤ人の前に投げだした。ユダヤ人は四つん這いになって夢中でかき集めた。一枚はころころと転がり、それをとらえるのに彼はいくらか骨が折れた。というのは戸棚の下でやっとそれは止まったからである。ショウヴランは、老人が金貨を求めて床の上を這《は》い廻っている間じっと待っていた。


やっとユダヤ人が立ち上がると、ショウヴランは言った。

「貴様の馬と馬車は何分ぐらいで用意できるか」

「今もう用意ができておりますでございます、閣下」

「どこに？」

「この家から十メートルも離れない所でございます。閣下には、ごらんいただけますでございましょうか」

「見たくなんかないっ。どこまでそれでおれをのせてってくれるか」

「〝ブランチャード神父の小屋〟まででございます、閣下。それにルウベンの馬のやつがあなたさまのお友だちをお連れ申すよりずっと早く走りますでございます。きっとなんでございます。約十キロと行かないうちに、あのこすいルウベンめや、やつのやせ馬や、背の高いお客さまが道のまんなかで折り重なってぶっ倒れているのに出会いますでございましょう」

「ここから一番近い村までどのくらいあるか」

「あのイギリスのおかたの行きなすった道でござりますなら、ミケロンが一番近い村でございまして、ここから十キロとはございません」

「じゃあ、もっと先へ行くつもりなら、彼はそこで別の馬車をやとえるわけだな」

「さようでございます――そこまで行けますればでございますな」

「おまえはそこまで行けるか」

「閣下、ためしてごろうじろ」ユダヤ人は簡単に言った。

「おれもそのつもりだ」ショウヴランは非常にもの静かに言った。「だが、これだけはおぼえておけ。もしもおまえがおれをだましたのなら、おれの一番腕っぷしの強い兵隊二人に言いつけて、打って打って貴様の汚《けが》らわしいからだから息の根がおさらばするほど打ちのめしてやるぞ。またもし、おれの友人と途中でかあるいは〝ブランチャード神父の小屋〟でうまく会えた場合は、褒美《ほうび》として別に金貨を十枚やるぞ、この取り引きはどうだ」

　ユダヤ人は又もや考え深く顎をなでた。彼は自分の手にある金を眺めてからいかめしい彼の相手を見やり、それからショウヴランの背後にずっと黙って立っていたデガスに眼をやった。ややあって、ユダヤ人はゆっくりと言った。

「承知いたしましてございます」

「では外で待っていろ。それからおまえの約束をかならず忘れるな。さもないとおれはおれの約束を果たすからな」

ユダヤ人の老人はいやらしく媚《こ》びるように低く腰を屈めて、部屋から足を引きずって出て行った。ショウヴランはこの会見に明らかに満足したらしく、悪意に充ちた満悦の色を浮かべて、例のとおり両手をこすり合わせた。

「おれの上着と長靴を持ってこい」ついにショウヴランはデガスに命じた。

デガスは戸口に行き命令したらしく、ただちに一人の兵士がショウヴランの上着や長靴や帽子を持ってはいってきた。

ショウヴランは僧服をぬぎすてた。その下にぴったりしたズボンと布のチョッキをつけていたが、やがて着がえを始めた。

「きみはできるだけ早くジャトレー大尉のところに戻って、きみにもう十二人の兵を貸してくれるよう言ってくれ。そしてその者たちといっしょにサンマータン街道をきてくれたまえ。すればおれの乗ってるユダヤ人の馬車にすぐ追っつくだろう。たぶん、〝ブランチャード神父の小屋〟では激戦になるだろうからな。われわれはそこへ獲物《えもの》を追いつめるんだ。なぜならこの図太いイギリス人めは大胆というか――ばかというか――おれにはわからないが――やつの最初の計画にこびりついていやがるんだからな、やつはトルネイ伯やサンジュストや他の謀反人《むほんにん》どもと会いに出かけたんだ。たぶん、最初はそうするつもりではなかったと思うんだ。やつらを見つけ出したが最後、やつらは死にものぐるいになってむかってくるだろうからな、味方も何人かはやられるかもしれない。この王党員たちはすぐれた剣客ばかりだからな。それにイギリス人というやつは、とてつもなく利巧で力もなみなみではないらしい。だが、それにしても、やつら一人にこっちは少なくとも五人のわりだ。きみはミケロンからずっとサンマータン街道を、馬車のすぐ後をついてきたまえ。イギリス人はわれわれの前を行くのだし、うしろを振り返りはすまいからな」

こうして、ぶっきら棒な要領のいい命令を下している間に、彼は着がえを終えた。僧侶の衣裳は片づけられ、ショウヴランはふたたびいつもの、きっちり合った服装にかえった。最後に彼は帽子をかぶった。

「おれはきみの手に、風変りな囚人をわたすことになるだろうよ」いつになく親しげにデガスの腕をとり戸口のほうに行きながらクックッと笑った。「われわれはやつをば、すぐにはやっつけまいよねえ、デガス君？〝ブランチャード神父の小屋〟は――確か海岸にぽっつり立ってるはずだから、そこで味方の者たちは、怪我をした狐に痛快なスポーツを楽しむということになるだろうよ。部下の者をうまく選びたまえよ……デガス君。こういったスポーツに、ふるいついてくる者たちをさ――え？あの〝べにはこべ〟めを少しはへこませてやろうじゃないか――なんだ――尻ごみさせてガタガタふるえさせるのはどうだ、ええ？　……それから最後にやつをば……」と、彼は意味ありげな身振りをしながら、低い毒々しい笑いかたをした。それはマーガリートの心をむかつくような恐怖で満たした。

「部下の者をよく選びたまえよ、デガス君」彼は最後にもう一度言って、秘書とともに部屋を出た。

27　追跡

一瞬間たりともマーガリート・ブレークニイは、ためらわなかった。〝灰色猫旅館〟の外では最後の物音が夜の静寂の中に消え去った。彼女はデガスが部下に命令を下してから、さらに十二人の援兵を求めに城塞のほうに出かけて行くのを聞いた。勇気と腕力に加えて、なおいっそう危険な底知れぬ機智を具《そな》えた、あの狡猾《こうかつ》なイギリス人を捕えるには、六人ではまだ足りないと思われたのである。
二、三分たつと例のユダヤ人が、彼の馬にどなっているらしいしわがれ声が聞こえ、それについで車輪がきしみ、ガタ馬車がでこぼこ道をガタビシゆれて行く音がした。
宿屋の中はしんと静まり返っていた。ブロガードと細君は、ショウヴランを恐れて、生きている気配さえ見せなかった。二人ともショウヴランが自分たちのことなど忘れてくれればよい、とにかくこのまま放っといてもらいたいものだと願っていた。マーガリートのところには、例の悪たれ口さえ聞こえて来なかった。

なおも二、三分待った後、彼女は静かにボロ階段を下り黒の外套《がいとう》にしっかりくるまり、宿からすべり出た。

外はまっ暗な闇で、彼女の黒い姿を人目から完全にかくしてくれ、一方、彼女の鋭い耳には、前方を行く馬車の音がはっきり聞こえるのであった。彼女は道にそっている溝の影にかくれて行けば、デガスの部下たちがやってきても、まだまだ任務についているにちがいない巡邏兵《じゅんらへい》にも見つかるまいと思った。

かくしてマーガリートはたった一人、夜の闇を徒歩で疲れ果てた旅路の最後の行程にはいった。ミケロンまで十キロ近く、それから、〝ブランチャード神父の小屋〟へ。そここそは、最後の運命を決する場所となるだろう。たぶん、道はけわしく、でこぼこしているかもしれない。そんなことは眼中にない。

ユダヤ人の馬はあまり早くは走れなかった。であるから彼女は精神的疲労と、張りつめた神経で疲れてはいたが容易にそれについて行けることはわかっていた。上り下りの多い街道で、食物もろくに当てがわれていないにちがいないこの哀れな動物は、たびたびゆっくりと休まなければ先へ進めないに相違なかった。街道は海からかなり離れており、その両側を灌木《かんぼく》やねじけた木々が並木をなしていた。それには貧弱な葉がまばらについており、一様に南の方角に向いた枝は、こわばった幽霊の髪が絶間ない風に吹かれているように薄闇の中でなびいていていた。

幸いなことに、月は雲間から顔を出そうとするようすはなかったので、道の端近くの灌木の低い並木に沿って進むマーガリートは、人目につく恐れはさらになかった。彼女の周囲は静寂そのもので、ただ遠い、非常に遠いかなたの海の響きが、長い、やわらかなうめき声のように聞こえて来るだけであった。

空気は爽やかで塩気を多分に含んでいた。あの悪臭が胸を突く汚い宿で、じっと息をころして過ごした後であるから、マーガリートにとってこの秋の夜の甘い香りや、遠いかなたから聞こえてくる波のひびきのうらさびしさや、人っ子一人通らぬ静かさ、はるかかなたの空を飛んで行く鷗《かもめ》が、ときおりキイキイと悲しげな鳴き声をたてるのと、やや先を行く馬車のきしみ以外にはなんの音もないこの平穏は心にたのしいものであったかもしれない。淋しいこのあたりの海岸の冷え冷えした空気、広大無辺の大自然の平和は愛すべきものであったのだが、しかし、彼女の心は不気味な予想と、今はもう無限に貴重な一人の男性のための非常な心痛と思慕で、胸はあまりにいっぱいになって他の何ものをも感じる余裕はなかった。

彼女の足は草深い土手の上ですべった。道のまん中へんを歩かないほうが安全だと思ったからなのだが、ぬかるみの土手を足早に進んで行くことは困難だった。馬車のそばにもあまり近寄らないほうが安全だとさえ思った。何もかも静まり返っているので、車輪のひびきだけでも確実な案内になっていたのである。

言いようもない淋しさだった。すでにカレイのかすかな二つ三つの灯影ははるかうしろになり、街道一帯には人間の住家らしいものは一軒もなく、そのあたり近くどこにも、漁夫、きこりの小屋一つ見えなかった。遥か先方の右手には崖ぶちがあった。その下は荒い汀《なぎさ》でそれに潮が寄せてくる音が、絶え間ない、遠いささやきになってきこえてきた。そして前方の車輪のきしりは、執念深い敵を歩一歩と勝利へ運んで行った。

この淋しい海岸のどの地点に、今この瞬間、パーシイはいるのかしらとマーガリートは思いまどった。きっとそう遠くではない。なぜなら彼はショウヴランにさきだっていることとわずかに十五分足らずであるから。この涼しい、磯の香り高いフランス海岸の一隅に、多くのスパイどもが網を張り、長身のパーシイの姿を見つけ次第、何も知らぬ彼の友人たちが待ちうけている場所まで跡をつけ、そこでみんなひとまとめに網をかけてしまおうと懸命になっているのを、いったい、パーシイは知っているだろうかと、彼女は、いぶかった。

先を行くショウヴランは、ユダヤ人の車の中でガタビシ揺られ、ゆすぶられながら愉快な気分にひたっていた。彼は自分の張った網からは、あの出没自在、大胆不敵なイギリス人でさえ、もはや逃れる道はないと考えて、満足して両手をこすり合わせた。時がたつにつれ、年老いたユダヤ人が暗い街道をゆっくりと、しかし、危げなく、馬を駆って行く中で、ショウヴランは謎の〝べにはこべ〟狩りの壮絶な大詰めが待ち遠しくてたまらなくなった。

大胆不敵なる〝べにはこべ〟逮捕は、ショウヴラン氏の誉れの月桂冠の中でもっとも輝かしい一葉となるであろう。フランス共和国の反逆人を助け、後援している現場で、血だらけの手で捕えられたのでは、英本国の政府からもなんの保護をも求め得ない。ショウヴランはいかなる場合にも、干渉は間に合わなかったことにしようと、かたく心を決めていた。

無意識のうちに夫を裏切った不幸な妻を、彼がどんなに恐ろしい位置に置くことになったかについては、ただの一瞬たりとも、みじんの後悔もしなかった。実際のところショウヴランはマーガリートのことを忘れさえしていたのだった。あれは役にたつ道具だ。それだけであった。

ユダヤ人のやせ馬では、歩いているのと大して変わらなかった。のろい足で、小刻みにトコトコ走り、駆者《ぎょしゃ》は頻繁に長い休息を与えねばならなかった。

「ミケロンまで、まだ大分あるか」ショウヴランはときどき訊いた。

「大してございません、閣下」というのが、きまった、落ちつきはらった返事であった。

「われわれは、まだおまえの友だちとおれの友だちが道のまんなかで折り重なってぶっ倒れているのに出会わないね」ショウヴランは皮肉にからかう。

「ご辛抱、閣下さま、彼らはわたしどもの前方でございます。わたしには、あの裏切り者のルウベンが走らせて行きました馬車の轍《わだち》が、はっきり見えますですございます」と、このユダヤ人は答えた。

「道はまちがいなかろうな」

「わたしが閣下のポケットの中の十枚の金貨の前におりますのと同じく確かでございます。それはやがて間もなく、わたしの持ちものとなりましょうと存じまするが」

「おれが友だちののっぽの外国人と握手をしたら、すぐにたしかにおまえのものさ」

「おや、あれはなんでございましょう」突然ユダヤ人は言った。

物音ひとつ聞こえない静けさの中から、ぬかるみ道を近づいてくる馬の蹄《ひづめ》の音が、はっきりと聞こえてきた。

「兵隊だ」とユダヤ人は恐ろしげに声をひそめた。

「ちょっと停めてくれ。よく聞いてみるから」ショウヴランは言った。

マーガリートもまた、馬車のほうに、そして彼女のほうに向かってくるカツカツという蹄の音を聞いたのであった。きっとデガスと部下たちがじきに馬車に追いつくのだと思って、しばらくの間、緊張していたのだが、どうも反対の方角のミケロンから来るらしかった。暗闇は充分彼女をかくした。馬車が停まるのを見た彼女は、非常な注意を払いながら柔らかい道を音たてぬよう踏みつつ、やや馬車に近く忍びよった。

マーガリートの鼓動は早まり全身がふるえた。すでにこの騎馬の者たちがどんな知らせを持ってきたかを推測したのであった。「この街道、または海岸線を行く怪しい者はすべて、ことにその者が長身あるいはその長身をまぎらせようとするがごとく身を屈めている者を発見次第、跡をつけねばならぬ。目撃したならば騎馬の使いはただちに引き返し報告せねばならぬ」これがショウヴランの指令であった。では、長身の怪しい者は目撃され、これが騎馬の使いで、追跡された兎《うさぎ》がついにしめなわの中に頭を突っ込んだというすばらしい情報をもたらして来たのであろうか。

マーガリートは馬車が停まったのを知って、暗闇の中をさらに近く忍んで行った。彼女は声の聞こえるところまで行って、使者がなんと言うか聞きたいと思い、ずっとそばへ近よった。

マーガリートは、誰何《すいか》する口早なやりとりを聞いた。

「自由、博愛、平等」それにつづいてショウヴランの早口な尋問。

「情報は？」

騎馬の二人は車のそばにきて停まった。

マーガリートには、彼らが真夜中の空に影絵のように立つのが見えた。彼らの声と馬の荒い鼻息もきこえた。そして今度はまた、やや離れたところの後方からこっちへ向かってくる一隊の規則正しい歩調が耳にはいった。デガスと彼の部下たちだ。

ショウヴランが兵士たちに彼であることを認識させているに違いなく、長い沈黙がつづき、やがて質問と応答が矢つぎ早に交された。

「きみたちは、あの外国人を見たのか」熱心にショウヴランはたずねた。

「いいえ。われわれは背の高い外国人は見ませんでした。われわれはずっと崖に沿って進んできました」

「それで？」

「ミケロンの向こう一キロと行かない所にわれわれは粗末な木造の建物を発見しましたが、それは漁夫が道具や網を置いておく小屋のように見受けました。最初、われわれがそれを見つけた時は中は空っぽのようでしたから、初めは別に怪しいことはないと思ったのでした。ところがそのうちに横手のすき間から煙が出ているのを見ました。わたしは馬を下りてそっと忍びよりました。その後は小屋にはだれもおりませんでしたが、小屋の一隅には木炭の火があり、二脚の床几《しょうぎ》もありました。わたしは仲間たちと相談し、彼らは馬で眼につかないようぐるっと取り巻き、わたしは見張りにとどまることに決まり、そういたしました」

「ふむ、それできみは何か見たのか」

「約三十分ほどしてから話声を聞いたのです。そして間もなく崖ぶちのほうに、二人の男がやってきました。二人ともリル街道からやってきたようにわたしには思われました。一人は若く、他の一人はまったくの老人でした。二人はしきりにひそひそと低い声で話しておりましたが、わたしにはいっこうきこえませんでした」

一人は若く一人はまったくの老人だという。マーガリートのうずく胸は聞いているうちに鼓動が止まりそうになった。若いほうはアルマンだろうか——兄の？　そして年とったほうはトルネイ伯——この二人こそ、恐れを知らぬ気高い彼らの救い主を、罠《わな》に陥れるためのおとりとして、知らずに使われた逃亡者であろうか？

「二人の男はやがて小屋の中にはいりました」と兵士はつづけた。マーガリートの痛む神経には、ショウヴランの勝ち誇ったクックッ笑いまでが聞こえるような気がした。

「そこでわたしはさらに近く忍びよりました。小屋はとても雑な作りでありますから、二人の話を途切れ途切れに聞くことができました」

「それで？　早く、何を聞いたんだ」

「年とったのが若いほうに、ここに違いないだろうねとたずねました。『ええ、そうですとも。ここに間違いありません』と若いほうは答え、木炭の火のそばで、連れに、持っていた一枚の紙片を出して見せました。『これが、わたしがロンドンを発つ前に彼がくれた計画なのです。われわれはこの計画どおりに行なうことになっていました、わたしが反対の指令を受け取らない限りは。そしてそれは受けておりません……ほら、これがわれわれのきた道ですよ。ここが分れ道で、ここからサンマータン街道に出て、これがこの崖ぶちへ来る小径ですよ』と、こう言っていました。その時わたしは小さな音をたてたにちがいありません。青年は小屋の戸口まで出てきて、不安そうにあたりをすかして見ました。それからまた仲間のところへ戻りましたが、二人ともひどく低いささやき声で話しますので、わたしには何もわかりませんでした」

「ふむ――それで？」ショウヴランはせき込んで尋ねた。

「全部でわれわれの仲間は六人海岸線をまもっておりました。そこでみんなで相談して四人があとに残って小屋を見張り、わたしとこの仲間がただちに引き返して、われわれの見たことを報告するのが一番よいだろうということになりました」

「じゃ、きみは背の高い外国人はちっとも見かけなかったのか？」

「見ませんでした」

「もしきみの仲間たちがやつを見たら、どうすることになってるんだ？」

「一瞬たりともやつから眼を離さず、もし逃げる気配を見せたり、ボートがきているような場合、やつのそば近くに迫り必要あらば発砲します。銃声で他の巡邏の者たちもその場へ寄って来るにきまってます。どんな場合にもあの外国人は逃がしません」

「そうだ。だがおれはあの外国人を傷つけたくないのだ――今のところまだいけない」ショウヴランは、野獣のようにうめいた。「しかしきみは最善をつくしてくれた。どうかおれがおくれをとらなければいいがな……」

「われわれは今しがた、数時間にわたってこの街道を巡邏している六人の兵隊に会いました」

「それで?」

「彼らはまだ一人も怪しいやつは来ないと言っておりました」

「だがやつは、この先どこかにいるのだ。馬車に乗るか何かして。さあ一分間もぐずぐずしておられん。その小屋までここからどのくらいある?」

「約八キロほどであります」

「きみにはすぐそこがわかるか――すぐに? まごつかないで?」

「大丈夫わかります」

「崖ぶちへ出る小径もか――暗闇の中でも大丈夫か?」

「今夜は闇夜ではありません。ですから道はよくわかります」

「じゃ、いっしょに来い。きみの仲間はきみの馬をつれてカレイに帰れ。きみには馬は必要あるまい。車のわきについてユダヤ人にまっすぐ行くよう案内してくれ。それから小径から一キロのところでやつを止めてくれ。やつが一番の近道をとるように教えてやれ」

ショウヴランが話している間に、デガスと部下たちはどんどん近づいてきて、マーガリートは今や彼らの足音を百ヤードと離れないところに聞いた。彼女はここにいては危いし、もう充分立ち聞きをしてしまった上は、その必要もないと思った。突然、彼女はあらゆる力、苦難に耐える力までをも失ってしまったかのごとくになった。彼女の精神も神経も頭も、これまでのひっきりなしの焦燥から、ついにこの恐ろしい絶望におちいった今は、まったく麻痺《まひ》してしまったかのようだった。

もはや今は一筋の希望もあり得ない。ここから八キロと離れない所に、亡命者たちは彼らの勇敢な救い主を待ちうけているのだ。パーシイはこの淋しい街道のどこかをどんどん進んでいるのだろう。そしてやがて彼らのもとにたどりつくであろう。すると巧みに張られた罠はせばめられ、悪意に満ちた奸智《かんち》とともに猛烈な憎しみを抱いた一人の者にひきいられた二十人あまりの者たちは、逃亡者たちの小さな一隊と大胆な首領を取り巻くであろう。彼らは皆捕えられてしまうのだ。アルマンは、ショウヴランが彼女に誓った言葉の手前、彼女にかえすだろうが、彼女が一呼吸ごとにますます愛し、ますます崇拝する夫パーシイは、冷酷な敵の手に落ちるであろう。敵はこの勇敢な精神の持主に一片の同情もよせず、その気高い勇気に尊敬を持たず、ただかくも長い間自分を翻弄《ほんろう》してきた巧者な相手に対し、憎しみのほかは何も持ち合わせていないのである。

それからその兵士がユダヤ人に二、三簡単な指図をしているのを聞いた彼女は、すばやく道の端に退き、低い灌木のかげにうずくまった。デガスと部下は、ぐんぐん近づいてきた。

彼らは音もなく馬車の背後に追いつき、ゆるい歩調で一同は暗い道を進み始めた。マーガリートは彼らが何も聞こえない所まで行ったころを見はからって、にわかに暗さをました闇の中を、彼女もまた音もなく忍んで行った。

28　ブランチャード神父の小屋

夢心地でマーガリートはついて行った。何にも替えがたく貴い者となってきた愛する者のまわりに、網は刻一刻しっかりとはりめぐらされてきた。夫ともう一度会うこと、彼女がどんなにつらい思いをしたか、どんなに彼女がまちがっていたか、そしていかに彼を理解していなかったかを告げるのが、今や彼女の唯一の目的となった。彼を救うという希望はいっさい捨ててしまった。だんだんに彼が四方から取り囲まれてくるのを彼女は見た。そして絶望のあまり彼女は闇の中を見まわし、残忍な敵が仕掛けた、死の陥し穴にかかるために、パーシイはいったいどこから現われるのだろうと考えた。

遥かな波のひびきも今は彼女をぞっと身ぶるいさせた。時おり聞こえる陰気な梟《ふくろう》や鷗《かもめ》の鳴き声は、名状できない恐怖で満たした。彼女は飢えた野獣を思った——人間の形をした——それは憎悪の食欲を満足させるために、餌食《えじき》を待ちかまえて、無慈悲に喰い殺してしまうことでは飢えた狼と少しも異ならない。マーガリートは暗闇を恐れはしなかった。それよりも、前方を行く粗末な木製の馬車の底におさまって、地獄の鬼どもにさえも喜びの笑いを洩らさせるほどの復讐の思いを育てている男をのみ恐れた。

彼女の足は傷ついた。はげしいからだの疲労で膝がガクガクふるえていた。幾日もの間を彼女は狂い出しそうな興奮の中にすごしてきた。丸三日間というものは休息もとらなかった。すべって転がりそうな道を二時間近くも歩きつづけているが、彼女の決心は一瞬時もゆるがなかった。夫に会い、すべてを打ち明け、まったく無知のために犯した罪を、もし彼が許してくれるならば、彼女にはまだ夫のそばで死ねるという幸福が残されているのだ。

彼女は夢うつつの境で歩いていたに違いなかった。本能のみが彼女を支え、敵のすぐ背後に彼女を導いて行った。と、突然、どんなかすかな音をも聞き洩らさない彼女の耳が、同じ盲目的な本能によって、馬車が停まり、兵士たちも立ち止まったことを告げた。彼らは目的地についたのだ。きっと、どこやら前方の右手に小径があって崖べりの小屋につづいているのだ。

危険をかまわず彼女は、ショウヴランが一小隊に囲まれて立っているすぐ近くまで忍びよった。彼は馬車からおり立ち、部下たちに何か命令を下していた。これは聞き洩らせないことだ。今にしても、なおパーシイの役にたち得るほんのわずかな機会が残っているとすれば、それは敵の計画を一語も洩らさず聞くにあった。

一行が立ち止まっている場所は、海岸から八百メートルほどの所に違いなかった。海の音は遠くからごくかすかにしか聞こえて来なかった。ショウヴランとデガスは、兵士たちを従え、ぐっと道を右に曲がった。崖につづく小径に出たらしい。ユダヤ人は馬車と馬とともに道にとどまっていた。

マーガリートは、せいいっぱいの用心をしながら文字どおり四つん這いになって同じく右手に折れた。こうするために彼女は、あらい低い灌木《かんぼく》の間をくぐりぬけなければならなかった。できる限り音をたてぬよう枯枝に顔や手を引っかかれながら、ただ先方に見つからず、聞きとがめられずに盗み聞きしようと、そればかりに一心で進んで行った。幸いなことに――フランスのこの地方ではどこもそうであるが――小径は丈の低いまばらな生垣で仕切られており、その向こうは雑草が一面に生えている空溝になっていた。この空溝の中へマーガリートはもぐりこんだ。これで見つけられる心配はまったくなくなり、ショウヴランが部下の者たちに命令を下しているところから三メートル以内のところに近づくことができた。

「さあ〝ブランチャード神父の小屋〟は、どこだ？」ショウヴランは横柄な低い声で言った。

「ここから八百メートルばかり小径を行き、崖を半分ほど下ったところです」と、一行を案内してきた兵士が答えた。

「よし、案内しろ。われわれが崖を下る前に、きみはできるだけ音をたてないように注意しながら、小屋をのぞきに行け。そして謀反人《むほんにん》の王党員どもがいるかどうか、たしかめろ。わかったか」

「わかりました」

「では諸君、よくきけ」ショウヴランは一語一語はっきりと兵士たち全体に呼びかけた。

「これから先は、われわれは一言もしゃべられないかもしれん。だからおれのいう一言一言を忘れるな。きみたちの命がこの記憶にかかっていると思ってな。実際、そのとおりかもしれないぞ」ショウヴランは冷やかにつけ加えた。

「われわれはよく伺っております。そして共和政府の兵士は一人として命令を忘れるような者はありません」デガスが言った。

「小屋に忍びよったらきみは中をのぞくのだ。もし一人のイギリス人がそこに謀反人どもといっしょにいたら、並みはずれて背の高いあるいはその高さをごまかそうとするかのようにかがんでいる男がいたら、すばやく鋭い口笛を吹いて仲間たちに合図するのだ。そうしたらきみたち全部」と彼はもう一度兵士たち全体に向かって、「すぐさま小屋を囲んで中へ跳び込むのだ。そしてやつらが飛び道具に手をかけるより先に、きみたちは一人が一人ずつつかまえるんだ。もし、あばれるやつがあったら、そいつの足か腕を撃て。だが、どんなことがあっても、丈高を殺してはいけないぞ、わかったか?」

「わかりました」

「並みはずれてのっぽのやつは、おそらく並みはずれて強いだろう。だから、やつを押えるには、少なくともきみたちの四、五人はいるだろう」

ちょっと黙った後、ショウヴランはつづけた――

「もし王党の謀反人どもだけだったら――たぶんそんなことだろうと思うが、そうだったら待ち伏せしている仲間たちに知らせて、きみたち全部、足音を忍ばせて小屋のまわりの岩や石のかげへ行ってかくれるんだ。そこで絶対沈黙で、のっぽのイギリス人がやって来るまで待つんだ。やつが無事に中へはいってしまったら、初めて小屋に跳び込むんだ。だが忘れるな。きみたちは真夜中に羊の檻《おり》のまわりをうろつく狼のように黙りこくっているんだぞ。王党のやつらに用心させちゃいけないんだ——やつらのピストルの一発、叫び声一つだけで、あののっぽめを崖や小屋から離しちまうんだからな。いいか」彼は語調を強めてつけ加えた。「今夜、きみたちが捕えねばならぬのは、こののっぽのイギリス人なんだぞ」

「絶対ご命令に従います」

「では、できるだけ音をたてずに進め。おれは後から行く」

「ユダヤ人は、どうしましょうか」

音もなく影のようにだまりこくって、一人一人兵士たちがでこぼこの小径を忍んで行くのを見送りながら、デガスはたずねた。

「ああ、そうだったな。ユダヤ人のことはすっかり忘れていたよ」ショウヴランはユダヤ人のほうを振り向いて横柄に呼んだ。

「ここへ来い。貴様……エーロンかモーゼかエイブラハムか、なんでもいいわ。いまいましい貴様の名前なんか」

彼は老人に言った。老人はできるだけ兵士たちから離れたところで、やせ馬をわきにして静かに立っていた。

「ベンジャミン・ローゼンバウムでございます。御意に召しますか、いかがでございますか、閣下」彼は、うやうやしく答えた。

「貴様の声を聞くのは少しも御意に召さないぞ。だが貴様に命令を下すことは御意に召すのだ。それに従うのが身のためだぞ」

「御意に召しますなら、閣下……」

「うるさいっ、だまってろ。貴様はおれたちが帰って来るまで、馬と馬車といっしょにここで待ってるんだ。きこえたか。いかなることがあろうとも音をたてることは相成らん。呼吸をするのにも気をつけて余計な音をたてるな。またどんな理由があろうと、おれの命令があるまではその場所を動いてはならないぞ、わかったか」

「でございますが、閣下――」ユダヤ人は哀れっぽく異議をとなえた。

「でございますがも、何もない」ショウヴランは臆病な老人の頭の先から爪さきまでふるえ上がったほどの剣幕でどなった。「もしおれがもどってきて貴様がここにいなかったら、おれはかたく約束しておくがな、貴様がどこにかくれようとしたって見つけ出すぞ。そしてまちがいなく恐ろしい罰が、遅かれ早かれ、お見舞い申すぞ。聞こえたか」

「でございますが、閣下――」

「今、言ったじゃないか、わからないのか」

兵士たちはすっかり立ち去ってしまった。暗い淋しい道ばたに三人の男だけが立っていた。生垣のうしろでは、マーガリートが自分の死の宣告を聞く気持でショウヴランの命令に耳をすましていた。

「閣下の仰せになりましたことは、わたしようく伺いましてございます」ユダヤ人はショウヴランに、なおも近よりながらまたもや始めた。「エイブラハム・イサク・ヤコブの御名にかけまして、わたしは閣下に絶対お従い奉りますでございます。して、閣下がもう一度そのかんばせの光りをあなたさまの卑しきしもべの上にたれたまうまでは、ここを動きませんでございます。でございますが、閣下、お忘れくださいますな。わたしは哀れな老いぼれめでございます。わたしの神経は若い兵隊がたのように強くはございませんでございます。もし真夜中の強盗どもがこの淋しい道にうろつき出てまいることでもありましたなら、どうしたらようございましょう。わたしは恐ろしさのあまりキャッと言って逃げ出すかも知れないのでございます。で、こんな、やむにやまれぬことのためにでも、わたしの命はなくなるのでございましょうか。わたしの哀れな、老いぼれ頭に恐ろしい罰がかかるのでございましょうか」

　ユダヤ人はほんとうに切なそうであった。彼は頭から爪先までガタガタふるえていた。確かに彼はこの淋しい街道に一人残しておけるものではなかった。この男の言うことには理がある。まったくの恐怖からつい叫び声をあげて、あの狡猾《こうかつ》な〝べにはこべ〟に、警戒をうながす合図を与える結果にならぬとも限らない。

ショウヴランは、ちょっと考えこんだ。

「貴様の馬と馬車はここへ置いといて大丈夫と思うか」彼は荒々しくきいた。

「わたしの考えますに」と、デガスが口をはさんだ。

「馬も馬車もこの汚ない、臆病なユダヤ人のいないほうがかえって安全と思いますが。もし、きもでもつぶすことがあれば、やつはきっと一目散に逃げだすか、大声でわめくにちがいありませんから」

「だが、こやつをどうしたらいいだろう？」

「カレイにお帰しになったらいかがですか」

「いや、今に負傷者を乗せて帰すのにやつが必要なんだ」と無気味な意味をこめてショウヴランは言った。

沈黙がつづいた――デガスは上官の決意を待ち、年とったユダヤ人は彼の馬のそばで泣き声をしぼっていた。

「よし、貴様、なまくらのガラクタの老いぼれの臆病者め」ついにショウヴランは言った。「貴様はおれたちの後ろから、のろのろくっついて来るがよかろう。さあ、デガス、きみこの襟巻で、こいつの口のまわりをしっかりしばってくれたまえ」

ショウヴランはデガスに襟巻を渡し、デガスはユダヤ人の口のまわりにそれを巻き始めた。ベンジャミン・ローゼンバウムはおとなしく猿ぐつわをかまされるがままになっていた。暗いサンマータン街道に一人残されるよりはいくら気持のわるい状態でも、ずっと安心なようだった。それから三人の男は一列になって進み始めた。

「早くっ、われわれはすでに貴重な時間をむだにしたのだぞ」ショウヴランは気短に言った。そしてショウヴランとデガスのしっかりした足音と、年とったユダヤ人の足を引きずって行く音は、間もなく小径の向こうに消えた。

マーガリートはショウヴランの命令を一言も聞き洩らさなかった。彼女の全神経はまず今の状況を完全に把握することに集中され、それからかつてはヨーロッパ一の鋭い機智とたたえられ、今はそれのみが頼りの頭脳に訴えるべく、最後の力を振りしぼった。

確かに情勢は最悪だった。何も知らぬいくたりかの男たち、彼らすべてを陥れる罠が張られているのを、これまた露知らぬ救援者の到着を静かに待っている。この罠は深夜、ひとけのない海岸で防備なき二、三の人々のまわりに円を描くがごとくはられている。彼らは何も知らずおびき寄せられているのだ。なんと恐ろしいことだろう。その中の一人は彼女が崇拝する夫であり、もう一人は愛する兄である。また彼女は、崖の丸石の一つ一つの蔭に死がひそんでいるような今、〝べにはこべ〟を静かに待っている他の人々はだれとだれなのであろうかと、漠然とした疑問をも持った。

今のところは、兵士たちとショウヴランの後をついて行くよりほかしかたがなかった。道を迷ってしまったら大変だと思った。でなかったら、まっしぐらに駆けて行って、あの木造の小屋を見つけ出し、逃亡者たちや彼らの勇敢な救援者に警告することができるかも知れないのだった。

一瞬間、ショウヴランの恐れているつんざくような叫び声をあげて、〝べにはこべ〟や、その仲間たちへ合図したらという考えがひらめいた——そうすれば、彼らの耳に届くだろうし、まだ逃げる余裕があるかもしれないという烈しい願いに駆られた。しかし、今いるところから崖べりまでどのくらい離れているかわからなかった。また彼女の叫びが死を宣告された人々の耳に届くかどうかもわからなかった。警告が早過ぎた場合には、もう一度やりなおすわけには行かないだろう。彼女の口は、ユダヤ人と同じくかたく猿ぐつわをはめられ、身動き一つできぬとりことなって、ショウヴランの兵士たちの手に落ちるであろう。

幽霊のように音もなく彼女は生垣の後を、ふわふわ進んで行った。靴をぬぎ捨ててしまったので靴下は足から千切れさっていた。彼女は痛みも疲労も感じなかった。いかなる悪条件、いかなる敵の奸智《かんち》ともたたかって、夫のところに行き着きたいという不《ふ》撓《とう》不《ふ》屈《くつ》の意志が、肉体の苦痛を殺し、そのかわりに、本能的の直感力を倍も正確にした。

彼女は、パーシイの敵が前方を静かに足並を揃えて進んで行く音よりほかには、何も聞かなかった。見えるのは――心の眼に――あの木小屋と、そして自分の夫がめくらめっぽうに運命の死へ直進している姿であった。

突然、夢中で走って行く彼女をこの鋭い本能が立ちどまらせ、生垣の陰にさらに低くかがませた。これまで雲の堤にかくれて彼女に味方していたような月が、今や初秋の夜に皎々《こうこう》たる輝きをあらわし、一瞬にして不気味な、淋しい風景に明るい光をみなぎらせたのである。

二百メートルとない前方には断崖があり、その下は遥かに遠く自由な、幸福な、イギリスにつづく海がなめらかに平和に波打っていた。マーガリートはひととき、この輝いた銀の海原の上に眼を落とした。見つめているうちに、これまで何時間も苦痛で麻痺《まひ》していた彼女の胸は柔らかにふくらんできて、眼には熱い涙が溢れた。三哩《マイル》とは離れないところに、白い帆を張った優美な帆船が浮かんでいたのである。

マーガリートは帆船をみとめてというよりむしろ推察したのだった。それはパーシイの快速船〝真昼の夢号〟であった。船長の王と言われる老ブリッグスや、イギリス人の乗組員全部がいるのだ。月光に輝く白い帆は、マーガリートにはまだ手の届かないものに思われる喜びと希望を、彼女に伝えているかのように見えた。〝真昼の夢号〟は今や飛び立とうとする白鳥のように、そのあるじを待って横たわっている。だが彼は二度と帰って来ないであろうし、そのなめらかな甲板を眼にすることもあるまい。そして自由と希望の国イギリスの白い岸を、もはや眺めることはないであろう。

帆船を眼にした哀れな疲れ切った女に、絶望が超人的な力で押し寄せた。崖ぶちはそこにあり、やや下のほうには例の小屋があって、夫は間もなくそこで死ぬのだ。しかし月が出たので、今や行く手を見ることができた。遠くからでも小屋は見えるだろう。そうしたら駆けて行って、彼ら全部を呼び起こし、とにかく心をきめて、堂々とした態度で命を渡すほうが、穴の中の鼠がそっくりそのまま捕えられるよりは、かっこうがいいと警告しよう。

彼女は生垣のうしろで、溝の低い、あつく茂った草につまずいた。非常に早く走っていたと見えて、ショウヴランやデガスたちを追い越してしまったらしかった。まもなく彼女は崖べりにたどりつき、後方にはっきりと彼らの足音を聞いた。しかし、ほんの数メートルしか離れていないので、今や月光を真上から浴びた彼女の姿は、銀色の海を背景にくっきりと黒く浮かび上がったに違いなかった。

だが一瞬間にすぎなかった。次の瞬間には、とぐろを巻いた動物のようにうずくまった。彼女はギザギザした大きな崖の下のほうを覗いて見た。崖は険しくないし、大きな丸石は十分な足場となってくれるから、らくに下れるであろう。じっと見ているうちに突然、左手のやや離れた所で、崖から半分ほどの所に粗末な木造の小屋が眼にはいった。壁のすきまから小さな灯が合図のように輝いていた。彼女の心臓は止まってしまったかと思われた。あまりに強い喜びは、かえって烈しい苦痛のように感じられた。

小屋までどのくらいあるかわからなかったが、ただちにけわしい崖をくだり始めた。丸石から丸石を這《は》い、後方の敵のことも、また長身のイギリス人のあらわれるのを待っているそこら一面の伏兵のことも、ぜんぜん、念頭に置かなかった。

後につづく恐ろしい敵をも忘れて急ぎ、走りながら、つまずきながら、足は傷つき、なかば意識を失って進んだ。……すると、突然、彼女は、つるつるした岩から足をふみはずし、岩の割れめにすべりおちた。どうにか立ちあがった彼女はふたたび駆けだし、逃亡者たちに必要な注意を与えようとした。パーシイがくる前にここから逃げて、彼に死の罠にかからないよう――この恐ろしい運命に近づかないよう――告げてくれと頼みたいと願った。しかし自分よりもっと早い足音がすぐ背後に迫ってきたのに気がついた。次の瞬間、一本の手がマーガリートの裾をつかみ、彼女はふたたび倒れたと思うと、たちまち何かで口をしばられて、声がたてられなくなった。

あまりの失望に半狂乱となって彼女は周囲を頼りなく見廻した。すると、まわりに立ちこめてくる霧の中から自分の上にそそがれている、鋭い悪意に満ちた二つの眼を見た。それは彼女の興奮したあたまには、この世のものとも思われぬ、怪しげな緑色の光を放っているような気がした。

彼女は大きな丸石の影に横たわっていた。ショウヴランには彼女の顔は見えなかったが、彼はその細い白い指で彼女の顔をなでまわした。

「女だ。あらゆる聖者の御名にかけて」彼はささやいた。「この女を逃がしちゃいけないぞ、それはあたりまえのことだが」と、ひとりごとを言った。「しかし、こいつはおかしいぞ、ひょっとすると……」

突然、彼は口をつぐんだ。死のような二、三秒の沈黙の後、彼は長い、低い、奇妙な忍び笑いをした。そして彼のやせた指先がふたたび顔を撫で始めたのを感じて、マーガリートはいまわしさにぞくぞくと身ぶるいした。

「おやおや！　これは実際、思いもかけぬよろこびでございます」彼はわざと丁重にささやいた。そしてマーガリートは彼女の自由のきかぬ手が、ショウヴランの薄い、嘲笑《あざわら》っている唇に持って行かれるのを感じた。

この状態はこれほどに恐ろしく悲劇的でなかったなら、まったくこっけいであったに違いなかった。精根つき果てた哀れな女が、横たわったまま強敵から四角ばった挨拶をうけるとは。

彼女は気が遠くなりかけた。口をあまりかたく縛られているためなかば窒息し、身動きすることも、かすかな声を出す力もなかった。これまで彼女のきゃしゃなからだを支えてきた興奮は一時に消え、うつろな絶望感が彼女の頭と神経をすっかり麻痺させてしまった。

マーガリートは夢中でわからなかったが、ショウヴランは何か言いつけたらしく、彼女はからだが持ち上げられるのを感じた。口のいましめはさらに固くされ、強い二本の腕が彼女をかかえ、さっき、マーガリートには合図の光と見え、かすかな最後の希望の光のように思えた、あの小さな赤い灯のほうに運んで行ったのである。

29　罠にかかる

こうしてどのくらい長く運ばれて行ったかマーガリートにはわからなかった。彼女には時間空間の観念がすっかりなくなっていた。そしてしばらくの間、自然は情深くも彼女の疲れ切った肉体から意識を奪ったのであった。

ふたたびわれにかえって見ると、彼女は男子用の上着を敷いた上に、いくらか、らくな状態に置かれてあり、背中は岩の断片にもたせてあるのに気がついた。月はまたもや雲の後ろにかくれ、暗さは前よりずっと増したように思われた。海は五、六十メートルほど下でとどろいており、あたりを見廻したが、あの小さな赤い灯はもはや名残りさえ見えなかった。

目的地に着いたことは、耳もとでひそひそと交わされている口早な問答からわかった。

「あそこには四人の男がおります。彼らは火のそばに坐《すわ》って静かに待っているらしいです」

「時間は？」

「二時近くです」

「潮は？」

「だんだんあがってきます」

「帆船は？」

「確かに英国のものらしいです。三キロメートルぐらいの沖に浮かんでおります。しかし、われわれにはそのボートは見えません」

「兵士たちは伏せてるか？」

「はい」

「へまはすまいな」

「彼らは背の高いイギリス人が来るまでは動きません。来たら取り囲んで五人の男たちをねじふせます」

「そうだ。で、婦人は？」

「まだ気を失っているらしいです。あなたのすぐそばにおります」

「それからユダヤ人は？」

「やつには猿ぐつわをはめ、両足を縛ってありますから動くことも叫ぶこともできません」

「よし、では必要な場合には、きみの銃を用意したまえ。小屋のそばに行け。おれはこの婦人の番をするから」

デガスは命令に従ったらしく、マーガリートは彼が石だらけの崖道を忍び去る音をきいた。それから彼女は、温かい、やせた、爪のような二つの手が彼女の両手を取り、鋼鉄のように堅く握りしめるのを感じた。

「このハンカチがあなたの愛らしいお口からはずされる前に……美しいご夫人」ショウヴランは彼女の耳もと近く囁いた。「ちょっとご注意申し上げたほうがよいと存じまして。なぜ、かかるあでやかなるお連れが、わたしごとき者の同伴者として海峡をお渡り遊ばしたかは、もちろん、わたしの存ぜぬところでございますが、しかし、思い違いでございませんなら、このかたじけなきご親切の目的は、わたしがうぬぼれてよい筋のものではございますまい。そしてこれは確かと存じますが、この残酷な猿ぐつわがはずされるやいなや、あなたさまの愛らしき唇がお発しになる最初の一声は、わたしがこんなに骨折って巣窟を突き止めた、あのずるい狐《きつね》めへの警告となりましょう」

　ショウヴランは、ちょっと言葉を切ったが、鋼鉄のような把握は彼女の手首をいっそうかたく締めつけた。それから彼は前と同様、早口のささやき声でつづけた。

「あの小屋の中には、これまたわたしの思い違いでございませんでしたなら、あなたの兄上アルマン・サンジュストが裏切り者トルネイや、あなたのご存じない二人の男とともに謎の救い主が来るのを待ちわびているのです。この人物の正体は長い間わが安全保障委員会を悩ましてきた、かの傍若無人の〝べにはこべ〟でございます。もしあなたが叫びをおあげになったり、またはここで立ち廻りでもありましたり、銃声でもしましょうものなら、この〝べにはこべ〟をここまで運んできたのと同じ長い足が、即刻また彼をどこか安全の地に運んでしまいましょう。そうなればわたしが遥かこんな所までやってきた苦労が水の泡となってしまいます。一方、あなたの兄上――アルマン――がお望みとあれば、今夜あなたといっしょにイギリスなり、またどこか他の安全の地なりへ、自由に行かれるのは一にかかってあなたにあるのでございますよ」

　ハンカチーフで口を非常にかたく縛ってあるので、マーガリートは声を出すことができなかった。しかし、ショウヴランは、闇の中でも彼女の顔を近々と覗きこんだ。彼女の手からは、彼の今の申し出への答えの合図があったらしく、やがて彼はつづけた。

「アルマンの安全を確保するため、あなたにしていただきたいことは、ごく簡単なことでございます、奥さま」

「なんですか」これに対してマーガリートの手は問い返しているようだった。

「じっとしていらっしゃることです——ここで、わたしがゆるして差し上げるまで一言もおっしゃってはいけません。ああ！　ですが、もちろん、わたしの申し上げたとおりになさいますでしょうな」マーガリートの全身がこの命令への反抗を示してこわばるのを見ると、彼は例の奇妙な乾いた含み笑いをして言った。「というわけはですね、もしあなたが叫んだり少しでも声をおたてになったり、ちょっとでもここから動こうとなさったら、わたしの部下たちが——このあたりに三十人ほどおりますが——それがサンジュストやトルネイ、それにその二人の友人を捕え、その場で彼らを射ってしまいますよ——わたしの命令でね——あなたの眼の前で」

マーガリートは執拗な敵の話をますます恐怖をつのらせながら聞いていた。からだは苦痛で麻痺《まひ》していたが、彼がまたまた彼女の前にかかげた恐ろしい「これかあらずか」のものすごさをじゅうぶん理解するだけの気力はあった。彼が舞踏会でのあの運命の夜、彼女に言い渡したのよりもっと何千倍もものすごい恐ろしい「これかあらずか」である。

今度はじっと静かにしていて、彼女のだいじな何も知らぬ夫を死におもむかしめよというのである。さもなくて彼に用心するよう叫べば、むだに終わるにはきまっているが、そのうえ、それが肉親の兄や他のこんなことを夢にも知らぬ三人の人々への死の合図となるのである。

彼女にはショウヴランが見えなかったが、彼の鋭い薄黄色の眼が、彼女の身動きもできぬ姿をじっと悪意にみちて見詰めているのを感じた。そして彼の早口の囁きは、彼女に残された最後のかすかな希望を弔う鐘のように聞こえた。

「しかし奥さま」彼はいんぎんな調子で続けた。「あなたさまには、サンジュストのほか何もご心配はありますまい。でサンジュストの無事をお望みなら、ただここに静かに黙っていらっしゃればよろしいんです。わたしの部下たちはどんな場合にもサンジュストには手をかけないよう、堅い命令を受けているのでございます。あの得体の知れぬ〝べにはこべ〟がいったい、あなたとどんな関係がおありですか。はっきり申し上げて置きますがね。あなたがどんなになさったってあれを救うことはできないんですぞ。では奥さま、お口におかれたこの不愉快ないましめをおはずしいたしましょう。おわかりでしょうが、わたしはどちらでもお好きなほうをお選びくださるようおまかせしているのでございます」

頭は乱れ、こめかみは痛み、神経は麻痺し、肉体は痛みで痺《しび》れたマーガリートは、柩掛けのようにまわりを取り巻いている暗闇の中に坐っていた。彼女のいる所からは海は見えなかった。しかし絶え間ない満潮の波の音が聞こえる。それは葬り去られた彼女の希望、失われた愛、彼女自身の手で裏切り、死にまで追いやった夫のことを語っているようだった。

ショウヴランは彼女の口からハンカチーフをはずした。彼女はたしかに叫び声は上げなかった。今のところかろうじてからだを支え、考えをまとめようとするだけがやっとであった。

おお！　どうしたらよいのか、考えよう！　考えよう！　考えよう！　時は飛び去って行く。この恐ろしい静寂の中で時間が早くたつのか、のろのろとしているのか、彼女にはわからなかった。耳には何も聞こえず、眼には何も見えなかった。磯のかおりの高い秋の空気も感ぜず、もはや波のささやきも、ときおり、どこか急な傾斜から転がり落ちる小石の音も聞こえなかった。思えば思うほど、この境遇全体が現実でないような気がしてきた。彼女、ロンドン社交界の女王マーガリート・ブレークニイが真夜中にこの淋しい海岸で、もっとも悪辣《あくらつ》な敵と肩を並べているなどとはあり得ないことである。そして、おお！　どこか彼女のいる所から数十メートルと離れない所に、彼女がかつては軽蔑した人、しかし今はこのものすごい夢うつつのような人生において、時時刻刻にいとしくなりまさって行く人――その彼が何も知らずに今この瞬間にも死に向かって歩みつつあるのに、彼女がそれをとめるために何もしないということはあり得ない。

なぜ彼女はこの静かな物音一つしない海岸のこちらの端から向こうの端まで響き渡るような、この世のものならぬ叫びをあげて――パーシイに知らせないのか。思い止まって引っ返すよう、そのまま進んで行ったら死が待っているのだからと。一、二度本能的に――叫びが喉まで上がってきたのだった。するとふいと眼の前にあの恐ろしい交換条件が浮かんで来るのであった。彼女の兄と三人の人々が事実上、彼女の命令によって目前で射たれる。彼女は彼らの殺害者。

ああ！　人間の皮をかぶったこの悪魔は、人間の――女の――性質を知りつくしているのだ。彼は巧みな音楽家が楽器をかなでるように、彼女の感情をもてあそんでいるのだ。ショウヴランは、彼女の心の底まで精密にはかっているのだ。

彼女にはその死の合図を与えることはできなかった――彼女は弱かった。そして女であった。どうして故意にアルマンを眼の前で射たせ、愛する彼の血潮をわが頭上に浴びることができよう。たぶん、彼は彼女への呪いを口にしつつ死んで行くであろう。そして、小さなスザンヌの父もまた！　年老いた彼！　そして、他の人々も！　おお！　それはあまりにあまりに恐ろしい！　待て！　待て！　待て！　いつまで待つのか？

早朝の時間はずんずんたって行った。しかし暁にはまだ間があった。海は絶えず悲しい囁きをつづけ、秋の微風は夜の中でそっと吐息をついた。淋しい海岸は墓場のように沈黙していた。

突然、どこかあまり遠くないところから、愉快そうな力強い歌声がきこえてきた。

「神よ、国王を守らせたまえ」

30　帆船

マーガリートのうずく心臓はぴたっと止まってしまった。彼女は見張りの兵士たちが戦闘準備にはいるのを、耳にしたというより、そう感じとった。それぞれ手に手に剣をとり、飛び立つばかりの身構えをしてうずくまっている気配を感じた。

声はますます近づいてきた。潮騒高い海を下にひかえ果てしもなく拡がった人気《ひとけ》のない海岸では、どのくらい近く、どのくらい遠く、またどの方向からあの愉快な歌手が自分の身に迫る危険をも知らず、神に彼の国王の守護を歌いながらやって来るのか見当がつかなかった。最初はかすかだった歌声はだんだん大きくなってきた。ときどき歌い手の力強い足の下から小石がはじけ、岩だらけの崖の下の渚に転がりおちて行く音がした。

マーガリートは聞いているうちに、自分の生命がすべり出て行くのを感じた。あの声が近く寄ってきて、あの歌い手が罠《わな》におちた時こそは……

マーガリートは、はっきりとそばでデガスの銃がカチッというのを聞いた。……いや！　いや！　いやだ！　いやだ！　おお、天にまします神よ、こんなことがあっていいものか！　アルマンの血を頭にも浴びよう！　兄の殺害者の烙印《らくいん》も押されよう！　愛するパーシイから、このために軽蔑され嫌われてもかまわない、ただ神よ！おお神よ、なんとしても夫を助けたまえ！

狂気のような叫びをあげて彼女は跳び上がり、今までうずくまっていた岩から走り出した。小屋のすき間から小さな赤い灯を見た彼女はそれに走りより、木の壁にぶつかって握りしめた拳で夢中で烈しく叩き、怒号した――

「アルマン、アルマン、後生だから射って。首領がそばにきたから、やってきたから、つかまるから、アルマン、アルマン、射って、後生だから」

マーガリートはむずっとつかまれ、地面に投げ倒された。彼女はうめき、傷ついたが少しもかまわず、なおもなかばすすり泣きながら叫んだ――

「パーシイ、あなた、どうか逃げて。アルマン、アルマン！　なぜ射たないの」

「だれかその女のわめくのをやめさせろ」ショウヴランは歯ぎしりして言い、まさにマーガリートを打ちかねない勢いであった。

何かが彼女の顔にかけられ息もつけなくなった。そのため彼女は余儀なくだまってしまった。

大胆な歌い手もまたマーガリートの狂気のような叫びに、彼の上に差しせまった危険を知ったらしく、これまた黙ってしまった。兵士たちはとび立った。もうこのうえ鳴りをひそめている必要はなくなったのだ。哀れな、悲嘆にくれた女の叫びをこだまして、崖も叫び出しそうだった。

ショウヴランは彼の一番大切な計画をくつがえしてしまった彼女を、不気味に罵りながら緊急命令を発した。

「とび込め、ものども、一人たりとも小屋から生かして出すな」

月はまたもや雲間からあらわれた。崖の暗闇にかわってふたたび明るい銀の光がみなぎった。数人の兵士たちは小屋の粗末な木造の扉をめがけて駆けだした。その間に一人の兵士はマーガリートを監視していた。

扉はなかば開いていた。一人がさらに押しあけた。しかし中はまっ暗で、小屋の一番隅の木炭の火がぼんやり赤い光を放っているに過ぎなかった。兵士たちはさらに命令を待つ機械のように思わず戸口で立ち止まった。

中からの烈しい猛襲、四人の亡命者たちの、夜陰に乗じてのすさまじい抵抗を予想していたショウヴランは、兵士たちが当直の歩哨《ほしよう》のように気を付けの姿勢でそこに立ちつくしており、また小屋からは物音ひとつしないのにしばらくは呆然《ぼうぜん》としてしまった。

不思議な胸さわぎを覚えた彼は、自分も小屋の戸口に行き、闇をとおして中をすかし見て早口にたずねた。

「これはいったいどうしたんだ」

「だれもいないらしいです」と兵士の一人は落ち着きはらって答えた。

「まさかきみたちは四人を逃がしたのではあるまいな」ショウヴランは威嚇するように怒鳴りつけた。「おれはだれ一人生かして逃がしちゃならんと命令したはずだ。急げっ、みなで後を追え。早く、四方へ」

機械のようにおとなしく兵士たちは崖の傾斜を汀《なぎさ》のほうへ駆け下りたり、ある者は右へ、ある者は左へ、足のつづく限り全速力で走り去った。

「きみときみの部下たちはこのドジのうめ合わせに死刑だぞ、軍曹君」ショウヴランは兵士たちの責任者である軍曹に毒々しく言い放った。それから悪態《あくたい》をつきながらデガスのほうに向いてつけ加えた。「そしてきみもだ、おれの命令に服さなかったからな」

「あなたはわれわれに待っているよう命令なさいました。長身のイギリス人がきて、小屋の四人といっしょになるまで待つようおっしゃいました。だれもやって来ませんでした」と軍曹は、むっとして言った。

「だがおれはたった今言ったじゃないか。あの女がギャアギャアわめいた時、一人も逃がさないように早く押し入れと言ったじゃないか」

「ですが、先刻までいた四人の者は少し前に立ち去ってしまったとわたしは存じます……」

「存じますだと！　きみが？」憤怒で息も止まりそうにショウヴランは言った。「そしてきみは、やつらを逃がしたんだな」

「あなたはわれわれに待っているよう、命にかけて命令に従えと言われましたから、われわれは待ちました」軍曹は抗弁した。

「われわれが伏せてから間もなく、そして女がわめくずっと前に、わたしはやつらが小屋から忍び出る音を聞きました」軍曹はショウヴランが怒りでまだ口もきけないようすを見て、つけ加えた。

「しっ！」突然デガスが一同に注意を促した。

遠くでパンパンと続けざまに銃声がした。ショウヴランは下の汀をすかし見た。が、しかし運よくも気まぐれな月はまたもや雲のうしろに光をかくしてしまったので、彼には何も見えなかった。

「だれか小屋にはいって灯をつけろ」ついに彼はどもりながら言った。

のろのろと軍曹ははいって木炭の火のところに行き、腰の革紐につけていた提灯《ランタン》に火をつけた。小屋がまったく空なのはたしかだった。

「やつらはどっちへ行った」ショウヴランはきいた。

「わたしにはわかりません。やつらは最初崖をまっすぐに下りて行き、それから丸石のうしろに見えなくなってしまいましたから」

「しっ、あれはなんだ」

三人とも耳をすませた。遠く、非常に遠くに、六本のオールが早く、鋭く、水を打つ音がかすかにひびき消えて行った。ショウヴランは、ハンカチーフを取り出し額の汗をぬぐった。

「帆船のボートだ」あえぎあえぎ、やっと彼は言った。

アルマン・サンジュストと三人の仲間が崖の斜面を伝わって行ったことは明らかだ。一方、兵士たちは革命軍のよく訓練された真の兵士にふさわしく盲目的に、同時に自分たちの生命を恐れるのあまり、ショウヴランの命令に絶対的に従ったのであった——すなわち、長身のイギリス人を待つこと、彼こそだいじな獲物《えもの》であること。

たしかに亡命者たちは、この海岸の所々にある海に突き出た入江《クリーク》の一つについたのだった。その後には〝真昼の夢〟のボートが彼らを待ちかまえたに違いなく、今ごろ彼らは無事にイギリスの帆船に乗り移ったころである。

あたかもこの想像を承認するかのように、鈍い砲声が海上からきこえた。

「帆船だ。出帆するのです」デガスは静かに言った。

憤怒を爆発させて役にも立たない醜態を暴露しないことだけがショウヴランには精一杯の努力だった。またもやあのいまいましいイギリス人の頭脳が完全に彼をしのいだことが、今や明らかとなったのである。いかにして〝べにはこべ〟がここを固めている三十人の兵士のだれの眼にもふれずに小屋に到着できたのか、ショウヴランには考えようがなかった。三十人の兵士が崖べりに着く前に、彼が小屋に着いていたことはむろん確かであるが、ゴールドシュタインの馬車に乗ってカレイからずっと来る道すがら、各所を守る歩哨にどうして見とがめられずに来られたのか、理解できなかった。まるで全能の運命の神があの大胆な〝べにはこべ〟の味方をしているとしか思われない。ショウヴランはそそり立つ崖と人里離れた辺鄙《へんぴ》な海岸とを見渡した時ほとんど迷信に近いおののきが全身に流れるのを感じた。

しかし確かにこれは現実なのだ！　そして西暦一七九二年なのだ。妖精も小鬼もいない。ショウヴランと三十人の部下は小屋の周囲にかくれてから、丸二十分後に事実、自分たちの耳であのいまいましい声が、「神よ、国王を守らせたまえ」と歌うのを聞いた。そのころには四人の逃亡者は入江《クリーク》に着き、ボートに乗っていたに違いない。しかも一番近い入江《クリーク》でさえ小屋からは一哩《マイル》以上あるのだ。

どこにあの大胆な歌い手は行ってしまったのだろう。悪魔の翼でも借りなければこの岩だらけの崖をわずか二分で一哩も行けるはずはない。それに彼が歌った時から海に漕ぎ出るボートのオールの音がするまで二分しかたっていないのだ。彼はまだ後に残っているに相違ない。そしてこうしている今の今だって、崖べりのどこかにひそんでいるに違いない。巡邏《じゅんら》はまだあたりにいるし、これからでも見つかるかもしれない。ショウヴランはもう一度希望を取りもどした。

亡命者たちの後を追った兵士の一、二が、のろのろ崖を上がって戻ってきた。その一人がショウヴランのそばにたどりついた時、ちょうどこの希望が敏腕なる外交官の胸にうかんだのであった。

「われわれは間に合いませんでした。われわれは月が雲の中にかくれるちょっと前に汀についたのでした。ボートは確かに一哩向こうの最初の入江の後ろで待ちかまえていたのでした。しかしわれわれが汀についた時にはその少し前に漕ぎ出ており、すでにかなり沖のほうに行っておりました。われわれはボート目がけて発砲しましたが、もちろんなんにもなりませんでした。ボートはまっすぐに帆船をさして進んで行きました。われわれは月の光ではっきりそれを見たのです」

「そうだ。ボートは少し前に漕ぎだしていたと言ったね。しかも一番近い入江でも、ここから一浬あるんだぜ」ショウヴランは興奮して気短に言った。

「そうです。わたしは汀までまっしぐらに駆けて行きました。もっとも、ボートはどこか入江の近くに待ってるとは思っていました。潮はあそこに一番早く着きますから。ボートは女がわめき出す数分前に漕ぎ出ていたにちがいありません」

女がわめき出す数分前に？　ではやはりショウヴランの考えはまちがいないのだ。〝べにはこべ〟は亡命者たちを先にボートで運びだすまでにはこぎつけたが、彼自身は間に合わなかったに違いない。やつはまだ陸にいるのだ。しかも街道という街道は全部、見張りが立っている。とにかく万事休すというわけではないし、まんざら悲観したものでもない。あのずうずうしいイギリス人が、まだフランスの土を踏んでいる間は……。

「灯りをこの中に持ってこい」とふたたび小屋にはいりながらショウヴランは烈しく命令した。

軍曹は彼の灯を持って来、二人の男はいっしょにその狭い場所を捜索した。さっと一目でショウヴランは室内のようすを見てとった。消えかかった木炭の燃えさしがはいっている大釜が、壁のくぼみのすぐ下に置いてある。急の出発にあわてたかのごとく、ひっくり返っている二脚の腰掛け、それから漁夫の道具と網が一隅に置いてあり、そばに何か小さな白いものがあった。

「あれを拾って持ってこい」ショウヴランはその白いものを指さして軍曹に言った。

それはもみくちゃになった紙片で、逃亡者たちがのがれ出るとき、急いだあまり忘れたものに違いなかった。ショウヴランのあらわな怒りといら立ちに大いに恐れをなした軍曹は、紙片を拾い上げ、うやうやしく手渡した。

「読みたまえ、軍曹」ショウヴランはそっけなく言った。

「これはほとんど読めません。その……その……おっそろしいなぐり書きで……」

「読めと言ってるんだ、きみ」ショウヴランは意地悪くくり返した。

軍曹は、自分の灯をすかして数語つらねた走り書きをたどり始めた。


「わたしがきみたちのところに行くことはかえってきみたちの生命を危くし救出をむずかしくする。これを受けとったら、二分間待て。それから一人ずつ小屋から忍び出て、左にぐっと曲り、用心しながら崖を這《は》い下りるのだ。ずっと左手にそって海に突き出ている最初の岩まで来ること――。その岩の後ろの入江《クリーク》にボートがきみたちを待っている――長く、鋭い口笛を吹いてくれ――ボートはやって来る――それに乗れ――わたしの部下たちはきみらを帆船へ漕いで行くであろう。そしてイギリスへ、安全の地へつれて行くのだ――〝真昼の夢〟に乗船したらすぐにボートをわたしのところに返してくれ、わたしの部下たちにカレイの近くの〝灰色猫〟の真向かいの入江にわたしがいることを告げてくれ。場所はわかっている。わたしはそこへできるだけ早く行っている——いつもの合図を聞くまでは、海上安全なる距離のところでわたしを待っていなければならぬ。ぐずぐずしてはいけない——この指令に絶対服従のこと」

「それから署名してあります」と、軍曹は紙片をショウヴランに返しながらつけ加えた。

ショウヴランは、一刻も待っていなかった。走り書きの重要な一句が彼の耳を捉えたのだ。「カレイの近くの〝灰色猫〟の真向かいにある入江にわたしは行っている」この一句がまだショウヴランを勝利に導くかも知れないのだ。

「きみたちのうち、だれが一番この海岸にくわしいんだ」と、彼はむだに終わった追跡から一人一人引っ返してきて、ふたたび小屋のまわりにすっかり集まった兵士たちにどなった。

「わたしです」と一人が言った。「わたしはカレイで生まれましたから、この崖べりの石ころ一つまでよく知っております」

「〝灰色猫〟の真向こうに入江があるか」

「あります、そこはよく知っています」

「イギリス人のやつはその入江に行くつもりなんだ。やつは、この崖べりの石ころ一つ一つまでは知るはずがないから、きっと大廻りしてそこに行くことだろうよ。いずれにしても巡邏を恐れて用心深く進んで行くに違いないんだ。とにかくやつを捕まえる機会はあるんだ。あの足長のイギリス人より先にこの入江《クリーク》に着いた者には、一人千フランずつやるぞ」

「おれは崖づたいの近道を知ってるんだ」と、さきの兵士は言うが早いか、歓声を上げて猛烈な勢いでかけ出し、彼の仲間たちも遅れじと後につづいた。

わずか二、三分のうちに兵士たちの駆けて行く足音は遥かかなたに消え去った。ショウヴランはしばらくそれに耳を傾けていた。賞金が革命政府の兵士たちを奮い立たせたのだ。憎悪とそれから勝利を見越した色がふたたび彼の顔にあらわれた。

ショウヴランのすぐそばにデガスが依然だまりこくって無表情に立ったまま、次の命令が下りるのを待っており、二人の兵士は横たわっているマーガリートのそばにひざまずいていた。ショウヴランは、秘書をじろっと意地悪くにらんだ。彼の巧みに仕組んだ計画は失敗し、その成果はおぼつかなかった。〝べにはこべ〟がうまく抜けてしまう機会は大いにあった。強い性格の人にときどきあることだが、ショウヴランはあの理由の立たぬ憤怒にかられ、だれかに怒りのはけ口を持って行きたくてしかたがなかった。

兵士たちは哀れにも身動き一つしないマーガリートを地面に抑えつけていた。あまりに無理を重ね、緊張し、ついに体力が言うことをきかなくなり、彼女は死んだように気を失って倒れていた。彼女の眼のまわりは紫色にくまどられ、眠れない、長い夜々を語っていた。髪の毛は額のまわりにもつれ、しめってさがり、ゆがんだままで開いた唇は、肉体の苦痛をものがたっていた。

ヨーロッパ一の才女、ロンドン社交界を美貌と機智と豪奢で眩惑《げんわく》したブレークニイ令夫人は、疲れ果て、苦しみぬいた女性の痛ましい姿をさらしていた。それは彼女に裏をかかれた敵の、無情な復讐に燃えた心のほかは、何人の心をも打たずにはおかぬものだった。

「ピンピンした生きのいい五人の男を悠々と逃がしといて、半死の女に番人をつける必要はないよ」彼は兵士たちに底意地わるく言った。おとなしく兵士たちは立ち上がった。

「それよりもまだあの小径と、街道においてきた、がた馬車を探したほうがましだよ」

するとと突然、あるすばらしい考えが浮かんだらしかった。

「ああ！　そうだ。あのユダヤ人はどこにいるんだ」

「すぐそばにおります。ご命令どおり、やつに猿ぐつわをはめ両足をしばっておきました」デガスは言った。

すぐ近くから悲しげなうめき声がショウヴランの耳に聞こえてきた。彼は秘書の後について小屋の向こう側に廻った。そこには両足をかたくしばられ口には猿ぐつわをかまされた不運なイスラエルの子孫が、意気沮喪《そそう》の塊りのようになって打ち倒れていた。

銀色の月光を浴びた彼の顔は恐怖で真青に見え、眼は大きく見開かれ、ガラスのように光っていた。彼の全身はおこりにかかったようにブルブルふるえ、哀れな泣き声が血の気のない唇からもれた。初めに肩と腕に巻きつけてあった綱はゆるんでしまったらしく、ユダヤ人のまわりに、もつれ落ちていた。しかし彼は、少しもこれに気がつかないらしく、デガスが最初、彼を置いた場所から少しも動こうとしていなかった。

「その臆病者をここにつれて来い」ショウヴランは命じた。

たしかに彼は非常に残酷な気分になっていた。そして命令にあまりに几帳面に従う兵士たちに、自分の不機嫌を吐き出す適当な理由がないので、この卑しむべき種族の子孫こそ誂《あつら》え向きの相手だと考えたのだった。数世紀を経て今日に至るまで残っている、フランスのユダヤ人に対する侮蔑をそのままにこめて、ショウヴランはユダヤ人のそばへは余り近よろうとはしなかったが、みじめな老人が月光を一杯にあびて二人の兵士に連れられてきたのに向かって、刺すような皮肉な調子で言った。

「貴様はユダヤ人だから、取り引きのことはよくおぼえているだろうな」

「返答しろ」とショウヴランはユダヤ人が恐ろしさのあまり、唇を震わせるだけで何も答えないようすを見ると、ふたたび命令した。

「はい、閣下」哀れな老人はどもりながら言った。

「じゃあ、貴様とおれがカレイで約束した、ルウベン・ゴールドシュタインとやつのやせ馬と、それに、おれの友人ののっぽの外国人を追い越すと貴様が引き受けた時の取り引きもおぼえているだろうな、ええ？」

「で、で、でございますが、閣下」

「でございますが、なんかいらん。貴様はおぼえているかと聞いてるんだ」

「は、は、は、はい、閣下」

「どんな取り引きだった」

死のごとき沈黙がおそった。不運な老人は巨大な崖べりを見廻したり、天上の月を見上げたり、無表情な兵士たちの顔を見やったり、そばに倒れ伏している哀れな気絶女にまで眼をやったりした。しかし一言も言わなかった。

「言わないか」威嚇するようにショウヴランはどなった。

ユダヤ人は口をきこうとしたが、哀れにも、どうしても声が出ないらしかった。けれども自分の前にいるいかめしい男から何を予期していいかは、ちゃんと承知しているらしかった。

「閣下……」ユダヤ人は哀願するように吐きだした。

「貴様は恐ろしさで舌が痺れてしまったらしいから、おれが貴様に思い出させてやらずばなるまい。それはわれわれの間の取りきめだったな。もしもおれの友人の、のっぽの外国人がここに着く前に、彼に追いついていたなら貴様は金貨十枚をもらうはずだったな」ショウヴランは嫌味たっぷりに言った。

低いうめきが、ユダヤ人のふるえる唇からもれた。

「しかしだ」とショウヴランは一語一語ゆっくり力を入れてつづけた。「もしも貴様が約束を違えたならばだ、嘘をついてはいけないことを教えてやるため、貴様を叩きのめすことになっていたな」

「お約束は違えませんでございます、閣下。わたしはお誓い申し上げます、エイブラハム……」

「それからあらゆるイスラエルのご先祖さまにかけてだろう。だが、気の毒ながらそのお偉がたはまだ地獄においでなさると思うよ、貴様の信条によればだね。だから今の場合の貴様の苦境を救う役にはたたないよ。さて貴様は取り引きの貴様の分を果たさなかったが、おれはおれの分をすぐに果たしてやるぞ。おい、きみたち二人のベルトのはしでこのユダヤ人の畜生をなぐれ」

柔順に兵士たちが重い革のベルトを外した時、ユダヤ人はすごい悲鳴をあげたが、その声は冥土からでも地の果てからでも、イスラエル民族の始祖全部を呼び寄せ、このフランス役人の非道から彼らの子孫を守らせずにおかぬと思われるほど悲惨なものだった。

「きみたち、頼むよ」ショウヴランは底意地わるく笑った。「この老いぼれの嘘つきやろうを、生まれて初めてというくらい、したたかなぐってやれ。だが、殺しちゃいかんぞ」彼は冷やかに言い足した。

「承知いたしました」兵士たちは相変らず落ちつきはらって答えた。

ショウヴランは、兵士たちが命令を実行するかどうかを見届けるまではそこにとどまれなかった——つい今しがたの非難で自尊心を傷つけられているこの兵士たちが——第三者を思うさまなぐってよいと言われて、生半可な仕事で済ますはずがないことはわかっていた。

「そのガラクタの臆病野郎の仕置きがすんだら」とショウヴランはデガスに言った。「この者どもはわれわれを馬車まで案内し、どちらか一人がカレイまでわれわれをのせて行くんだ。ユダヤ人と女は仲よく世話を焼き合ってればいいさ」と、荒々しくつけ加えた。「朝になったらだれかを迎えによこすからな。今の状態じゃ、どっちも遠くへ逃げられはしないから、われわれの手もはぶけるわけだ」

ショウヴランは全部希望を捨てはしなかった。彼の部下たちが、賞金欲しさに奮い立ったことを彼は知っていた。あの大胆きわまる謎の〝べにはこべ〟でも、たった一人で三十人の兵士に追跡されれば、どう考えても今度は逃げおおせるはずはなかった。

しかし彼は、今はそれほど自信を持てなかった。イギリス人には裏をかかれ、兵士たちのなまくら頭と、女がじゃましたばかりに、持っていた切札全部台無しにしてしまうし……もしマーガリートがじゃましなかったら、もし兵士たちが少しでも頭を働かせたなら、もし……それは長い「もしも」の連続だ。ショウヴランはちょっとの間じっと立ちどまり、三十余人の者たちの上に一様に長い恐ろしい呪いをあびせかけた。詩的な、沈黙を破らない、かぐわしい大自然、皎々《こうこう》たる月光、おだやかな銀の海は、美と休息をものがたっていた。しかし、ショウヴランは自然を呪い、男をも女をも呪った。わけても、足長の、世話焼きの、イギリス人の全部を、どえらく呪った。

背後でユダヤ人が責苦にあってあげているすごい悲鳴は、復讐に燃え、憎悪にあえいでいるショウヴランの心に、慰安の微風を送った。彼はほほえんだ。少なくとも、もう一人彼のほかに、彼と同じく人類に対して心安らかでない者がいるということは、大いに慰めとなった。

彼は振り返って人通りのない海辺をもう一度眺めた。そこには安全保障委員会の首脳部員が一世一代の大失敗を演じた舞台である木造の小屋が、月の光をいっぱいに浴びて立っていた。

岩にもたれ、かたい石の寝床にマーガリート・ブレークニイの意識を失ったからだが横たわっており、その二、三歩前方では革命政府の屈強な二人の兵士が、頑丈な革紐の鞭《むち》を不運なユダヤ人の広い背中に当てていた。ベンジャミン・ローゼンバウムの叫びは、死者をも墓場から起ち上がらせるほどのすごさだった。彼の叫びでは海の鷗《かもめ》たちもみんな眼をさまして、万物の霊長どものしぐさを大いにおもしろがって見物したかも知れない。

「それでよし。やつを殺しちゃまずいんだ」うめき声が次第に弱って、哀れな老人が気を失いかけているのを見て、ショウヴランは命じた。

おとなしく兵士たちはベルトをしめ、一人は意地悪くユダヤ人をそばにけとばした。

「そこへほっとけ、そして早く馬車まで案内しろ。おれはすぐ行く」

彼はマーガリートの横たわっているところに歩みより、彼女の顔をじっと見下ろした。彼女は気がついてきたらしく弱々しく起き上がろうとしていた。彼女の大きな青い眼は、あたりの月光にぬれた景色をおびえ切ったようすで見まわした。恐怖と憐れみの交じった眼でユダヤ人の姿を見た。意識が返った時に一番さきに彼女の注意を引いたのはユダヤ人の悲惨なありさまとものすごい悲鳴であった。それから彼女はこの数時間の烈しい出来事の後にも依然ほとんどしわ一つない、整然とした黒の服をまとったショウヴランに気がついた。彼はあざけるようにほほえみ、薄黄色の眼は彼女の眼を烈しい悪意をこめて覗きこんでいた。

　彼はわざとらしい礼儀をもって身をかがめ、彼女の氷のような手を唇に持って行った。それはマーガリートの綿のように疲れ切った全身を嫌悪でふるえ上がらせた。

「まことに申訳なく存じますが、美しきご夫人」と、彼はこの上なくものやわらかにやり出した。「事情やむを得ませず、あなたさまをここにしばらくお残し申さねばならなくなりました。しかしあなたさまお一人を危険におさらし申して立ち去るのではございませぬ。われわれの友、ここなるベンジャミンはただ今のところ、ややペシャペシャになっておりまするが、やがて美しき御身の勇ましき守り手となりましょうことは、かたく疑わぬところでございます。夜明けになりますれば、あなたさまに護衛をおさし向けいたしましょう。それまでここなる友は、ややのろまではございましょうが、あなたさまに献身的におつくし申すことがおわかりになろうと存じます」

　マーガリートは、顔をそむけるのがやっとだった。心はひどい苦悩で乱れていた。だんだん戻ってくる意識とともにある恐ろしい考えがよみがえってきた。「パーシイはどうしただろう――アルマンはどうなったか」

　彼女が死の合図と聞いたあの「神よ、国王を守らせたまえ」という快活な歌声のあとで、どんなことが起こったか少しも知らなかった。

「わたし自身、まことにお名残り惜しゅうございますが、これにて失礼いたさねばなりません。さようなら、美しきご夫人。やがてロンドンでお目にかかりましょう。皇太子殿下の園遊会でお会いいたしましょうか――だめですか？　ああ、よろしい、さようなら、パーシイ・ブレークニイ卿によろしく、どうぞ」

そして最後に、皮肉な微笑を浮かべ、頭を下げると、彼はふたたび彼女の手に接吻《せっぷん》し、兵士たちの後から小径の向こうに消え去り、落ちつきはらったデガスもそれに続いた。

31　脱出

マーガリートはなかば夢心地で、どんどん立ち去って行く四人の男たちのがっしりした足音を聞いていた。

天地万物が静まり返っているので、地面に耳をつけて横たわっている彼女には、四人がやがて街道に折れてしまうまで、はっきり足音をたどることができた。やがて、古い馬車の轍《わだち》のかすかな響き、やせ馬のびっこをひく歩きつきなどが、敵が一キロも進んだことをものがたった。どのくらい長くそこに横たわっていたかわからなかった。時間の観念がまったくなくなっていた。夢みるごとく月光のみなぎる空を見上げ、よせてはかえす単調な波の調べに耳をかたむけていた。

活気を持ってくるような磯のかおりは、彼女の疲れ切った肉体にはうま酒となった。荒漠として人なき崖道には、なんの物音もなく夢幻の境であった。彼女の頭は、ひっきりなしに一つの不安にさいなまれていた。

彼女は知らなかったのだ——

パーシイが今この瞬間にも革命政府の兵隊たちの手中にあって、彼女自身もその眼にあったような——悪意にみちた敵から嘲弄《ちょうろう》され、翻弄《ほんろう》されているかどうかさえわからなかった。一方、アルマンの死体がそこの小屋に横たわっているかどうか、またパーシイのほうは無事に逃れ、自分の妻の手が、人の姿をした猟犬をアルマンやその友人たちを殺すよう導いたことを耳にしたかどうかもわからなかった。

ひどい疲労でからだは烈しく痛み、この二、三日来の騒動、興奮、陰謀の中をくぐってきた今——澄んだ大空の下に波の音を聞きながら、そして彼女に最後の子守唄をささやくかぐわしい秋の微風になぶられながら、ここに永久に疲れたからだを休ませたいとマーガリートは心から願った。すべては言いようもなく淋しく、静寂で、あたかも夢の国のようであった。遠くの馬車の最後のかすかな響きさえ、もうとっくにかなたに消えさった。

突然……一つの音が……このフランスの淋しい崖道がこれまでに聞いたことのあろ

う筈《はず》がない不思議な声が、海岸の静寂を破った。

あまりに聞きなれぬ声なので、やさしい微風はささやきをやめ、急傾斜をすべり落ちている小石の運動も静止した。あまりに不思議なので、疲労困憊《こんぱい》していたマーガリートは死の前ぶれのあの慈悲深い無意識状態がおとずれ、自分のなかば眠った意識に怪しい、とりとめもない幻想をおこさせたのかと思った。

それは気持のいい太い生粋《きっすい》のイギリスの「畜生っ」という声であった。

鷗はねぐらで眼をさまし、驚いてあたりを見まわした。はるかかなたから、友のない、淋しい梟《ふくろう》は真夜中の唄をうなり出した。そびえ立つ崖壁は、この奇妙な、耳なれぬ不逞《ふてい》な言葉を厳然とにらみ下ろした。

マーガリートは自分の耳を信じなかった。両手で支えてなかば身を起こした彼女は、全神経を集中して、このきわめて現世的の声の意味を見るか、聞くか、知るか、しようとした。
二、三秒間、すべてがまた静かになった。もとのとおりの静寂が、ふたたびこの広い淋しい海岸をつつんだ。
すると、今まで失神状態に似たものの中で魅力ある月光を頭上にして、夢うつつの間をさまよっていたようなマーガリートは、はっとした。そして今度は心臓の鼓動がとまってしまうほどに驚いた。眼を大きくひらいて周囲を見まわした。耳だけには、たよれないのだ。

「やれやれ、あいつら、こんなにひどく、なぐらなくたっていいのになあ」

今度はまちがえようがなかった。生粋のイギリス人の、しかもある特別の人の唇からでなければ、この眠たそうな、ものうげな、気取った調子は出てこないのだ。「畜生っ！」と同じイギリス人の唇は力をこめて言った。「チェッ！　だが、ぼくは鼠《ねずみ》のように弱ってるんだ」

たちまちマーガリートは立ち上がった。

夢だろうか？　この石だらけの崖は天国への門だったのだろうか。にわかに吹いてきた、かぐわしい微風の息吹きは、天使のむれの羽ばたきで、それが、今まで苦しみつづけてきた彼女に、この世のものならぬ喜びの知らせを運んできたのであろうか――それとも、衰え果てて病んで――精神錯乱をおこしたのであろうか？

彼女はまたもや耳をすました。そして、天国のささやきや天使の翼の羽ばたきとはおよそ縁の遠い、ごく現実的な、なつかしい、生粋の英語をふたたび耳に聞いた。

彼女はそびえ立つ崖、ひっそりした小屋、果てなくのびている岩だらけの汀《なぎさ》をきょろきょろ見廻した。彼女の上か下か、丸石の陰か割れ目の中か、どこかに彼女の情熱の愛慕をこめた眼からかくれて、声のあるじがいるに違いない。かつてはその声は彼女の疳《かん》をたかぶらした声だが、今はその声のありかを見つけ出しさえすれば、ヨーロッパ一の幸福な女となれるのだ。

「パーシイ、パーシイ」疑念と希望に追い立てられて、彼女はヒステリックに叫んだ。「わたし、ここですわ。出てきてちょうだい。どこにいらっしゃるの、パーシイ、パーシイ……」

「呼んでくれるのはありがたいがね。やれやれ、おまえのところには行かれないんだよ。あの蛙《かえる》喰いのフランス人めがわたしを焼串の上の鵞鳥《がちょう》のようにくくりつけてしまったんだ。だから、鼠のように力無しなんだよ。抜けだせないんだよ」と、眠そうな、ものうげな声が言った。

それでもまだマーガリートにはわからなかった。少なくともそれからまだ十秒ぐらいはどこからそのものうげな、弱り果てた、苦しそうな、なつかしい調子の声が来るのかわからなかった。見渡すかぎりだれもいない……ただあの岩のところに……おお神よ！　……ユダヤ人！　……彼女は気が狂ったのであろうか、夢を見ているのであろうか？……

彼の背は青白い月光に向けられていた。彼はなかばうずくまり、固く縛られてある両手で起き上がろうとするのだが、だめだった。マーガリートは駆けより、両手で彼の頭をかかえた。そして気持のわるい、歪《ゆが》んだユダヤ人の顔の作りのうしろに覗いている人の良さそうな、いくらかおかしそうな青い眼をじっと見た。

「パーシイ……パーシイ……あなた」よろこびのあまり彼女はあえいだ。「神さま、ありがとうございます。ありがとうございます」

「おお、おまえ」彼は上機嫌で言った。「まあそのお礼のほうはあとで二人でよく申し上げることとして、おまえには、このいまいましい縄をほどいて、こんなみっともないかっこうからわたしを助け出してくれることがおできだろうかね」

彼女はナイフを持っていなかった。指はなえて力はなかったが、歯でもってぶつかった。その間にも、大粒のうれし涙がかわいそうな、縛られた手にふりかかった。

「やれやれ、助かったわい」ついに彼女の死にもの狂いの努力で、さしもの縄も解けそうになった時、彼は言った。「だがイギリス紳士ともあろう者が、外国人の野郎に足蹴にされたままで、相当のしかえしもしないなんて、こんなことがこれまでにあったかと思うよ」

彼がひどい肉体的の苦痛から弱り切っているのは、ありありとわかった。そして、ついに縄が解けると、どさっと岩に倒れかかった。

マーガリートは途方にくれて、まわりを見まわした。

「ああ、この恐ろしい海岸に一滴でもいい……水があったら」と、夫がふたたび気を失いそうになるのを見て、彼女はもだえ叫んだ。

「いや、おまえ、わたしには上等のフランスのブランディ一滴のほうがありがたいね。

この汚いボロ着物のポケットを探っておくれ。ビンがはいってるんだが。ああ、動けたらいいのになあ」例の上機嫌な微笑を浮かべながら呟《つぶや》いた。

彼はブランディを少し飲むと、マーガリートにもそれを強いた。

「ああ、これでずっとらくになった。ええ？　おまえ」彼は満足げにほっと吐息をついた。「やれやれ、パーシイ・ブレークニイ従男爵としたことが、令夫人に見つけ出されるいでたちにしてはまったく妙なかっこうだね。おやおや」と顎を撫で廻しながら、「わたしは二十時間近くもひげをそっていなかったんだ。さぞ、ひどく見えることだろうね、この巻毛はね……」

笑いながら彼は変装のかつらと巻毛をとってしまい、久しい間、屈んできゅうくつにしめつけられていた長い手足をぐんとのばした。それから彼は前に乗り出して、じっと探るように彼の妻の青い眼をのぞきこんだ。

「パーシイ」とささやいた時、深い紅が美しい頰と首に散った。「もし、あなたがご存じだったら……」

「わかってる、おまえ……すっかり」彼は限りないやさしさをこめて言った。

「で、許してくださいます？」

「許すどころか、おまえ。おまえの勇敢さ、おまえの献身、ああわたしにはそれをうける価値がない。それはあの舞踏会の不幸なエピソードをつぐなってあまりある」

「ではご存じだったのね、ずっと……」彼女はささやいた。

「そう」やさしく彼は答えた。「知ってたんだよ……ずっと……だが、ああ、残念なことに、おまえがこんなに気高い心を持っていることがわかっていたらな、わたしのマーゴットよ、わたしはおまえを信用するんだったのに……当然、信用すべきだった。そうすれば、夫の後を追ってこの数時間のひどい苦労をしなくてすんだだろうに。わたしこそ、どのくらい許しを乞わなければならないかしれないよ」

二人は岩によりかかり並んで坐《すわ》っていた。そして彼は痛む頭を彼女の肩にもたせていた。今や彼女は、「ヨーロッパ一の幸福な女」と呼ばれる資格ができたのだ。

「めくらがびっこを引っぱって行く。あれみたいだね、おまえ」彼は、もとの通りの人の好さそうな微笑をうかべて言った。「これはこれは、どっちがひどく痛むんだろう、わたしの肩かおまえの小さな足か」

彼はのり出して彼女の足に接吻《せっぷん》した。破れた靴下から指を出した、見るも痛々しいその足は、彼女の没我的忍耐の献身を物語っていた。

「でもアルマンは……」幸福のただ中で突然、ずっと恐怖と後悔に彼女はおそわれた。彼女が非常な罪を犯したのも愛する兄のためであった。その兄のおもかげが、いま心にうかんだのである。

「ああ、アルマンのことは心配しなさるな」彼はやさしく言った。「兄さんはかならず無事にしてあげるとわたしはおまえに誓ったではないか。アルマンはトルネイ伯や他の者たちと今の今、〝真昼の夢〟に乗っているんだよ」

「でも、どういうふうにして？　わたしにはわからないわ」

「簡単なんだよ、おまえ」と彼は、持ち前のおかしな、なかば内気な、なかば間の抜けた笑いを見せた。「ほら、あのショウヴランのやつが蛭《ひる》のようにわたしにくっついて、はなれないつもりなのがわかったので、彼をふり払えない以上、一番いいことはやつをいっしょにつれて行くことだった。なんとしてもわたしはアルマンやその他の者のところに行き着かねばならなかったからね。街道という街道は全部、かためてあるし、だれも彼もおまえの賤《いや》しき僕《しもべ》を見張ってる。〝灰色猫〟でショウヴランの指をくぐりぬけた時にもうすでにわたしがどの道をとろうとあいつがここで待ち伏せすることはわかっていた。わたしは片方の眼で彼と彼のすることを監視したかったんだよ。なにしろ、イギリス人の頭はどんな時にだって、フランス人の頭に負けやしないんだからね」

　実際、それはフランス人のより、底知れずすぐれていることが証明されたわけであり、彼がショウヴランの鼻先から亡命者たちを引っさらって行ったその大胆なやりかたを語りつづけるにつれ、彼女の心は喜びと驚嘆であふれてきた。

「汚ならしい老いぼれユダヤ人のいでたちなら、だれにもわからないことを知ってたのさ。ぼくは夕方、あれより先にルウベン・ゴールドシュタインとカレイで会ったんだ。二、三枚の金貨でルウベンはわたしにこの身なりを調達してくれ、ルウベン自身はだれの眼にもふれぬよう姿を消してしまうことを引き受け、わたしにガタ馬車とやせ馬をかしてくれたんだ」

「けれど、もしショウヴランがあなたを見破ったら？　あなたの変装はうまくできてますわ……でも、ショウヴランはとても眼が鋭いんですよ」彼女は興奮であえいだ。

「まあまあ」彼は静かに言った。「その時はたしかに勝負はおしまいさ。わたしは一か八か賭けるよりほかなかったのだ。これまでにわたしは人間の性質というものをすっかりのみ込んできたのだよ」と快活な若々しい声をちょっと曇らせて彼はつけ加えた。「ことにフランス人については知りつくしてるんだ。彼らはユダヤ人をひどく嫌って、二ヤードより近くにはけっして行かないくらいなんだ。わたしはせいいっぱいいやらしく見えるよう骨折ったつもりなんだよ」

「まあ、驚いた。それから？」彼女は熱心にきいた。

「ほい、それからわたしのちっちゃな計画にかかった。つまり初めは運を天に任せようと思っていたんだ。ところがショウヴランが兵士たちに命令しているのをきいて、やっぱり運命はぼくに味方しているなと思ったんだ。ぼくは兵士たちの盲目的な服従も計算に入れたよ。ショウヴランはのっぽのイギリス人がくるまでは動いてはいけないと死刑をふりまわして言い渡しただろう。ね？　デガスはわたしを小屋のすぐそばにころがしておいた。兵士たちは、ショウヴラン閣下をここまで乗せてきたユダヤ人などには少しも注意しない。わたしはあのけだものめがぼくを縛りつけやがった縄から両手を自由にしたのさ。どこへ行くにもいつでも鉛筆と紙を持って歩いているので一枚の紙きれに二つ三つだいじな指令を急いでなぐり書きして、それからあたりを見廻した。ぼくは兵士たちの鼻先で小屋まで這《は》いずった。やつらはショウヴランが命じたとおり身動きもしないで伏せているんだ。そこでぼくは壁の割れ目から小屋の中に紙きれを差し込んどいたんだ。この紙きれにぼくは亡命者たちに小屋からそうっと音をたてないようにしのび出て、崖を這いおり、最初の入江《クリーク》に着くまで道を左にとるよう、そこである合図をすれば沖合さほど遠くないところに待っている〝真昼の夢〟のボートが彼らをのせて行くだろうと書いたんだ。彼らはこのとおりに従ってくれた。それは彼らにとってもわたしにとっても幸運なことだった。彼らを見た見張りの兵士たちもやっぱり、ショウヴランの命令に忠実で絶対に動かなかった。わたしは三十分近くも待っていた。もう亡命者たちが安全だな、とわかった時に合図をしたんで、それからどえらい騒ぎが巻き起こったのさ」

　そしてこれが全部の話なのだ。なんと簡単に見えるのだろう。この大胆な計画を生みだし、実行にうつさしめた驚くべき巧妙さ、底知れぬ勇気と胆力にマーガリートは驚嘆の眼をみはるのみだった。

「でもあの獣たちは、あなたをあんなに打って……」と彼女は、あの恐ろしい侮辱をまざまざと思いだしてくやしがった。

「そのくらいのことはしかたがないさ」彼はやさしく言った。「わたしのかわいい妻がどうなるかわからなかったから、わたしはここで彼女のそばにとどまっていなければならなかったのだ。やれやれ」彼は陽気につけ加えた。「心配しなさるな。お待たせ申しはしても、ショウヴランには損をかけないから。やつをイギリスへ連れ帰すまで待ちなさい。貰った靴は複利をつけてお返し申すよ」

マーガリートは笑った。彼のそばにあり、その快活な声を耳にするのはこの上もない幸福だった。彼は青い眼を躍らせて、両腕をぐっと突き出し、やがて敵にめぐり逢った時に与えるであろう、充分なる返報を想像するらしかった。

しかし突然、彼女はどきっとした。うれしそうな紅の色は彼女の頰から去り、喜びの灯はその眼から消えた。彼女は頭上に忍びやかな足音を聞いたのだ。そして一つの石が崖のてっぺんから下の汀に転がり落ちた。

「あれ、なんでしょう」彼女は恐れ戦《おのの》いてささやいた。

「おお、なんでもないよ、おまえ」彼は愉快そうに笑った。

「おまえがちょっと忘れていたものさ。わたしの友、フークス……」

「あ、アンドリュウ卿」彼女は、おどろいた。

実際、彼女はこの献身的な友であり道づれである者をすっかり忘れてしまっていた。フークス卿は、この心配と苦労の数時間ずっと彼女を信じ、彼女の味方となってくれたのである。彼女は今になって、後悔にかられつつ彼のことを思い出した。

「そうだよ。おまえはフークスをわすれてしまってたんだ。ね？　どうだい？」パーシイ卿はおかしそうに言った。

「幸いにも、わが友ショウヴランとわたしがあの愉快な晩餐会をする前に、〝灰色猫〟からさほど行かないところでフークスに会ったんだよ……さてさてあの若いならず者と結着をつける勘定があるぞ。だが、一応わたしはフークスに非常に長い、非常に大廻りな道を教えといたんだ。それはショウヴランの部下たちが夢にも思わないような遠まわりの道で、ちょうど用意ができた時にここへ着くようになっているんだよ、ええ、おまえ」

「それで、アンドリュウ卿はそのとおりおききになって？」マーガリートは仰天してたずねた。

「一言も言ったり問い返したりせずに。ほら、やってきた。わたしがフークスを必要としない時にはじゃましなかった。そして今ちょうどうまい時に到着したよ。ああ、フークスはかわいいスザンヌのために最上の尊敬すべき、几帳面な夫となるだろうよ」

一方、アンドリュウ・フークス卿は用心しながら崖を這い下りてきた。彼は一、二度立ちどまってひそひそ話の声に耳をすませた。それをたよりに、ブレークニイのかくれ場にたどりついたのである。

「ブレークニイ」ついに思いきってあたりをはばかりながらフークス卿は呼んでみた。「ブレークニイ、そこにいるのか」

次の瞬間、パーシイ卿とマーガリートのもたれている岩をまわってきたフークス卿は、まだユダヤ人の長い着物をまとっている気味悪い人物を見て呆気《あっけ》にとられ、はっと立ちどまった。

しかし、すでにその前にブレークニイはよろよろと立ち上がっていた。

「ここにいるよ、きみ、ぴんぴんして。このすてきな着物のおかげでおっそろしい案山子《かかし》のように見えるけどね」

自分の首領とわかったアンドリュウ卿はあまりの驚きに大声をあげた。「こいつは、こんなとてつも……」

青年はマーガリートに気がついた。そして気味の悪い汚らしい着物を着ためかしいやのパーシイ卿を見て、思わず口をついて出た悪口を幸いにも食い止めた。

「そうだ」ブレークニイは落ちついて言った。「こんなとてつも……へん……友よ、きみにロンドンにとどまっているよう命じておいたのに、フランスで何をしてるのか、わたしはまだ聞くひまがなかったね。命令違反か？　ええ？　わたしの肩の痛みがもう少しとれるまで待っていたまえ。かならずひどい褒美《ほうび》をやるからね」

「やれやれ、それもがまんするよ」アンドリュウ卿はうれしそうに笑いながら言った。

「きみが生きていて、それができるのを見たからにはね。だがブレークニイ令夫人をたった一人で旅行をおさせするなんてことを、きみはぼくに許しただろうか。しかし、いったい全体どこからこのすばらしい衣裳を手に入れたのかい？」

「ほっ、ちょっと風変りだろう、ええ」パーシイ卿は愉快そうに笑ったが、突然、まじめな、厳然とした態度に返って、「だが、もう、きみもきたし、フークス、われわれはもうぐずぐずしていられないんだ。あのショウヴランのやつがだれかをわれわれの始末によこすだろうから」

マーガリートはパーシイの声を聞き、次から次へと質問して、それはそれは幸福なのでここに永久にとどまっていたいくらいだった。しかしショウヴランの名をきくと彼女は自分の生命よりだいじな夫の生命が、また危くなるのかと、ぎょっとした。

「でも引き返せるかしら？　ここからカレイまでずっと街道は全部手配ができてるし……それに」

「われわれはカレイに戻るのではないんだよ、おまえ、灰色岬の反対側でここから二キロとはなれていないところに〝真昼の夢〟のボートがわれわれを待ってることになっているんだ」

「〝真昼の夢〟のボートが?」

「そう」彼は愉快そうに笑った。「また別のわたしのしたちっちゃないたずらなんだ。前に話しとくんだったが、実はあの紙きれを小屋にそっと入れた時、後に残して置くよう、もう一つ別にアルマンにあてたのを入れたんだ。そしてそれにはショウヴランと彼の部下たちが、わたしを追ってまっしぐらに〝灰色猫〟に引っ返すようにしといたんだ。だが初めの小さな紙きれには、わたしのほんとうの指図が書いてあり、それにはブリッグスへの指図もあったのだ。ブリッグスにはさらに沖合に出て、それから西に向けるよう言っておいた。カレイからすっかり見えないところに行ったらグリネーのちょうど向こうでブリッグスとわたしが知っている、小さなクリークへ舟をよこしてくれることになってるんだ。船員たちはわたしを待ちかまえているだろうよ。われわれにはあらかじめきめておいた合図があるんだ。そしてわれわれが無事乗船する間、ショウヴランと部下の者たちは、しかつめらしく坐《すわ》って〝灰色猫〟のちょうど真向こうの入江《クリーク》を見張っているだろうよ」

「グリネー岬の向こう側? でもわたし、わたし、歩けないわ、パーシイ」と疲れた足で立ち上がろうとした彼女は、立つことさえできないのに気がつき、途方にくれてうめいた。

「わたしが抱いてってあげる」彼は簡単に言った。「めくらがびっこをつれて行く、ね？」

アンドリュウ卿もまたすぐさま、この貴重な荷物を運ぼうと進み出たが、パーシイ卿は彼の最愛の者を自分の腕のほかにはまかせようとしなかった。

「きみとマーガリートが無事に〝真昼の夢〟に乗船し、イギリスではスザンヌ嬢ににらみつけられないことがわかったら、その時こそわたしの休む番だよ」と彼は、若い盟友に言った。

そして疲労と痛みにもめげず、強い彼の腕はマーガリートの哀れな疲れきったからだをかかえ、まるで一枚の羽根ででもあるかのように、やさしく彼女を抱き上げた。

それから夫妻の間には、アンドリュウ卿が気をきかして声の届かないところからついてきたので、それはそれはいろいろな事が語られた。いや、むしろ囁かれた。その睦言《むつごと》は秋の微風にさえ聞き取れないくらいだった。なぜなら微風はとうに眠りについていたからである。

パーシイの疲れはすべて忘れ去られた。兵士たちにひどく打たれて肩は痛かったに違いない。しかしこの男の筋肉は鋼鉄でできているかのようであり、その精力はほとんど超人的であった。崖の石だらけの中腹を二キロも歩いて行くのは容易でなかった。

しかし一瞬間たりとも彼の勇気は挫けることなく、彼の筋肉は疲労に負けなかった。どんどん彼は歩きつづけた。しっかりした足つきで、そのたくましい腕で貴重な荷物を抱きしめ、そして……彼女は静かに幸福に浸りながら、時には、うとうととまどろみ、時にはそろそろと明け行く朝の光をとおして彼の明るい顔と、いつも快活な、いつも上機嫌な微笑に輝いている、ものうげな下向きの青い眼をじっと見守りながら、多くのことをささやいた。それはあきあきする道のりを短くし、彼の痛む筋肉を和らげる鎮痛剤となった。

色とりどりのあかつきの光が東の空に白みそめたころ、とうとう彼らはグリネー岬の向こうの入江《クリーク》についた。舟は待っていた。パーシイ卿からの合図で舟は近よってきて、二人の頑丈なイギリス水夫が令夫人を舟にお運び申した。

三十分の後に彼らは〝真昼の夢〟に乗船していた。船員たちは当然、彼らの主人の秘密にあずかっており、彼に心の底から仕えているので、彼がいかに奇妙ないでたちで到着しても、べつに驚かなかった。

アルマン・サンジュストや他の亡命者たちは、彼らの勇敢な救い主の到着を今か今かと待っていた。しかしパーシイ卿は彼らの感謝の言葉など聞こうとしないで、さっさと自分の船室にはいって行った。マーガリートのほうは、兄アルマンの腕にいだかれ、うれし涙にかきくれていた。

〝真昼の夢〟にあるものは、すべて、パーシイ・ブレークニイ卿の好みに合った、選り抜きの贅沢な品ばかりであった。そして一行が、ドーヴァーに上陸するまでに、パーシイ卿はいつも船にそなえつけてある気に入りの豪奢な服装に着がえてしまった。

ただ困ったことは、マーガリートにはかせる靴であった。小さな船員の一番上等の靴が間に合ったので、令夫人がイギリスに上陸なされた時の、その船員の得意さは非常なものだった。

あとはいっさい、沈黙する。非常な苦しみに耐え、しかもついに大きな、永久につづく幸福を見いだした人々のための沈黙と喜びとである。

しかしこれは記録に残っている。アンドリュウ・フークス従男爵とパッスリーブのトルネイ伯令嬢スザンヌの華々しい結婚式、それは皇太子をはじめ社交界の花形すべてが列席した祭典であったが、その中で一番美しい婦人はもちろんブレークニイ令夫人であり、一方、パーシイ・ブレークニイ卿がつけた衣裳は、ロンドンの金持ち息子連の間に、幾月もの語り草となっていた。

フランス革命政府の全権大使ショウヴラン氏が、グレンビル侯の舞踏会でのあの記念すべき夜以来、この結婚式にも、またロンドンにおけるその他の儀式にも、宴会にも、出席しなかったのは事実である。

あとがき

『べにはこべ』（*The Scarlet Pimpernel*）はフランス革命に題材をとった劇的変化きわまりない小説である。著者オルツィ夫人はハンガリー生まれで英国に国籍を持つ劇作家であり、小説家である。

ハンガリーの貴族フェリクス・オルツィを父として生まれたので、バロネス・オルツィのペンネームを使っている。『べにはこべ』の作品で最も広く世に知られているがオルツィ夫人（Baroness Orczy）は、このほかにも『べにはこべの勝利』、『片隅の老人』、『われ報復せん』その他多くの小説を書いている。『貢はカイザルに』のような純粋の宗教小説もある。

『べにはこべ』は一九〇五年一月が初版で数十版を重ね一九〇七年に大衆版の初版が出ている。私の手許にあるのはこの大衆版一九〇八年の第二十四版である。海外では実によく読まれる本である。我が国でも部分的に紹介されたり、再話されたりしすぎたために、却って全訳が出なかったのかもしれない。

ずうっと以前、今は病床にある松村みね子さん（アイルランド文学者。片山廣子の名で歌人としても活躍）からこの大衆版をいただいて一気に――ほんとうに文字どおりの一気に一晩で読みあげてしまった時のスリルが、今この翻訳の出版を前にして、再びよみがえって来る。若い女学校教師だった私はあの頃既にこの小説を翻訳したいとの願望に燃えたのだった。『べにはこべ』は夫モンテギュ・バーストウ氏との協力で脚色され、ロンドンのニュー・シアター座での初演以来、今までにどのくらい上演されているのであろうか、私の所有しているこの一九〇八年版にも既に六百回と書いてある。もちろん、映画化も度々行なわれている。

一七九二年九月のパリは血に飢えた革命軍の牙の下に置かれた。日夜絞首台は貴族の首をはねた。世界中革命に同情を持つ人々さえも余りの行き過ぎに眉をひそめた。ロンドンでは誰ともわからない人を首領とした少数の人々の秘密結社がむすばれ、フランスの貴族たちの救出が企てられた。秘密結社のマークは「べにはこべ」――英国の田舎の道ばたに見かける小さな花の花型であった。

力強い革命政府の暴力に抵抗した小さいグループの勇気と知恵の記録が小説『べにはこべ』である。ここには危険と、謀略と、突然なる死の驚きと美女の苦悩とさまざまのスリルが相次いで起こる。

しかもこれらすべての上に輝くものは清らかな愛情に満ちた叡智であり、それがこの作品の魅力である。

一九五四年八月

村岡花子

解説

熊井明子

村岡花子訳の『赤毛のアン』に出会う前、私はもっぱら父の本棚の大人の本に親しんでいた。童話は物足りなく、少女小説は当然ながら女々しくて好きになれなかったからだ。かろうじて面白いと思ったのは、友達のお兄さんやクラスメイトの男の子から借りて読んだ少年向きの本だった。ジャングルを舞台にした冒険小説や、アフリカの探険小説や宝探しの海賊の話。リライトしたシャーロック・ホームズもの。『鉄仮面』、『怪盗ルパン』、『怪人二十面相』……。ハラハラドキドキしながら読む楽しみを堪能した。

『べにはこべ』も、そうした本の一つで、子供にわかるように書きなおされたものだった。それなりに面白かったが、それだけの縁と思っていた。村岡さんの完訳を知るまでは。

『べにはこべ』三笠書房版のあとがきで、村岡さんは、この作品を訳すことになったいきさつを次のように述べている。

ずうっと以前、今は病床にある松村みね子さんからこの大衆版をいただいて一気に——ほんとうに文字どおりの一気に一晩で読みあげてしまった時のスリルが、今この翻訳の出版を前にして、再びよみがえって来る。若い女学校教師だった私はあの頃既にこの小説を翻訳したいとの願望に燃えたのだった。

松村みね子＝片山廣子は、私もまた翻訳家としても、随筆『燈火節』の著者としても敬愛する大好きな作家。あとがきを先に読んで心ひかれた私は、早速『べにはこべ』のページを開いた。そして、わかりやすい村岡訳の御蔭で、たちまち物語の世界に引き込まれ、「一気に一晩で」読み上げた。子供の頃に面白いと思ったハラハラドキドキのシーンが、完訳ゆえに、さらに具体的な臨場感をもって迫ってきたのだ。『べにはこべ』は、フランス革命の最中、暴力的な革命政府によって王や貴族が次々とギロチンで処刑されていたとき、大胆な意表をつく手段で、彼等を救い出していた「べにはこべ」を首領とするイギリス人たちの物語。まさに男の子向きの冒険譚である。

だが、これは同時に、彼等にからむヒロイン、マーガリートの心理の変化を、こまやかに描いた物語でもあることを、今回、村岡訳を読んで実感した。だからこそ、知る人ぞ知る熱い血を秘めた片山廣子や村岡花子を魅了したと思われる。

マーガリートは若く美しく才気あふれる女性として描かれているが、単純に好感を持てるキャラクターではない。自尊心が強すぎ、思いあがったところがある。イギリスの貴族パーシイ卿と結婚しているが、兄を深く愛しているゆえに軽率な行動を取り、夫をおとし入れそうになる。すでに或る事情から、彼等の夫婦関係は冷えきり、マーガリートは夫に対して心をとざしている。

それが一転するくだりには女心の複雑さや矛盾がきめこまかく描かれていて見事だ。この物語の芯となる秘密がだぶるので、くわしくは十七章をお読みいただくとして、ここでは夫への愛にめざめた彼女の心情がつづられた部分のみをピックアップしてみよう。

なんと不思議なのであろう。彼女は今なお彼を愛しているのである。不和と孤独の中に過ごした最近の二、三カ月を振り返ってみると、彼女はその間もずっと彼を愛し続けてきたことに気がついた。彼の愚かしい行動、ものうげな無表情な態度などは、すべて仮面にほかならないと、心の底のどこかでは、いつも感じていた。力強い情熱的な、わがままな、あの男性的な真実は依然として存在しているのだという気が、いつも彼女の中からは去らなかった。その人物をこそ彼女は愛し、その熱情に魅せられ、その全人格に彼女はひかれたのであった。(中略)——あの片意地な心をもう一度とりこにしなければならない。もう一度勝利を得よう……そして二度と彼を失うまい……彼を所有し、彼の愛を独占し、それにふさわしい者になり、その愛をひたすらにいつくしむのだ。なぜならこの男の愛なくしては、彼女にとって、もはや幸福は存在しないこと、これだけは確かであったから。

誰かを深く愛しながらも、自分のせいで紆余曲折を体験したことがある女性なら、きっと共感するに違いないくだりである。物語はこのあと、めざめた彼女の勇気ある行動と共に進行していき、読みながら、いつか彼女に好感を抱き、エールを送っている自分に気づく。きっと、あなたも——。

『べにはこべ』のもう一つの魅力は、イギリスならではの自然や風俗や生活などが描かれていることである。

まず、タイトルになっている「べにはこべ」(scarlet pimpernel) という植物だが *Wild Flowers of Britain* (ROGER PHILLIPS/PAN BOOKS) によれば、別名はシェパ

ーズ・ウェザーグラス（羊飼いの晴雨計）。イングランド、アイルランド各地で一般に見られ、五月から八月に一センチほどの赤い五弁の花をひらく。

『べにはこべ』のなかには、この花を彫った金の印章《シール》指輪が出てくる。フランスの貴族をギロチンから救う予告の紙片には赤インクでべにはこべの花が描かれ、その行動を称えてロンドンで、べにはこべのデザインの刺繍をした衣服や宝石や琺瑯《ほうろう》細工が流行している様子も。

またリッチモンドにあるパーシイ卿の館の、チューダー調の建物や、日時計を置いたイギリス風の庭園などの描写にも心ひかれる。

べにはこべの花。
（*Wild Flowers of Britain* より）

ドーヴァーの、波音が聞こえてくる「漁師の宿」の、くすんだ樫材の桷《たるき》や梁《はり》、長テーブルや高いよりかかり椅子などは、私がイギリスの各地で出会った何百年も経たパブや旅館を思わせる。そこに「真紅のジェラニュウムと青いひえん草の鉢がずらっと並び」というところも嬉しい。

マーガリートが、リッチモンドの館の庭に咲いた遅咲きの深紅のばらを二、三輪、優美な肩かけの上にさして、旧友と共に「美しい古園や見事な鹿のあそんでいる公園」をぶらぶらしようと待っているシーンも目に浮かぶようだ。

さらに『べにはこべ』には、一人の貴族になぞらえて、大胆なイギリス人気質の分析もみられる。マーガリートの印象としてだが。

もちろん、すべて単なる遊びと冒険のためなのだ——ほかの人々なら猟でもしてその興奮とおもしろさを楽しむところを、男、女、子供を次から次と死から助け出すのだ。金持の有閑男は何か生活に目的が欲しかったのだ——彼と、彼の旗の下に集まった数人の若い伊達《だて》者たちは、罪のない少数の者たちのために、この数カ月、命を賭して楽しんできたのだ。

考えようによっては恐しい〝ゲーム〟だが、あくまで狂信的な暴力から人間の命を守ることが目的、ということが救いと言えようか。

ところで、村岡さんが若き日に「この小説を翻訳したい」と願望に燃え、一九五〇年代に世に出したのはなぜだろう。

当時は、新しい憲法のもとで、女性は自由と権利を得たものの、何を信じて生きていけばよいのか迷う人も多い時代だった。そうしたなかで、村岡さんは若い世代にキリスト教の精神に通じる清潔で啓蒙的なメッセージを送ろうとした。『べにはこべ』のあとがきでは「これらすべての上に輝く清らかな愛情にみちた英智であり、それがこの本の魅力である」と述べている。また『赤毛のアン』（一九五四年）のあとがきでも、この作品のなかには「永遠に続く若い女性の清純さとその清らかさから生まれるあこがれが呼吸している」と。（傍点筆者）

つまり、男女同権の時代となっても、女性は純粋な特質を大切にしてほしい、との願いを二つのあとがきにこめている。女らしさという表現は使わなかったが、その最も美しい形を「清らかさ」という言葉であらわしたのだと思う。

しかし村岡さんは、決して昔ながらの消極的な女らしさを讃えたのではない。自主性が基本にあり、その上で女性の徳性を大切にし、女性であることを愛する生き方を提唱した。翻訳にも、それが反映されている。

村岡さんの、そうした考え方に、私は中原淳一の『ひまわり』に於て、ほぼリアルタイムでふれることができた。連載ページで村岡さんは読者に、視野を広げ、良書に親しみ、日々の生活を楽しんで生きるようにと語りかけた。

『ひまわり』一九四九年一月号のエッセイは、とりわけ忘れがたい。それは、次のことばで結ばれていた。

では愛する少女たちに、新しい年への私の祈りと祝福のすべてをこめて——
雄々しく、たのしく進んで下さい。

「雄々しく」は「男々しく」とも書くように、「女々しく」の逆の意味で、男らしく勇ましいさまをあらわす。「雄々しく、たのしく進む」は、少女のみならず、自由に生きたいと望むあらゆる年代の女性を鼓舞する魔法の言葉。口ずさむと、不思議な勇気がわいてくる。

この時空を超えた素晴しいメッセージを書いたとき、村岡さんの脳裡には、もしかしたら『べにはこべ』のマーガリートのイメージがあったかもしれない。

本書は、一九五四年に三笠書房より刊行されました。河出文庫化にあたり、一九六七年刊行の三笠書房版を底本としました。「あとがき」は、初版より再録しました。

本文中、今日の観点から見て差別的と受け取られかねない表現がございますが、訳者が故人であること、および作品の時代的背景を考慮し、原文通りといたしました。

Baroness Orczy
The Scarlet Pimpernel

べにはこべ

二〇一四年 九 月一〇日　初版印刷
二〇一四年 九 月二〇日　初版発行

著　者　B・オルツィ
訳　者　村岡花子《むらおかはなこ》
発行者　小野寺優
発行所　株式会社河出書房新社
〒一五一-〇〇五一
東京都渋谷区千駄ヶ谷二-三二-二
電話〇三-三四〇四-八六一一（編集）
〇三-三四〇四-一二〇一（営業）
http://www.kawade.co.jp/

ロゴ・表紙デザイン　粟津潔
本文フォーマット　佐々木暁
本文組版　株式会社創都
印刷・製本　凸版印刷株式会社

Printed in Japan　ISBN978-4-309-46401-5

スウ姉さん

エレナ・ポーター　村岡花子〔訳〕　46395-7

音楽の才がありながら、亡き母に変わって家族の世話を強いられるスウ姉さんが、困難にも負けず、持ち前のユーモアとを共に生きていく。村岡花子訳で読む、世界中の「隠れた尊い女性たち」に捧げる物語。

リンバロストの乙女　上

ジーン・ポーター　村岡花子〔訳〕　46399-5

美しいリンバロストの森の端に住む、少女エレノア。冷徹な母親に阻まれながらも進学を決めたエレノアは、蛾を採取して学費を稼ぐ。翻訳者・村岡花子が「アン」シリーズの次に最も愛していた永遠の名著。

リンバロストの乙女　下

ジーン・ポーター　村岡花子〔訳〕　46400-8

優秀な成績で高等学校を卒業し、美しく成長したエルノラは、ある日、リンバロストの森で出会った青年と恋に落ちる。だが、彼にはすでに許嫁がいた……。村岡花子の名訳復刊。解説＝梨木香歩。

残酷な女たち

L・ザッヘル＝マゾッホ　飯吉光夫／池田信雄〔訳〕　46243-1

八人の紳士をそれぞれ熊皮に入れ檻の中で調教する侯爵夫人の話など、滑稽かつ不気味な短篇集の表題作の他、女帝マリア・テレジアを主人公とした「風紀委員会」、御伽噺のような奇譚「醜の美学」を収録。

愛人 ラマン

マルグリット・デュラス　清水徹〔訳〕　46092-5

十八歳でわたしは年老いた！　仏領インドシナを舞台に、十五歳のときの、金持ちの中国人青年との最初の性愛経験を語った自伝的作品として、センセーションを捲き起こした、世界的ベストセラー。映画化原作。

北の愛人

マルグリット・デュラス　清水徹〔訳〕　46161-8

『愛人 ラマン』のモデルだった中国人が亡くなったことを知ったデュラスは、「華北の愛人と少女の物語」を再度一気に書き上げた。狂おしいほどの幸福感に満ちた作品。

ジャンキー

ウィリアム・バロウズ　鮎川信夫〔訳〕　46240-0

『裸のランチ』によって驚異的な反響を巻き起こしたバロウズの最初の小説。ジャンキーとは回復不能になった麻薬常用者のことで、著者の自伝的色彩が濃い。肉体と精神の間で生の極限を描いた非合法の世界。

詩人と女たち

チャールズ・ブコウスキー　中川五郎〔訳〕　46160-1

現代アメリカ文学のアウトサイダー、ブコウスキー。五十歳になる詩人チナスキーことアル中のギャンブラーに自らを重ね、女たちとの破天荒な生活を、卑語俗語まみれの過激な文体で描く自伝的長篇小説。

勝手に生きろ！

チャールズ・ブコウスキー　都甲幸治〔訳〕　46292-9

ブコウスキー二十代を綴った傑作。職を転々としながら全米を放浪するが、過酷な労働と嘘まみれの社会に嫌気がさし、首になったり辞めたりの繰り返し。辛い日常の唯一の救いは「書くこと」だった。映画化原作。

西瓜糖の日々

リチャード・ブローティガン　藤本和子〔訳〕　46230-1

コミューン的な場所アイデス〈iDeath〉と〈忘れられた世界〉、そして私たちと同じ言葉を話すことができる虎たち。澄明で静かな西瓜糖世界の人々の平和・愛・暴力・流血を描き、現代社会をあざやかに映した代表作。

ビッグ・サーの南軍将軍

リチャード・ブローティガン　藤本和子〔訳〕　46260-8

歯なしの若者リー・メロンとその仲間たちがカリフォルニアはビッグ・サーで繰り広げる風変わりで愛すべき日常生活。様々なイメージを呼び起こす彼らの生き方こそ、アメリカの象徴なのか？　待望の文庫化！

ボヴァリー夫人

ギュスターヴ・フローベール　山田𣝣〔訳〕　46321-6

田舎町の医師と結婚した美しき女性エンマ。平凡な生活に失望し、美しい恋を夢見て愛人をつくった彼女が、やがて破産して死を選ぶまでを描く。世界文学に燦然と輝く不滅の名作。